데빌스

I DIAVOLI
© 2018 Mondadori Libri S.p.A. / Rizzoli, Milano
All rights reserved.

KOREAN language edition © 2022 by Green House Publishing Co.
KOREAN language edition arranged with Rizzoli, an imprint of Mondadori Libri S.p.A. through POP Agency, Korea.

이 책의 한국어판 저작권은 팝 에이전시를 통한 저작권사와의 독점 계약으로 그린하우스가 소유합니다.
저작권법에 의하여 한국 내에서 보호를 받는 저작물이므로 무단전재와 무단복제를 금합니다.

데빌스

금융시장을 뒤흔드는 악마들

구이도 마리아 브레라 지음 | **김운찬** 옮김

데빌스

초판인쇄 2022년 2월 10일
초판발행 2022년 2월 20일

지은이 구이도 마리아 브레라
옮긴이 김운찬
펴낸이 이혜숙
펴낸곳 (주)그린하우스

출판 감수 이은희
출판 책임 권대홍
출판 진행 이은정 · 한송이
본문 교정 이상희
본문 편집 그린하우스 디자인팀

등록 2019년 1월 1일 (110111-6989086)
주소 서울시 강남구 강남대로62길 3 한진빌딩 8층
전화 02-6969-8955
팩스 02-556-8477

값 20,000원
ISBN 979-11-90419-32-1 13880

• 이 책의 어느 부분도 저작권자나 (주)그린하우스 발행인의 승인 없이 일부 또는 전부를 사용할 수 없습니다.
• 잘못된 책은 구입하신 서점에서 바꾸어 드립니다.

카테리나, 로베르토, 코스탄차, 구이도 알베르토에게

"약자들의 유토피아는

강자들에게는 두려움의 대상이다."

-에치오 타란텔리

차례

1부 땅

2부 하늘

3부 바다

4부 불

이 책에는 작가가 지어낸 이야기를 실었다.
실제 사람이나 사건을 다룬 것은 순전히 우연일 뿐
이름, 등장인물, 장소, 사건은 모두 허구다.

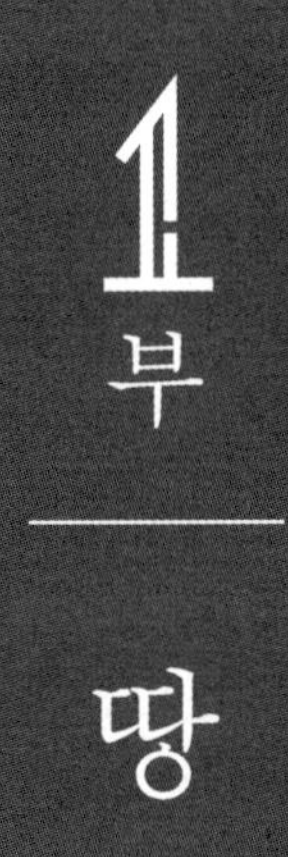

1부

땅

매치포인트로 맞서다

57그램이 시속 90킬로미터로 허공을 가른다. 일렉트릭옐로 색깔 공이 네트에 부딪혀 튀어 날아간다. 무릎을 구부리고 손으로 라켓 손잡이를 움켜쥔 마시모는 공이 코트 너머로 사라지는 것을 바라본다.

직사각형 코트의 녹색 얼룩이 콘서트홀의 핏빛 빨간색 테두리 안에 잠겨 있다. 벨벳 커튼이 무대의 세 면에 드리워져 있다. 일반 객석의 아치 사이로 빨간 카펫이 보이고, 런던의 펄떡이는 심장 사우스 켄싱턴의 유명한 건물들 중 하나를 하늘과 직접 연결해 주는 듯한 둥근 유리 지붕 아래 평평하고 둥근 조명에서 비처럼 흘러내리는 빛들도 빨갛다.

정적은 완벽한 메아리를 되돌려준다. 마시모는 백핸드 리시브와 함께 손목에서 느껴지는 통증을 속으로 저주한다.

두 번째 서브에서는 에이스.

리스크는 언제나 대가를 치른다. '거의' 언제나.

"15 대 40." 네트 건너편에서 데릭이 외친다. 그는 나이키 테니스화를 신고 가볍게 뛰고 있다. 각진 얼굴, 권투선수 같은 턱, 섬세하게 갈라진 검은 눈 위로 아홉 게임에도 흐트러지지 않은 완벽한 가르마로 나뉜 검은 머리와 높직한 이마 아래에서 알 수 없는 미소가 떠오른다. 그는 영화 〈킹스 스피치〉의 콜린 퍼스를 닮았지만 더듬거리지는 않는다. 50년 전부터 절대로 말문이 막히지 않는 미국인 약탈자였던 그는 버킹엄궁전과 여왕 폐하 왕관의 공격에 반항하는 식민지 주민이다.

수평의 파란 줄들이 있는 하얀색 반소매 셔츠에는 대형 은행의 로고가 수놓아져 있다. '그' 은행. 거기에서 데릭은 언제나 정확한 것을 말하고 실행하는 법을 배웠다. 채권 데스크, 국채 부문, '유럽' 지역에서. 국가 채권의 매입과 매도. 채권 청약.

서른 살에 영국에 온 그는 런던을 장악하려고 했다. 그리고 아주 짧은 시간 뒤에 런던이 자기 것이 되자 그는 구대륙 전체를 장악하려고 했다. 그리고 유럽도 고개를 숙였다. 데릭 윌리엄 모건을 멈춰 세우기는 어렵다.

마시모는 숨을 헐떡인다. 그는 데릭을 코트에서는 두려워하고, 밖에서는 모방한다. 눈으로 흘러내리는 땀을 닦는다. 게임을 끝내려고 시도하면서 몇 초 동안 망설인다.

"준비됐어?" 상대방은 부추긴다. "원한다면, 무승부로 끝내지."

마시모는 코웃음을 치고 몸을 앞으로 내밀면서 두 손으로 라켓 손잡이를 움켜잡고, 열 번째 게임의 다섯 번째 서브에 대비한다.

데릭 모건은 모든 상황에서 허세를 부릴 줄 안다. 위험을 무릅쓸 줄 알지만 동시에 언제 뒤로 물러서고, 사업을 포기하고, 트레이드를 끝내기에 좋은지도 안다.

세트 스코어 5 대 4에 게임 스코어 15 대 40, 패배 일보 직전에 비기기 직전까지 갔으니 승리의 냄새가 난다. 하지만 마시모는 그럴 생각도 하지 않는다. 자기 상사에게 그런 만족감을 주면 밤에 잠을 잘 수 없을 것이다.

머릿속으로 주고받기를 검토해 본다. 데릭의 빠른 서브. 나가는 효과. 호흡과 에너지를 아끼려는 코트 끝에서의 집요한 랠리. 포핸드 공격, 백핸드 수비. 라인 위의 정확한 궤도. 75분 동안 한 걸음도 지나치게 내딛지 않고 대등함을 유지했다. 멈출 수 없는 기계 데릭 모건은 매사추세츠공과대학교에서 조립되어 등록되었다.

그런데 갑자기 데릭은 연속해서 세 포인트를 잃었다. 더블 폴트, 공 하나는 네트에 걸렸고, 하나는 너무 길었다.

'이상해.' 마시모는 생각했다. '틀림없이 무슨 꿍꿍이가 있어.'

그는 통계에 의문을 품었다. 자기 자신에게 물어보았다. 사람에게, '보통' 사람에게 실수는 불가피한 것인지, 아니면 데릭이 만회의 전율을 자신에게 주고 싶었던 것인지, 단지 유리함이라는 환상을 선물하면서 그를 시험해 보고 싶었던 것인지. 그에게 선택을 강요하기 위하여.

마시모는 길고 각진 얼굴 위로 한 손을 올린다. 이마에 들러붙은 머리칼을 쓸어 올린다.

선택하기. 직관을 포착하고, 트레이드에 올라타고, 강하게 나가는 것. 어떤 망설임도 없이 공격하고 망설임에 여지를 남기지 않는 것. 망설임은 아무 소용이 없다.

“아웃이었어도 인으로 인정해 주겠어요.” 마시모는 그를 자극한다. “제 크리스마스 선물이에요. 내년 예산을 할당할 때 기억해 주세요.”

데릭은 천천히 머리를 들고 상체를 바로 세우더니 위협하듯이 그를 향해 라켓을 겨눈다. “인이었어! 그리고 이제 서둘러. 한 시간 안에 나는 버클리호텔에서 래리를 만나야 하니까.” 그는 반짝이는 눈길로 보내는 냉소와 함께 냉담한 목소리를 과시한다.

“그러면 어서 해요.” 마시모는 다시 다리를 구부리면서 대꾸한다.

이어지는 주고받기 과정을 예상해 보려고 시도한다. 강하고 정확한 데릭의 스트로크, 구석진 곳으로의 반격, 코트 맞은편에서 뛰어오르는 데릭, 그리고 그 순간 그는 네트로 달려가면서 단번에 모든 것을 걸기로 결심한다.

그래, 위험을 무릅쓸 때야.

집중할 때 마시모의 파란 눈은 시선이 흐려진다. 아무것도 보지 않으면서 허공의 한 지점을 응시한다. 매일 아침 그렇게 한다. 하얀 면도 거품과 함께 거울이 마흔세 살 나이를 되비치는 동안. 면도기를 정확하고 자동적인 몸짓으로 뒤따르는 손. 머릿속에는 그날 하루를 가득 채울 소음이 떠돈다. 금리 확인, 수익 계산, 공매 진행. 밤의 무의식 속에서, 꿈의 흐릿한 이미지 속에서 이미 보았던 플래시포워드처럼, 영화 프레임들의 시퀀스처럼 한 번씩 훑어보기.

실제로 마시모는 앞당겨 산다. 언제나 그랬다. 오늘은 절대 오늘이 아니다. 오늘은 벌써 내일이다. 변수들을 지배하도록 강요된 정신은 시간을 뒤쫓고, 추월하려고 노력한다. 집착은 그의 육신을 부양하는 연료다.

데릭은 등을 활처럼 구부리면서 공중으로 공을 던진다. 그의 뒤에는 여행 가이드들이 영국에서 가장 크다고 말하는 거대한 오르간의 파이프들이 위압적으로 솟아 있다.

서브는 언제나 그렇듯이 면도날 서브였다. 하지만 결과는 정확하지 않았고, 마시모는 그것을 이용한다. 앞당겨 움직이고, 궤도를 계산하고, 서브 구석과 반대편 구석의 최대한 깊은 곳을 겨냥하면서 포핸드로 친다. 데릭이 공을 가로채기 위해 달리는 것을 보면서 마시모는 네트를 향하여 앞으로 나아간다. 자신을 가로질러 밖으로 벗어날 수도 있는 공에 대항하여 모든 것을 건다.

계산된 위험. 아직 1미터. 이제 네트에 가까워졌다.

백핸드 리시브는 가운데로 왔고, 마시모는 손잡이를 움켜잡은 힘을 늦추며 라켓을 굽힌다. 샴페인 병마개 따는 것 같은 소리가 나면서 충격이 약해진 공은 속도를 잃고, 팽팽한 궤도는 느린 포물선으로 바뀐다.

공이 네트의 띠에 부딪힌 뒤 허공에 매달리는 순간, 잠시 모든 것이 정지한다. 런던. 이사회. 투자. 그 테니스 코트로, 그 운명과의 시합으로 그를 데려온 위험들. 흑백의 스톱 모션이다. 중력이 다시 작용하기 전과 같은.

그런 다음 공은 네트에서 몇 발자국 거리에 볼품없이 다시 떨어지고, 데릭의 욕설이 텅 빈 극장에 색깔과 생명력을 되돌려준다.

두 사람은 코트 가운데로 다가간다. “이번 포인트는 다시 하지요.” 마시모는 상대방의 손을 움켜잡으면서 말한다. “이렇게 이기기는 싫어요.”

데릭은 머리를 흔든다. “왜?” 손가락 하나로 네트의 하얀 띠를 쓰다듬듯이 스친다. “행운은 재능에 비례하지.”

“행운은 없어요, 데릭. 당신이 나에게 가르쳤잖아요.”

“내가 자네에게 가르친 것은 잊어버려.”

마시모는 다른 한 손으로 손목을 잡아 돌린다. “최소한 이 안에서 두 시간에 얼마 들었는지 말해줘요.”

데릭은 회의적인 표정으로 입꼬리를 아래로 구부리고, 이마를 찌푸린 채 그를 바라본다. “얼마 들었는지….” 네트를 뛰어넘으면서 반복한다. “얼마 들었는지 말해주길 바라는군.” 그러면서 그의 어깨를 한 대 친다. “자네도 지불했어. 몇 년 전부터 자네는 많은 돈을 벌게 해줄 뿐만 아니라….”

마시모는 표정 없이 그를 바라본다. 단지 이어서 말하기를 기다린다.

데릭은 부탁하게 놔두지 않는다.

“…무엇보다 오늘부터 자네는 새로운 파트너이자 유럽 책임자이니까.” 시간에 여유를 주기 위하여 잠시 멈춘다. 그리고 더 낮은 어조로 덧붙인다. “자네는 해냈어.”

데릭은 웃으면서 말하지만 마시모는 농담이 아니라는 것을 안다. 완전히 사실이다.

계산과 확률을 뒤쫓으며 사무실에서 끝없는 나날들과 저녁들을 보내면서 그 순간을 상상할 때마다 마시모는 꿈 없는 잠 또는 오르가슴 뒤의 무거운 눈꺼풀과 비슷한 충만감을 느꼈다.

그런데 지금 아무것도 느껴지지 않는다. 충격, 놀라움, 믿을 수 없음, 만족감, 업적. '아무것도 없다.'

자기 발을 바라본다. 복숭아뼈로 흘러내린 스포츠 양말과 아픈 팔목, 땀에 젖은 셔츠와 반바지 차림으로 성공과 연봉 3천만 달러를 만나다니 얼마나 우스꽝스러운가?

장엄한 것이 전혀 없다. 단지 속임수다. 전설적인 무대 위에 세워진 테니스 코트처럼 악취미의 과분한 승리. 텅 빈 5천 석 의자들 앞에서 부재 속에 소비된 승리와 함께.

데릭이 생각에 잠긴 그를 뒤흔든다. "자네가 무엇인가 말할 거라고 생각했다네."

"그럼 당신은? 무엇을 할 거예요?" 마시모는 단지 그렇게 묻는다.

"나는 집으로 돌아갈 거야."

"뉴욕 이사회에 들어갔어요?"

데릭은 고개를 끄덕인다. "여기에서 시끄러운 일 만들지 말게. 어쨌든 맨해튼에서도 내가 자네를 통제할 거야." 그는 재빨리 시계를 본다. "이제 가야 하네. 그렇지 않으면 래리가 유로 환율도 기억하지 못할 정도로 취할 거야." 출구를 향해 빠른 걸음으로 가기 전에 말한다.

마시모는 고개를 숙인다. 네트의 띠를 잡고 손끝 사이에서 두께와 밀도를 감지한다. 데릭의 목소리가 극장 끝에서 들려온다. "맥스, 이건 '내' 크리스마스 선물이야."

마시모가 저녁 하늘을 배경으로 흐릿해진 로열앨버트홀의 붉은 윤곽을 응시한 지 최소한 한 시간은 지났다. 19세기 말 음악의 모든 숭고한 신을 위하여 세워진 성전.

마시모는 가벼운 비를 막기 위하여 후디의 모자를 올리고, 엑시비션로드를 가로지른다. 그를 다시 현실로 데려오려는 듯 클랙슨을 울리는 자동차들에 시선도 돌리지 않은 채. 청바지 호주머니에서 1파운드짜리 동전을 꺼낸다. 한쪽 면을 응시하며 '십자가' 하고 중얼거린 다음 동전을 공중으로 던진다. 떨어지는 동전을 왼손 손등과 오른손 손바닥 사이로 붙잡는다.

십자가. 주위를 돌아보며 다시 반복한다.

십자가. 알고 있었다. 하지만 쓴웃음을 짓는다.

'행운은 존재하지 않아.'

행복은 단순한 관념이다

모래바닥 위에서 해파리의 우윳빛 점막이 심장처럼 고동친다. 공허함으로 부푼 해파리는 미끈거리고 빛나는 방광같이 금세라도 터질 것처럼 보인다. 코발트색 바닥 위로 보랏빛 실들이 말 없는 움직임, 음악 없는 조화로운 춤을 이룬다.

마시모가 손가락 하나 움직이지 않고 엄청나게 큰 L자 수족관을 응시하고 있은 지 5분은 되었을 것이다.

그의 등 뒤에는 리젠트스트리트 240번지 6층 아쿠아레스토랑의 거대한 홀이 있다. 미국인들, 유럽인들, 아시아인들 50여 명이 작은 무리로 나뉘어 중앙 테이블 주위나 벽 쪽의 조용한 곳에서 미니멀 아트 계열 탁자들 근처에 서 있다. 그들도 마치 방향 없이 움직이며 서로 멀어졌다가 다시 모이는 물고기 무리 같다. 잔들 속에서는 지나치게 달콤한 칵테일의 불타는 색깔이 반짝인다. 수족관 안에 바다가 있다. 홀 안에 바다가 있다.

마시모에게는 얼마 전에 읽은 문장 하나가 각인되어 있었다. '바다 앞에서 행복은 단순한 관념이다.' 계속 그 문장을 생각했다. 특히 사무실에서 공매 진행 상황을 지켜보며 픽셀들의 액상 화면 앞에 몰입해 있을 때. 모니터의 직사각형 안에서는 숫자들과 문자들이 형성되었다가 무너지곤 했다.

신비의 상징들. 금융의 신비. 독일 국채(Bund), 영국 국채(Gilt), 미국 재무부 발행 국채(Tresury), 네덜란드 국채(DTC), 프랑스 국채(OAT), 이탈리아 1년 이하 만기 국채(BOT), 이탈리아 1년 이상 만기 국채(BTP). 국채, 채권, 재무부 채권. 각각에 상응하는 만기, 수익률, 이자. 기호들과 낱말들이 구불구불하고 단일한 만다라를 형성한다. '믿으십시오. 채권을 청약하세요. 사세요, 사세요, 사세요.'

국채들의 공매를 이끄는 것은 수요를 요약하여 매입 주문을 모으는 머천트뱅크, 프라이머리딜러들이다. 주문이 하나이든 백이든 천이든 백만이든 차이가 없다. 그것은 중요하지 않다. 메커니즘은 토요일 저녁 전용 디스코텍의 메커니즘과 똑같다. 흐름 조절을 담당하는 넥타이와 와이셔츠 차림 기도들에 의해 노련하게 관리되고 기술적으로 형성되는 줄과 같다. 업소가 비어 있어도 중요하지 않다. 축제가 시작되었다면 더더욱 그렇다. 아니, 혹시 그 축제는 아예 없을 수도 있다. 중요한 일은 기다리고, 내기하고, 위험을 무릅쓸 만한 가치가 있다고 모든 사람을 설득하는 것이다. 딜러는 언제나 입구에서 가장 좋은 물건을 유통할 준비가 되어 있을 거라고 모든 사람을 안심시키는 일을 한다. 그 보상은 유일하고 반복될 수 없으며, 확실한 수익이 되리라는 사실도. 그럼으로써 회의는 기대로, 기대는 욕망으로, 의혹은 확실함으로 바뀐다.

환상을 찾는 것. 환상을 거래하는 것. 그리고 일정 비율을 공제하는 것.

금융은 모든 움직임이 전쟁과 같다. 얼굴 없는 가상의 대면. 얼마 전부터 마시모는 거기에 싫증을 느꼈다. 전화기에 대고 말하면서 파란색과 빨간색 숫자들을 응시하는 일에 싫증을 느꼈다. 줄을 조절하는 것에 지쳤다. 다른 곳에 있고 싶었다.

은행 건물에서 나와 세인트폴대성당의 둥근 지붕과 그 너머 도시를 배경으로 재래시장 레든홀마켓을 산책할 때, 추위에 자신이 잘 적응하지 못한다고 느낄 때 점점 더 자주 그랬다. 이제 영국의 겨울은 그의 피부에 주름살을 새기고 얼굴을 붉게 만드는 데서 멈추지 않았다. 파란 재킷의 천을 통과했고, 향수의 거품이 터지게 만들었다. 그리고 어느 한 장소나 시간에 대해 마시모가 말할 수 없다면… 심지어 그 추위가 때 이른 노화 증상이 아닌지 자신에게 묻기도 했다. 마흔세 살에 벌써 늙었다고 느꼈기 때문이다.

최소한 20년 전부터 확률을 계산하고 거기에 내기하면서 살아왔다. 그는 런던 첼시의 멋진 집에서 살고 있었다. 행복했다. 그런데 이제는 그렇지 않다.

데릭이 이제 그의 차례라고, 유럽의 중요한 금융 운영자 다섯 명 중 하나가 될 것이라고 통보한 후 보낸 이틀 동안에도 그랬다.

콜드플레이의 음악이 과장된 볼륨으로 마시모를 다시 현실로 데려오고, 전체의 모습이 뺨을 때리듯이 뒤따라온다. 보컬 크리스 마틴의 목소리가 배경의 빽빽한 소음 위로 떠돌고, 특이한 악센트로 휜 영어 위로 물결친다.

결상에 기댄 데릭이 그의 눈길을 가로챈다. 풀어헤친 칼라 위로 느슨해진 넥타이에 와이셔츠 차림으로 그에게 가까이 오라고 신호를 한다. 옆에는 그가 신뢰하는 래리가 있다. 아주 보잘것없는 것까지 모든 트레이드를 죽을 때까지의 결투로 만들 수 있는 오스틴 출신의 과체중 맹견. 그는 큰 목소리로 말하면서 활기차게 몸짓을 한다. 둥근 얼굴은 벌써 알코올로 빛나고, 배는 스포츠 재킷에서 튀어나와 있다. 풀린 동공은 자제심 없이 데릭의 젊은 여비서 셰릴의 목덜미를 더듬는다. 그녀는 알고 있으면서 아무것도 아닌 척하고 분명하게 무시하지만, 거기에 익숙해진 것이 눈에 보인다. 보라색 매니큐어를 칠한 손톱 하나로 검은 곱슬머리를 갖고 장난하는 그녀의 눈에 권태의 너울이 드리운다.

마시모는 느린 걸음으로 혼동 속에 잠긴다. 악수를 하고, 약간 미소를 짓고, 축하에 건조하고 빠르게 대답한다. "고맙습니다." 분명히 소식은 금세 퍼졌고, 데이비스스트리트의 치프리아니, 샌더슨호텔의 방갈로 8, 도체스터의 바처럼 인기 있는 업소들과 붐비는 클럽에서 저녁 뉴스를 형성하는 세속성에 물들지 않고 대화의 단편들 사이로 미끄러져 들어갔다. 여자들의 딸랑거리는 목소리들은 뒤캉다이어트의 기적 같은 결과를 찬양하고 그의 유명한 옹호자들을 인용한다. 케이트 미들턴과 그녀의 B 측면이 모두의 입에 붙어 있다. 냉소적인 논평들은 거주지와 연봉을 토대로 사람들을 분류한다.

"미카엘은 어떤 사람이야?"

"첼시에 살고 200 정도 벌어."

"조지는?"

"풉, 그 사람은 이제 울어도 손수건 살 돈도 벌지 못해."

진토닉을 한 잔 가져가려고 테이블로 온 마시모는 홀 맞은편의 세 사람에게 갔다. 때마침 그에게 등을 돌리던 래리가 내뱉은 마지막 말을 알아들을 수 있었다. "사람들은 우리가 죽었다고 말했지. 하지만 자, 우리는 아직 그대로 있어. 위기는 엿이나 먹으라고 해. 우리는 언제나 최고야." 목소리는 콧소리에 무거운 텍사스 억양으로 일그러져 있다. 그는 싱글 몰트를 한 모금 쭉 삼키고 나서야 마시모를 알아본다. "오, 유럽 담당 우리의 새로운 인물이 여기 있군. 축하하네, 맥스." 그에게 초점을 맞추려고 시도하면서 중얼거린다.

"안녕, 마시모. 축하해요." 셰릴이 메아리처럼 말한다. 매니큐어를 칠한 손가락이 곱슬머리 속에서 아주 확실하게 움직인다. 가볍게 고개를 숙이는 그녀의 입술이 미소로 살짝 열린다.

래리는 과장된 술 한 모금 뒤로 실망감을 감춘다. "마시모, 우리와 함께 뉴욕에서 마음껏 활약할 수 있을 거야. 돈을 갈퀴로 긁어모으겠지."

그 앞에는 데릭이 두 손을 호주머니에 넣고 턱을 쳐든 채, 머리칼을 나누는 완벽한 가르마와 함께 서 있다. 그는 유쾌하고 관대하게 래리의 말에 동의한다.

마시모는 역겨움을 느낀다. "최고들이라… 우리는 단지 성공하여 살아남은 자들일 뿐이에요." 찡그린 미소와 함께 머리를 흔들면서 말한다.

"그렇게 살아남는 것도 나쁘지 않아요…." 셰릴이 낮은 목소리로 말한다. 순간적으로 마시모의 팔에 올려놓는 섬세한 손이 짜릿한 전율을 전해준다.

"살아남는 것과 살아남은 자들이 되는 것 사이에는 차이가 있지."

"겸손해하지 마. 모두들 알고 있어. 자네는 모니터에 매달릴 때 상어가 돼."

"아니, 겸손이 아니야." 데릭이 가로막는다. "맥스는 단지 이렇게 생각해. 열광은 쿨하지 않은 것이라고!" 그 논평에 모두들 웃는다. 셰릴을 제외한 모두가.

"나는 3천만 달러가 쿨하다고 생각해. 그런데 무엇을 살지 정했어? 여기 유럽에서 쓰려는 것은 아니겠지? 그건 낭비야." 래리는 맨정신일 때도 절대 조용히 있지 못한다. 그리고 이런 순간에는 발작에 이르기도 한다.

"단지 작은 물고기들만 거품을 내요, 래리. 상어들은 언제나 바다를 평온하게 놔두지요. 기억해요." 이번에는 마시모의 눈이 텍사스 사람의 눈을 찾는다. 알코올에서 얻은 그의 행복감이 단숨에 꺼진다.

"그만들 해." 데릭이 지겹다는 듯이 가로막는다. 그리고 마시모를 향해 덧붙인다. "자네는 마실 생각이나 해. 아직 말짱하잖아."

이탈리아 사람 마시모는 거의 빈 술잔 속의 얼음을 흔들며 고개를 끄덕인다. "충고에 따르지요." 그리고 바를 향해 몸을 돌린다. 셰릴의 실망한 눈길이 뒤따른다.

'바다 앞에서 행복은 단순한 관념이다.'

하지만 그 불합리한 운하 속에서 해파리들, 상어들, 둥근 물고기들, 톱 같은 물고기들이 모인 천박한 전초 기지에서 행복은 단지 머나먼 관념일 뿐이다.

마시모는 진토닉을 한 잔 더 주문한다. "3 대 1로." 바텐더에게 말한다. 진 3에 토닉워터 1, 평온하게 뒤섞는다. 레몬에서 나오는 섬세한 작은 방울들을 바라보는 동안 눈이 흐려진다. 홀 중앙을 향해 몸을 돌리자 가벼운 전율이 한쪽 눈꺼풀을 뒤흔든다. 네온 불빛에 넘치는 그의 칵테일이 딥블루 효과의 속임수를 되돌려준다.

그사이 맞은편의 작은 연단 위에서 데릭이 전통적인 크리스마스 파티 연설을 시작하려고 한다. 음악이 잦아들고, 점점 더 늘어진 래리의 목소리가 참석자들의 웅성거림을 제지하더니 시작을 알린다. "자, 박수." 마치 채찍을 움켜잡고 있듯이 팔을 흔들면서 외친다. 어떤 사람은 그에게 주목하고, 다른 사람들은 휘파람을 불거나 소리친다.

"쉬운 시기는 아니었습니다." 데릭은 곧바로 시작한다. "하지만 우리가 아직 여기 있는 데는 이유가 있습니다." 잠시 쉰 다음 어조를 바꾸어 마지막 말에 뒤이어 중요한 것을 강조한다. "여러분은 내가 함께 일한 가장 훌륭한 팀입니다. 결과가 증명합니다."

마시모는 진토닉을 홀짝이면서 사업적 수사학의 속임수들에 집중한다. 어떻게 데릭이 집단의 자부심을 부추기기 위하여 '어려운 시기'라는 공식을 부정으로 피했는지 마음속으로 주목한다. 이제 데릭이 '유럽' 채권의 고삐를 넘겨주었으니 자신도 그와 똑같이 할 수 있을지,

세부적인 것을 모두 고려할 수 있을지 자문한다.

마시모에게는 스승이 없었다. 숫자와 내기를 혼자 배웠다. 하지만 이름 하나를 대야 한다면, 누가 가장 많이 가르쳐주었는지 말해야 한다면, 선택은 바로 데릭 모건이 될 것이다.

"15년 동안 어떻게 그를 견딜 수 있었을까?"

질문이 그를 생각에서 떼어낸다. 옆에선 카리나가 직사각형 렌즈 뒤에서 그에게 미소를 보낸다. 야윈 얼굴에서는 파란 눈 주위로 화장의 베일에 감추어진 가벼운 주름살의 그물이 임박한 예순 살을 드러낸다. 마시모는 그녀가 어떤 차림인지 알기 위하여 머리에서 발끝까지 살펴볼 필요도 없다. 재킷과 바지로 이루어진 일상적인 타이외르, 저녁이기 때문에 검은색, 때로는 낮에 색깔이 바뀌지만 특별한 옷차림으로 놀라게 한 적이 거의 없었다.

"래리 말인가요?" 마시모는 묻는다.

그녀는 엄청나게 풍성한 붉은 머리칼을 흔들면서 고개를 끄덕인다.

다시 그가 말한다. "익숙해졌겠지요. 닷컴에서부터 함께했어요. 매입할 것은 모두 매입했고, 갖고 있지 않은 것도 매도했어요, 거품이 터지기 전에. 마치 전쟁에 나가는 것 같았을 거예요."

"다만 데릭은 장군 계급으로 돌아왔고, 래리는 아직도 전쟁터에서 싸우고 있지."

"데릭도 싸우고 있어요. 하지만 래리는 피 냄새를 더 좋아해요."

"그런데 당신은 어떻게 지내?" 잠시 침묵하더니 카리나가 묻는다.

"모르겠어요." 마시모는 눈을 비빈다. "때로는 내가 지금 무엇을 하고 있는지, 그럴 가치가 있는지 나 자신에게 물어요. 그 돈으로 어떻게 해야 할지도 모르겠어요."

"마시모, 당신은 돈을 위해 일하지 않았어. 돈은 단지 당신이 믿는 것의 잣대일 뿐이야."

"한때는 많은 것을 믿었는데, 지금은 단지 숫자들만 믿어요. 그리고 결국 돈으로 돌아가지요." 그는 미소를 띠며 말한다.

카리나는 그의 얼굴을 쓰다듬는다. 그런 다음 오른손 검지로 섬세하게 코 위의 안경테를 바로잡는다. 그것은 마시모가 잘 알고 있는 몸짓으로 13년 전 어느 날 처음 보았다. 공격적인 헤지펀드의 젊은 운용자가 타이외르 차림의 체계적인 마흔다섯 살 여인을 협력자로 채용한 9월 어느 날 오후였다. 시간이 지나면서 카리나 월시는 그의 비서이자 삶을 보완하는 일부가 되었다. 그의 열광, 오랜 침묵, 돌발적인 방식을 견디는 유일한 여인. 일상적인 탁구 치기를 감내할 준비가 되어 있는 유일한 여인. 그가 스트레스를 풀기 위하여 사무실에 탁구대를 들여놓게 한 이후로. 긴장을 푸는 데 도움을 준다고 그는 말했다. 그리고 시도해 보려고 결심했고, 카리나는 그의 스파링 파트너가 될 준비가 되어 있었다.

10년 전 데릭이 그의 경력에 결정적인 첫걸음을 위하여 그를 불렀을 때도 그녀는 그와 함께했다.

"우리는 오래전부터 자네를 지켜보았네. 자네는 빠르고, 신중하게 움직이고, 다른 사람들보다 먼저 도착하더군. 자네의 헤지펀드는 런던에서 최고이고, 자네는 절대 손해를 보지 않았어. 자네가 하는 일에는 천재적인 것이 있어." 데릭은 그렇게 말했다. 그 대형 은행 경영자는 눈부시게 빛나는 책상 뒤의 가죽 소파에 앉아 있었다. 넥타이는 풀어 헤친 칼라 위에 늘어져 있었다. 눈을 반쯤 감고 마치 속마음을 읽으려는 듯이 마시모를 바라보았다. 명령에 익숙한 사람답게 침착함을 과시하며 확실한 몸짓으로 움직였다. 악센트 없는 영어로 말했지만, 일부 마지막 음절의 짧은 발음은 대서양 너머의 모호한 억양을 드러냈다.

'동부 해안.' 마시모는 추측해 보았다. '뉴욕 아니면 보스턴.'

데릭은 그에게 서류를 건네기 전에 소파의 등받이로 몸을 기댔다. "이것이 오퍼일세. 우리는 자네와 함께하기를 원해."

마시모는 어떤 관심도 드러내지 않으려고 주의하며 초연함을 과시했다.

그건 정확한 유통이었다. 그의 손에 있는 것이었다. 준비되었다는 것을 선언하기 위하여 서류를 읽을 필요도 없었다. 그래서 머리를 흔들었고 계약에 호가를 올렸다. "이 제안은 단지 저에게만 해당할 수 없습니다, 모건 씨."

"데릭이라고 부르게." 상대방은 말을 끊었다.

"팀을 받으세요, 데릭."

"폴 패러독과 카림 마단을 말하는 건가?"

"그리고 카리나 월시요."

"카리나 월시?"

"저의 비서요."

"'자네' 비서…." 데릭은 소유 형용사에 머뭇거리면서 천천히 생각했다.

마시모는 거의 대담하게 머리를 끄덕였고, 그동안 상대방은 손가락으로 책상을 두드렸다. 두 사람은 말없이 서로 응시했다. 두 권투선수가 시합 초반에 링에서 서로 탐색하듯이.

마침내 데릭의 얼굴이 환해졌다. 어려운 합의에 응낙과 냉정함이 뒤따랐다. "좋네." 데릭은 대답했다. "이기는 팀은 바뀌지 않는 법. 이탈리아에서는 그렇게 말하지 않는가? 그 계약에 숫자를 두 배로 늘리고 자네 팀원들과 함께 오퍼를 평가하게."

"24시간 안에 저희 대답을 들으실 겁니다." 마시모는 일어나면서 말했다.

강하게 승부수를 던졌다는 것을 알았다. 하지만 자신의 팀이 망설이지 않으리라는 것도 알았다.

폴은 망설이지 않을 것이다. 그를 따르기 위하여 런던의 가장 오래된 은행을 떠났고, 로마 출신 애송이에게 모든 것을 걸면서 운명과 계약을 하려고 내려온 폴은 단지 3년간의 실적으로 헤지펀드를 설립하면서 어둠 속으로 뛰어들었다.

얼핏 보면 지구상에서 마시모와 가장 멀리 떨어진 사람인 카림도 망설이지 않을 것이다. 그 과시하는 듯한 우아함, 종종 발작에 가까울 정도로 지나치게 신경 쓰는 옷차림. 언제나 맞춤옷에 양복점의 샤르베 와이셔츠, 불가리 커프스단추, 화려한 에르메스 실크 넥타이. 그리고 눈부시게 반짝이는 필수적인 존롭 구두.

팀으로 일을 시작하기 전에 폴은 과시를 경멸하는 마시모가 어떻게 그 인도 출신 애송이를 견뎌낼지 이해할 수 없었다. 하지만 하루 일하는 것만으로 충분히 자신들이 함께 큰일을 해내리라는 것을 깨달았다.

그리고 수많은 위험 뒤에도, 수많은 트레이드 뒤에도 그들은 회사 크리스마스 파티에 함께 있었다. 10년 뒤에 보스 데릭의 자리를 차지하고, 은행의 가장 젊은 파트너가 되는 마시모와 함께.

"저 새로운 친구는 어때요?" 벽 쪽 후미진 곳 중 하나를 가리키며 카리나에게 묻는다.

조르조가 카림과 함께 벽에 기대어 있다. 그 새로운 친구는 긴 머리, 무성한 수염, 주름 잡힌 재킷과 줄무늬 와이셔츠 차림에 아주 야윈 이탈리아 젊은이다. 그는 탄탄한 몸매, 맞춤으로 재단된 쓰리피스 정장, 눈부시게 반짝이는 트리커즈 구두, 손가락으로 섬세한 수염을 쓰다듬는 동료와는 너무나 다르다.

"너무 자신 있어 보일 수도 있지만 일을 해낼 줄 알아." 카리나는 대답한다. "조만간 함께 이야기해 보고 싶어? 좋아할 거야. 저 친구도 로마 출신이야."

마시모는 웃음을 머금고 카리나의 팔을 스치며 그들을 향해 간다. 옆의 작은 탁자에는 '바뀔 수 없는' 팀의 마지막 일원인 폴이 팔꿈치를 탁자에 기대고 머리를 어깨 사이로 웅크린 채 앉아 있다. 마흔 살인데도 하얀 머리칼에 각진 얼굴로 무심하게 두 사람의 말을 듣고 있지만, 실제로는 흑맥주 파인트 잔에 집중하고 있다.

그사이 홀에는 데릭의 마지막 말이 울려 퍼진다. "그리고 이제 여러분 모두 아는 것처럼 우리는 절대적인 확신과 함께 데스크를 마시모에게 맡기기로 결정했습니다. 제가 지금까지 했던 것을 아무도 그보다 더 잘 계속할 수 없을 것입니다. 유럽 지역의 새로운 책임자, 우리의 가장 젊은 파트너에게 건배합시다."

활기찬 박수와 함께 연설이 끝나고 뒤이어 "건배!" 악수, 어깨 두드림, 질투가 섞인 미소가 뒤따른다. 마시모가 축하 의례에서 빠져나와 테이블에 이르렀을 때, 폴이 맥주잔을 들고 말 없는 축배로 잔을 약간 기울인다.

"당신이 관심의 중심에 있는 것을 얼마나 좋아하는지 안다면, 당신은 잘해내는 거예요." 카림이 환영 인사로 말한다. "이 파티의 리스크를 계산하지 않았지요?"

"리스크를 계산하는 것은 자네 일이야." 마시모는 대꾸한다. "자네를 해고할지 평가해야 할 것 같군."

"내가 오래전부터 그렇게 말했지요." 폴이 덧붙인 다음 맥주를 길게 마신다.

"폴, 자네는 우아함을 평가할 줄 몰라. 게다가 모든 아일랜드 사람처럼." 카림이 한 손으로 조끼의 미세한 주름을 정리하면서 대답하고는 이어서 말한다. "나는 우리에 대해 조금 지나치게 회의적인 조르조에게 말하고 있었어. 그의 유체역학 연구는 어떤 대학보다 은행에 더 유용해. 결국 금융의 흐름이 그물을 확산했고, 지금 우리는 모든 곳에서, 지구 전체에서 경쟁하고 있어. 세상은 평평해졌어. 국가, 다국적 기업이나 다른 것은 전혀 없고 개인들이 대등하게 게임을 하고 있어. 그건 멋진 일이야. 똑같은 정보, 똑같은 기회야. 결국 누구는 이기고 누구는 져서 총합은 언제나 제로야. 그렇게 해서 어느 가난한 인도 출신 수학자가 백만장자가 되고, 자신의 타고난 우아함을 자랑할 수 있지."

조르조는 역겨움의 표현으로 입을 비튼다. "당신은 무엇인가 놓친 것 같군요. 2년 전에 당시의 평평한 세상은 블랙홀로 폭발하고 있었어요." 잠시 멈추더니 마시모를 향하여 영어에서 이탈리아어로 넘어간다. "리스크 매니저는 여기에서 질서의 광신자예요. 단지 혼돈뿐인 곳에서 의미를 찾고 있어요. 아니면 보드카가 그의 머릿속에 넣어준 것 같아요."

"물이야."

"뭐라고요?"

"카림은 맹물을 마시고 있어." 마시모는 설명한다. "이슬람 신자여서 알코올에 손도 대지 않아. 자네는 아무것도 추정하지 않는 것이 좋을 거야. 우리 같은 일을 하는 사람에게 선입견은 위험해."

그 순간 폴이 고개를 든다. "카우보이가 오고 있어요." 중얼거리며 은밀한 몸짓으로 조르조의 등 너머 한 지점을 가리킨다. 래리가 불확실한 걸음걸이로 위험하게 흔들거리며 다가온다. 한 손에는 위스키병을 들고 있다. 다른 손에는 빈 술잔. 와이셔츠 끝자락이 바지 밖으로 나와 있다. 부푼 눈꺼풀이 황소처럼 젖은 눈을 절반쯤 덮고 있다.

"건배하세, 맥스." 그는 웅얼거린다. 잔을 탁자 위에 놓고 채우더니 마시모 옆에 밀어놓고, 자신은 곧바로 병째 꿀꺽꿀꺽 마신다. 그런 다음 다른 사람들을 향해 말한다. "자네들은 저쪽으로 가서 놀아, 우리는 사업 이야기를 해야 하니까."

카림은 멍한 표정이다. 실망의 그림자가 그의 얼굴에 드리우지만 단지 한순간이고 곧바로 자제력을 되찾는다. "가자, 조르조. 섬세함을 평가할 줄 아는 곳으로 가서 이야기하세." 그리고 다른 말은 덧붙이지 않고 젊은 동료와 함께 멀어진다.

폴은 일어나지 않고 텍사스 사람의 날카로운 시선 아래에서 침착한 태도를 유지한다. 결국 잠시 후 래리는 원하지 않는 존재에 체념하고 마시모에게 말한다. "그래, 누가 자네의 리스크 자리를 차지하지?"

아일랜드 사람 폴이 대답한다. "당신이 쫓아낸 저 검은 피부에 수염 난 친구지요."

"이름이 뭐지? 바시드? 모하메드?" 래리는 웃음을 터뜨린다.

마시모는 위스키로 입술을 적시면서 말이 없다. 위스키 맛이 진 맛과 충돌하고, 강렬한 열기가 속에서 올라오는 것을 느낀다.

"잘 들어, 맥스. 데릭과 함께 우리는 이따금 트레저리 공매에 손을 대기도 했어. 다시 그런 일이 있으면, 자네 주문표를 빌려주면서 자네가 똑같이 우리를 도와줘야 해. 알잖아, 간단한 일이야. 우리는 몇백만 집어넣고 자네는 그것을 하룻밤 동안 배 속에 넣어두면, 이튿날 아침 더 이상 없지. 그래. 그러면 우리는 협력하고 있다는 것을 워싱턴에 보여주게 되고, 시장에서는 엉클샘이 가장 수요가 많기 때문에 언제나 완전 매진이 된다는 것을 보여주게 되지. 아무 문제가 없을 거야." 이번에는 래리의 목소리가 단호하게 울린다.

폴은 고개를 든다. 허공에 쳐든 맥주잔, 가늘게 뜬 두 눈. 상대방의 시선에서 내기를 해야 할 때인지 파악하려고 노력하는 포커 도박꾼처럼 주의 깊게 래리를 살펴본다.

'기회를 잃지 않고 자기 나라 업소들을 선전하는 술에 취한 기도.' 마시모는 생각한다. '메이드 인 유에스에이 채권. 좋은 물건입니다. 사용해 보세요. 만약 사용해 보고 싶지 않다면, 최소한 우리는 많은 사람이 원한다는 것을 믿게 만든답니다.'

원 하나가 그의 머리를 조이기 시작한다. 관자놀이가 고동치는 것을 느낀다. 홀의 웅성거림이 무거워진다. 단숨에 잔을 비우자 타오르는 열기가 목을 태운다.

"늦었네요. 만약 데릭이 무언가 원한다면, 내가 어디 있는지 알 겁니다. 갈게요."

"나도 함께 가요." 폴이 몸을 일으키더니 호주머니에 손을 넣는다. 래리에게 눈길을 한번 던지고 그의 앞으로 빠져나간다.

수족관 옆 출구에 이르렀을 때 폴이 조금 멀리 떨어진 녹색 네온 표지판을 가리키며 말한다. "바로 올게요. 알잖아요, 맥주가 어떤지." 그리고 화장실을 향해 빠져나간다. 르네와 마주치자 눈길을 바닥으로 던지며 그에게 문을 잡아준다. 프랑스인 르네는 완전한 맞춤 정장에 하얀색 줄무늬가 있는 파란색 와이셔츠 위로 멜빵을 하고 있다. 르네에게 멜빵은 중요하기 때문이다. 멜빵이 품격을 부여하고 월스트리트를 생각하게 해준다고 느낀다.

마시모는 거기 한쪽에 서서 다른 무리 한가운데에 있는 데릭을 발견한다. 으레 그렇듯이 중심인물이다. 풀어 헤친 넥타이가 목둘레를 따라 매달려 있다. 그 옆에는 셰릴의 곱슬머리가 있다. 마늘로 블라닉 하이힐 위로 긴 다리가 솟아 있다. 팔에는 가죽으로 만든 파란색 발렌시아가 핸드백. 그녀는 데릭의 말에 웃는다. 그런 다음 자동적으로 수족관을 향하여 몸을 돌리는 마시모의 눈길과 마주친다. 그러자 그녀의 미소가 사라진다.

해파리는 아직도 그 자리에 꼼짝하지 않고 있다. 똑같은 자세로. 마시모는 마치 최면에 걸리듯이 그 투명함에 이끌린다.

아무도 그에게 말을 걸지 않자 그는 다른 곳으로 날아간다. 그 위에는 밀라노의 하늘이 있고, 주위에는 온통 빛과 바다의 반사광뿐이다.

아르젠타리오의 조약돌 해변에서 휴가를 보내는 로마 출신 열다섯 살짜리 청소년 둘을 다시 본다. 25년도 전. 하지만 그와 점점 더 멀어졌다. 지중해의 한구석이 세상의 모든 바다 같았던 그 여름에.

마시모는 대충 정비하는 데 성공한 4미터짜리 모터보트 '도리 13'을 마리오와 포차렐로의 선창에 정박해 놓은 날 아침을 기억한다. 바다에서 보니 초목들로 뒤덮인 조그마한 만은 푸른 바다를 감싸고 있는 육지의 애틋한 포옹 같았다.

"해변까지 헤엄쳐 갈까?" 마리오가 물었다.

"그래, 헤엄쳐 가자. 팔이 너무 아프니까 서두르자." 마시모는 대답했다.

둘은 해변과 부표들 사이를 오가면서 배 소유자들을 태워다 주는 뚱뚱한 카론, 거대한 시로를 기다리지 않았다. 바다에서 나와 해변의 나무 건물 '아프로도'(접안, 상륙 - 옮긴이)로 들어간 그들은 커다란 테이블 뒤에서 토스카나 지역 신문 〈일 티레노〉의 스포츠난에 빠져 있는 시로를 발견했다. 한쪽 벽에는 그가 그 지역에서 가장 뛰어난 낚시꾼이었던 시절의 사진들이 걸려 있었다. 그를 아는 사람에게는 최고였다.

이제는 입 한쪽에 담배를 물고 있었는데, 담배 때문에 하얀 수염이 노랗게 변해 있었다. 예순다섯 살 나이가 태양에 익은 얼굴에 깊은 흔적을 새겨놓았다. 위팔에는 노란색이 감도는 푸른 잉어 문신이 있었다. 바다 사내에게 민물고기 문신이라니.

마시모는 오른손으로 왼팔 주위를 움켜쥐었다. 해파리는 불처럼 빨간 색깔 흔적을 남겼다. 화끈거리면서 아팠다. 채찍으로 때리는 것 같은 고통과 견딜 수 없는 가려움이 번갈아 반복되면서.

마리오가 물을 달라고 했지만 시로는 말없이 꼼짝하지 않고 번갈아 가며 한 친구의 빨간 피부와 다른 친구의 얼굴을 바라보았다. 그리고 머리를 흔들며 중얼거렸다. "물은 더 악화시켜." 그는 슬리퍼를 끌면서 테이블을 돌아 나와 마시모의 한쪽 어깨를 잡았다. 마시모는 낚싯대와 통발, 그물로 단단해지고 옹이가 박힌 그 커다란 손에 이끌려 밖으로, 건물 뒤쪽으로 갔다.

"그 위에 오줌을 누어야 해." 시로는 절대 잊지 못할 자신의 마렘마 억양으로 말했다. 연기구름을 토해내듯이. "자, 어서."

시로는 실수하지 않았다. 며칠 뒤 두 친구가 먼바다로 나가고 싶어 했기 때문에 '도리'가 정박된 곳으로 데려다주었을 때도 실수하지 않았다.

"그러다가 침몰한다." 시로는 노를 저으면서 말했다.

마시모와 마리오는 이따금 매료되었다. 시로가 바다 위에 있을 때는 마치 자연의 요소로 돌아간 것 같았다. 육중한 몸통은 놀라울 정도로 유연하게 배의 흔들림에 따랐다. 파도 위에서 그의 중심은 순간적으로 균형을 찾았다. 마치 바다가 그처럼 뚱뚱하고 볼품없는 사내까지 우아하게 만드는 것처럼. 배에서 시로는 심지어 담배도 잊었다. 사실 노를 잡기 전에 그는 언제나 쭈그러진 MS(Monopolio Statale, 이탈리아 전매 담배 이름 - 옮긴이) 담뱃갑을 아프로도의 테이블 위에 놔두었다. 몇 시간 동안 담배를 피우지 않을 수 있었다.

"그러다가 침몰한다." 시로는 반복해서 말했다.

마시모와 마리오는 당황스러운 눈길을 주고받았지만 그 경고를 이해하지 못했다. '도리'가 정박된 만 안에서 바다는 평온하게 잿빛으로 펼쳐져 있었다.

시로가 내려주자 마리오는 닻줄의 매듭을 풀었고, 마시모는 키를 잡았다. 25마력짜리 머큐리 모터는 공허하게 콜록거리더니 긴 굉음을 내기 시작했다. 둘은 마렘마 출신 시로의 의심 가득한 눈길을 받으며 먼바다로 향했다.

몇 분 뒤 바다는 휘몰아치는 남풍 아래 부풀어 올랐다. 바람은 갑자기 몰아치기 시작했고, 잔잔한 바다 수면을 파도들의 시소로 바꾸었다. 마리오는 몸이 굳는 걸 느끼며 손으로 뱃전을 움켜잡았다. 긴장감으로 손가락 마디들이 하얘졌다. 그동안 마시모는 항로를 바꾸려고 힘겹게 조작했지만, 조류에 완전히 사로잡힌 '도리'는 위험하게 기울었다. 습한 돌풍이 땀을 얼어붙게 만들었다. 보트의 측면을 보호하면서 순풍을 받으려고 크게 한 바퀴 돌았고, 마침내 성공했다.

조그마한 만으로 다시 들어간 그들은 여전히 두려움에 떨면서 부표 근처에 있는 시로를 보았다. 팔짱을 낀 그는 측은하다는 표정으로 보트 위에 선 채 그들을 기다리고 있었다. 그 순간 이후 그는 저녁이나 새벽에 둘을 바다로 데려가기 시작했다. 그는 진정한 고기잡이는 낚싯대로 잡는 것이라고 그들에게 가르쳤다. 저인망으로 고기잡이를 하면서 평생을 살아온 그가. 두 소년에게 속임수조차 감추지 않았고, 자신의 모든 경험을 전수하기로 결심했다.

"훌륭한 낚시꾼은 매듭으로 알아볼 수 없어, 절대로. 낚아채는 방식으로도 알 수 없어. 터치로, 그리고 살아 있는 미끼를 꿰는 방식으로 알 수 있지. 봐, 움직이지?" 그는 파란 양동이에서 몸을 격렬하게 비트는 긴 동갈치 한 마리를 꺼냈다. 그리고 죽이지 않으려고 주의하면서 단단히 잡고 낚싯바늘에 꿨다.

그 뭉툭한 손가락이 신속하고 정확하게 움직이는 것은 하나의 기적이었다. "그리고 기억해. 물고기가 물기 전에 느껴야 해. 그것은 직감 문제야." 낚싯대를 던진 다음 반복해서 말했다.

'물고기가 물기 전에 느껴야 해. 그것은 직감 문제야.'

그 문장을 미래에 마시모는 얼마나 많이 반복해서 떠올렸던가. 아침에 잠에서 깰 때, 옷차림을 생각할 때, 트레이드를 결정할 때, 그 늙은 어부의 말은 전혀 바뀌지 않는 의미로 충만한 채 떠오르곤 했다. 하지만 마시모에게 그 의미는 매번 바뀌었다.

'직감을 갖는 것, 미끼를 준비하는 것.'

마시모와 마리오가 토스카나에서 보낸 마지막 휴가였다. 청소년기의 마지막 여름. 7월 어느 날 아침 무수한 MS 담배 때문에 갑자기 죽은 시로를 마지막으로 보았을 때였다. 그 순간 마시모의 머릿속에 모든 것이 산뜻하게 되살아났다. 눈은 해파리의 투명한 점막을 꿰뚫으려고 했고, 귀는 견딜 수 없는 소음을 밀쳐내려고 했다.

생각의 중심에서 언젠가 밀라노의 포르타로마나(밀라노의 중요한 여섯 성문 중 하나로 중심지에서 동남쪽에 있다 - 옮긴이) 근처에 있는 친환경식당에서 마리오가 그에게 했던 질문이 떠올랐다.

"너는 바다를 좋아하는데 왜 런던에 있지?"

단순하고 평범하지만 무서운 질문.

마시모는 무엇이든 의미할 수 있는 침묵 뒤로 숨었다. 진정으로 거기에 대하여 생각하고, 자신의 선택을 저울 위에 올려놓는 것을 피하기 위해. "밀라노가 더 나아?" 몇 초 뒤 유리창 너머 거리를 가리키며 물었다. 물웅덩이, 비, 초봄에 어울리지 않는 병든 하늘.

"내가 말하고 싶은 것을 이해했구나." 마리오는 그를 혼자 남겨두기 전에 결론지었다.

어깨를 한 번 두드림으로써 폴이 그를 아쿠아레스토랑의 그 불가능한 홀로 갑자기 다시 데려온다. 점점 더 자주 그를 멀리 데려가면서 괴롭히는 그 기억들에서, 그 자신에게서 구해주듯이.

"가자." 마시모는 자신의 생각과 현실을 구별하지 못한 채 그에게 속삭인다. 르네가 홀 맞은편 모퉁이에서 그들을 바라본다. 그 프랑스 친구는 혼자다. 언제나 혼자다.

1분 뒤 그들은 리젠트스트리트에 있다. 나란히 말없이 걷는다. 언제나 그랬다. 이따금 마시모는 말하고 싶지만, 자신들 사이의 돌발적인 공모가 다른 소통 형식을 배제하는 것 같다.

14년 동안 둘은 서로 아무 이야기도 하지 않았다. 친구와 아주 비슷한 폴. 서로 마음을 터놓지 않기로 한 친구 폴.

진열장들의 크리스마스 루미나리에가 젖은 아스팔트 위로 간헐적으로 빛을 비춘다. 젊은 남녀가 숨이 넘어갈 듯이 웃으면서, 간신히 다리로 균형을 잡으면서 걸어간다. 마시모와 폴은 햄리스 장난감 백화점을 지나간다. 거리 저쪽에서 '언더그라운드'라는 글씨가 파란색 배경 위에 하얀색으로 적혀 있다. 옥스퍼드 서커스역.

"그런데 텍사스 녀석은 도대체 뭘 원했던 거예요?" 폴이 침묵을 깨뜨리며 묻는다.

"폽! 취해 있었어. 생각하지 마."

"마시모, 우리가 언제부터 알고 지냈죠?"

"14년 되었을 거야."

"13년 8개월 25일이에요."

마시모는 미소를 짓는다.

"충고 하나 들어요." 폴이 그에게 말한다.

"말해봐."

"래리를 과소평가하지 마세요. 짐승이지만 뭔가 할 줄 알아요. 미국 사람들이 무엇인가 원한다면, 당신은 그게 무엇인지 이해하는 것이 좋을 거예요."

지하철 근처에서 대화는 시작이 그랬듯이 갑자기 멈춘다.

"안녕, 나는 저쪽으로 갈게요." 폴이 옥스퍼드스트리트 방향을 가리키며 말한다.

마시모는 머리로 인사를 하고, 머리를 숙인 채 맞은편을 향한다.

오, 안락한 나의 집

'한 시간 뒤.'

마시모는 소리 없이 불도 켜지 않고 크리스마스트리의 간헐적인 불빛을 이용해 집 안으로 들어간다.

빨강, 노랑, 파랑.

빨강, 노랑, 파랑.

크리스마스 파티는 그에게 기분 나쁜 미완성의 느낌, 말하지 않은 말, 하지 않은 몸짓의 느낌을 남겼다. 통제에서 벗어나는 것들.

셰릴의 손, 새카만 곱슬머리 사이의 손가락을 다시 본다. 그녀 옆에서 빅애플, 뉴욕주에 헌정된 아주 세련된 계열의 제품 본드 넘버 나인의 향수를 느꼈다. 데릭에게 자기 나이 절반의 영국 아가씨에게서 나는 그 향수는 혹시 발견과 기억, 정복과 회상의 혼합물이 함유된 마법적 요소가 아닐까 자문한다. 눈을 감고 셰릴의 이미지를 쫓아낸다.

눈길이 방 한가운데에서 방황하게 놔둔다. 1층 거실은 기본적인 세련미로 장식되었다. 카피토네 방식(1700년대 영국 체스터필드 백작의 디자인에서 착안했으며 수작업으로 주름을 일정한 간격으로 잡는 방식 - 옮긴이)으로 만든 검은색 가죽 소파 두 개, 창문 앞에는 마찬가지로 가죽으로 만든 일인용 소파 하나가 직각선들의 우세함에 균형을 맞추기 위하여 대각선으로 놓여 있다. 입구 반대편 벽에는 피에트 몬드리안의 세리그래프 작품 하나가 걸려 있는데, 마시모는 그 조화, 선들의 산뜻함, 표면의 지배적 색조, 정사각형과 직사각형 도식들 때문에 언제나 이 작품을 좋아했다. 사각형이 빨강 세 개, 노랑 여덟 개, 파랑 여섯 개, 하양 스물네 개인 〈빨강 노랑 파랑의 구성〉으로 1921년 작품이다.

정적 속에 벽난로 위 시계의 똑딱거림이 울린다. 바늘은 11시 30분을 가리키고 있다. 크리스마스트리의 나뭇가지들 사이로 해러즈백화점의 진주로 마무리된 공들, 꽃줄 장식, 여러 색깔 전등 빛을 반사시키는 스와로브스키 크리스털을 알아볼 수 있다. 장식물들은 실내 장식 잡지의 일부 페이지를 연상시킨다. 완벽한 조합이지만 친밀한 것이 전혀 없다.

느린 걸음으로 벽난로로 다가간다. 벽난로 위에는 액자들이 나란히 늘어서 있다. 과거의 조각들. 검은색 옷을 입은 마시모가 오래전 봄이 끝나갈 무렵 하얀색 드레스를 입은 긴 금발 여인에게 입을 맞추고 있다. '미켈라.'

작은 초 열 개가 꽂힌 케이크 앞의 소녀와 마시모. 초콜릿으로 '생

일 축하해'라고 쓴 글귀. '인디아.'

마시모가 아기를 안고 있다. '로베르토.'

탁월한 희극의 첫 공연이 끝난 뒤 극장 앞에 선 마시모와 카리나. 그는 담배를 피우고, 그녀는 일상적인 검고 우아한 타이외르 차림이다. 그는 카메라 렌즈를 바라보고, 그녀는 그를 바라보고 있다.

마시모, 카림, 폴, 영원한 동료들, 런던의 최고 헤지펀드에 수여된 상을 받은 날 저녁. 아일랜드 친구의 아직 검은 머리칼 사이로 듬성듬성 보이는 하얀 머리칼들. 인도 친구의 재킷 아래 금빛 아라베스크무늬의 보랏빛 조끼. 두 친구의 웃는 얼굴 사이에서 마시모의 집중한 표정.

테스타초의 바 치 엘레나의 창문 앞에서 손에 축구공을 들고 있는 소년 마시모와 마리오. 1978년 여름의 그날을 완벽하게 기억한다. 아르헨티나와 이탈리아 사이에 축구 시합이 있었기 때문이라기보다 '너머를 바라본다'는 것이 무슨 뜻인지 그가 깨달았기 때문에 각인되어 있었다.

저녁이었고 마시모는 광장 가장자리에 있었다. 팔 아래에는 아디다스 탱고 축구공, 손에는 아이스크림콘을 들고 있었다. 치 엘레나의 내부 홀은 사람들로 넘쳐났다. 주위에는 담배 연기가 빽빽하게 떠돌았다. 입구 옆에서 검은 머리의 야윈 소년이 흑백텔레비전 화면을 바라보고 있는 것을 보았다. 손을 호주머니에 넣고 어깨는 문설주에 기대고 있었다.

마시모는 열광하는 목소리들의 합창 한가운데에서 "골" 하고 외치는 소년을 유리창을 통하여 바라보았다. 그의 아버지도 거기 서서 환호하고 있었다. 1만 킬로미터 떨어진 곳에서 로베르토 보테가가 장차 세계 챔피언이 될 홈팀 선수들에 대항하여 국가 대표팀을 우세하게 이끄는 동안.

그는 웃음을 보였다. 그런 다음 다시 거리를 응시했고, 그 지역 불량배 피키오가 인도를 따라 걸어오는 것을 보았다. 고무 축구공을 아스팔트 위로 마치 펀치백처럼 주먹으로 쳐서 튀어오르게 하고 있었다. 치엘레나 가까이 이르렀을 때 그는 고개를 들었다. "뭐 하고 있어?"

마시모는 그에게서 눈길을 거두었지만, 알 수 없는 충동이 엄습했다. 그의 눈은 피키오의 인조가죽 펠레 축구공의 오각형들에 머물다가 자기 축구공의 검은 원들로 미끄러졌다. 그리고 말했다. "우리 바꾸자. 그걸 나한테 주면 내 탱고를 너에게 줄게."

그건 요구가 아니었다. 그러자 피키오는 속임수를 찾으려는 듯 이마를 찌푸렸다.

하지만 속임수를 찾지 못했다.

"좋아." 그는 한쪽 손바닥 위에 축구공을 올려놓고 내밀었다.

그 순간 야윈 소년이 문설주에서 떨어져 나와 끼어들었다. "너무 단순해, 피키오." 그러고는 탱고를 들고 드리블을 시작했다. "누가 더 많이 하는지 보자." 그렇게 말하는 동안 공은 목 위로, 그다음에는 발 바깥쪽 위로 튀어올랐다. 마치 보이지 않는 자석이 중력 효과를 없앤 것 같았다. "하지만 만약 내가 이기면 교환은 없어."

입을 벌린 채 질투가 눈에 가득한 피키오는 유연한 발놀림 앞에서 꼼짝하지 못했다. 그리고 순식간에 졌다.

"다음에." 중얼거리더니 머리를 흔들면서 멀어졌다.

"네가 원할 때." 상대방은 탱고를 발목과 발등 사이에 균형 있게 정지시키면서 대답했다. 그리고 마지막으로 차서 손으로 잡았고 마시모에게 돌려주면서 말했다. "너에게 불리했어."

"하지만 아니야. 나는 다른 공들과 똑같이 줄이 있는 공을 갖고 싶어."

"탱고가 더 좋아, 다르니까. 그리고 최근에 만든 거야. 조금 있으면 모두 탱고를 살 거야. 너는 그걸 처음 가진 거야." 그는 말하면서 손을 내밀었다. "나는 마리오야."

그런 다음 축구공을 떨어뜨리더니 발목으로 세게 찼다. 공은 어느 바의 셔터를 맞추었다. 바 위쪽 건물의 어느 창문에서 욕지거리가 터져 나왔다. 마시모는 친구의 충고가 얼마나 소중한 것인지 나중에야 깨달았다. 물건의 가치는 다른 사람들보다 먼저 깨달아야 한다. 그렇게 해야만 이길 수 있다.

1년 후 찍은 옆 사진에서 그와 마리오는 이미 떨어질 수 없는 사이였다. 그들과 함께 늙은 시로가 작은 항구의 흑백 속에서 불멸이 되어 있다.

그리고 1984년 5월 30일 오후에 찍은 폴라로이드 사진에서 다시 함께 팔짱을 끼고 있다. 목에는 노란색과 빨간색 머플러. 한쪽 주먹을 쳐들고, 두 손가락으로 승리의 V자를 그리고 있다. 하지만 몇 시간 뒤 승자는 영어로 말하고 리버풀 레드데빌스의 빨간 옷을 입었다는 쓰라린 사실을 깨달을 것이다. 마시모에게 11미터는 가능성과 현실, 꿈과 후회를 갈라놓는 정확한 거리가 되었다. AS 로마 3, 리버풀 5.

이제 기억을 고정하고 있는 즉석 사진들에 집중한다. 맞춰야 할 퍼즐 조각들. 또는 잘라내야 할 예리한 파편들. 바로 그 순간 지금 갖고 있거나 전에 가졌던 것에서 아무것도 정말로 자신에게 속하지 않는다는 느낌이 든다.

구석의 크리스마스트리로 다가간다. 천천히 무릎을 굽히고 벽에 기댄다. 나뭇가지 몇 개와 부딪치고 녹색 바늘잎들이 바닥에 떨어지는 것을 본다. 크리스털들과 공들이 가볍게 딸랑거리는 소리를 낸다. 플러그를 뽑는다.

'과거는 이상한 장소야.' 주변이 어두워지는 동안 생각한다. 그리고 발끝으로 계단을 올라간다.

2층에서는 복도의 어둠이 침실의 살짝 열린 문으로 새어나오는 한 줄기 불빛에 조각나 있다. 마시모는 다가가 문틈으로 안을 들여다본다.

옷 몇 개가 놓인 파란색 이불을 작은 등이 비추고 있다. 산양 가죽으로 마무리된 타이트한 검은색 바지, 남성 스타일의 검은색 재킷. 커다란 심홍색 가죽 핸드백이 한쪽 소매 끝 가까이에 기대져 있다.

미켈라는 그에게 등을 돌리고 커다란 침대 앞에 서 있다. 그녀의 긴 머리칼, 섬세한 발목, 착 달라붙는 바지로 굴곡이 드러난 다리, 적당한 허리, 어깨와 나란하게 튀어나온 팔꿈치. 머리를 앞으로 숙였는데, 그 자세는 등의 곡선을 분명하게 보여준다.

마시모는 손으로 가볍게 문을 밀어 연다. 그녀는 깜짝 놀라 재빨리 몸을 돌린다. 손에 들고 있던 디지털 라이카 카메라가 잠시 그녀의 얼굴 앞에 그대로 있다. 그런 다음 물기 젖은 커다란 녹색 눈이 남편의 파란 눈과 부딪친다.

"놀랐잖아." 그녀는 중얼거린다.

"미안해. 당신을 보고 있었어." 가까이 다가가면서 대답한다. 그녀의 섬세한 입술에 입을 맞추려고 몸을 숙이자, 그녀가 급박하고 갑작스러운 생각에 이끌려 피한다. 마시모의 입이 그녀의 뺨을 스친다.

"새로운 고객이 나를 편안하게 놔두지 않아. 내일까지 모든 것을 해 달래." 그녀는 머리로 옷들을 가리킨다. "어때 보여?"

마시모는 침대 한쪽에 앉아 무심하게 코디해 놓은 옷을 바라본다. "그녀는 누구야?"

"카테리나. 아니, 카티아. 러시아 여자야. 남편이 바캉스에 새로운 연인을 데려갔대. 그녀는 공격적인 차림으로 자신을 업그레이드할 필요가 있어. 오늘 아침 나에게 요청했어." 그 말에 당혹감이 서린 억지웃음이 뒤따른다. 그런 다음 묻는다. "당신은 어땠어? 성공적이었어?" 그 순간에야 파티가 생각난 것처럼 심술궂은 눈빛과 함께.

"단지 막을 수 없는 90킬로그램의 텍사스 사람만 아니었다면."

그녀는 이마를 찌푸린다. 그런 다음 웃음을 터뜨린다. "래리 러벅?"

마시모는 고개를 끄덕인다.

"당신은 운이 없었어." 잠시 침묵한 뒤 미켈라는 우아한 말투로 다시 말하기 시작한다. "오늘 힐러리와 통화했는데, 데릭이 뉴욕으로 돌아간대. 당신은 나한테 아무 말도 하지 않았어."

마시모는 침대에서 일어나 창문으로 다가가 새틴 커튼을 걷는다.

거리에는 안개가 빽빽한 덩어리를 이루고 있다. "당신한테 말하려고 했는데 시간이 없었어. 이틀이나 내가 돌아왔을 때 당신은 벌써 잠들어 있었어. 그리고 그 소식을 깊이 생각해 보아야 했어." 그는 변명한다.

"그러면 누가 대신해? 힐러리는 거기에 대해 말하지 않았어." 미켈라의 질문은 비밀스러운 기대감으로 떨린다. 그 말 아래에서 기대감의 전율이 느껴진다.

"그보다 더 나은 사람." 마시모는 표정을 바꾸지 않고 대답한다.

"내가 아는 사람이야?"

"아주 잘 알지."

그녀는 그를 바라보더니 빙긋 웃는다.

힐러리 모건. 데릭의 성공 비밀은 그 야윈 여인의 모습을 띠고 있었다. 몇 시간 계속된 실내자전거 운동 뒤에 감추어진 쉰 살, 밤색 머리와 주근깨가 흩어져 있는 얼굴에 가벼운 미용 시술로 단단해 보이는 피부색을 간직한 여인.

그에게 세 아들을 낳아주었고 삶을 헌신했다. 입술에 언제나 정확한 말만 간직했고, 마음 깊은 곳에 있는 사랑과 신뢰에 대한 의혹은 침묵 속에 묻어두었다. 그 여인은 확실히 지킨 약속이었고, 그 무엇이나 누구도 흠낼 수 없을 현실이었다.

힐러리 앨리슨 캠벨은 분명히 데릭에게 그랬을 것이다. 그리고 그랬다. 하지만 미켈라는 아니었다. 두 사람이 알게 되었을 때, 그의 아내가 될 아가씨의 세계는 책들로 되어 있었다. 반대로 마시모의 세계는 계산, 통계, 확률로 새겨져 있었다. 두 사람 모두 가능한 것을 사랑했다. 그것을 마시모는 숫자들 안에서 찾았고, 미켈라는 말로 표현했다.

어느 봄날 아침 파리 마라이스의 어느 카페에서 미켈라를 처음 보았다. 그는 균형감이 돋보이는 보주광장의 기하학과 숫자들을 오랫동안 바라보고 있었다. 정확히 교차한 색상, 돌로 된 테두리들, 규칙적으로 이어진 벽돌 무더기, 측면으로 아홉 개 건물, 세 개 층 각각에 창문 네 개.

그런 다음 어느 바에 앉았고, 책에 몰입해 있는 한 아가씨의 새하얀 피부와 긴 금발에 매료되었다. 햇살이 가득한 날 크리스털 바다의 피부 빛깔 같았다. 그는 계산을 중단했다.

"무엇을 읽고 있어요?" 그녀에게 영어로 물었다, 오래전부터 알고 있었던 것처럼.

그녀는 책에서 눈을 들었다. 그는 그 눈길의 젖은 색조 안에서 길을 잃었다. 그녀는 뻔뻔스러운 접근에 놀라 바라보더니 잠시 그를 살펴보았다. 그런 다음 말없이 책 표지를 보여주었다.

"보리스 비앙, 《세월의 거품》." 그는 또박또박 읽었다.

"보리스 비앙, 《세월의 거품》." 그녀는 반복해 말했다. 그리고 그녀의 말은 미지의 떨림으로 물결치는 n 소리, r의 구부러진 굴림, 그 섬세한 입술 끝에서 길게 울리는 u 소리와 함께 완전히 다르게 들렸다. 그런 다음 덧붙였다. "나는 미셸이에요."

그다음은 잊을 수 없는 날들이었다. 아직 모든 것이 일어날 수 있고, 가능성이 확률로 측정되지 않는 오로지 20대의 행복한 날들이 그럴 수 있는 것처럼.

마시모는 그 휴가가 자신의 미래를 다시 쓸 거라고 상상도 할 수 없었다. 둘은 점점 더 자주 만나기 시작했고, 파리는 그들의 것이 되었다. 처음에는 리브 고슈를 산책했고, 거기에서 그녀는 센강의 서정적인 구역들과 위대한 시인의 집들을 가리켰다. 그리고 둘은 생 제르망 데 프레의 조그마한 비스트로에서 파스티스(희석해서 마시는 프랑스의 식전주 - 옮긴이)와 포도주를 마셨으며, 사크레쾨르대성당을 말없이 바라보았다. 마시모는 그녀와 함께하면 상투적인 것들도 모험이 된다고 생각했다.

둘은 언제나 영어로 이야기했는데 그녀는 그를 맥심이라 불렀다.

"마시모." 그는 정정해 주었다. "이탈리아어로는 마시모라고 해요."

"그래요. 하지만 당신 이름은… 맥심이에요." 그녀는 웃으면서 대답했다.

마시모가 이해할 수 있는 서너 개 프랑스어 문장 중 하나였다.

그런 다음 그녀는 그에게 다른 것을 보여주고 싶어 했다. 생마르탱 운하 옆의 가파른 길을 올라가면 흩어진 빛들과 재즈가 있는 업소, 뷔토카이의 거리들, 낮은 집들과 서민적 분위기, 자르뎅 데 플랑트의 거리들 사이에 자기가 좋아하는 벤치. 그녀는 파리를 완벽하게 알고 있었고, 마시모는 그녀와 함께라면 무엇이든 알고 싶을 거라고 생각했다. 그리고 그녀에게 자신의 세계를 열어 보이고, 자신의 열정을 함께 나누고 싶었다. 스포츠에 대한 열정부터 시작해서.

1989년 6월 6일, 그들은 롤랑가로스 중앙 경기장 입장권을 사는 데 성공했다. 프랑스오픈 준준결승. 4시간 38분 동안 그들은 기억할 만한 장관을 구경했다.

그들에게는 어느 편을 응원할지 선택하는 데 한 게임으로 충분했다. 망설이지 않고 열일곱 살의 그 야윈 선수 편에 섰다. 깨끗한 얼굴에 좁고 긴 눈, 짧은 다리, 마이클 더페이 창이라고 적힌 미국 여권을 가진 선수. 그는 대진표가 제공할 수 있는 대결들 중 최악의 희생자로 지명되어 행운에서 미끄러진 것처럼 보였다. 네트 너머 24미터 거리에는 세계 랭킹 1위가 있었다. 체코슬로바키아의 이반 렌들.

세 번째 세트가 끝나고 2 대 1에서 그 미국 선수의 근육에 쥐가 났을 때, 그녀는 주먹을 움켜쥐었고 이를 악물었다. 그녀가 얼마나 게임에 사로잡혔는지 믿을 수 없었다. 그런 것을 전혀 예상하지 못한 마시모는 어느 순간 그녀가 눈물을 터뜨리지 않을까 걱정할 정도였다. 그리고 생각할 수 없는 일이 일어났다.

조그마한 창은 거인의 신경을 건드리기 시작했다. 아주 높은 포물선의 공들과 번갈아 나오는 짧은 백핸드 공들, 느린 서브. 그 세트는 도전자에게 4 대 3이 되었다.

그녀의 얼굴은 밝아졌다. 긴장으로 멈추고 있는 호흡이 가슴의 윤곽에서 분명하게 드러났다. 마시모는 어디를 보아야 할지 몰랐다, 튀어 오르는 공과 그녀의 부드러운 옆모습 사이에서. 그 세트의 여덟째 게임, 15 대 30에서 창은 기적을 이루어냈다.

'어깨 아래'의 언더 서브. 마치 탁구를 하듯이 아래에서 짧게 친 첫 번째 서브. 그에게 점수를 선물한 테니스의 역설. 그리고 게임과 세트가 끝났다.

그녀는 시합 내내 마시모의 손을 움켜잡고 있었다. 그런 다음 중앙 경기장의 열광 속에 박수를 치면서 일어섰다. 신경이 조각난 렌들은 창에게 브레이크 포인트와 매치포인트를 내주었다.

미켈라는 몸을 앞으로 내밀었다. 체코슬로바키아 선수는 서브를 준비하면서 머리를 숙이고 공을 튀기고 있었다. 그런 다음 시선을 들었고, 상대방이 서브 라인에서 반 미터 뒤에 있는 것을 발견했다. 거의 코트 중간에.

테니스 세계 1위에게는 지나친 일이었다. 당당한 그의 면전에서 누구도 감히 그렇게 하지 못했을 것이다. 그는 심판에게 항의했지만 아무것도 할 게 없었다. 잉스 심판은 규정을 상기시켰다. 그리고 신화의 항복은 더블 폴트의 교묘한 조롱과 일치했다.

미국 선수가 하늘로 주먹을 쳐들고 바닥에 주저앉아 있는 동안 미켈라는 마시모를 껴안았다. 그는 자신이 사랑에 빠졌다는 것을 깨달았다. 그녀는 그의 귀에 속삭였다. “맥심, 나는 이탈리아 사람이야.”

그녀의 게임은 유혹의 게임이었다. 그녀는 그동안 줄곧 그녀가 프랑스 사람이라고 생각했던 마시모의 굴욕당한 얼굴 앞에서 웃었다. 그리고 조만간 이탈리아로 돌아갈 거라고 덧붙였다. 하지만 아직 ‘최소한’ 두어 해 더 파리에 있을 거라고 했다. 그리고 자신이 살고 있는 라틴 구역으로 다시 데려다 달라고 그에게 부탁했다. 미켈라는 무프타르 거리의 어느 자그마한 서점의 진열장 앞에서 매료되었다.

“꿈 아래에는 무엇이 있는지 알아. 하지만 그 위에는?” 마침내 이탈리아어로 갑자기 물었다. 책 표지들과 혼동되는 자신들의 반사된 모습을 응시하며 찌푸린 표정으로.

그는 적절한 대답을 찾지 못했고, 그녀를 껴안았다. 그녀는 그에게 입을 맞추었다.

이튿날 아침 그들은 리옹역의 플랫폼 위에서 또 입을 맞추었다. 마시모는 기차를 탈 수 없으리라고 생각했다. 가슴 위의 무게가 그를 눌렀고, 그 짐을 이탈리아로 가져가고 싶지 않았다.

"바로 돌아올게." 객차의 발판 위로 한 발을 올려놓은 채 확고한 목소리로 힘들게 말했다.

"마시모." 그녀의 목소리에는 무엇인가 걸려 있었다. 쓰라린 어조였다. 그는 두려움 가득한 눈으로 몸을 돌렸다.

"나는 카르마뇰라 출신이야. 아버지는 공장을 갖고 계셔. 나는 밀라노에서 언어를 공부해. 9월에 이탈리아로 돌아갈 거야." 미켈라는 활짝 웃으며 말했다.

그는 입을 벌린 채 동그래진 눈으로 그녀를 바라보았다. 이제 진실을 알았다. 그들은 곧 다시 볼 것이다. 그리고 그는 기차가 덜컹거리며 움직이기 전에 그녀가 내미는 책을 제때 받을 수 있었다.

보리스 비앙, 《세월의 거품》. 표지에는 전화번호가 있었다.

그가 알게 된 아가씨가 그녀였다. 그리고 그녀를 사랑했다. 꿈꿀 줄 아는 아가씨. 단 한 번의 눈길로 그도 꿈꾸게 만들 줄 아는 아가씨. 그리고 결혼, 자녀들, 경력. 그런데 무엇인가 삐걱거리기 시작했다. 현실은 더 빽빽해졌고, 그동안 두 사람은 작업 종료, 세속적인 약속들, 사회적 의무들이라는 끈적거리는 상투적 일상으로 미끄러져 들어갔다. 마시모는 살아보지 못한 삶들에 대한 아련한 향수를 품게 되었다. 결국 향수는 대답 없는 질문들로 고통스럽고 음울한 견딜 수 없음으로 바뀌었다.

반대로 미켈라는 학급의 최고처럼 집요한 결단으로 새로운 세계에 적응했다. 은행이나 금융의 의미를 토론할 경우, 불확정적인 진보와 확산된 복지의 지평에 대해 확고부동한 신뢰를 보이는 것은 언제나 그녀였다. 점점 더 자주 그들은 자신들끼리도 영어를 사용하는 것에 놀라기도 했다.

그러다가 그녀는 단지 브랜드, 상표, 로고, 유행에 대해서만 말하기 시작했다. 결국 어느 날 자신의 새로운 삶이 무엇이 될지 그에게 통보했다. 퍼스널 쇼퍼(제품 구입에 전문적 정보를 주거나 더 좋은 제안을 해서 구매를 잘하도록 쇼핑을 도와주는 사람 – 옮긴이)의 삶.

"그게 당신이 원하는 것이라면…." 마시모는 커피잔 너머 허공을 응시하면서 투덜거렸다.

"그게 내가 원하는 거야." 그녀는 그의 얼굴을 바라보면서, 그가 거부한 합의점을 찾으면서 확고하게 말했다.

그리고 그녀는 취향의 미묘한 차이들에 몰입했다. 미켈라는 자신이 반복하여 말하기 좋아하듯이 '하나의' 스타일을 팔았다. 게을러 보이는 토털룩과 싸우면서 조합들의 유일한 세련미와 세부적인 것에 관심을 두었다. "봐, 지방시 재킷과 발멩 바지를 조합하는 것으로 충분해." 언젠가 그에게 설명하려고 노력했다, 손으로 침대 위의 생명 없는 형상들을 가리키면서.

마시모는 그녀가 종종 색깔들의 선택에 몰두하며 캔버스 앞에 있는 화가를 닮았다는 것을 인정해야 했다. "의상 자체는 중요하지 않아. 전체의 비전이 중요해. 상상력을 가져야 해. 이건 창조적인 작업이야." 그녀는 집요한 엄격함, 그리고 이중적 목표와 함께 성공적인 활동을 시작했다. 스타일에서 흠잡을 데 없는 오리지널에 대한 열광을 찾아내고, 이익을 자선 활동에, 케냐의 고아원에 넘기는 것.

몇 년 전 어느 오후 미켈라는 자신의 초기 창작들 중 하나에 완전히 만족하여 그것을 아들 로베르토에게 보여주었다. 그런데 로베르토는 겨자색 재킷에 시선을 고정한 채 돌처럼 굳었다. 힘겹게 숨을 쉬더니 결국 알 수 없는 울음을 터뜨렸다가 간신히 진정되었다.

미켈라와 마시모는 무슨 일이 일어났는지 이해할 수 없었다. 그리고 점점 더 자주 로베르토는 옷을 가리키며 울었다. 결국 전문의에게 진찰을 받았다. 런던의 최고 전문의. 그리고 진단 결과는 곧바로 나왔다.

"학문적 용어는 단추공포증입니다." 의사는 설명했다.

미켈라와 마시모는 무슨 말인지 몰라 서로 바라보았다.

"단추를 두려워하는 것입니다." 의사는 설명했다. "일부 경우에서 그걸 겪는 환자는 다른 사람의 단추들도 견딜 수 없습니다. 그리고 바느질이 약간 풀려 있으면 바로 신체적 불편함을 유발할 수도 있습니다."

의사는 깜짝 놀란 부모의 시선에 잠시 머문 다음 이어서 말했다. "거리에서 싫어하는 동물 앞에서 느끼는 혐오감을 이해할 수 있지요? 그래요. 그것과 약간 비슷한 반응입니다. 가벼운 상태이지만 아들에게 강요하지 마세요. 옷들을 바꾸세요. 끈이나 지퍼를 사용하세요. 일시적일 수도 있지만 과소평가하지 마세요."

그 후 미켈라는 필요에 따라 적응했다. 집에서 작업하면서 단추 달린 의상을 언제나 아들에게 감출 수 없다는 사실을 받아들여야 했다. 그래서 그런 한계를 예술가 기질의 궁극적인 습관으로 전환했다. 단추가 전혀 없이 이제부터 글래머인 사람은 단지 지퍼와 옷핀이 달린 옷을 입을 것이다. 그리고 정말로 그렇게 할 수 없을 때는 로베르토가 잠자는 밤에 그 개별 모델들의 작업을 할 것이다.

20년 이상 함께 산 지금 마시모는 옷장에서 모두 파란색의 자기 정장 25벌, 30여 벌의 하얀색 와이셔츠, 한 무리의 코발트색 넥타이, 검은색 절반에 하얀색 절반의 나이키 에어 10켤레를 살펴보면서, 자신과 미켈라 사이의 차이가 가혹할 정도로 커졌다는 것을 고려한다. 그녀는 마법의 손길로 다른 사람들을 깜짝 놀라게 하려고 한다. 그는 대중에게서 구별되고 두드러지는 것을 어떻게 해서든 피하려고 한다. 하지만 겉모습은 그에게 점점 더 천박한 것처럼 보였다.

시간이 지나면서 상처는 모든 균형을 깨뜨리며 더 벌어졌다. 어떤 계산도 상처를 치유할 수 없을 것이다.

마시모가 몸을 돌리는 사이 미켈라는 재킷을 녹색 크리치아 모직 외투로 바꾸더니, 다시 디지털카메라를 들고 사진을 찍는다.

"크리스마스 후에 며칠 동안 파리에 가면 어떨까?" 갑자기 그녀에게 묻는다.

"28일 헬프의 만찬이 있어." 미켈라는 계속 옷들을 다른 각도에서 촬영하면서 무심한 목소리로 말한다. 마시모는 너무나도 잘 알고 있었다. 박애를 취미로 하는 부자 부인들이 설립한 자선 단체. 정치적으로 올바른 자선의 광택 아래 숨겨진 세속성의 과잉 투여.

"미켈라, 안 돼. 이번에는 나에게 기대하지 마. 나는 자선 만찬에 절대 가지 않을 거야. 정말 불편해. 알겠어?"

"하지만 아주 잘 먹잖아."

"그래, 사실… 아주 잘 먹지."

그녀는 과장하듯 느리게 사진기를 아래로 낮춘다. "마시모, 카티아는 무엇인가 완벽한 것을 기대해. 나는 일해야 해." 그녀는 모든 음절을 끊어가며 중얼거린다.

그는 천천히 숨을 들이쉰다. 두 번, 세 번, 네 번. 영원과 비슷한 시간 뒤에 그녀에게 다시 말하려고 한다. "들어봐." 그는 중얼거린다.

그녀에게 말하고 싶다. 그렇게는 좋지 않다고, 외부의 모든 것이 동시에 일어난다면 돈은 아무 소용이 없다고, 그 결혼은 점점 더 지켜지지 않은 약속과 닮아간다고, 몇 년 전부터 자신을 괴롭히는 혼란스러운 밤들을 끝내고 싶다고. 그리고 여전히 그녀를 사랑한다고 말하고 싶다.

"엄마…." 딸의 목소리가 그를 생각에서 깨우고, 그가 하려 한 말들을 잊게 만든다.

직사각형 문에서 그의 눈과 똑같은 파란 두 눈이 나타난다. 몸의 윤곽은 아직 아가씨도 아니고 어린이도 아닌 연약한 모습이다. 오른손에는 스마트폰을 움켜쥐고 있다. 마치 단지 페이스북 페이지의 '좋아요'만으로 동경하는 또래에게 예기치 않은 즐거움을 나누어줄 수 있는 왕

홀을 휘두르듯이.

"안녕." 딸은 마시모에게 말한다.

"안녕, 인디아…."

"엄마, 에르메스 핸드백 가져가도 돼요? 그 저녁용 작은 것…."

"늦었는데 왜 아직 안 자니?"

그 질문은 미켈라가 할 수 있는 가장 심한 꾸짖음이라는 것을 마시모는 안다. 그는 무엇인가 덧붙이고 싶고 자신의 권위, '그들의' 권위를 느끼게 하고 싶지만, 말없이 그대로 있다. 그렇게 빨리 커버린 딸과 어떻게 말다툼할지 지금은 전혀 알 수 없고, 그럴 방법도 없다.

"졸리지 않아요."

"핸드백이 왜 필요해?" 미켈라가 묻는다.

"내일 케이틀린 집에서 파티가 있어요."

미켈라는 카메라를 나이트 테이블에 올려놓고 미심쩍다는 듯 딸을 살펴보더니 옷방으로 통하는 복도로 사라진다. 스마트폰의 진동이 인디아의 관심을 사로잡는다.

"케이틀린 집에서?" 마시모는 묻는다.

"네, 주말에 콘월에 있는 케이틀린 집에 가요."

미켈라는 검은색 작은 핸드백을 갖고 돌아온다. 핸드백 위에는 구멍 뚫린 점들이 조그마한 마름모 두 개 위에 있는 원형의 글귀 '에르메스 파리'를 이루고 있다.

인디아의 얼굴이 미소로 빛난다. "고마워요." 서둘러 속삭이고 엄마에게 입을 맞춘다.

"인디아…." 딸이 몸을 돌리는 동안 마시모는 말한다.

하지만 딸은 듣지 않는다. 절대 누구의 말도 듣지 않는다. 딸은 눈속에 자기 남자 친구에게서 방금 받은 메시지 '너는 환상적이야'를 담은 채 재빨리 방을 나간다.

"케이틀린 집에서 주말을 보낸다고 왜 나에게 말하지 않았어?"

미켈라는 고개를 숙이고 입술을 꽉 다문다. "당신이 아예 없었으니까." 반박을 허용하지 않는 단호한 목소리로 대꾸한다.

그러고는 마시모가 문턱을 넘는 동안 방에 몇 마디 떨어뜨린다. "마리오가 당신을 찾았어. 두 번 전화했어."

그는 못 들은 척하고 등 뒤로 문을 닫은 다음 복도로 나간다. 몇 걸음 떨어진 로베르토 방으로 도피한다. 언제나 그렇듯이. 그의 자유 항구. 세상에서 도피하는 그의 은신처.

2층 침대는 아래층에 더블베드, 위층에 싱글베드로 되어 있고, 위층 가장자리에는 마룻바닥으로 내려오는 나무 미끄럼틀이 고정되어 있다.

조그마한 어항의 따뜻한 불빛으로 모든 것이 환히 보였다. 가구의 선반은 조약돌들과 조개껍데기들이 차지하고 있다. 나지막한 작은 탁자 위에는 하얀색과 파란색의 커다란 벨벳 돌고래가 한쪽으로 길게 누워 있다.

마시모는 가구로 다가간다. 한 손으로 조개껍데기들의 불규칙한 윤곽을 따라간다. 표면의 홈들 위에서 머뭇거린다. 아주 큰 조개껍데기 하나를 들고 귀에 가져다 댄다.

조용하다.

그런 다음 섬세하고 새하얀 조약돌 하나를 고른다. 조약돌을 손가락 사이에서 돌린다. 한쪽 손바닥 위에 올려놓고 주먹을 움켜쥔다. 어디에서 온 것인지 알아본다.

'아르젠타리오.'

"파도는 셀 수 없어." 시로는 반복해서 말하곤 했다.

아직 재킷을 입고, 신발을 신고, 주먹 안에 조약돌을 움켜쥔 채 침대 위에 눕는다.

아마 잠잘 시간이다. 아마 모든 것을 잊으려고 노력할 시간이다. 최소한 잠시라도.

입안의 쓴맛과 위장에서 불타는 진을 생각하지 않으려고 노력한다. 전혀 본 적이 없지만 이름으로 부르는 여인을 위한 유명 상표의 꿈을 창안하고 있는 미켈라, 데릭과 함께 있는 세릴, 맨해튼의 적막한 아파트에 혼자 있는 힐러리를 생각하지 않으려고 노력한다. 더는 아무것도 생각하지 않으려고 노력한다.

하지만 매트리스 위에 눕자마자 바람소리와 비슷한 목소리가 들린다. "아빠?"

마시모는 빙긋 웃는다. 위쪽 침대에서 빼꼼히 내미는 그 가벼운 녹색 눈은 언제나 그에게 약간의 즐거움을 되돌려준다. 그런 다음 언제나 그렇듯이 움찔하며 자유로운 손으로 재킷의 단추들을 감추려고 노력한다. 그에게 정장을 제작해 주는 재단사가 언제나 단추들이 옷감 아래 감춰지게 한다는 것을 잘 알지만, 본능적으로 매번 그렇게 반응한다. 아이를 보호하려는 그의 방식이다. 아이를 두려움과 폭력, 어떤 면에서는 진정한 삶으로부터 보호하려는 방식.

"그래. 아직 안 잤어?"

"잠이 안 와요, 아빠."

'오늘 밤은 아무도 자지 않는군.'

"좋아. 어젯밤에 어디까지 이야기했지, 로비?" 길게 한숨을 쉰 다음 말한다.

"참치들은 어뢰 같아요…." 이제 아들의 목소리는 호기심에 이끌려 더 단호하다. 벌써 아래 침대로 내려왔고, 머리를 받치려고 팔꿈치를 구부린 채 옆으로 누웠다.

"그래, 시속 80킬로미터로 헤엄쳐!" 마시모는 얼굴을 문지른다. 엄지와 검지로 코의 뿌리를 움켜쥔다. 잠시 눈을 감고 있다가 다시 이어 말한다. "그 온통 파란 바다 한가운데에 있는 은빛 어뢰를 상상해 봐. 매년 봄에 똑같은 항로를 따라 8천 킬로미터를 헤엄쳐."

"8천 킬로미터?"

"8천 킬로미터."

"8천 킬로미터는 얼마나 길어요, 아빠?"

"대략 여기에서 브라질까지."

"그런데 어떻게 길을 잃지 않아요?"

동물들은 길을 잃지 않는다고 대답하고 싶다. 길을 잃으려고 '선택'하지 않는다고. 그런 선택은 사람에게, 단지 사람에게만 운명으로 주어져 있다고. 그리고 선택한다는 것은 때로는 다치는 데서 자유로운 것을 의미한다고.

"마그네타이트(검은색 산화 광물로 금속광택이 있으며 광물 가운데 자성이 가장 강하다-옮긴이) 덕택이야."

"그게 뭐예요?"

"광물이야. 일종의 자석처럼 기능해. 그래서 길을 잃지 않는 거야."

로베르토에게 이야기는 절대로 '옛날 옛적에'로 시작하지 않아야 했고, '그리고 행복하게 잘 살았대'가 전혀 없었으며, 그 어떤 결말을 위한 여지가 없었다. 마시모는 자기 아들이 동화의 완결성을 싫어한다는 것을 발견했고, 그래서 이야기를 대화로, 며칠 동안 계속할 수 있는 질문과 대답의 이어짐으로 바꾸었다.

참치 이야기는 몇 주 전부터 계속된 놀이였다. 붉은참치에 대한 BBC 다큐멘터리를 보았고, 로베르토는 그 우아함과 움직이는 속도, 해마다 지중해의 길을 다시 찾기 위해 대양을 가로지르는 집요함에 매료되었다. 그리고 참치잡이 광경, 어부들의 고함, 참치의 광적인 몸부림, 날카로운 작살, 붉게 물든 바다 앞에서 침울해졌다. 고기잡이가 커다란 폭력을 의미할 수 있다는 것을 몰랐다. 그래서 그 참치들은 로베르토에게 상상할 수 없는 난폭함의 상징이 되었다. 싸워야 할 전투.

"그런데 어떻게 참치들 안에 마그네타이트가 있을 수 있어요?"

마시모는 로베르토가 쉽게 이해할 만한 대답을 찾지만 발견하지 못한다. "글쎄." 그리고 자유로운 손으로 재킷 호주머니에서 스마트폰을 꺼낸다. 메시지 아이콘을 보고 저항하려고 노력한다.

일은 일이다. 가족은 다른 것이다. 하지만 단지 잠시뿐이다. 스마트폰을 열고 읽는 시간. 폴이 아시아 시장의 개장과 금리를 알려주고 있다. 마시모는 와이셔츠 차림으로 컴퓨터 앞에서, 옆에 유일한 동료인 맥주와 외로움, 불면과 함께 있는 그를 손쉽게 상상한다.

스마트폰을 놔둔다. 숫자들과 주식시장 외에 폴의 삶에 무엇이 있을까 자문해 본다.

"아빠? 그래서요?"

로베르토의 목소리가 그를 다시 바다로 데려간다. 요약해 보려고 시도한다. "음, 마그네타이트가 아니야. 참치들은 별을 따라가. 옛날 뱃사람들처럼."

'시로처럼.'

"그러면 낮에는 어떻게 해요?" 로베르토가 중얼거리듯이 말한다.

"태양을 따라가지. 수면에서 헤엄치면서 햇빛으로 방향을 잡아. 구름이 있을 때는 멈추고 사냥을 해."

침묵. 마시모는 로베르토의 규칙적인 호흡을 감지한다. 파란 대양에서 길게 늘어선 참치들의 은빛 몸들을 계속 생각한다.

바다의 심연이 어항의 액체 속으로 사라지는 것을 본다. 해파리. 낚싯바늘 주위에 시로의 뭉툭한 손. 머리 위의 태양. 동갈치의 혼란스러운 몸부림. 마리오의 미소.

아직도 깊은 곳에서 미친 듯이 빠르게 헤엄치는 참치들. 그들을 따를 자는 아무도 없다. 바다는 평온하다. 주위의 온통 파란색은 검은색으로 물들고, 호흡은 가벼워진다.

아버지와 아들은 마침내 잔다. 그리고 하얀 조약돌 하나가 천천히 마루로 미끄러진다.

트레이딩 플로어, 첫 번째 악마

바다는 갑자기 물러난다. 지구가 다시 돌기 시작하고 아침이 온다. 언제나 그렇듯이. 그리고 새벽빛에 마시모도 진정한 그로 다시 돌아온다.

그는 책임자이지만 자리를 옮기지 않기로 했고, 폴 옆에 있는 카림과 한 발자국 떨어진 곳에 앉아 있다. 새로운 책임을 맡으면서 그가 한 첫 번째 신호는 데릭과 래리가 무척 사랑한 팬옵티콘(panopticon, 모두 본다는 뜻. 1791년 제러미 벤담이 죄수를 감시하려고 처음 설계했다 - 옮긴이)을 포기하는 것이었다. 그들은 정면으로 마주 보는 두 자리에서 전체 홀을 확인할 수 있었다. 하지만 그 아래의 누구도 감시당한다는 것을 몰랐다.

마시모는 중앙에 있고, 주위에는 플로어, 그의 전투장과 그의 분대가 있다. 하얀 네온들이 하얀 탁자들을 환히 비추는 익명의 크고 하얀 방이다. 융단 바닥, 검은 가죽 소파들, 전화가 유리벽들과 대조를 이루지만 방부처리가 된 것처럼 개성 없는 주변 분위기를 변화시키지는 못한다. 사람들의 존재를 증명하는 것은 단지 마커펜들과 벽 위에 남기는 흔적들이다. 숫자들, 낱말들, 도형들, 단순한 그림들이 추론, 단순한 가설, 때로는 활기찬 토론으로 이끈다.

얼핏 보기에 플로어에는 불필요한 것이 전혀 없다. 그러면서 플로어에는 모든 것이 있다.

가장 발전된 테크놀로지와 떨리는 본능이 있다. 계산과 직관, 교활함과 난폭함이 있다. 전략이 있고 동물적인 후각이 있다. 다른 자리들로 둘러싸인 커다란 테이블 주위로 전략을 세우는 참모본부가 있다. 수많은 전투에서 돌아온 베테랑들이 있고 첫 전투에 투입된 신병들이 있다. 작전본부의 기능적인 핵심과 추론의 현학적인 섬세함이 있다. 진보가 있고 이익이 있다. 무엇인가를 믿는 사람들이 있다. 믿는 사람도 있고, 반대로 아무것도 전혀 믿지 않는 사람도 있다. 표면에는 하얀색이 있고, 양복점 옷들의 파란색이 있다. 최고들 중 최고들이 있다. 최고들 중 최악들은 이제 없다. 6개월마다 떠나고 아무도 그들을 기억하지 않는다. 울트라 플랫 스크린의 문자와 숫자 연쇄들을 응시하면서 재빠르게 말하는 사람들이 있다.

쿠란을 암기하여 낭송하고 메카를 향해 무릎을 꿇고 기도하는 카슈미르의 카펫 상인의 아들이 있다. 그는 확률의 비밀들을 알고, 유명 상표 옷들을 좋아하고, 향수를 과도하게 사용한다.

잿빛 시멘트 그늘에서 성장한 더블린 사람이 있다. 그는 단호한 사람으로 많은 것을 보았고, 머리가 하얗다. 금융가에서 움직일 때마다 그는 마치 아직도 찢어진 청바지의 호주머니에 손을 넣고 악몽을 닮은 변두리의 인도에서 배회하는 것 같다. 섬세한 것에 지나치게 빠지지 않지만, 거기에 흐르는 분위기의 냄새를 맡는다. 하지만 언제 몸을 숨겨야 하는지, 언제 확고하게 나아가야 하는지 느낀다. 부자 아들도 있고, 가난뱅이 아들도 있다. 의혹이 무엇인지 모르는 프랑스 귀족이 있다. 무엇을 생각해야 할지 모르는 젊은 이탈리아 물리학자가 있다. 플로어 입구에는 붉은 머리의 아일랜드 여인이 있다. 그녀는 숫자는 모르지만 별로 말이 없는 남자들을 이해한다.

뒤집힌 비례의 법칙이 있다. 데스크의 피라미드에서 높이 올라갈수록 덜 말하고 덜 모습을 드러낼 필요가 있다. 그래서 성공의 흔적이나 부의 훈장을 덜 과시할 수 있다. 이 커다란 사각형 방에는 벽과 나란히 유리들이 있다. 현실과 경향이 있다. 천국과 지옥이 있다. 순수한 추상이 있고, 가상의 시뮬라크르(simulacre, 순간적으로 생성되었다가 사라지는 우주의 모든 사건 또는 자기 동일성이 없는 복제를 가리키는 철학 개념 - 옮긴이)가 있다. 주위의 둘레를 따라 나뉜 작은 방들 중 하나에 튀어나온 칠판이 있다. 새로 부임한 채권 분야 보스가 며칠 전 거기에 세워놓게 한 것이다.

숫자들은 눈으로 확인할 때까지는 존재하지 않는다고 그는 말한다. 그는 숫자들이 보이지 않을 때도 숫자들을 본다. 투명함에 사로잡힌 희미한 반사광들이 있다. 강물처럼 흐르는 아드레날린이 있다. 꿈이 있고 욕망과 야망, 오만함, 신기루, 환상이 있다. 명성이 있고 젖니, 송곳니를 날카롭게 가는 젊은 트레이더들이 있다. 눈짓만으로 서로 이해하는 폴과 마시모가 있다. 서로 바라보지 않는 마시모와 셰릴이 있다.

플로어에는 세상이 반영되어 있다. 플로어 밖에는 세상이 있다, 자신의 반영을 모르는.

보들레르는 썼다. '악마의 가장 멋진 속임수는 자신이 존재하지 않는다고 당신을 설득하는 것이다.' (《파리의 우울》에서 한 말-옮긴이)

연초의 오늘 아침 악마는 르네 라 모트 뒤몽이라 부른다. 마흔아홉 살. 맞춤 정장에 줄무늬 와이셔츠를 입고 월스트리트에 있다고 믿게 만드는 의례적인 멜빵을 하고 있다. 무슈 라 모트 뒤몽은 프랑스공화국의 최고 자리들에서 공부했다. 에콜 폴리테크니크에서 학위를 받았고, 퐁텐블로의 고귀한 경영대학원 인시아드에서 MBA를 받았다. 교양 있고, 외국어를 잘하고, 훌륭한 독서도 했다.

7시 37분, '유럽' 지역 채권 분야에서 '프랑스' 운용 책임자인 악마는 대형 은행의 입구로 들어섰다. 엘리베이터를 타고 14층으로 올라갔다. 화장실로 향하기 전에 무관심하게 몇몇 동료와 인사를 했다.

7시 53분, 호주머니에서 작은 색판지 봉투와 작은 거울을 함께 꺼냈다. 그리고 하얗고 빽빽한 가루의 줄을 펼친 다음 센추리온 블랙 신용카드의 날로 결정체들을 잘게 부서뜨렸다.

7시 55분, 중지와 무명지, 엄지로 50파운드 지폐를 돌돌 말았다. 그 종잇조각은 아무런 가치가 없으며, 더 귀중한 가치는 사용 가치라고 생각하며 벙긋했다. 그 사용 가치를 위해 한쪽 끝을 콧구멍 안에 밀어 넣었다.

최소한의 소리도 내지 않고 30퍼센트로 잘라 길게 늘어놓은 볼리비아 코카인을 흡입했다. 르네는 소음을 혐오한다. 소음은 천박하다고 생각한다. 몇 초 동안 거울 표면은 루비가 박힌 커다란 금반지를 비춰주었다. 테두리 안에는 알파벳 세 개가 새겨져 있다. LMD, 로렌 지방의 오랜 귀족 가문 라 모트 뒤몽 백작의 약자이다.

이제 수축이 시작되고 7분 35초 후 악마는 동공이 확장되고 자신이 신이라고 느낀다. 전능함은 평화의 느낌이다. 그리고 그는 평화 속에 있다고 '느낀다.' 불꽃별똥처럼 핏속을 여행하면서 도파민의 회복을 억제하고, 앞에 있는 스크린 세 개 위에 늘어선 숫자들을 더욱 또렷하고 분명하게 보여주는 것 같은 그 가루에 감사한다.

석 달 전 채용된 그 애송이만 없다면 모든 것이 잘 진행될 것이다. 지금 최근 세대 애널리스트들을 은행에서 부르듯이 그 '퀀트'(quant, 수학·통계에 기반해 투자모델을 만들거나 금융시장 변화를 예측하는 사람 – 옮긴이), 그 '2.0', 그는 지금 시장에 적용된 물리학에 대한 연설로 구경거리를 만들고 있다. 르네는 그를 견딜 수 없다. 왜냐하면 자코모, 조르조 또는 어떻게 부르는 녀석인지 그는 채권 가격은 우연하게 형성된다고, 그 진행 상태는 자연에서 분자들의 움직임처럼 통제할 수 없고 예측할 수 없다고, 시장은 위배할 수 없는 규칙들에 따라 자기 자신에 대해 조치를 취한다고 주장하기 때문이다.

조르조에 따르면 트레이더의 후각은 존재하지 않는다. 그리고 금융에서 돈은 오로지 수학적 모델들에 따르고, 인간적 요소는 단지 그 모델을 세우는 데 사용될 뿐이다. 신경망이라 부르는 그 모델들은 시장에서 활동하는 모든 두뇌의 추론을 모방하면서 그 반응을 앞당긴다.

"카림, 가격은 예측할 수 없게 움직여요. 뜨거운 분자들이 차가운 분자들을 만날 때처럼 말이에요! 열역학 제2법칙에 따르면, 초기의 일부 조건을 바꾸면 순식간에 질서에서 혼돈으로 넘어갑니다."

짜증이 난 르네는 큰 소리로 그들을 중단시킨다. "축하합니다. 여기에 지성들이 집중되어 있어서 여러분이 홀 전체에 전기를 나가게 할 위험이 있군." 그는 열역학 제2법칙을 알고 있지만, 그 천재라는 친구가 어떻게 설명하는지 들어보려고 한다.

"보세요, 르네. 아주 간단하게 설명할게요. 뜨거운 물이 담긴 잔과 차가운 물이 담긴 잔 두 개가 있다고 가정해 봐요. 만약 그것들을 그릇 하나 안에 붓는다면, 미지근한 물이 되지요. 그릇의 한쪽 절반에는 뜨거운 물, 다른 절반에는 차가운 물이 있는 것은 아니에요."

카림은 스코틀랜드 물리학자 제임스 클러크 맥스웰의 말을 인용하며 조르조 편에 선다. "그래요. 왜냐하면 만약 그렇다면, 차가운 분자를 차가운 분자와 묶고, 뜨거운 분자를 뜨거운 분자와 묶어서 질서 있게 만드는 데 성공할 정도로 재빠른 작은 악마의 존재를 인정해야 할 테니까요. 그건 분명히 불가능한 일이에요. 그런 악마는 자연에 존재할 수 없으니까요!"

"아, 정말 여러분은 훌륭하군요. 그래, 조르조. 자네의 신경망은 어느 프랑스 채권에 특별한 암시를 주는가?"

"물론 많은 것에 주지요. 예를 들어, 보세요…." 조르조는 주문표 파일을 열었고 프랑스인 동료는 정말로 힘겹게 참아낸다는 표정으로 바라본다. "자, 여기 이것 보이지요?" 모니터에서 소시에테 제너럴의 채권을 가리킨다. "90 아래에서 협상되고 있지만, 내 모델은 그 가치가 최소한 두 포인트 이상이라고 말해요. 당신은 그걸 사고 기다릴 수 있어요. 조만간 많은 사람이 그 실제 가치를 깨달을 테고, 그 시점에 사기 시작하면서 가격을 올리고 비효율성을 만회할 거예요. 그러면 당신은 거기에서 이익을 얻게 됩니다!"

'모델, 가치, 기다리기….'

르네가 들어줄 수 없는 말들이다. 거기에 동의하지 않는다. 150년 전 죽은 스코틀랜드 물리학자의 가설에. 그는 그 '작은 악마'가 아니다. 르네 라 모트 뒤몽은 숨을 쉬고, 움직이고, 먹고, 섹스하고, 흡입한다. 그는 뜨거운 분자와 뜨거운 분자를 연결하고, 차가운 분자와 차가운 분자를 연결하며, 만약 뒤섞고 싶지 않으면 뒤섞지 않는다. 엔트로피에 손을 댈 줄 알고, 자기 것으로 만들 줄 안다. 시장을 알고, 악마처럼 거기에 꼬리를 집어넣을 줄 안다.

르네는 뒤로 물러나지 않고, 시간을 뒤쫓지 않고도 가격은 가스 분자가 아니라는 것을 안다. 가격은 통제할 수 있어. 그 사람이 나야.

악마는 모든 능력이 있고 모든 것을 할 수 있다. 팔거나 사고 난 다음 수금한다. 지금 여기에서. 언제나 또 어떻게 해서든지. 위험을 분석하지 않으며, 한 트레이드에 위험을 무릅쓸 경우 다른 작업으로 몸을 사리지 않는다. 그것은 확률을 따지는 회계사들이 하는 일이다. 르네는 숫자들이나 통계 도식들 뒤에서 길을 잃은 물리학자가 아니기 때문이다. 시장이 자신의 비효율성을 만회하고 정확한 가격을 되돌려주면서 가야 할 곳으로 가는 것을 기다리지 않는다.

르네는 간신히 자제한다. 조르조가 입을 다물게 만들고 싶고, 그렇게 하면 어디에도 가지 못한다는 것을 이해시키고 싶다. 하지만 자신의 새로운 보스가 그것을 어떻게 받아들일지 모른다. 데릭과 함께할 때는 전혀 달랐다. 그 미국인은 제대로 할 줄 아는 엄격한 사람이었다. 하지만 지금은 그 자리에 마시모가 있다. 그는 별로 말이 없고, 해독할 수 없는 태도로 절대 실수하지 않고 확고하게 움직인다. 함께 그물을 당기지 않는 것이 좋은 말 없는 킬러.

악마는 다른 것에 집중하려고 노력한다. 5년 만기 프랑스 국채 금리를 확인하고, 달러 환율을 점검하고, 이탈리아 부채에 대한 보고서를 읽는다. 그런 다음 조르조의 목소리를 구별해 내고 '원숭이'라는 말을 포착한다. 또다시 시장에서 주가를 예측하는 것은 불가능하다는 랜덤워크 이론이 이번에는 더 유명한 해설과 함께 인용된다. 영장류가 우연히 어느 빌어먹을 키보드의 단추들을 우연히 누르면, 평균적으로 연봉을 수백만 달러 받는 트레이더와 똑같은 결과를 얻게 된다는 것이다.

그런데 르네 라 모트 뒤몽은 연봉을 수백만 달러 받는 트레이더이다. 그리고 원숭이가 아니다. 진정한 악마 자체인 그는 이제 깊이 숨을 들이마시고 있다. 자기 모습을 드러내야 한다. 때로는 두려움을 줄 필요가 있기 때문이다.

런던 증권거래소가 개장된 지 12분 15초가 지난 지금 프랑스인 르네는 넓은 홀의 중앙 테이블을 돌아 카림과 조르조에게로 간다. 한 손을 조르조 어깨 위에 올리자 그는 깜짝 놀라 몸을 돌린다.

르네는 분명한 계획이 있다. "시장은 나야." 단순하게 말한다. '나는 악마야.' 그리고 덧붙인다. "이리 오게. 자네가 전혀 본 적이 없는 것을 보여주지." 그리고 대답을 기다리지도 않고 조르조를 자기 자리로 끌고 간다.

마시모는 파란색 정장 호주머니에 손을 넣은 채 서서 말없이 그 광경을 지켜본다. '데릭이라면 어떻게 할까' 생각한다. 컴퓨터 모니터를 바라보는 동안 조르조의 추론을 들었다. 두어 번 눈길을 들어 카림의 짜증 난 눈길과 마주쳤다. 단지 인도 동료만 이해할 수 있는 고갯짓을 하여 양보하라고 권했다. 르네의 긴장감, 신경질적인 몸짓, 두어 번 식식거리는 것도 그는 놓치지 않았다.

"잘 봐." 악마는 애송이에게 말하더니 스크린의 줄 하나를 보여준다. 5년 만기 프랑스 국채의 약자 옆에 90의 가치에 해당하는 숫자가 있다.

마시모는 무슨 일이 일어나는지 벌써 깨달았다. 르네가 하려는 일은 가장 야만적인 방식으로 힘을 증명하는 것이다.

일련의 '투입재 가격'이 시신경을 가로지른다. 그것은 매수 주문으로 전환되는 전기 자극이며, 투자자들에게는 억제할 수 없는 낙관론이었다. 대형 은행의 '유럽' 채권은 요란하게 움직인다. 모두가 보고 있다. 모두가 알고 있다. 조르조는 소금 동상과 닮았다. 팔짱을 끼고 트레이더의 움직임을 바라본다.

몇 초 뒤 세 대륙에서 무수한 눈이 작업을 기록한다. 그러자 르네는 전화 수화기를 들고 숫자를 누르더니 몇 마디 한다. "93까지 매수해요." 그리고 수화기를 내려놓는다.

모니터에서 90이 마치 마법에 걸린 듯 91로, 그런 다음 91.50으로 바뀌는 동안 르네는 작업을 반복한다. 두 번, 세 번, 네 번, 다섯 번의 전화. 파리에서 베를린까지, 런던에서 로마까지 오퍼레이터와 트레이더들에게 미끼를 준다. 매수 주문이 매수 주문에 덧붙여진다. 수요가 커지고 공급 가치가 상승한다.

5분도 지나지 않았는데 가격은 92.80에 이른다.

"애송이, '톱스핀한다'는 말을 들어본 적 있나? 누군가 자신이 하는 것을 알 때는." '누군가 악마일 때는' 하고 르네는 말하고 싶다. "채권을 예상 가치보다 훨씬 이상으로 밀고 나가는 데 몇 분으로 충분하지. 자, 배워."

조르조는 창백해져서 한쪽 뺨을 세게 문지른다. 르네는 93이 되자 회전의자 위에서 뒤로 미끄러지며 자리에서 물러난다. 다리를 꼬더니 몸을 돌리고 이탈리아 애송이를 바라본다. 그리고 또박또박 말한다. "93, 단지 6분 뒤에. 그리고 만약 지금 우리가 판다면, 최소한 자네는 그 대가를 계산할 줄 알겠지?" 냉소적으로 묻는다. 잠시 멈추고 대답을 기다리지만 대답은 들리지 않는다. "애송이 천재, 자네 생각으로는 그 채권이 합당한 가격에 이르고 시장이 비효율성을 만회하도록 내가 얼마나 기다려야 할까? 몇 개월? 자네의 통계 모델들이 뭐라고 하는지 들어볼까?" 기관총처럼 질문을 쏟아내자 조르조의 얼굴이 달아오른다. 무슨 말을 할지 몰라 스니커즈 신발의 끝을 응시하면서.

마시모는 르네 자리로 다가간다. "이제 충분해." 그의 목소리는 나지막하고 단호하게 울린다. "이런 것을 '시장 조작'이라고 하지."

몇 미터 저쪽에서, 테이블 맞은편에서 폴이 의자의 등받이로 몸을 길게 뻗고, 이제 눈살을 찌푸린 채 상황을 살펴본다.

르네는 응원자를 찾아 주위를 둘러보지만 찾지 못한다. 한쪽 손바닥 위에 머리를 기댄 폴은 지겹다는 표정을 짓는다. 카림은 파란 와이셔츠의 소매를 매만지며 무관심을 드러낸다.

"이건 시장이라고 해, 마시모. 나머지는 룰렛 위에서 돌아가는 작은 공처럼 단지 행운일 뿐이야. 아니면 엄청난 시간 낭비지. 그리고 우리는 낭비할 시간이 없어." 르네는 오만한 어조로 대꾸한다.

"행운은 존재하지 않아."

"우리가 가격을 정하기 때문에 존재하지 않지."

마시모는 고개를 흔든다. 그를 어지럽히는 것은 뻔뻔한 태도나 오만한 방식이 아니다. 구식 트레이더들의 오만함, 노골적인 권력 과시, 스타일 없이 자랑하는 부, 가슴이 거만함으로 부풀어 오르는 동안 멜빵 안에 밀어 넣는 엄지에는 익숙하다. 그가 받아들일 수 없는 것은 금융의 본질에 대한 몰이해다.

마시모는 르네와 다르다. 월스트리트 시절에 성장하지 않았다. 그에게 매번 유일한 주사위 던지기는 가장 개연성 있는 결과를 설정하는 데 유용하고 무한한 연쇄의 일부다. 그리고 그런 유형의 계산이 근대성의 토대이며, 처음으로 인간을 우주의 중심에 세우고 세상의 주인이자 우연의 지배자로 만든 발견이라고 언제나 생각했다. 15세기 말에 레오나르도 다빈치는 원의 중심에 세워놓은 '비트루비우스적 인간'의 완벽한 비례로 거기에 대해 가장 충실하게 재현했다.

"르네, 자네는 몇 년 동안 이 일을 하고 있지? 25년? 그런데 리스크가 무엇인지 아직도 깨닫지 못했군."

"리스크는 규칙들에 개입하거나 아니면 단지 내기일 뿐이지. 자네도 알잖아. LTCM도 내기를 했어. 그런데 그 모든 수학으로 어떤 종말을 맞이했는지 보라고."

'LTCM. 대학살, 피의 목욕.'

롱 텀 캐피털 매니지먼트(LTCM), 1990년대의 자아도취. 노벨상 수상자들, 전문가들, 최고 프로필의 기술자들이 운영한 거대 회사. 시장이 조만간 비효율성을 만회하고 정확한 가격을 되돌려줄 거라는 확신과 엄격한 통계 도식을 토대로 수천억 달러의 신용 한도를 받아들인 헤지 펀드. 그들은 아주 비개연적인 엄청난 손실 앞에서 고도로 개연적인 작은 이익에 막대한 돈을 걸었다.

그런데 그런 이익 가능성은 멀리 머나먼 미래로 이전되었다는 것이 드러났다. '조만간'은 순식간에 도달할 수 없는 '나중에'가 되어버렸다. 그리고 구멍 하나가 열려서 심연의 크기로 변했다. 자본 40억이 날아갔다.

"LTCM은 모델에서 실수하지 않았고 경향을 파악하는 데서도 실수하지 않았어. 자신들이 할 수 있었던 것보다 열 배나 더 크다고 확신했기 때문에 잃었지." 마시모는 르네의 컴퓨터로 다가가 한 손을 책상에 기대고 다른 한 손으로 오른쪽 아래 구석에 있는 시계의 디스플레이를 가리킨다. 8시 46분. 그 순간 6이 7로 바뀐다. "시간은 자네를 위해서가 아니라 단지 다른 사람들을 위해 흐른다고 생각하더라도, 어쨌든 시간은 존재하지. 우리가 게임에 뛰어드는 것은 바로 이 변수에 대항하는 거야. 르네, 이제 자네가 만든 혼란을 제자리로 돌려놓게." 그리고 조르조를 향해 말한다. "자네는 신경망 작업을 계속하되 가능하면 말을 적게 해."

젊은이는 눈길을 아래로 깔고 말없이 고개를 끄덕인다.

"잘했어요, 르네. 아주 교육적이었어요." 폴이 찌푸린 표정으로 냉소적으로 말하더니 다시 모니터에 집중한다.

테이블 맞은편에서는 악마가 쓰라린 표정으로 이를 악문다. 한 손을 재킷 호주머니에 찔러 넣더니 색판지 봉투의 존재를 느끼며 안심한다. 마우스를 움직여 커서가 데스크톱의 시간 박스에 이르게 한다. 오른쪽을 클릭하고 옵션을 선택한다. 시와 분이 사라진다.

'신은 죽었다.'

그런 다음 일어나 화장실로 향한다. 자신이 전능하다고 느낄 시간이다.

마시모는 앉기 전에 그를 바라본다. 평온을 되찾은 것처럼 보인다. 새카만 곱슬머리를 부드러운 시뇽으로 묶은 셰릴이 손에 서류들을 들고 플로어를 가로지를 때, 마시모는 꽉 달라붙은 치마, 굽 높은 부츠, 하얀 셔츠의 베일 너머 육체를 상상하는 것을 깨닫고 깜짝 놀란다. 하지만 곧바로 생각을 쫓아내고 숫자들에, 자신의 항구에 다시 몰두하고, 그녀의 당황한 듯한 미소에 공허한 표정으로 응답한다. 〈파이낸셜 타임스〉의 페이지들을 뒤적인다. 주문표를 살펴본다. 데스크의 작업들을 개괄하면서 연초의 미묘한 상황을 평가한다.

갑자기 숫자들과 문자들의 연쇄 위에 멈춘다. 다시 한번 읽는다. 또다시, 그리고 또다시. 믿을 수 없다.

'잘 들어, 맥스… 자네 주문표를 우리에게 빌려줘야 해… 우리는 몇백만 집어넣고… 자네는 그것을 하룻밤 동안 배 속에 넣어두면, 이튿날 아침 더 이상 없지. 퓹! 엉클 샘은 언제나 완전 매진시키지. 엉클 샘은….'

기억이 뺨을 때리듯이 강렬하게 떠오른다. 그 미국인의 말은 가설이 아니다. 컴퓨터 스크린은 불가능한 움직임을 분명하게 보여준다. 미국 재무부, 2억 5천만. 마지막 공매에서 '유럽' 채권 파트에 의한 매수 주문.

마시모는 그 주문을 절대로 하지 않았다.

벌떡 일어서지 않으려고 자제한다. 깊이 숨을 들이쉰다. 전율이 오른쪽 다리를 뒤흔든다. 한쪽 입술을 깨문다. 검지 손톱으로 엄지의 아래를 찌른다. 고통은 하나의 위안이다. 고통은 자제력을 되찾도록 그를 도와주는 비용 제로의 모르핀이다.

다시 숨을 들이쉰다. 그리고 일어난다. 다리는 언제나 그렇듯이 확고하다.

"카림!" 목소리는 단호하다. 자제력으로 압축된 불안. 몇몇이 스크린에서 고개를 들고, 그동안 카림은 홀 구석의 자리에 이른다.

"이게 뭐야?" 마시모는 미국 채권 거래를 가리키면서 중얼거린다.

카림은 잠시 망설이다가 대답한다. "뉴욕에서 온 주문이에요." 그리고 멈춘다. 직감. 눈을 동그랗게 뜬다. "하지만… 데릭과 이야기한 것으로 생각했어요."

폴이 침묵의 소환에 이끌려 다가온다. 호주머니에 손을 넣고 서 있는데, 얼굴은 무표정한 가면 같다. 마시모는 고개를 숙인다. 깨달았어야 했다.

'크리스마스 파티.'

'진실을 말해. 다른 사람들은 네가 허세를 부린다고 생각할 거야.'

'래리 러벅, 빌어먹을 포커 도박사. 그는 취하지 않았었어. 그리고 위스키와 뒤섞인 그 말은 경고를 감추고 있었어.'

'우리는 몇백만 집어넣고… 자네는 그것을 하룻밤 동안 배 속에 넣어두면, 이튿날 아침 더 이상 없지. 퓹!'

"더 이상 안 돼, 카림. 절대 더 이상 일어나지 않아야 해." 말하는 동안 한 손을 카림의 어깨에 올려놓았고, 카림은 무언가 이해할 수 없는 것을 중얼거린다. 그리고 마시모는 폴을 향해 말한다. "나와 함께 가자."

폴은 재빨리 종이 한 장을 인쇄하여 가져간다. 두 사람은 단호한 걸음걸이로 트레이딩 플로어를 가로지르고, 두 줄로 나란히 늘어선 네온 빛이 비추는 복도로 들어간다. '필립 웨이드'라는 명패가 붙은 뿌옇게 갈아놓은 유리문 앞에서 멈춘다.

마시모가 문을 연다.

문자 그대로 책들이 점령한 가로 3미터, 세로 3미터의 방이다. 잿빛 금속 책상 위에서 책들의 장벽이 그 너머에 있는 것을 보이지 않게 만들고 있다. 책들은 사방에 있다. 벽을 따라 아주 높은 기둥으로 쌓여 있거나 선반에서 더미를 이루고 있다.

그 사무실로 들어갈 때 마시모는 언제나 압박감을 느낀다. 질식할 것 같은 느낌이 든다. 그 장소에 가득 들어찬 책들의 양을 대략 헤아리려고 여러 번 시도했는데, 모든 계산을 벗어나는 숫자의 신비 앞에서 항복했다.

"왔어요, 필." 마시모는 말한다. 책상 위로 솟아오른 그 침투할 수 없는 종이벽에 말하는 것 같다.

"이탈리아에서는 노크도 하지 않나?" 공허 속에서 목소리 하나가 대답한다. 완벽한 억양의 영어.

"당신의 유머에 응대할 시간이 없어요, 필. 왔어요."

책들의 장벽 너머에서 나타나는 사람은 얼마 전에 쉰 살이 넘었다. 둥근 얼굴은 한 무더기의 헝클어진 하얀 머리칼에 덮여 있다. 붉은 안경테의 두꺼운 렌즈 뒤에서 잿빛 두 눈이 아이러니와 지성을 뿌리고 있다. 높은 칼라의 짙은 잿빛 스웨터 위에다 트위드 재킷을 입었다. 런던의 드레스코드에 대한 부정할 수 없는 모욕이다. 아주 혹독한 겨울에도 외투 없이 하얀 와이셔츠에 파란 정장을 입는 규정에 대한 모욕이다. 하지만 필립 웨이드는 그것을 자신에게 허용할 수 없었다. 금융계 최고 '전략가' 중 하나. 데릭, 마시모와 첫 만남에서 굳은 얼굴로 이렇게 선언한 사람. "나는 언제나 생각하는 것을 말할 것이오. 만약 여러분이 예스맨을 찾는다면 사람을 잘못 본 것이오."

그는 승리의 행진을 한 다음 뱅크역 뒤의 건물에 이르렀다. 옥스퍼드에서 문학박사. 엘리자베스시대 연극 연구, 셰익스피어의 장미십자가단 상징주의를 다룬 논문, 그리고 명성 높은 경제학 MBA. 그런 다음 월드은행에서 10년, 잉글랜드은행에서 다시 10년. 자신의 행동 방식, 존재 방식에 쉼표 하나 바꾸지 않은 채.

필립은 안경을 벗어 책상 위에 놓는다. "무엇을 말하는 거지?" 진지하게 묻는다.

"트레저리의 마지막 공매에 대해서입니다. 뉴욕에서 우리 주문표에 2억 5천을 넣었습니다." 폴이 종이를 흔들면서 대답한다.

상대방은 순간적으로 미소를 흘린다. "상황이 바뀌고 있다는 걸 우리는 알았네."

"아시다시피 저는 미국 채권에 대한 당신의 생각에 동조하지 않아요, 필립." 폴은 무례함에서는 빠지지 않는다. "하지만 만약 상황이 바뀐다면 제 생각을 바꾸겠습니다. 그러니 제 생각을 한번 바꿔보세요. 하지만 빨리요. 시간이 너무 빨리 지나가요."

마시모는 팔짱을 끼고 한쪽 어깨를 문설주에 기댄 채 말없이 대화를 듣는다.

"정말로 보기 흉한 태도로군, 패러독." 필립은 의젓하게 침착함을 유지하며 주위를 둘러본다. 그리고 폴과 마시모 사이로 사무실의 불확정적인 지점을 응시하고, 아일랜드 친구의 부루퉁한 눈길 아래 다시 말한다. "차이나메리카의 균형이 무너지고 있네."

'차이나메리카. 두 거인, 두 나라, 두 대륙. 상호 협조의 유일한 전략적 협정.'

미국 시장에 아시아 제조 상품 수출. 아시아 수출을 위태롭게 하지 않기 위한 위안-달러의 고정환율. 그리고 미국 상표를 단 채권을 엄청나게 매입하면서 대양 너머 탐욕스러운 소비자에게 자금을 제공하는 중국인들. 그들은 미국에 저비용 상품들이 넘치게 만들었다. 그들은 미국 중산 계층에게 부자라는 환상을 전달해 주었다.

아시아에 세운 미국 공장들, 매년 노동자로 전환되는 중국 농부 수천만 명. 역사에서 가장 잔혹한 도시화 중 하나, 그리고 그것에 대해 역사는 한마디도 적지 않을 것이다.

연방준비은행은 무사 여신이었다. 아주 낮은 금리는 미국에서 탈산업화를 고취하면서 돈이 빠르게 회전하게 만들었다. 부채에 손쉽게 접근하고 대출에 광적으로 서명하면서 워싱턴에서 민주당원들이 높이 칭찬한 모두를 위한 주택의 꿈.

곧바로 부풀기 시작한 거품. 그것은 우아하게 부동산 시장 위에 떠 있었고, 파생상품들과 '서브프라임'으로 가득한 채 맨해튼의 하늘을 가로질러 갔고, 결국 불가피하게 터져 금융 체계의 토대 자체를 뒤흔들었다.

9월 어느 날 수많은 남자와 여자들이 월스트리트의 어느 고층빌딩, 미국 채권시장의 주요 운용자 중 하나인 리먼 브라더스가 차지했던 빌딩을 떠났다. 수그린 머리, 불확실한 걸음걸이, 손에 든 커다란 상자.

벌써 종말이 온 것 같았다. 하지만 모든 것이 시작되려 했다. 처방은 즉각적이었다. 엄청난 달러의 투입. 엄청나게 많은 유동성. 악성 채권을 가능한 한 많이, 가능한 한 적은 시간에 매입하려고 기관총처럼 달러를 찍어내던 중앙은행.

최초의 QE(quantitative easing, 금리 인하를 통한 경기 부양 효과가 한계에 봉착했을 때, 중앙은행이 국채 매입 등으로 유동성을 시중에 직접 공급해 신용경색을 해소하고 경기를 부양하는 통화정책 - 옮긴이), '양적 완화'의 날들이었다. 부채로 괴로워하던 가슴속에서 부푼 엄청난 양의 달러.

환자는 침대에서 일어났고 모든 것이 전처럼 돌아온 것 같았다. 누구도 가능한 한 재추락을 고려하지 않았다. 아니면 최소한 그렇게 보였다.

하지만 필립은 거기에 대해 많이 생각했다. 그리고 지금 마시모와 폴 앞에서 전혀 놀라지 않은 것처럼 보인다. "우리는 게임의 끝에 이르렀어. 중국인들은 국내 시장의 발전과 함께 제품을 점점 더 많이 중국에 팔고 수출을 점점 덜 하게 될 거야. 알겠어? 그렇다면 이제 미국 상표의 채권을 매입하여 미국 소비자들에게 자금을 제공할 필요가 없을 거야…."

"중국이 더 이상 채권을 매입하지 않을 것이기 때문에 미국이 디폴트 위험에 직면하게 된다는 말입니까?" 폴의 목소리는 충격과 믿을 수 없음 사이에서 흔들린다.

"나는 절대 그렇게 말하지 않았고 그런 생각도 하지 않아. 채권에는 정확하게 자금이 다시 제공될 거야."

"누구로부터요?"

"아니야, 폴. 우리가 해야 하는 질문은 '누구로부터?'가 아니라 '어떻게?'야." 필립은 책상 위를 더듬더니 그 종이들, 카드들, 책들의 혼돈 속에서 무엇인가를 찾는다. 마침내 공처럼 구겨진 푸르스름한 종이 한 장을 꺼낸다. 그리고 천천히 펼친다.

폴 패러독의 눈길은 조지 워싱턴의 엄숙한 눈길과 '미합중국'이라는 글귀와 마주친다. 1달러 지폐.

"이것으로! 다시 찍어낼 거야, 미친 듯이." 필립은 이어서 말한다. "우리는 두 번째 양적 완화에 가까워졌고, 그 결과는 끔찍할 거야. 생각해 봐…."

"그 사회적 결과에 대해 우리는 다른 삶에서 이야기하겠군요." 마시모가 중단시킨다. "그보다 다시 찍어내기 시작하면, 달러는 인플레이션을 견디지 못하고 쓰러질 겁니다. 채권에 대해서는 말할 필요도 없고요!"

"내가 자네에게 무슨 말을 해주기를 원하는가? 미국인들은 돈을 찍어내고, 그 돈으로 채권을 매입하고, 그렇게 가격을 결정하지. 만약 우리가 자유 시장의 관점에서 추론해 본다면, 수익률이 1포인트, 2포인트, 3포인트 높게 뛰는 걸 보게 될 거야. 그리고 그들의 결손이 무엇을 의미하는지 아는가?"

마시모의 눈길이 반짝이며 빛난다. 하지만 폴이 서두르며 갑자기 말한다. "어서, 우리는 지금 미국에 대해 말하고 있어요! 그걸 고려하지요? 필, 정말로 연방 채권은 더 이상 안전한 천국으로 간주되지 않을 거라고 생각해요?"

"오늘은 안전해."

폴은 깊게 숨을 들이쉰다. 마시모는 생각의 소용돌이에 이끌리면서 달러 지폐를 응시한다. 그리고 눈짓을 한 두 사람은 동시에 사무실에서 나가려고 움직인다.

하지만 필립은 말을 끝내지 않았다. "오늘은 안전해. 진주만도 1941년 12월 7일 아침까지는 안전했지."

문지방에서 멈춘 두 사람은 눈짓을 교환하고 나서 몸을 돌린다.

마시모는 고개를 끄덕인다. "차이나메리카의 전개 상황은 우리가 몇 달 전부터 필립과 함께 추적하던 주제야." 그는 폴을 위하여 말한다. "우리에게 관심 있는 것은 미국 달러의 금리 부분이야. 트레저리에 완화되거나 아니면 통화에 완화되지. 만약 다시 찍어내면 두 곳 모두에서 유지할 수 없어. 둘 중 하나는 깨질 거야."

"그렇다면 '윈윈 상황' 같군요. 어떻게 되든 이익은 확보돼요." 폴의 목소리는 의혹의 어지러움을 감추지 못한다. 마시모는 머리를 흔들며 그를 바라본다. "문제는 그것이 아니야, 폴. 가장 중요한 것은 '언제' 게임을 하느냐 하는 거야."

'언제.'

그는 그 말의 의미들을 파헤치는 데 삶의 대부분을 보냈다. 적절한 기회, 행동해야 할 정확한 순간을 찾는 것. 세월이 흐르면서 움직임을 판단하는 것은 순간을 포착하는 능력보다 덜 중요하다는 사실을 발견했다. 심지어 예상에서 실수하는 경우도 있었지만, 트레이드에 잘 들어가기도 했다. 그리고 그는 이겼다.

하지만 다른 사람들에게는 중장기 해석을 예측하면서도 정확한 시기를 찾지 못하는 일이 일어나기도 했다. 결국 그들은 신경질이 났거나 아니면 더 나쁜 경우에는 예상된 일이 사실로 확인될 거라고 기대하기 시작했다. 그러고는 잃었다.

"기대하기 시작하면 자네는 이미 죽은 거야." 데릭은 말했다.

그 적절성에는 무엇인가 영웅적인 것, 심지어 신적인 것도 있었다. 마시모에게 정확한 순간에 적합한 행동은 적절한 기회와 적절한 시간의 주인인 그리스의 신 카이로스에게 감사하는 것이었다.

자기 자식들을 잡아먹은 티탄은 르네에게서 욕을 먹는 크로노스가 아니다. 카이로스, 바람의 날개 위에서 영원한 달리기에 몰두하며, 신속함의 상징인 면도날로 무장하고 긴 머리칼로 얼굴을 덮었지만 뒤통수는 벗겨진 신. 이미 지나간 뒤에는 아무도 그를 붙잡을 수 없도록. 그를 붙잡는 데 성공한 사람들은 그의 얼굴을 바라볼 수 있도록.

금융은 옛날 신과 같은 방식으로 이름을 바꾸었고, 카이로스는 '촉매', 대다수 사람에게 방금 일어난 것을 드러내는 사건, 사물들의 질서 안에서 이미 싸운 자의 '카수스 벨리', 개전 이유가 되었다. 효율적으로 행동하려면 당겨야 할 방아쇠.

'언제?'

최소의 늦음 직전이자 경솔함의 유혹 직후이며, 계산할 수 없는 허공에 매달린 시간에.

'언제?'

왜 당신이 자신을 불태울 위험을 무릅쓰는지 금융가에서 모든 사람이 깨닫기 직전에. 1초 후가 아니다. 당신은 이익을 나누기 위하여 마지막에 도착할 위험이 있기 때문에.

'언제.'

마시모는 주먹을 움켜쥔다. "우리는 촉매를 갖고 있어, 폴. 그리고 그건 자네 손안에 있어."

아일랜드 친구는 책상에서 떠나기 전 인쇄한 종이로 시선을 떨어뜨린다. 거의 잊고 있었다.

'미국 재무부, 2억 5천만, 유럽 채권 파트에 의한 마지막 공매에 매수 주문.'

그는 머리를 흔든다. 그 순간 마시모는 사무실을 떠난다.

"이제 시간이 되었어." 필립은 입술에 살짝 웃음을 띠며 말한다. "자네 셰익스피어를 아는가, 패러독?"

폴은 종이를 구기고 전략가에게 등을 돌린 다음 완벽한 침묵 속에 플로어로 돌아간다.

페널티킥은 세게 찬다

기억은 뚜렷하다. 문에서 11미터 앞의 하얀 얼룩을 향해 느린 걸음으로 걸어가는 동안 바로 자기 앞에 있는 것처럼. 얼굴에는 무표정이라는 가면을 쓰고 둥근 표시 위에 공을 놓기 위해 몸을 숙이는 순간의 그를 다시 보는 것 같다. 그는 리버풀의 골키퍼 브루스 그로벨라르를 무시하고 심판을 흘깃 바라보았다.

1984년 5월 30일 저녁이었다. 1미터도 되지 않는 달리기. 수평 골대 아래 중앙으로 쏜 대포알 그리고 AS 로마는 유리한 상황이었다. 꿈에 가까이 다가간 한 걸음.

디 바르톨로메이, 그는 페널티킥을 세게 찼다. 망설이지 않고. 두려움에 떠는 세이렌들에게 침묵을 부과하면서.

그런 결정에서 우연한 것은 전혀 없다. 마음과 머리, 근육과 신경이 필요했다. 그리고 도전은 상대방을 향한 것이 아니라 자기 자신을 향한 것이라는 의식.

지난 며칠 동안 마시모는 자주 그 페널티킥을 다시 생각했다. 폴과 카림에게 자신의 선택을 알려준 다음부터. 그들은 대서양 너머의 10년 만기 국채에 '공매도 포지션'을 잡을 것이다. '유럽' 채권 파트는 이제 미국의 채권을 겨냥하려고 한다.

다른 곳에서 빌린 채권을 파는 것, 갖고 있지 않은 것을 겨냥한 다음 가격 차이에 내기하면서 채권을 다시 사는 것. '공매도', '공매도로 팔아넘기기', 그것이 그의 생각이다. 어떤 사람들에 따르면 투기의 진수. 다른 사람들에 따르면 금융의 최전선. 마시모에 따르면 단지 게임의 규칙이다.

카림은 생각이 달랐다. "모두 그 2억 5천만의 잘못이에요. 그런데 그들이 처음 그렇게 한다고 누가 말해요? 혹시 얼마 전부터 그렇게 했고, 아무도 채권을 팔려고 꿈도 꾸지 않았는지도 몰라요. 그들은 단지 디스코텍 밖에 줄을 약간 세우기를 원해요."

겉보기에는 통상적인 메커니즘이다. 하지만 마시모는 달리 보았다. "이번에는 업소가 텅 비게 될 거야."

"누가 그렇게 말할 수 있어요, 맥스? 어떤 식으로든 그들 같은 사람들은 언제나 빠져나갔어요. 머리는 당신 말이 옳다고 나에게 말하지만 모델은 다른 것을 가리켜요. 그 사람들은 해낼 수 있고, 지탱할 거라고 말이에요. 달러에 대해서든, 채권의 낮은 수익률에 대해서든 말입니다. 그 경우 우리에게는 최악일 거예요. 그리고 휘발성을 보았지요? 사기에는 너무 비싸고, 팔기에는 너무 싸요. 모르겠어요. 나는 이렇게 말하고 싶어요. 그래도 해보자. 하지만 천천히 가자. 곧바로 모든 것을 거는 일은 피하고, 미국 트레저리를 향해 노를 젓기에 더 나은 구석을 찾아봅시다."

"얼마나 많은 사람이 채권을 통제하며 공매도를 하려고 수익률이 고정되기를 기다리는지 아무도 몰라. 하지만 우리는 지금 여기 데스크 위에 갖고 있어. 우리 통제 아래에 있어. 그리고 내 생각으로는 이 트레이드에 올라타는 방법은 한 가지야. 확신을 갖고 강하게 겨냥하고 끝까지 밀고 나가는 거야."

폴은 의구심으로 가득한 마지막 눈길을 간직한 채 말없이 대화를 듣는다. 그런 다음 눈길은 단호해지고 자기 자리로 돌아간다. 그 순간부터 폴은 그런 생각에 완전히 동의한 것처럼, 그것이 자기 생각인 것처럼 트레이드를 시작할 것이다. 그는 비판을 보류하지도, 자신의 의견 불일치를 감추지도 않는다. 하지만 결정이 내려지면 몸과 마음을 모두 싸움에 내던진다. 언제나 맨 앞에서, 의혹이나 망설임에 압도되지 않으려고 늘 주의하면서.

사흘 전부터 이상한 열기가 있었다. 마시모가 오래전부터 들어보지 못한 결정. 동기는 단순했다. 그것은 다른 것들과 같은 트레이드가 아니었다. 그건 하나의 도전, 모든 관행을 뒤흔드는 변수들과의 정면 대결이었다.

현대 트레이딩에서 리스크는 세분화되고 모든 움직임은 다른 작업에 의하여 균형이 유지된다. 따라서 이익은 균형들의 복잡한 짜임의 결과이며, 상관 가치들에 토대를 둔 수학적 구조들의 산물이다. 시장이 취할 수 있는 방향이나 경향에 더 이상 내기를 하지 않고, 동시에 여러 전선에서 게임을 한다. 그리고 그 결과 상대적인 것이 절대적인 것보다 우세하다.

그렇게 트레저리 공매도가 특별한 매력을 띠게 되었다. 그것은 미국의 오랜 수익률에 대한 내기였고, 달러와 미국 재무부의 지불 약속에 대한 확고한 신뢰의 도그마를 위반하는 것과 비슷했다. 모욕. 그 공매도는 하나의 모욕이었다.

그것은 프랑스 세브르국립도기박물관에 보관되어 있는 잣대, 미터 표준으로 사용되었던 백금과 이리듐으로 만든 막대기를 수정하려는 것과 같다. 지구의 십진 미터법 전체가 의존하는 척도의 단위. 누구도 그것을 다시 거론하지 않을 것이다.

하지만 지금 마시모는 그것과 비슷한 것을 미국의 트레저리와 하고 있다. 왜냐하면 결국에는 디스코텍이 실제로 가득 찼는지 확인해 볼 용기, 아니 정확히 말하면, 공평함을 누군가가 가질 수 있었기 때문이다. 누군가는 끝까지 밀고 나가 그 지점을 '보고', 미국의 우발적 허세를 폭로하려고 결심할 수 있다. 자신이 다치는 대가를 치르더라도.

마시모는 무엇이 개입되어 있는지 안다. 이 트레이드와는 농담할 수 없다는 것을 안다. '그러지 않아야 한다.'

며칠 전부터 긴장감이 그의 몸을 사로잡았다. 다리는 떨리고 등 아래에서, 종아리에서, 얼굴에서 근육이 수축되는 것을 느낀다. 숨을 깊이 들이마시려고 노력한다. 아직도 떨린다. 짧은 호흡. 홀에는 비현실에 가까운 이상한 정적이 감돈다. 기다림은 시간을 정지시키고, 어두운 전염처럼 퍼진다.

모든 것을 한쪽에 놔둬야 하는 순간이 있다는 것을 그는 안다. 이번 트레저리 공매도에는 다른 식으로 대결해야 한다는 것을 알기 때문이다. 확실한 이익을 기대할 수 없다는 것을 잘 알지만, 언제나 양털 실 위에 있으면서 탐식의 죄를 짓지 않도록 조심해야 한다.

바로 단 한 번 그는 그 모든 세월 자신에게 영감을 주었던 두 가지 규칙을 따르지 않기로 결심했기 때문이다. 《손자병법》에서 얻은 두 가지 원칙이 시장에서 그와 함께했다.

'상대방을 모욕하지 마라.' 첫 번째 규칙은 말한다. 바꾸어 말하면 탐식의 죄를 짓지 말라는 뜻이다. 현재 상황을 확대하지 않으면서 유익한 것들이 달려가게 놔둬라.

두 번째 규칙은 쉬운 전투는 하고 어려운 전투는 피하라고 권유한다. 아니면 확실하게 벌 수 있는 곳에서 돈을 버는 것.

마시모는 모니터에 집중하려고 노력한다. 잠시 더 이상 숫자들을 보지 않고 줄들과 칸들의 기하학을 놓친다. 왼손 검지의 손톱이 엄지 아래의 한 지점을 찾는다. 피부의 치밀한 표면을 가로질러 갈라진 홈을 찾아낸다. 거칠고 부푼 두 가장자리 사이에서 살은 살아 있다. 그 안으로 손톱을 밀어 넣는다. 고통은 최소한 잠시 그를 편안하게 해준다. 생각의 흐름을 늦춘다. 숫자들이 제자리를 찾게 한다. 수축을 진정시켜준다. 그런 다음 일어선다. 이제 얼굴은 단호한 표정이다.

플로어를 가로지르는 동안 마시모는 모든 시선이 자신을 향하고 있는 것을 느낀다. 기다림이 커지는 것을 느낀다. 컴퓨터 앞에 웅크리고 있는 폴에게 다가간다. 한 손을 그의 어깨 위에 올리고 단숨에 말한다. "10억을 공매도하자. 달러에 절반 공매도, 트레저리에 절반 공매도. 트랑슈(채권의 발행이나 차입금의 인출과 같은 큰 규모의 보증 활동에서 채권을 분할해 발행하는 것-옮긴이) 두 개라고 말하고 싶지만, 자네가 알아서 해."

아일랜드 친구는 고개를 끄덕이고 다시 스크린을 응시한다.

'페널티킥은 세게 찬다.' 마시모는 생각한다. 시장과 내기할 때 자신의 신체적 연장인 폴의 손가락이 삶의 트레이드에 올라타기 시작하는 동안.

'세게. 그리고 가능하다면 정확하게.'

폴 패러독은 더블린의 실패한 지역 노스사이드에서 태어났다. 도시의 저주받은 뒷면, 거기에서는 저녁에 뭐 할 거냐고 묻는 사람에게 언제나 이렇게 대답했다. '당신이 원하는 것, 하지만 합법적이지 않은 것.'

밸리먼아파트는 아스팔트에 틀어박힌 발톱들과 비슷한 15층짜리 막사였다. 그리고 무너뜨리고 폐쇄하기 전에 그는 그 한가운데로 미끄러져 들어갔다.

그는 길거리의 법칙들을 자기 것으로 만들었고, 보도에서 헤로인의 가격을 배웠고, 아주 유동적인 시장의 동요를 피부로 직접 체험했다. 모든 것을 기억했고, 거짓말의 위력과 유약함의 위험을 시험해 보았지만, 탈출구를 찾을 수 있다는 희망을 절대 잃지 않았다. 그 세계에서 벗어날 방법을 조만간 찾아내리라는 것을 알고 있었다.

신중해야 한다. 아무도 깨닫지 못하게 10억을 공매도하려면 신중한 행동과 정확한 움직임이 필요하다. 하지만 밸리먼 거리에서 폴은 어떻게 해야 하는지 깨달았다. 지나친 요구를 제시하지 않아야 하고, 곧바로 핵심으로 가야 한다. 그래서 그는 전화를 들고 숫자를 누른다.

"여보세요" 소리를 듣자마자 폴은 이야기를 지어내기 시작한다. 전화선 맞은편에는 케이맨제도(카리브해에 있는 영국령 제도, 조세피난처로 유명하다-옮긴이)에 본부가 있는 헤지펀드 트레이더가 있다. 폴은 파리의 어떤 멍청이가 미국 10년 만기 채권의 매입 주문에서 실수했다고 이야기한다. "무의식중에 한계를 벗어났고, 지금 패닉 상태에 있어. 그는 포지션을 청산해야 하는데, 우리는 트레저리에 대한 주문표를 갖고 있지 않아. 당신이 모든 것을 조금 낮게 사고 이익을 조금 얻으면, 나는 파리의 고객에게 혜택을 베풀게 돼."

몇 초 동안 침묵.

"102.25에 살게."

"좋아."

"거래 끝."

딸깍. 파리에 어떤 멍청이도 없다는 것은 중요하지 않다. 주문표가 바로 자기 앞의 모니터에 있다는 것도 중요하지 않다. 대형 은행은 혜택을 요구하지 않는다. 폴 패러독은 더더욱 그렇다. 그리고 이제 트레저리 절반은 팔렸다.

그는 마시모를 향해 몸을 돌리고 겨우 알아볼 수 있는 고갯짓으로 끄덕인다. 트레이드들의 트레이드는 시작되었다.

두 사람은 몇 년 동안의 투자, 도박, 계산, 확률을 한순간으로 요약하는 의식적인 눈길을 교환한다. 지금 크게 게임을 하고 있다는 것을 안다. 아마 모든 것을.

'잃을 시간은 있어.' 폴은 자신에게 반복한다. 하지만 그 시간은 오늘이 아니고, 트레저리 공매도의 시간도 아니다. 이것은 도그마에 대한 도전이다. 자기 자신에 대한 도전이다. 폴은 전화기를 들고 발끝으로 금융가로 돌아간다.

"마시모…."

카리나가 작은 물병을 들고 책상 옆에 서 있다. 일상적인 검은색 타이외르와 재킷, 바지를 입고 있다. 얼굴은 진지하고 집중되어 있다. "할 말이 있어." 물병을 컴퓨터 키보드 옆에 놓으면서 속삭인다.

마시모는 플라스틱 잔을 채우고 한 모금 마신다. "지금은 안 돼요, 카리나."

"중요한 일이야."

그는 한숨을 길게 쉬고 안락의자의 등받이에 몸을 길게 뻗는다. "말해요."

"여기는 안 돼. 단둘이 말하고 싶어." 비서의 눈길이 몇 미터 저쪽에서 조르조와 논의하고 있는 카림의 눈길과 마주친다.

카림은 그녀에게 키스를 보낸다. 그녀는 눈을 크게 뜨더니 당황한 척하며 한 손으로 입을 가린다. 카림은 빙긋 웃고, 그동안 조르조는 말을 멈춘다.

르네가 힘 자랑을 한 후 마시모는 조르조의 변화를 곧바로 주목하지 않았다. 가장 나쁜 모욕은 정말로 더 커지도록 도와주는 모욕인지도 모른다. 며칠 전부터 조르조는 말을 삼가고 더 많이 들으려고 노력한다. 이론은 적게, 학급 일 등 같은 태도는 적게.

"좋아요. 이리 와요." 마시모는 일어나면서 말하고, 카리나를 플로어 가장자리의 방들 중 하나로 데려간다. 가운데에 커다란 사각형 테이블이 있고, 한쪽 구석에는 칠판, 커다란 홀 쪽으로 유리벽이 있는 회의실이다.

마시모는 테이블 가장자리에 앉는다. 한쪽 다리는 허공에 들고, 다른 한쪽 다리는 바닥에 댄 채. "그래, 무슨 일이 있었어요?"

카리나는 숨을 들이쉬더니 단숨에 말한다. "당신은 셰릴과 이야기를 해야 해. 계속 그녀를 무시할 수는 없어."

"그것 때문에 나를 중단시켰어요?" 마시모의 질문은 화가 난 것처럼 돌발적으로 울린다. "우리는 그런 일에 1분도 낭비할 시간이 없어요." 그러고는 다시 일어나 짜증이 가득한 눈으로 머리를 흔들며 문 쪽으로 향한다.

"기다려." 카리나는 그를 향해 가까이 다가가더니 한 손을 팔에 올려놓는다. "아직 당신에게 말하지 않았지만, 당신이 알아야 할 것이 있어." 팔을 더 세게 잡는다. "나에게는 이게 마지막 해야. 결정했어."

"매년 1월에 우리는 똑같은 이야기를 해요, 카리나. 알잖아요, 결국에는 언제나 내가 당신을 설득하지요."

"이번에는 아니야. 당신이 약속했어."

마시모는 카리나의 얼굴을 훑어보며 항복의 표시를 찾는다. 하지만 녹색 눈에는 본 적이 없는 새로운 확신이 있다. 짜증이 놀라움으로 바뀌면서 입안에 쓴맛이 가득 고인다. "무슨 말이에요? 우리가 어디에 왔는지 봐요." 데스크의 자리들을 가리킨다. "당신 도움이 없었다면 저렇게 할 수 없었을 거예요. 어리석은 일이에요. 가면 안 돼요. 지금은 안 돼요."

"하지만 가야 해. 어쨌든 당신은 성공할 거야. 당신을 처음 보았을 때 나는 곧바로 알았어. 아마 언젠가 실수할 수도 있겠지만, 당신은 언제나 최고로 남아 있을 거야. 당신은 다른 모든 사람과 다르기 때문이야. 그걸 절대 잊지 마."

"하지만 아직 할 일이 많아요. 알다시피…."

카리나는 손짓으로 중단시킨다. "나는 늙었어, 맥스. 늙었어. 그리고 떠나기에 적합한 순간이 언제인지 알아야 해."

"아니, 당신은 아직 어린 아가씨예요." 입술에 억지웃음을 띠고 그녀의 허리를 안으면서 말한다.

"당신은 멋진 거짓말쟁이 이탈리아 사람이야." 그의 한쪽 귀에다 속삭이더니 포옹에서 풀려난다. 그러고는 칠판으로 다가간다. 지우개를 들고 일부 숫자를 지운다. 숫자들은 하얗고 불분명한 얼룩이 된다. "한 장소가 있어…." 분필 조각으로 점 하나를 찍고 그 위에다 '바르셀로나'라고 쓴다. 그런 다음 오른쪽으로 이동하여 다른 점 하나를 찍는다. "여기, 동쪽으로 100킬로미터 정도 떨어진 프랑스와의 국경 근처야." 손가락은 국경선과 브라바해안의 윤곽을 그린다. "바다 바로 앞에 파스텔톤 장밋빛에 파란색의 나지막한 집들이 있는 작은 항구야." 그녀는 분필을 내려놓고 분필 가루를 닦으려고 손가락을 바지에 문지른다. "바로 여기에 작은 집을 샀어." 평온한 목소리로 말한다. 눈길은 허공 속으로 사라지면서 울적한 기분을 드러낸다. "나는 추워, 피곤하고. 런던은 나에게 답답해."

카리나는 그에게서 그렇게 멀리 떨어진 적이 없다. 그런데도 그녀가 가장 가깝다고 느낀다. 마시모도 지쳤다. 마시모도 다른 것을 꿈꾼다. 하지만 멈출 수 없고 그녀가 가게 놔둘 수 없다. 지금은 아니다. "카리나, 당신 없이 나는 살 수 없어요. 어디에서 시작할지도 몰라요."

"당신은 나 없이 살지 않을 거야. 여기 사무실에서는 나와 함께 있지 않겠지만, 자유로워질 때 언제나 로비와 함께 나를 만나러 올 수 있을 거야. 로비도 아주 좋아할 거야. 낚시하기에 완벽한 지역이라고 하더군. 미끼와 낚싯대가 나에게는 어울리지 않겠지만 말이야. 나는 탱고를 계속하는 것이 좋을 거야."

"당신이 나를 만나러 올 수도 있지요. 아주 빨리요. 그러면 나에게도 몇 걸음 가르쳐줄 수 있어요."

카리나는 그에게 어머니처럼 미소를 보인다. "언젠가 당신은 정말로 토스카나에 가서 살 거야, 마시모. 나는 알아. 하지만 지금은 이 은행에서 해야 할 일이 있어." 그녀는 잠시 멈춘다. 그리고 달라진 어조로 말한다. "그리고 당신에게는 그녀가 필요해. 내가 말했지. 그녀가 어떻게 일하는지 보았어. 가능성이 있고 당신에게 적합해. 믿어봐."

마시모는 한 손을 머리칼 사이로 밀어 넣으면서 유리벽을 통해 플로어를 살펴본다. 폴은 데스크톱에 눈을 고정한 채 전화를 하고 있다. 입술 끝에 교활한 미소와 함께 먹잇감 위로 덮칠 준비가 되어 있는 포식자와 비슷해 보인다.

"나는 셰릴에게 신경 쓸 시간이 없어요. 그리고 정확한 사람인지도 모르겠어요. 최소한 나에게는 아니에요."

"하지만 아니야. 시간이 되면 알게 될 거야. 그녀에게 가능성을 주도록 당신이 시도해 봐."

마시모는 투덜거리며 항복의 표시로 두 팔을 벌린다. "좋아요. 그럼 그녀에게 오늘 오후 일과가 끝난 뒤 나를 기다리라고 말해줘요." 그는 중얼거린다. "인디아 생일 선물을 사야 해요. 최소한 그런 것에서는 나에게 유용할 수 있겠지요."

"당신은 지금 실수하는 거야. 선입관 때문에 당신은 객관적이지 않아."

"나는 선입관을 가질 권리가 있어요. 자, 이제 데스크로 돌아가야 해요." 대화가 위험한 곳으로 미끄러진다는 것을 직감한 그는 짧게 끊는다. 카리나는 수긍한다.

"오로지 당신을 위해 그렇게 할게요, 카리나."

"아니야, 마시모. 틀렸어. 당신 자신을 위해 하는 거야."

지하철에서 나오니 천둥이 거리의 소음을 뒤덮는다. 잿빛 하늘에서 가랑비가 떨어지기 시작한다. 겨울은 도시에 휴식을 허용하지 않는다. 마시모는 재킷 칼라를 올리고 손을 호주머니에 넣는다. 전율이 등줄기를 타고 흐른다. 빗방울이 머리를 적시는 동안 귀찮다는 표정으로 머리를 흔든다.

셰릴은 회색 레인코트의 두건 모자를 올린다. 곱슬머리 일부가 어깨와 이마로 흘러내린다. 눈길을 아래로 던진 마시모는 드러난 발목의 섬세한 선을 바라본다. 굽 높은 하이힐 위로 긴장한 발등.

어떻게 영국 사람들은 룩이라는 이름으로 추위의 고통을 견디는지 그는 이해할 수 없었다. 하지만 곧바로 받아들여야 하는 것이었다. 처음에는 우산을 포기했고, 다음에는 드레스코드에 따라 외투도 포기했다.

"이리 와요." 한 손가락으로 마블 아치 쪽을 가리키며 그녀에게 말한다.

"기다려요." 셰릴은 가죽 핸드백을 뒤지기 시작한다. 종이 몇 장을 꺼내 그에게 내민다. "비를 가리는 데 사용하세요." 미소를 띠며 말한다. "하지만 너무 많이 젖지 않으면 좋겠어요. 헤드헌터를 위해 곧바로 나에게 필요할 거예요." 그녀의 말은 가볍다. 당혹감과 망설임을 넘어선다.

마시모는 오른쪽 위의 몇 줄을 훑어본다. '이력서, 셰릴 베넷. 비서직.' 그는 빙긋 웃는다. "나는 이력서를 아주 중요하게 본 적이 없어. 사람은 한 일들의 목록이 아니야."

"그럼 뭐예요?"

마시모는 그녀를 주의 깊게 살펴본다. 둥그스름한 얼굴, 높은 광대뼈, 약간 호박색이 감도는 피부. 목 한쪽에는 조그마한 점 하나가 있다. 길쭉하고 새카만 눈에는 무엇인가 포착할 수 없는 불분명한 것이 있다.

"사람은 바로 자신을 위해 일할 줄 알아야지." 그는 이해할 수 없는 그 매력을 무시하려고 노력하며 돌발적으로 대답한다. "스무 살 때 카림은 금융에 대해 아무것도 몰랐지만, 수학의 천재였고 인도의 최고 체스 플레이어였어. 그런데 지금 그를 봐. 나는 과거에 전혀 관심이 없어. 미래를 더 좋아해. 그리고 당신은 여기에서 미래를 찾지 못해." 그는 종이를 흔들며 말한다.

"나도 미래를 더 좋아해요." 셰릴은 그의 눈을 응시하며 대꾸한다. 그리고 고개를 숙인다. 얼굴이 어두워진다. "나는 그런 원칙이 나에게도 유효하기를 원해요." 마치 혼잣말을 하듯이 낮은 목소리로 덧붙인다.

마시모는 약간 화가 나는 것을 깨닫는다. 그 아가씨가 자신에게 대드는데, 그건 예상하지 못한 일이었다. 그녀를 가볍게 평가한 것이다. 그래서 방법을 바꾸려고 시도한다. "때로는 이력서를 읽는 일이 마치 시선을 백미러에 고정하고 운전하는 것과 같다고 말하고 싶을 뿐이야. 혼동할 위험이 있지."

"나는 당신을 혼란하게 만들고 싶지 않아요." 그녀는 한 손을 펼치고 비 몇 방울이 손바닥을 적시도록 기다린다. "단지 당신이 비를 조금 피하기를 원했을 뿐이에요."

둘은 잠시 말이 없다. 그리고 마시모가 침묵을 깨뜨린다. "이제 가요." 거리를 가로지르고, 반짝이는 아스팔트 위로 하이힐 소리가 뒤따른다.

비가 더 세차게 내리기 시작한다. 유명 상표의 로고 깃발들이 점점 더 세게 펄럭이는 본드스트리트의 어느 부티크 진열장까지 걸어간다.

쇼핑의 군사적 퍼레이드를 보는 것 같다.

마시모는 먼저 가게 안으로 들어가 셰릴을 위하여 문을 잡아준다. 그들은 원형의 이상한 테이블로 다가간다. 테이블 너머에는 서른 살가량의 금발 여인이 광고 책자를 뒤적이고 있다.

“고야드 세트 때문에 들렀어요.”

“개인용 캐리어, 옷걸이, 모자 보관함 말이지요?”

마시모는 고개를 끄덕인다.

“곧바로 가져오겠습니다.” 점원은 날카로운 어조로 말하더니 홀 구석의 복도로 간다.

“딸을 위한 선물이에요?” 셰릴은 레인코트의 띠를 풀었고 하얀 셔츠는 가슴의 곡선을 드러내 보인다.

“2주 뒤에 생일이야.”

“몇 살이 돼요?”

“열네 살.”

셰릴은 당황한 표정을 짓는다. “무거운 선물이네요.”

“옷들을 좋아하고 엄마를 좋아해. 옷들 한가운데에서 자랐어. 당신은 어렸을 때 안전하다고 느끼기 위해 언제 장난감 집들을 지었는지 알아?”

그녀는 고개를 끄덕이며 그가 계속 말하게 놔둔다.

“그래, 인디아는 핸드백들을 이용해서 움막을 짓고 그 안으로 숨곤 했어. 거기에서 몇 시간씩 머무르곤 했지. 캐리어는 학교 여행이나 친구들과 함께하는 슬립오버에 쓸 수 있어.”

"열네 살." 셰릴은 생각에 잠겨 반복해 말하며 손으로 곱슬머리를 갖고 장난하기 시작한다.

마시모는 검붉은 매니큐어를 칠한 섬세한 검지를 잠시 응시하지만 곧바로 눈길을 거둔다.

"솔직하게 말해도 될까요?"

"솔직함은 사업상 만남에서 좋은 덕목이 아닐 수도 있어."

"나는 잃을 것이 많다고 생각하지 않아요." 그녀는 말한다. "맥스, 나는 시장은 이해하지 못하지만 그 대신 시장에서 일하는 사람들은 안다고 생각해요. 그리고 내 생각으로는…."

"나는 당신이 단지 데릭만 알고 있다고 생각했는데." 그는 무관심하다는 듯이 가벼운 어조를 가장하며 말을 중단시킨다. 그리고 마치 너무 오랫동안 가슴속에 품고 있던 말이 잔인하게 서둘러 입에서 빠져나간 듯이 후회한다. 회한이 가슴을 짓누르고 한쪽 눈꺼풀이 떨림을 느낀다.

셰릴의 얼굴이 어두워진다. 슬픔의 베일이 그녀의 눈길을 흐릿하게 만든다. 잠시 눈이 조금 더 어두운 색조를 띠는 것 같다.

"자, 여기 있습니다." 점원의 목소리가 당혹스러움을 깨뜨린다. "캐리어, 옷걸이, 모자 보관함입니다. 여기, 여기, 그리고 또 여기 이니셜이 있어요."

"고마워요." 마시모는 대답한다. "미안하지만 조금만 더 시간을 주세요."

"물론이지요. 필요하신 만큼 충분히 드리겠어요." 금발 점원은 물러나 방금 가게로 들어온 커플에게 다가간다.

마시모는 빨간 가죽 캐리어, 인디아의 파란색 이니셜, 커다란 G, 그 안에서 A와 R, D가 Y자의 세 구역으로 나뉘어 있고 O자의 테두리 안에 들어 있는 것을 살펴본다.

"데릭은 사람들을 알았고, 그래서 성공했어요. 당신 같은 사람들을 찾아낼 줄 알았기 때문이에요. 모든 사람을 동등하게 대했지만, 절대로 그들의 역할을 혼동하지는 않았어요." 셰릴의 목소리는 단호하지만 화난 어조는 아니다.

마시모는 깜짝 놀라 그녀를 바라본다. 그런 반응을 예상하지 못했다.

"리더십은 현장에서 얻어지고, 또 리더십이 유지되는 것도 현장이야. 역할은 아무런 의미도 없어." 그는 대꾸한다.

"당신은 넘버원이고, 플로어에서는 모두 그걸 알아요. 일부에게 당신은 신화예요. 심지어 당신에게 말할 때 당황하는 사람도 있어요. 당신이 보스이기 때문이 아니라 그들이 당신과 당신 일을 존경하기 때문이지요."

마시모는 말없이 그녀를 바라본다. 그 말은 지난 몇 달 동안의 무관심에 길을 내면서 너무 어두운 오솔길을 환하게 비춰준다.

"하지만 다른 사람들은 단지 당신이 실수하고 추락하는 것을 보고 싶어 해요. 그러면 행복해할 거예요."

그는 가볍게 고개를 숙이고 살며시 눈을 감는다. "왜 내가 이 일을 선택했는지 알아?"

"아니요, 말해봐요."

"숫자는 사람들까지 포함해서 모든 것의 잣대이기 때문이야. 숫자는 객관적이고, 절대 거짓말을 하지 않고, 모두에게 합당한 가치를 줘. 나는 두려움이 없고, 아마 두려움을 가져본 적이 없었을 거야. 언제나 두려움에 등을 돌리는 것을 좋아했어. 나는 불사조 같아. 누군가가 나를 칼로 찔러도 조만간 다시 일어날 거야."

"아니, 그렇지 않아요." 셰릴이 실망한 표정으로 고개를 흔든다. "내가 보기에 당신이 해낸 것과 지금의 당신에게는 숫자만으로 충분하지 않아요. 지금은 모두 당신의 말과 동기를 필요로 하고, 진정으로 자신이 하나의 팀이라고 느낄 필요가 있어요. 그런데 당신은 데릭의 자리를 차지한 이후 펀드 매니저들과 회의 한번 하지 않았어요. 당신은 그들과 함께 데스크에 하루 종일 있지만, 진정으로 그들을 끼워주지 않았어요. 그리고 당신이 승리자라고 숫자가 말해주더라도 당신은 더 주의해야 해요. 절대로 너무 확신하지 마세요." 그녀는 말을 멈춘다. 마치 과장했다고 염려하는 듯 한쪽 입술을 깨문다. 그런 다음 레인코트의 띠를 묶는다. "어쨌든 당신에게 아무것도 가르치려는 게 아니에요. 단지 내가 생각하는 것을 당신에게 말하고 싶었을 뿐. 그리고 나는 당신에게 방해가 되지 않기로 이미 결심했어요. 지금 주위를 둘러보고 있고, 석 달 전부터 마음은 다른 곳에 가 있어요."

"기다려…. 이것 없이 어디 가는 거야?" 마시모는 이력서를 바라본다. 젖었지만 아직 잘 읽을 수 있다. "그러니까 더 나아져야 해. 많이. 혹시 어디 앉아서 조금 정리해 보면 어떨까?"

셰릴은 무슨 말인지 몰라 눈을 가늘게 뜨고 당황한 표정으로 그를 살펴본다.

마시모는 아주 밝고 평온하다. "그래, 간단히 말해서… 나는 당신에게 말하려는 중이야. 당분간은 주위를 둘러보지 않는 것이 낫겠다고 말이야. 벌써 오랫동안 아무도 나에게 그렇게 열린 마음으로 말해주지 않았어. 당신은 단지 잃을 것뿐이었는데 그래도 그렇게 했어."

셰릴은 곱슬머리를 흔들며 얼굴을 든다. 미소의 섬광이 그녀 눈을 환하게 빛낸다.

둘은 다시 한번 서로 바라보았고 셰릴은 테이블을 가리킨다. "딸이 좋아할 거라고 확신해요?"

"무엇을?"

"선물요. 당신 딸이 좋아할 거라고 확신해요?"

"모르겠어. 그러면 좋겠어. 더 좋은 아이디어가 있어?"

"이리 와요." 그의 팔짱을 끼며 말한다. 거리로 나가자 후드득거리는 빗방울 아래에서 그녀는 어느 포스터 쪽을 가리킨다. "저것이요."

마시모는 이마를 찌푸린다. "그 아이 취향이 아닌 것 같아. 다른 것들을 들어."

"단지 음악만이 아니에요. 틴에이저에게는 그 이상이지요." 그녀는 자신 있게 말한다. "친구와 함께 갈 수도 있을 거예요. 딸에게 유일한 순간, 잊을 수 없는 기억, 값이 없는 무언가를 선물하게 될 거예요."

"모든 것에 값이 있다고 말하지. 심지어 사람들도."

"당신도 그렇게 믿어요?"

그는 어깨를 으쓱한다. "대답하기 어렵군."

"아니면 혹시 너무 간단할지도 몰라요. 삶에는 값이 없어요. 행복도 그렇고, 사랑은 더더욱 그래요."

마시모는 몸을 돌리지 않는다. 비에 젖으며 계속 포스터를 바라본다. 그리고 셰릴이 여전히 한 손으로 자기 팔을 잡고 있다는 것을 깨닫는다. 기다란 손톱이 편안한 느낌을 전해준다. 눈을 감는다. 그냥 그렇게 있고 싶다. 그 느낌을 무한하게 연장하고 싶다.

"단지 아이디어였을 뿐이에요." 셰릴이 그 정지된 시간에서 그를 끌어내린다. "분명히 당신 선물을 아주 좋아할 거예요."

"모르지."

"아직도 내가 필요해요?" 그녀는 손을 떼며 묻는다.

그는 머리를 흔든다.

"그러면… 내일 볼까?"

"그래요."

"나는 전혀 예상하지 못했어." 잠시 망설임, 미소. "고마워."

"고마워하지 마요."

그녀는 다시 웃음을 보인 다음 몸을 돌리고 본드스트리트역을 향해 멀어진다.

마시모는 그녀가 지하철역 안으로 사라질 때까지 눈길로 뒤따른다. 그러고는 머리 위로 어두워진 네모난 하늘을 향해 머리를 든다. 그사이 비가 그쳤지만 신경도 쓰지 않았다.

허영의 등불 아래

늦었다.

마시모는 손가락으로 한쪽 무릎을 두드리며 택시가 지나칠 정도로 느리게 차량 속으로 가는 동안 다리가 떨리는 것을 느낀다. 옆에서는 카리나가 차창 밖을 바라본다. 한 손에 해러즈백화점의 커다란 봉투를 들고 있다. "빨리 출발했어야 했는데."

"알아요."

"미켈라가 화났을 거야."

"지나가겠지요. 지금 아무것도 할 수 없어요, 카리나. 플로어가 어떤 분위기였는지 보았잖아요."

일주일 전부터 트레저리 공매도는 부정적이었다. 지속적인 손실. 마이너스 3천. 마이너스 3,500. 마이너스 4천, 혹시 그 이상일지도 모른다. 그날 동요는 데스크의 자리들 사이로 퍼지기 시작했다. 폴의 눈길은 점점 더 일그러졌고, 카림은 완고한 침묵 속에 잠겼다. 기압계는 폭풍을 예고했다.

그때부터 두 시간 뒤 미국 '연방공개시장위원회'(Federal Open Market Committee, 미국 연방준비제도이사회 산하에서 공개시장조작정책의 수립과 집행을 담당하는 기구-옮긴이)는 단기 통화정책과 관련하여 미국 중앙은행의 방향을 발표할 것이다. 그러면 상황은 정확한 윤곽을 보일 테고, 트레이드 진행 상황은 더 분명해질 것이다. 혹시 위급한 상황일지도 모른다.

"마시모."

카리나의 목소리에 그는 깜짝 놀란다. "네?"

그의 어깨 위로 한 손을 올려놓는다. "나를 봐." 그녀는 옆으로 몸을 돌려 말하고, 두 손으로 그의 얼굴을 붙잡는다. "부탁이야. 오늘은 은행 생각 그만해. 당신 딸의 생일이야." 그녀는 단호하게 말한다.

그는 고개를 끄덕인다. 하지만 확신이 들지 않는다. 카리나는 회의적인 태도로 그를 응시한다. "내가 당신에게 어떻게 해야 할까?"

"실패했을까 두려워요."

카리나는 웃음을 터뜨린다. 하지만 아직 끝나지 않았다. "마리오를 불렀어?"

마시모는 아무 말이 없다. 손톱이 검지 아래의 상처 속으로 파고드는 동안.

그녀는 꾸짖는 표정으로 그를 바라보며 말한다. "마리오는 인디아의 대부야. 그리고 당신의 가장 가까운 친구야. 계속 그렇게 행동하면 안 돼. 무슨 일이야?"

"단지 일 때문이에요."

카리나는 한숨을 쉬더니 차창 밖으로 스쳐가는 도시의 풍경 속으로 다시 빠진다.

"만약 최소한 석 달 동안 태국에 있지 못한다면 나는 더 이상 살 수 없어요."

런던에서는 이례적으로 온화한 초봄의 그날 오후, 타운하우스 뒤편 공간에는 60여 명의 어른과 아이들이 몇 무리로 나뉘어 있다. 그들은 하얀색과 빨간색 작약으로 장식된 기다란 뷔페 식탁 옆이나 잘 가꾼 풀밭에 서 있다.

초대받은 사람들의 작은 무리 한가운데에서 시모네는 자장가를 부르듯이 천천히 말한다. 왼손으로 천천히 손짓한다. 손목에는 파텍 필립 아쿠아노트를 차고 있다. 오른손에는 핌스 잔을 들고 있다. 그는 자기 아내 산드라의 눈을 찾는다.

아내는 길고 섬세한 얼굴, 시무룩한 표정과 어긋나는 공모의 눈길로 응답한다. "칼라 디 볼페의 별장도 닫았어요." 짧은 금발머리를 흔들며 유감스럽다는 표정으로 말한다. "이탈리아에서는 이제 살 수 없어요."

"로마에서 하인 한 명에게 지불하는 돈으로 방콕에서는 하인을 다섯 명 둘 수 있어요."

수백 번, 수천 번 검증된 대본에 따라 증인이 된다.

"그리고 싱가포르에서 우리는 매년 건강검진을 해요. 심지어 내 자궁이 얼마나 늙었는지도 볼 수 있어요." 산드라는 가볍게 입술을 벌렸지만 미소가 되었어야 하는데 냉소가 된다.

"삶의 질이 최고예요."

"이제 우리는 그곳이 아니면 진단을 받지 않아요. 그 사람들은 여기에서 꿈이나 꾸는 진단 장비들을 가지고 있어요."

"그리고 고압실에서 두 시간 있으면 완전히 새로워져요. 산소화는 기본이에요."

주위에 있는 몇 사람이 동의의 표시로 머리를 흔든다. 그들의 얼굴에는 심각한 분위기가 떠돈다. 마치 시모네와 산드라가 서구 사회의 결정적인 몰락을 비준한 것처럼. 잔 안에서 얼음이 딸랑거리고, 대화는 다른 주제로 미끄러진다.

미켈라는 예상하지 못한 임신에 대한 장황한 보고에 몰두한 제니퍼에게 무심결에 고개를 끄덕이며 대화를 주워듣는다. 그러면서 시모네 파브리치오 오르시니 델라 토레 백작과 그의 아내 알레산드라를 바라본다. 그의 파마한 검은 머리칼, 그녀의 입을 고정한 미니리프팅 그리고 잘못 감추어진 회복의 표식을 주목한다.

"미켈라, 내 말 듣고 있어요?"

그 질문에 다시 제니퍼와 임신의 연대기로 돌아온다. 제니퍼는 마치 임신 3개월째에도 통증이 갑자기 올 수 있는 것처럼 배 위에 손을 얹고서 너무 작고 튀어나온 검은 눈으로 그녀를 훑어본다.

"미안해요, 제니."

"나는 프란체스코에게 물었어요." 제니퍼는 옆에 있는 곱슬머리의

40대 남자를 가리킨다. "에도아르도의 대학에 대해 미리 생각해 두었느냐고 말이에요."

"불행하게도 아니에요." 그가 대답한다. "알잖아요. 타냐는 너무 가벼워요. 자기가 아직도 패션쇼 무대에서 워킹하는 것처럼 행동해요. 우리에게 아들까지 있는데 말이에요. 오늘을 위해 양해를 많이 구했어요. 지금 에도와 함께 며칠 생모리츠에 있어요."

"그렇군요." 미켈라는 그의 팔에 한 손을 올리고 살짝 웃는다. "에도아르도는 몇 살이에요?" 그녀는 프란체스코 브리간티와 결혼한 시베리아 출신 예전 모델의 차갑고 파란 눈과 길쭉한 얼굴을 머릿속으로 상상하면서 묻는다.

"두 달 전에 네 살 되었어요." 프란체스코는 대답한다.

"그런데 당신과 마시모는 인디아와 로베르토를 위하여 어떻게 결정했어요?" 제니퍼가 묻는다.

미켈라는 그런 뻔뻔스러움에 당황해 가볍게 이마를 찌푸린다. "사실 우리는 아직 거기에 대해 이야기하지 않았어요."

제니퍼는 눈을 동그랗게 뜨고 가까스로 실망감을 억누른다. "아니, 어떻게? 가능한 한 빨리 해야 해요! 나와 마이클은 벌써 결정했어요." 그녀는 잠시 멈춘다. 그리고 배를 쓰다듬으며 넌지시 또박또박 말한다. "톰은 자기 아빠처럼 변호사가 될 거예요. 하지만 엘리자베스는 할아버지처럼 의사가 될 거예요." 그녀는 프란체스코의 어깨 너머 한 지점을 가리키며 말한다.

미켈라는 그녀의 눈길을 따라가다가 멀리에서 자신에게 미소 짓는 인디아의 눈길과 마주친다. 인디아는 케이틀린과 브룩 사이에 있고, 그들 주위에는 또래의 다른 아이들이 있다. 여왕을 따르는 두 시녀 같다. 미켈라는 조금 너머에서 엘리자베스의 각진 옆모습을 알아본다.

"생각해 볼 거예요." 그녀는 인디아를 계속 바라보며 중얼거린다.

"제니퍼 말이 맞아요." 프란체스코가 말한다. "아무것도 우연에 맡기지 않는 것이 언제나 좋아요."

'우연… 언젠가 아들이 할 수 있는 자유로운 선택을 우연이라고 하는군.'

미켈라는 다시 웃어 보이려고 노력하지만 긴장으로 얼굴 근육이 오그라드는 것을 느낀다. 살짝 웃는 얼굴이 지나치게 찡그린 얼굴과 닮지 않기를 바란다. "그렇다면 함께 말해볼게요." 의례적인 어조를 띠려고 노력한다. "미안해요, 인디아에게 가볼게요." 그런 다음 정원 가운데로 간다. 새로 도착하는 사람들에게 인사하고, 다른 손님들과 몇 마디 인사말을 나누면서.

인디아는 매력적이다. 지난주에 본드스트리트에서 구입한 보라색 꽃무늬 오리지널 옷을 입고 있다. 목 뒤로 매듭이 있고 어깨를 드러내 보인다. 가슴에는 꽃봉오리 형태의 커다란 장식이 있다. 금발은 갸름한 얼굴과 어울리게 땋아서 묶여 있다.

인디아는 미켈라에게 그녀의 미용실에 데려가 달라고 요구했다. 그리고 미켈라는 그렇게 해주었다. '소녀였는데, 이제 조금 있으면 아가씨가 되겠어.'

둘은 구체적인 의상 코디를 연구하는 데 며칠을 보냈다. 헤어스타일을 선택하고, 발목 주위를 끈으로 묶는 굽 있는 샌들과 핸드백에 어울리는 옷을 골랐다. 열네 번째 생일을 위하여 미켈라는 심지어 가벼운 화장도 허용했다. 마시모의 눈과 똑같이 파란 눈 주변에 약간의 아이펜슬.

그래, 마시모.

마시모는 아직 은행에 있다. 증권의 승리자, 하지만 가족의 일이 있을 때는 결정적으로 늦는다. 마시모, 그는 48시간 전 그 자신에게 어울리지 않는 일을 하여 인디아를 깜짝 놀라게 만들었고, 미켈라를 멍하게 했다.

미켈라는 생각을 떨치고 난초 모양 상아 브로치가 두드러지는 카를라 마리아의 틀어 올린 머리에 주목한다. 그녀의 세련미와 약간 속물적인 몸짓의 우아함을 바라본다.

마침내 친근한 얼굴. 그녀의 이전 삶과 런던의 삶 사이에서 유일한 접촉 지점. 그렇다, 그것을 잘 알기 때문이다. 그녀가 만약 이탈리아에 남아 있었거나 프랑스에서 계속 공부했다면, 지금 그렇게 자신이 유일하다고 느끼게 해주는 그 사람들 중 아무도 만날 수 없었을 것이다. 토리노에서 고등학교 시절부터 알고 지낸 카를라 마리아만이 그녀 삶의 일부가 되었을 것이다. 그녀가 선택할 수 있었던 유일한 친구다. 다른 모든 사람은 '런던 꾸러미'에 포함되었다. 그들은 그녀가 선택하지 않았다. 마시모는 전혀 깨닫지 못했지만, 그녀는 자신을 위하여 그렇게 한 것이 아니었다. 바로 그를 위해 그렇게 한 것이다. 그에게 안정감을 주기 위해, 대형 은행의 일이 그에게 요구하지 않은 혜택처럼 제공한 세계와 편안함을 느끼도록 만들기 위해.

하지만 카를라 마리아와는 달랐다. 미켈라는 흠잡을 데 없는 태도와 타고난 세련미를 지닌 그 피에몬테 귀족의 우아함을 언제나 부러워했다. 그래서 자선 프로젝트를 시작했을 때 자연스럽게 그녀를 포함시켰다.

친구는 케이틀린의 아버지 윈스턴 베이커와 이야기하고 있다. 얼마 전 이혼한 윈스턴은 튼튼한 몸매와 회색 눈을 자랑하는 40대 은행가다. 그녀에게 다가가 한 팔로 허리를 껴안는다. "너는 정말 아름다워."

친구는 몸을 돌린다. "너도 그래." 미소 지으며 대답한다. 풍성한 입술 사이로 새하얗고 조그마한 이들이 보인다.

"내가 바로 그 말을 하고 있었어요." 윈스턴의 목소리는 깊고 약간 허스키하다. 그는 그 시간에 텀블러에서 싱글 몰트를 홀짝거렸다. 다른 한 손은 스포츠 정장의 호주머니에 넣었는데, 정장 안에는 넥타이 없이 잿빛 와이셔츠를 입었다.

미켈라는 주의 깊게 그를 관찰한다. 그리고 윈스턴의 무례함 속에서 언제나 특별한 매력을 느낀다.

'상류 계층은 아니지만 괜찮은 사람이야.'

"그래서 너는 뭐라고 대답했어?"

"아무 말 안 했어. 점잖은 찬사에 어울리게 피했어."

"잘했어." 미켈라는 웃으며 말한다. "안드레아와 자코모는?" 주위를 살펴본 다음 곧바로 묻는다.

"인디아와 함께 있을 거야."

"당신 아이들이에요?" 윈스턴이 묻는다.

두 여자는 웃음을 터뜨린다.

"내가 무슨 실언을 했나요?"

'그래, 당신은 실언을 했어요.'

"아니에요, 단지…." 미켈라는 말을 찾으려고 노력하며 멈춘다. "오래된 이야기예요." 그리고 동의를 구하듯이 친구를 바라본다.

"그래요." 카를라는 계속 웃으며 대답한다. "오래된 이야기지요." 남자의 놀란 눈길이 한 여인에게서 다른 여인에게로 옮겨간다.

"내 동생들이에요." 그녀는 설명한다. "아버지가 두 번째 결혼에서 얻은 아들들이지요. 나와 그들 사이에는 25년 차이가 있어요."

"미안합니다." 윈스턴은 대답한다. 그는 한 모금 삼키더니 미켈라를 향해 돌아서며 주제를 완전히 바꾼다. "당신 남편은요?"

"곧 도착할 거예요. 은행에서 힘든 일이 있었어요."

"알겠습니다. 우리 같은 일을 하는 사람에게는 언제나 그래요." 그는 세상을 안다고 확신하는 사람처럼 대담하게 대답한다. "그에게 할 말이 있어요, 미켈라. 나는 지금 몇몇 투자 주제를 찾고 있는데, 그에게 분명히 흥미로울 거예요."

"물론이지요, 도착하면 바로 말할게요. 이제 딸에게 가봐야겠어요."

"나도 함께 갈게." 카를라가 팔을 잡으며 말한다.

틴에이저들에게 도착하자 미켈라는 자신에게 다가온 인디아, 케이틀린, 브룩에게 웃어 보인다. 세 명 모두 오른쪽 팔목에 똑같은 VIP 팔찌, 트렌디 이벤트의 전용 백스테이지에 참가하기 위한 작은 띠를 두르고 있다. 목에는 전면에 어느 남자 사진과 '올 패스'라는 문구가 적힌 명찰을 걸고 있다. 아이들은 사진 촬영 세트에서 나온 것 같다.

"얘들아, 어떠니?" 미켈라가 묻는다. 조금 저쪽에서 아들 로베르토가 스마트폰으로 그들을 촬영하며 혼자 웃는다. 반소매 셔츠에 끈으로 묶인 바지를 입고 있다.

"정말 믿을 수 없었어요." 브룩이 꿈속에 있는 듯한 모습으로 대답한다. "코러스 단원들이 최소한 다섯 번은 옷을 갈아입었어요. 정말 아름다웠어요. 그리고 콘서트 전에 모두들 마셨어요."

"믿을 수 없었어요!" 케이틀린이 메아리처럼 반복한다. "그리고 무용 감독들은 아주 신경질적이었어요. 계속해서 무대로 들어가게 했어요. 우리는 공연을 실제로 무대에서 보았어요. 그리고 〈베이비〉를 노래했을 때 브룩은 거의 울 뻔했어요."

다른 아이는 웃음을 터뜨린다. "하지만 먼저 저스틴이 인디아에게 축하를 했어요." 말에 운율에 맞추듯이 말한다.

웅성거림이 그들 무리를 가로지르는 동안 주인공에게로 눈길이 집중된다. 미켈라는 엘리자베스 얼굴에서 질투의 찡그림을 알아보았고, 그동안 인디아는 손가락을 비틀며 알렉스 귀에다 무언가 속삭인다. 알렉스는 분명 인디아의 남자 친구 같다.

미켈라는 잠시 알렉스를 바라본다. 볼품없고 자기 딸의 수준에 어울리지 않아 보인다. 밤색 머리에 공허하고 모호하다.

그녀는 그런 인상을 쫓아내려고 노력한다. 혹시 자신이 참견하는 엄마가 아닌지 자문하면서. 딸의 선택에 간섭하고 싶지 않다. 제니퍼처럼 되고 싶지 않다. 거기에 대해 마시모와 이야기하고 싶다. 하지만 저녁 어스름이 정원으로 내려앉는데 마시모의 흔적은 없다.

브룩은 핸드백에서 전화기를 꺼내 사진 하나를 고른다. 사진에서 인디아를 껴안고 있는 남자는 아이들 목에 걸린 명찰에 있는 남자다. 짧은 금발, 격자무늬 셔츠, 널찍한 바지 차림에다 한쪽에 챙이 있는 모자를 걸치고 있다.

웅성거림은 깜짝 놀란 논평의 합창으로 바뀐다.

"그리고 드럼 연주자는 케이틀린에게 윙크하고 마실 것을 주려고 했어요." 인디아가 말한다. 이번에는 케이틀린이 당황함을 감추려고 눈길을 내리깐다.

"무슨 이야기를 하는 거야?" 카를라가 낮은 목소리로 묻는다.

미켈라는 생각에 잠긴 표정으로 몸을 돌린다. "마시모의 선물 이야기야." 그녀는 중얼거린다. 친구는 이마를 찌푸린다. 놀란 모양이다.

"너는 혹시 그 사람을 모른다는 인상을 받을 정도로 누군가에게 놀란 적이 없어?" 미켈라가 묻는다.

"있어. 아빠가 재혼하려 한다고 통보했을 때."

미켈라는 살짝 웃는다. "너 마시모 알지?"

카를라는 끄덕인다.

"이틀 전에 인디아를 위한 봉투를 들고 왔어. 원래 고야드 세트를 사주려고 했지. 그런데 저스틴 비버 콘서트의 백스테이지를 위한 패스 세 개를 선물했어."

"아니, 누가? 마시모가?" 카를라는 입술을 구부리고 섬세한 눈썹을 치켜뜨며 묻는다. "저스틴 비버가 누구인지도 모른다고 생각했는데."

"나도 그랬어." 미켈라는 중얼거린다. 그리고 로베르토가 스마트폰으로 엘리자베스 어깨 너머로 브룩까지 담고 있다는 것을 깨닫는다.

"미안해." 미켈라는 한숨을 쉬며 말하고 아들에게 다가간다. "왜 누나들을 편안하게 놔두지 않니, 로비?"

"나는 지금 아무것도 하지 않아요." 아들은 스마트폰 화면을 계속 바라보며 대답한다.

"이렇게 사람들 사진을 찍는 것은 예의가 아니야."

"하지만 허풍쟁이들이에요." 아들은 몸을 돌리더니 그녀의 눈을 응시한다.

"아니, 허풍쟁이들이 아니야. 다만 너보다 더 크고, 네가 모르는 것을 하고 있어."

로베르토는 화난 표정으로 고개를 숙인다.

미켈라에게는 그녀와 마시모 사이의 소통 불가능한 장벽이 자신을 아들에게서도 갈라놓는 것처럼 보인다. 혹시 아들을 정말로 이해하지 못했는지도 모른다.

손으로 아들의 머리를 쓰다듬고, 미소를 지으려고 노력하며 입을 맞춘 다음 카를라에게 돌아간다. 로베르토는 멀어지는 엄마를 바라본다. "모두 허풍쟁이야." 머리를 흔들며 혼자 말하고 다시 촬영하기 시작한다.

'얼마나 경이로운가. 여기 모든 사람의 모든 친구가 있군.'

사람들이 가득한 정원. 많은 사람, 많은 여자가 서로 만나고, 인사하고, 열정이 넘치는 말들을 주고받는다. 겉보기에는 인간적 우애로 가득한 유토피아 같다.

하지만 마시모는 안다. 그들이 서로 알지도 못한다는 것을. 그리고 만약 안다면 서로 증오할 것이다. 마시모는 카리나 곁에 가만히 서서 자신이 자신의 집에 침입했다고 느끼며 그런 광경을 바라본다.

밤색 머리의 야윈 소년과 이야기하는 인디아를 알아본다. 웃고 있는 인디아는 행복해 보인다. 다리를 약간 벌린 소년은 단호해 보이고 싶은 것처럼 우스꽝스러운 표정을 하고 있다.

마시모는 단지 인디아만 거기 있는 것처럼 딸을 바라본다. 자신들의 정원이 아니라, 런던이 아니라, 온 세상에서. 인디아에게서 눈을 뗄 수 없고, 그 소년에 대해 수많은 질문을 자신에게 한다. 왜 내 딸을 저런 식으로 바라보지? 왜 자기 나이보다 더 들어 보이려고 하지? 이해할 수 없는 질투심을 느낀다.

"알겠어?" 질문은 속삭임 같았지만 목소리는 싸늘했다.

그는 몸을 돌린다. 미켈라가 사랑스럽게 웃고 있다. 녹색 눈에서 나오는 그 차가운 눈빛과 입가의 주름이 아니었다면, 분노는 사회성이라는 임기응변에 의해 완전히 감추어졌을 것이다.

"알겠어?" 거의 입술을 움직이지도 않고 반복해 말한다.

카리나는 당혹감을 감추려고 주위를 둘러본다. 그리고 로베르토를 보고 해러즈백화점 봉투를 흔든다. 아이는 몇 미터 거리에서 멈춘다. 기쁜 표정이 얼굴에 나타난다.

"미안해." 마시모는 중얼거린다. "오늘 은행에서 정말로 복잡했어."

"나에게는 은행이 중요하지 않아." 한 손으로 그의 팔을 잡는다. 손톱이 누르는 것을 재킷과 와이셔츠를 통하여 느낀다. "이제 초대받은 사람들에게 인사하고 늦은 것에 대해 사과해요." 그런 다음 카리나에게 말한다. "당신은 그이가 제시간에 도착하도록 만들기 위하여 월급을 받잖아요."

카리나는 안경을 코 위로 바로잡고 한 손으로 머리칼을 쓰다듬는다. "아직 조금이에요."

"오케이, 이제 됐어, 미켈라." 마시모는 이를 악문다. "당신은 과장하고 있어."

둘은 잠시 서로를 응시한다.

"안녕하세요!" 로베르토 목소리가 갑자기 긴장을 깨뜨리며 세 사람의 시선을 아래로 모이게 한다.

"오, 왔구나!" 카리나는 로베르토의 머리를 쓰다듬고 상자가 들어 있는 봉투를 내민다.

"저를 위한 거예요?"

카리나는 머리로 그렇다는 신호를 한다.

"하지만 오늘은 인디아 누나의 생일이에요."

"알아. 하지만 때로는 생일 아닌 사람들을 축하하기도 해. 그리고 너는 내 아들 같잖아. 잊지 마."

로베르토는 상자를 들고 실망한 표정으로 살펴본 다음 천천히 상자를 뜯는다. 마시모는 그런 불신의 이유를 직감한다. 아들은 '해러즈'라는 글자를 자동으로 자기보다 더 강력한 단추와 연결하는 것이다. 하지만 호기심이 더 크다.

"와우!" 로베르토는 눈을 동그랗게 뜬다.

셔츠가 아니다. 단추가 없다. 조그마한 어뢰 모양의 일렉트릭옐로 색깔 잠수용 모터다. 긴 타원형 끝에 달린 프로펠러는 눈부신 파란색이고 철망으로 보호되어 있다. 양쪽 옆에는 검은색 손잡이가 달려 있다.

"작은 참치 같아요. 보았어요?" 열광적으로 아빠에게 묻는다.

마시모는 그렇다고 끄덕인다.

"이것으로 참치보다 빨리 갈 수 있어요. 고맙습니다!" 그리고 두 팔로 카리나의 목을 껴안는다.

"더 빠르지는 않겠지만 빠른 것은 분명해." 마시모가 농담한다. 그런 다음 카리나에게 말한다. "지금 우리가 잃고 있는 그 모든 돈으로 저런 것을 사기 전에 두 번은 생각했을 거예요."

손 하나가 그의 등을 스친다. 인디아의 파란 눈은 그 안으로 사라지고 싶은 바다 같다. 금발이 밝은 피부색과 그 깨끗하고, 순진하고, 뭐라고 표현할 수 없는 미소 위에서 더욱 두드러진다. 정말 아름답다.

"생일 축하한다, 내 보물." 딸의 귀에 속삭이고 입을 맞춘다. "늦어서 미안해."

인디아는 포옹에서 풀려나 부드러운 눈길로 아빠를 바라본다. "걱정하지 말아요. 아빠가 할 일이 많다는 것 알아요." 그리고 다시 껴안는다. "정말 엄청났어요! 우리가 얼마나 잘 지냈는지 아빠에게 말할 수도 없어요." 브룩과 케이틀린을 가리킨다. 브룩은 친구 귀에다 무엇인가 속삭이고, 둘은 웃음을 터뜨리며 경탄과 질투가 뒤섞인 표정으로 마시모를 바라본다.

그 순간 불빛이 희미해지고, 웨이터 두 명이 테이블 위에다 촛불 열네 개가 빛나는 거대한 플럼 케이크를 올려놓는다.

"너를 위한 것이구나." 마시모는 속삭인다. 둘은 손을 잡고 테이블로 가고, 카리나와 로베르토가 뒤따른다.

뷔페 테이블에 이르러 인디아는 부모 사이 가운데에 선다. 그들 앞에는 초대받은 사람들 모두의 미소 짓는 얼굴이 반원을 이루고 있다. 산드라는 시모네 귀에 대고 무엇인가 중얼거린다. 제니퍼는 미켈라에게 키스를 보낸다. 카리나는 로베르토의 어깨를 잡고 있다. 그때 예기치 않은 진동음이 울린다. 낮은 소음이 그를 깜짝 놀라게 한다. 마시모는 주위를 둘러본다.

'연방준비제도이사회의 공식 성명서. 공매도.'

저항하려고 노력한다.

'나중에, 마시모. 나중에 읽어.'

그 성명에 트레이드 진행이 걸려 있다. 숨을 들이쉰다. 케이크를 바라본다. 웃음 띤 인디아의 옆모습을 바라본다. 자신을 응시하는 미켈라를 바라본다. 그리고 몇 미터 저쪽으로 이동하여 주머니에서 스마트폰을 꺼내지 않을 수 없다. 화면에서 통신사의 텍스트를 훑어보며 계산하기 시작한다.

그리고 숫자 하나가 모든 생각을 지운다. 열네 개의 촛불. 열네 살. 단숨에 날아간 1,400만.

인디아가 슈퍼 패션 플럼 케이크의 촛불을 끄는 동안 은행의 이미 텅 빈 커다란 홀에서 폴 패러독은 한쪽 손바닥에 머리를 기대고 CNBC에 채널을 맞춘 화면을 바라본다. 긴장감에 표정이 굳는다.

"좋게 말하기를 기도해. 그렇지 않으면 우리는 완전 엉망이 될 테니까." 서서 커프스단추 하나를 만지작거리는 카림을 향해 중얼거린다.

카림은 눈살을 찌푸린다. "나는 미국 연방공개시장위원회의 공식 성명서를 위하여 내 신에게 기도하지 않아."

폴은 대답을 무시하고 벌떡 일어나 몸을 앞으로 내민다. "시작한다." 텔레비전 볼륨을 높이며 말한다.

여자 아나운서는 읽기 시작한다. "미약한 회복 신호에도 불구하고, 연방준비제도이사회 지도부는 미국 경제의 일시적이지 않은 구조적 안정화를 뒷받침하는 통화정책을 실시하려고 합니다. 연준은 자산 매입을 줄이기 전에 그 이상의 긍정적 신호를 기다리고 있습니다. 연방공개시장위원회 대변인은 그렇게 주장하며 금융 조건의 강화가 성장 완화를 유발할 수 있을 거라고 강조합니다."

"엿 먹어라!" 폴은 한 손으로 책상을 치며 폭발한다.

카림은 한숨을 쉬더니 고개를 든다. "지금이 1929년이라고 생각해." 실망해서 말한다.

폴이 고개를 끄덕인다. "시기를 잘못 맞추고 너무 서둘러 개입을 줄일까 두려워해." 일어나면서 말한다.

"이제 어떡하지?" 카림이 묻는다.

"이제 트레저리의 재상승에 직면할 준비를 해야 해. 네 생각으로는 그것으로 우리가 얼마나 잃었지?"

"숫자를 말하게 하지 마."

"카림." 그를 가로막는다. "제발, 숫자로."

"단지 오늘만 대충 1천만에서 1,500만 사이야."

폴은 한 손으로 얼굴을 문지른다. "부르자."

카림은 재킷 안주머니에서 스마트폰을 꺼낸다. 그런 다음 숫자를 누르고 기다린다. "보았어요?" 잠시 뒤 묻는다. "그래요, 바꿔줄게요." 폴에게 전화기를 건네고, 폴은 귀에 갖다 댄다.

"무엇인가 해야 해요, 맥스. 그렇지 않으면 이번에 우리는 날아갈 위험이 있어요."

거의 1분 동안 홀은 침묵 속에 잠긴다.

"좋아요, 한 시간 후에." 그러고는 카림을 향한다. "가자." 폴은 재킷을 입으며 말한다.

"생일잔치에?"

"아니면 어디?"

"마시모."

미켈라는 잡담을 나누고, 여러 손님에게 질문을 하거나 미소를 지은 다음 이제 다시 남편에게 다가간다. 애정 어린 태도를 과시하고, 그의 스마트폰에 대한 집중이 전혀 아무렇지 않은 척하면서. "당신 윈스턴 기억하지? 케이틀린의 아버지."

'윈스턴 베이커.'

마시모는 그가 누구인지 지나칠 정도로 잘 안다. 단지 머리로 긍정의 신호만 한다.

“지난번 헬프 만찬에서 우리 만났지요?” 잿빛 눈의 사내가 손을 내밀며 말한다.

마시모는 세게 잡는 그의 손을 느끼며 기계적으로 악수를 한다. 둘은 잠시 말없이 서로 바라본다.

“윈스턴은 몇 가지 일 문제로 당신과 얘기하고 싶다고 했어.” 미켈라가 말을 꺼낸다.

윈스턴은 한 손을 주머니에 넣으며 머리로 그렇다는 신호를 한다. “당신에게 구미가 당길 투자 주제가 두어 개 있어요.”

“나는 아니라고 생각해요.”

미켈라는 믿을 수 없고 믿고 싶지도 않지만 마시모 목소리가 분명하다.

상대방의 잿빛 눈은 두 개의 가는 틈새가 된다.

“마시모, 당신들 두 사람 모두 런던에서 일해요. 윈스턴도 은행가예요.”

“우리 두 사람 모두 런던에서 일하지만 똑같은 일에 종사하지는 않아.” 마시모는 단호하게 대꾸한다. 바로 그 순간 카림과 폴이 손님들 사이를 지나 그들에게로 온다.

카림은 몸을 숙이고 미켈라 손에 입을 맞춘다. “당신은 정말 놀라워요.” 윈스턴에게 충분하다는 눈짓을 보낸 다음 교묘하게 그를 무시한다. 폴은 두어 발자국 저쪽에 있다. 마치 우리 안의 동물처럼 불편해하고 주위를 둘러본다.

윈스턴은 자신감을 잃은 것 같다. 당혹감과 분노 사이에서 분열된 것처럼 새로 도착한 두 사람을 바라본다.

"좋아요, 미안합니다." 마시모는 그를 얼어붙게 만들더니 정원의 한쪽 구석 뷔페 테이블에서 멀리 떨어진 곳으로 간다. 카림과 폴은 윈스턴을 전혀 고려하지도 않고 뒤따른다.

이제 그들은 주변의 잡담과 즐거움에서 차단되어 있다. 세 사람 모두 몇 분 전부터 잃어버린 자제력을 과시했지만 긴장감이 감지된다.

카림은 뒷짐을 지고 다리 위로 흔들거리며 마시모를 바라본다. 폴은 잔디를 응시하며 모든 것에서 멀리 떨어져 있는 것 같다.

카림이 침묵을 깬다. "인정하고 싶지 않지만, 지금 우리는 엿 같은 게임을 하고 있어요."

마시모는 무표정하다. 얼굴이 평소보다 더 야위고 길어 보인다. "자네는 어떻게 생각해?" 폴에게 묻는다.

"알잖아요, 내가 언젠가 말했지요. 이 트레이드 신경에 거슬린다고요. 하지만 우리는 올라탔고, 이제는 게임을 해야 해요."

"그래서?" 카림이 묻는다.

"나는 이게 허풍이라고 생각해요." 폴은 생각의 실마리를 풀려고 노력하며 중얼거린다. "그 사람들은 단지 말뿐이에요. 망가진 무기를 갖고 있기 때문이지요. 연준에서는 미국 국채 수익률 상승이 불가피하다는 걸 알아요. 하지만 시간이 소중하다는 것도 알아요. 따라서 압박을 가하고 검은 목요일에 대해 지껄이며 시간을 약간 훔치려고 해요. 나는 게임을 하고 싶지 않았지만, 마시모 당신이 나를 테이블에 앉게 했어요. 지금 나는 손에 에이스 풀과 킹을 들고 있어요. 그러니까 두려워할 필요가 없어요. 끝까지 가봅시다. 저들은 허풍을 떨고 있으니까요."

마시모는 살짝 웃는다. "우리가 잊지 않아야 할 것이 하나 있어." 폴의 눈을 바라보며 말한다. "우리가 얼굴에 파도를 맞기 시작할 때, 자네는 언제나 포커를 말해. 하지만 여기에서 우리는 허풍을 떠는 교활한 사람과 관련된 것이 아니야. 이번 게임은 은행에 대항해서 하는 거야. 만약 공격에 실패하면 우리는 죽어."

"트레저리로 호주머니를 가득 채우게 놔둡시다." 폴은 생각에 잠겨 말한다. "우리도 시간을 가져요. 목요일에 제조업 생산 자료들이 나오고, 금요일에 실업 자료가 나와요. 2주일이면 채권에 그렇게 낮은 금리는 견딜 수 없다는 걸 모두가 깨달을 겁니다."

마시모는 폴의 어깨 너머로 한 지점을 바라보며 머리를 흔든다. 순간적으로 미켈라가 자신을 응시하고 있다는 것을 깨닫는다. 전혀 본 적이 없는 쓰라림으로 가득하고 피곤한 눈빛이다. 한 손으로 얼굴을 쓰다듬고 다시 폴을 바라본다. "그것으로 충분하지 않아. 이틀 동안 그들이 마음대로 하게 놔두고, 두 배로 늘리도록 준비하자."

폴의 눈썹이 위로 치켜올라 간다. "두 배로 늘려요?"

"다른 길이 없어."

카림은 한숨을 쉰다. "'최대 예상 손실액'을 다시 계산해야겠군."

마시모는 그런 고찰을 예상했다. 포지션을 늘리는 것은 '최대 예상 손실액', 각 트레이더가 활용할 수 있는 위험의 가장 극단적인 한계를 고정하는 수치에 손을 댄다는 것을 의미했다. 정해진 기간에 하나 또는 여러 포지션의 가능한 최대 손실액을 가리키는 한계, 넘어갈 수도 없고 또 넘어가서도 안 되는 한계. 그것은 금융 운용자들의 음속 장벽이다, 비록 모든 사람이 그런 식으로 생각하지 않을지라도. 그리고 마시모는 그런 사람들 중 하나다.

"다시 계산해 보자고. 그리고 목요일 오후 세 시, 제조업 자료들이 나오기 전에 두 배로 늘리자. 카림, 보고서를 준비하고 우리가 얼마나 쓸 수 있는지 말해줘."

"내일 아침 자세히 보고할게요. 하지만 두 배로 하면 우리가 벗어난다는 것은 미리 말할 수 있어요."

"다른 사람들의 포지션을 닫아야 해요." 폴이 대꾸한다. "이번에 최대 예상 손실액은 우리 트레이드에 집중되어야 해요."

마시모는 잠깐 침묵한다. 정원 가운데에서 인디아가 웃으며 브룩을 껴안자 케이틀린이 스마트폰으로 사진을 찍는다. 셋은 즐겁다. 자신들을 흥분하게 만든 경험의 공유로 연결되어 서로 분리될 수 없다고 느낀다.

'딸에게 유일한 순간, 잊을 수 없는 기억, 값이 없는 무엇인가를 선물하게 될 거예요.'

셰릴의 말. 마시모는 고개를 든다. 저녁 하늘은 깨끗하다.

비를 다시 생각한다. 본드스트리트까지 그들과 함께했던 비를. 몇 년 전부터 그런 일이 없었을 만큼 자신을 기분 좋게 만든 그녀의 손. 그리고 진실이 멈출 수 없는 힘과 함께 그의 눈앞으로 뛰어오른다. 바로 그 순간까지 그의 움직임을 이끌었던 모든 계산, 세상의 모든 수학이 이제는 정말로 아무 소용이 없었다.

'내가 보기에 당신이 해낸 것과 지금의 당신에게는 숫자만으로 충분하지 않아요. 지금은 모두 당신의 말과 동기를 필요로 하고, 진정으로 자신이 하나의 팀이라고 느낄 필요가 있어요.'

이제 동기가 필요한 것은 바로 자신이다. 그리고 마음도 필요하다.

숫자는 시간을 뛰어넘고 현재 너머로 자신을 내밀 수 있는 시야를 그에게 선물했다. 그 대신 다른 사람들과의 접촉을 빼앗아 가버렸다. '다른 사람들의 따뜻함.'

"마시모." 폴의 목소리가 그를 생각에서 끌어낸다.

그는 단호하게 머리를 흔든다. "아니야, 나는 누구의 포지션도 끊지 않을 거야. 메일을 하나 보내게, 카림. 내일 아침 일곱 시, 개장 전에 긴급회의. 모든 펀드 매니저, 필립과 조르조도 참석하기 바라네."

"그들에게 최대 예상 손실액을 빌려달라고 요청할 거예요?" 폴이 묻는다. "그렇게 할 필요가 없어요. 당신이 주었으니까 필요할 때 다시 거둬들일 수 있어요. 리스크를 감행하는 것은 당신이에요. 말할 필요가 없어요."

"하지만 말해야 해. 내가 그들을 설득할 수 있는지 알아야 해. 만약 설득하지 못한다면 내가 실수했다는 뜻이고, 그렇다면 모든 것을 끝내는 것이 더 나아."

"메일을 보낼 수는 있어요." 카림이 스마트폰의 번호를 누르면서 말한다. "하지만 폴과 동감이에요. 당신은 데스크의 새로운 책임자이니 주문을 결정하고 당신에게 필요한 최대 예상 손실액을 가져올 수 있어요."

"자네들 생각에 데릭이라면 어떻게 했을까?"

그 미국인 이름이 나오자 폴과 카림은 갑자기 침묵한다.

"어떤 선택에 책임자는 그것을 공유할 힘과 용기를 가져야 해. 나는 내 말에 따르는 용병들을 원하지 않아. 나와 함께 나를 위해 싸우는 군인들을 원해. 우리를 믿고 도전하는 사람들을 원해. 이것은 다른 트레이드들과 똑같은 트레이드가 아니야. 이해했지?"

대답이 필요 없다.

"이것은 우리가 모든 것을 거는 트레이드야."

"그럼 결정되었어요?" 카림이 묻는다.

"나는 좋아요." 폴이 확인한다.

"결정되었어." 마시모는 분명히 말하고 멀어진다.

이제 그들은 집 안에 있고, 미켈라는 더 이상 참지 못한다. 검지를 쳐들어 그에게 겨냥한다. "첫째…." 목소리는 팽팽하고 분노로 떨린다. "당신은 '언제나' 늦기 때문에 인디아의 생일에도 늦을 수 있었어." 숨을 쉬기 위해 멈춘다.

"둘째… 당신은 줄곧 그 빌어먹을 전화기를 바라보고 있었어. 모든 사람이 알고 있었어."

"셋째…."

마시모는 눈길을 거두고 몬드리안의 세리그래프에 집중한다. 하지만 기하학적인 선들도 위안을 주지 못한다. 계산이나 자제력도 이제 충분하지 않다. 견딜 수 없음이 죄의식과 뒤섞이는 것을 느낀다. 자신이 잘못했다는 것을 알지만 고함치고 싶은 욕망이 더 강하다.

둘은 1층 거실 한가운데에서 마주 보고 서 있다. 그 네 개의 벽 사이에서 현실은 몰이해로 돌이킬 수 없고 고통스럽다.

"셋째…." 그녀는 반복한다. "당신은 딸의 생일잔치에서 실제로 누구에게도 말 한 마디 하지 않고 일에 대한 회의를 했어. 그리고 딸의 가장 친한 친구의 아버지가 단지 사업에 대해 말하려고 했는데도 무례하게 대했어. 당신에게 관심 있는 유일한 것인데도."

미켈라는 말을 멈춘다. 무언가 덧붙이고 싶지만 입술을 깨물며 말이 없다. 녹색 홍채가 물기에 젖어 반짝이는 베일 뒤에서 희미해지는 것 같다.

"윈스턴 베이커는 사업에 대해 말하고 싶었던 것이 아니야." 마시모는 중립적인 어조를 유지하려고 노력하며 목소리를 조절한다. "그리고 인디아나 잔치를 위해 여기 온 것이 아니야. 일을 하고 있었어. 당신은 그를 몰라." 경멸감을 감추려고 하지 않는다.

"아니, 잘 알아." 미켈라는 주먹을 움켜쥔다. "인디아의 학교 앞에서, 그리고 파티가 있을 때마다 만나기 때문에 잘 알아. 그때마다 당신은 없었어."

"그는 사냥꾼이야." 마시모가 말을 끊는다. "고객들을 사냥하는 천박한 사냥꾼일 뿐이야. 단지 골프 클럽이나 보트 경주, 전시회, 당신이 말하듯이 파티에서나 만나는 그런 은행가들 부류야. 그가 유일하게 집착하는 것은 운용할 돈을 찾는 것이기 때문이야. 나는 사라지려고 온갖 노력을 하고, 그런 사람 눈에 보이지 않으려고 매일 고심해. 그런데 당신은 나를 주목받게 하려고 불가능한 것을 하고 있어."

"나는, 나는, 나는…." 미켈라 목소리가 날카로워진다. "당신은 언제나 당신에 대해서만 말해. 보이지 않으려 한다고? 하지만 자식들이 있다는 것을 알아? 당신은 보이지 않을 수 없어!"

"그래, 자식들이 있어. 하지만 그렇다고 위선자가 되어야 하는 것은 아니야. 윈스턴 같은 사람은 언제나 '정확한' 곳에서 보게 돼. 하지만 이제 됐어. 내일 중요한 회의가 있어."

"그럼 당신은? 당신은 '정확한' 곳에 있지 않아? 당신이 정말 다른 사람들보다 더 낫다고 생각해?"

"아니, 나는 다른 사람들보다 더 낫지 않아. 하지만 최소한 올곧고 정반대 방향에 있어. 나는 달라. 그리고 그것이 나에게는 좋아."

"'올곧고 정반대 방향에.'" 미켈라는 낮은 목소리로 반복한다. 믿을 수 없다는 어조가 드러나고, 찡그린 표정으로 입술이 더 섬세해 보인다. "그런데 왜 그렇게 말해? 당신은 정말 그렇게 보이지 않아. 당신은… 당신은… '책'처럼 보여."

마시모의 얼굴에 옅은 미소가 피어오른다. "한때는 당신이 책을 좋아했어."

슬픔은 격렬한 흐름이 되어 미켈라의 분노의 댐을 무너뜨려 순식간에 사라지게 만든다.

그러자 마시모는 그녀에게 상처를 주었다는 사실을 깨닫는다. 그녀를 자기 자신에 대한 배신과 마주하도록 만들었다는 것을 깨닫는다. 유일하게 깨닫지 못한 것은 어떻게 멈춰야 할지, 어떻게 뒤로 돌아가야 할지 모른다는 것이다. "말장난이 아니야. 정말로 나는 올곧고 정반대 방향에 있어." 멍한 눈길로 말한다. 마음은 다른 곳에 가 있다. 트레저리 공매도, 내일의 회의, 경제적 손실보다 훨씬 더 큰 대가를 요구하는 트레이드에.

"왜 나는 언제나 당신이 다른 곳에 있고, 당신이 다른 것을 향하고 있다는 느낌이 들지?" 미켈라는 항복의 표시로 두 팔을 늘어뜨리며 소리친다.

마시모는 손을 호주머니에 넣고 벽난로로 다가가 선반 위의 사진들을 살펴본다. 결혼식 날 하얀 드레스 차림의 미켈라를 바라본다. 결혼식을 위하여 고른 노래를 생각하고, 혼인 성사에 적합하지 않은 노래라고 생각한 돈 프란체스코 신부를 설득하려고 얼마나 힘들었는지 생각한다.

너무 많은 시간이 흘렀다.

'시간이 이기고 있어.'

"이렇게 계속 나아갈 수 없어, 마시모."

'한 문장 찾는다. 대답하기 위하여 말을 찾는다.'

'사랑해. 말해, '사랑해' 하고.'

''지금도 당신을 사랑해' 하고 말하지 마.'

'말해, '우리는 언제나 우리야' 아니면 '언제나 그렇지 않을 거야.' 언제나 지나칠 정도로… 말해.'

그 순간을 놓쳤다. 쾅 하고 문이 닫히는 소리를 듣는다.

이제 마시모는 혼자다. 텅 빈 느낌이다. 그래서 계단을 올라가고, 생각도 하지 않은 채 로베르토 방으로 들어간다.

낮은 탁자 위에 놓인 잠수용 모터를 손으로 스친다. 프로펠러의 날렵한 선을 따라 손가락으로 손잡이를 잡는다. 엄지 아래쪽의 강렬한 고통에 비명을 지를 정도다. 탄식을 막으려고 아랫입술을 깨문다.

계속 움켜잡고 바다를 생각한다. 말을 할 수 없을 때는 바닷속에 있고 싶다. 다른 사람들에게 상처를 줄 수 없을 때, 그리고 서로 이해하기 위하여 몸짓이 필요할 때. 조금씩 점점 더 아래로 내려가 압력에 짓눌리고 싶다.

언젠가 아주 숙련된 잠수부들에게도 타격을 주는 질소 마취에 대하여 읽은 적이 있다. 마음을 속이고 감각을 변화시키는 심연의 황홀경. 다시 위로 올라갈 거라는 속임수에 확신을 가지고 점점 더 아래로 내려간다. 그런 취함을 느끼고 싶고 무의식에, 자기 상실에 이르도록 잠수 속으로 사라지고 싶다.

벨벳 돌고래는 탁자 아래 바닥에 있다. 어항의 불빛 외에 아이패드의 흐릿한 빛만으로도 방이 환하다. 투사된 빛은 하얗지만 세상에서 도피한 곳의 따스함을 차갑게 식힐 정도는 아니다.

2층 침대의 아래 매트리스에 누워 있는 아들을 바라본다. 화면에 집중하지만 아마 그를 기다린 모양이다.

"지금 참치들은 어디 있니?" 매트리스 가장자리에 앉으며 묻는다.

"여기요." 로베르토는 손가락을 아이패드 위에 놓는다. 모니터에는 지도가 있고, 그 위에서 신호 하나가 깜박인다. "그런데 대양에서 어떻게 추적해요?"

"많은 참치에게 전자장치를 달아놓았지." 마시모는 아침 회의에 대한 걱정을 덜하려고 노력하며 천천히 말한다. 무슨 말을 해야 할지 모르겠다. 어떻게 그 사람들을 설득해야 할지 모르겠다. 말에 편안함을 느낀 적이 전혀 없다. 말은 언제나 빠져나가고, 끈적거리고, 믿을 수 없다고 생각한다. 말은 그를 괴롭힌다.

"'태그' 또는 '팝업'이라고 부르지. 헤엄치는 깊이나 다른 모든 자료를 기록한단다." 잠시 후 이어서 말한다. "그리고 추적하는 인공위성들에 신호를 보내." 다시 멈춘다. 입이 마른다. "이 섬들을 뭐라고 하는지 아니?" 질문과 대답의 게임을 바꾸기 위해 질문하려고 노력한다.

로베르토는 엄지와 검지로 군도를 넓힌다. 수직의 진홍색 선 몇 개가 대서양의 파란색과 대조를 이루며 나타난다.

'자오선.'

"아소르스제도예요." 로베르토는 글을 읽으며 대답한다.

"아초레제도." 마시모는 이탈리아어로 다시 반복한다. "그런데 참치들은 어디로 가는 거지?"

로베르토는 머리를 숙이고 손가락을 터치스크린 위에서 아프리카 해안까지 미끄러지게 한다. 그런 다음 몇 센티미터 다시 올라가 두 대륙이 스치는 곳에서 멈추고 외친다. "지브롤터!"

마시모는 끄덕인다. "맞았어. 지중해로 가는 거야."

"그런데 왜 그렇게 긴 여행을 해요?"

"번식하기 위해서야."

로베르토는 몸을 돌리고 이해할 수 없다는 듯이 그를 바라본다. "대서양에서 할 수는 없어요?"

마시모는 머리를 흔든다. "그래, 특별한 조건이 필요하기 때문이야. 따뜻하고 염분이 있는 물이 필요한데, 대서양은 정반대야. 그래서 이동하는 거야. 계속 존재하기 위해서 여행하는 거지."

자연과 위배할 수 없는 자연의 법칙을 생각한다. 그 동물들을 수천 킬로미터 떨어진 바다의 심연으로 이끄는 그 저항할 수 없는 이끌림, 신비로운 부름을 생각한다. 단순하고 피할 수 없는 그런 자기력의 정당성은 그에게 진정 효과를 준다. 그를 가둔 숫자들과 상징의 우리에서 그를 꺼내주는 것 같다.

아이패드를 바라본다. 화면 위에서 손가락을 오른쪽에서 왼쪽으로 움직인다. 이제 사각형 스크린은 이탈리아와 티레니아해를 담고 있다. 몇 개 섬으로 둘러싸인 어느 곶의 잿빛 윤곽이 나타날 때까지 확대한다. 곶을 응시하는 동안 향수가 가슴속으로 침입한다.

"그런데 어떻게 번식해요?"

"아, 아주 멋져." 마시모는 눈길을 든다. "마치 음악 없는 춤과 같아. 참치들이 원을 이루어 헤엄치지. 빠르게, 점점 더 빠르게. 파란색 안의 은빛 회색 소용돌이를 상상해 봐. 참치들은 서로 몸을 문지르며 암컷의 알들을 수정시켜."

화면을 자르는 진홍색 선을 바라보며 조그마한 상상의 구역이 그 바다의 종에게 얼마나 많은 피해를 주었는지 생각한다. 그것은 아들에게 이야기하고 싶지 않았던 역사의 일부다. 잔인한 사냥과 사람들 관습이 불러온 파괴적인 결과 이야기.

계속 그 선을 바라본다. 그리니치에 있는 '세계의 본초자오선'이라는 글귀를 생각한다. 어느 손이 런던의 포장길, 그리고 천문대의 벽에 그려놓은 그 표시의 속임수. 단지 자연에 존재하지 않는 무엇인가를 진실한 것으로 만들기 위하여.

직관이 뺨을 때리듯이 다가오는 동안 마음속에서 말들이 배치되기 시작한다. 말들은 무에서 나오는데, 처음으로 숫자들과 똑같은 속도다.

마시모는 침대에서 벌떡 일어난다. 그래, 그것이 아침 회의를 위해 찾던 아이디어야. 흥분이 몸에 침투하는 것을 느끼고, 마음속에 갖고 있던 말들의 효과를 검토해 본다. 그 말을 들을 사람의 가능한 반응을 상상해 본다. 머릿속에서 처음의 놀라움을 그려본다. 그것은 위험이다. 하지만 그는 평생 위험을 무릅썼다.

"아빠, 무슨 일이야?"

"아무것도 아니야, 로비." 안심시키려고 웃어 보인다. "아무 일도 '아직' 일어나지 않았어."

두 배 늘리다

눈을 뜬다. 누군지 모른다. 어디에 있는지 모른다. 하지만 전에도 그런 일이 있었다는 것을 안다. 여러 번. 하지만 그날 아침은 다르다. 머리가 지끈거린다. 강렬한 고통이 왼쪽 턱에서 관자놀이로 퍼진다. 몸은 격렬한 떨림의 볼모가 되어 더 반응하지 않는다. 땀으로 젖은 시트는 피부에 들러붙어 있다.

눈을 질끈 감고 어둠 속에서 무엇인가에 초점을 맞추려고 노력한다. 입을 연다. 있지 않아야 할 것의 존재를 감지한다.

공기를 들이마시려고 해본다. 굳은 혀를 움직이고 몸을 부풀려 본다. 침대 위에 앉는다. 한쪽 손바닥에서 무엇인가가 나온다. 그것을 손가락 끝으로 돌려본다. 한쪽 면은 매끄럽다. 다른 쪽 면은 불규칙적이다. 가운데는 움푹 파이고 한쪽 가장자리는 뾰족하다.

이제 기억난다. 그는 마시모다. 5월 어느 일요일 카르마놀라에서 미켈라와 결혼했다. 둘은 행복했지만 이제는 행복하지 않다. 자식은 둘, 로베르토와 이제 열네 살이 된 인디아가 있다. 확률을 계산하고 거기에 내기하면서 보낸 무한한 세월. 거의 두 달 전 10억 달러어치 미국 국채를 공매도로 팔았다. 그리고 지금 좋지 않다. 목이 막힌다. 정신이 혼란스럽다. 계산하려고 노력하지만 할 수 없다.

나아지려고 얼마 전부터 왼손 검지의 손톱으로 엄지 아래를 고문하기 시작했다. 펄떡이는 살의 틈새를 벌릴 정도로 외과수술처럼 정확하게 파헤쳤고, 계속 더 깊이 파고 들어갔다. 뼈에까지 닿으려고 결심했다. 그 원인을 알 때 고통은 놀랍기 때문이다.

신경퇴화 질병이 있는지 의심하지만, 그것은 단지 계속 완벽하기 위해 극복해야 할 또 다른 장애물일 뿐이다.

그는 마시모다. 지난 12월부터 유럽에서 중요한 금융운용 책임자 다섯 명 중 하나다. 24시간 전 딸이 케이크의 촛불을 끄는 동안 단숨에 1,400만을 잃었다. 그리고 오늘 아침 자면서 이를 갈았고, 이 두 개가 깨졌다. 그중 하나의 절반이 손안에 있다. 다른 하나는 가루로 만들어 집어삼킨 것이 거의 분명하다.

그는 일어나 비틀거리며 욕실로 간다. 쏟아지는 뜨거운 물 아래에서 고함치지 않으려고 힘겹게 노력한다. 뜨거운 물이 피부를 태울 것 같다. 손가락 하나를 입안으로 집어넣는다. 어금니들의 줄이 깨져 있다. 손의 떨림을 억제하려고 노력하며 조심스럽게 구멍을 더듬는다. 그의 통계 모델은 그에게 말해준다. 플로어에서 열리는 아침 회의는 파국이 될 거라고. 아이디어가 떠올랐고 연설을 준비했다. 전날 저녁에는 대단한 아이디어이고 최고 연설처럼 보였다. 그런데 지금은 우스꽝스럽게 느껴지고, 어떻게 해서든지 더 이상 거기에 대해 생각하지 않으려고 노력한다.

그리고 고통이 승리하며 경련이 약해지기 시작한다. 근육이 완화되고, 호흡이 정상으로 돌아온다. 걱정은 물과 함께 흘러가고, 한두 차례 몸을 돌리자 자제력에 자리를 내주고 사라진다.

벌거벗고 이마에 머리칼이 들러붙은 채 거울에 비친 자기 얼굴을 바라본다. 처음으로 눈길이 허공 속으로 사라지지도 않고 흐릿해지지도 않으면서 야윈 모습에 고정되었고, 홍채를 붉게 물들이며 타오르는 격정을 회피하며 거무스레한 눈자위 주변에 떠돈다.

그렇다, 바로 그 앞에는 오래전 찬란한 미래를 찾으러 왔던 로마 젊은이의 희미한 그림자가 있다. 포기하고 싶고, 비행기를 타고 달아나고 싶다. 회의에 참석하지 않고, 대형 은행의 유럽 최고 자리를 그만두고 더 생각하지 않고 싶다.

조금 더 자세히 바라보자 스무 살의 자신이 다시 보인다. 당시의 마시모는 오늘을 뭐라고 할까? 아마 계속하라고 부탁할 것이다. 그는 숫자를 사랑하면서 동시에 증오하는데, 그런 이중적 열정에서 탈출구는 없기 때문이다. 축복이자 저주. 성공과 실패처럼 하나는 다른 하나의 정반대다. 그만두고 싶지만 다른 무엇을 해야 할지 모를 것이다. 그러니까 계속해야 한다.

면도를 시작하자 더 평온해진다. 예전의 자신으로 돌아온 것 같다.

데스크에서 할 연설을 마음속으로 되짚어본다. 전문가 열다섯 명을 상대해야 한다는 것을 안다. 사실들을 돈으로 전환해 생각하는 그들에게는 말이 별로 중요하지 않다. 그리고 사실들은 그가, 단지 그가 원한 트레이드에서 국채가 총 4천만 정도 손해라는 것을 말해준다. 카림과 폴을 제외하면 열세 명을 설득해야 한다. 일부는 불리한 상태에 있고, 주문 리스크의 포지션에 대한 희생을 요구할 것이다. 그러므로 모든 것을 내걸고 기습 효과를 겨냥하기로 결심한다.

옷을 입는다. 하얀 와이셔츠의 단추를 채운다. 나이키 에어 끈을 묶는다. 다리의 무의식적인 움직임을 통제하는 데 도움이 되는 것처럼 단단하게 묶는다. 천천히 넥타이 매듭을 묶는다. 재킷을 입는다.

마지막으로 거울을 본다. 확인하기 위한 미소. 이 빠진 구멍은 잘 보이지 않는다. 모든 것이 좋다. 만족스럽다. 하지만 아직 무엇인가 빠져 있다.

방에서 나가 그들의 침실 앞에서 멈춘다. 그 시간에는 아침을 준비하느라 벌써 아래층에 있을 미켈라의 방문을 천천히 연다. 커다란 침대는 흐트러져 있다. 옷장 방의 불빛은 꺼져 있다.

다른 욕실로 향한다. 거울 등을 켜고 선반에 늘어선 작은 병들과 튜브들을 살펴본다.

"뭐 해?"

미켈라는 맨발에 가벼운 속옷 차림이다. 눈은 의심할 여지 없는 표정이다. 아직도 화가 나 있다.

마시모는 그것을 곧바로 알아챘지만 옆구리 곡선을 바라보지 않을 수 없다. 그녀를 원한다. 그녀에게 키스하고, 오전 내내 그녀와 사랑을 나누고, 잊어버리면 좋겠다고 생각한다.

"립스틱과 마스카라를 찾고 있었어. 알잖아, 회의 때문에."

그녀는 미쳤냐는 듯 바라보다가 곧 웃음을 터뜨린다.

"진심이야? 무엇이 필요했어?"

'얼굴용 릴랙싱 크림.'

"나 어때?"

그녀는 그를 바라본다. 화난 표정이지만 객관적이려고 노력한다. 가까이 다가가 넥타이 매듭을 바로잡는다. "완벽해."

"그렇다면 됐어." 미켈라의 방을 향해 돌아가며 그는 말한다. 미켈라는 그를 쓰다듬는다. "그렇게 중요해, 오늘?"

"평소처럼."

그녀는 금발을 흔든다. "사실이 아니군. 당신이 거짓말을 할 때도 나는 이해해."

"거기에 대해 말할 필요 없어."

"하지만 우리는 오랫동안 거기에 대해 말했어. 당신에게는 당신이 하는 일을 내가 이해하는 것이 중요했어."

"지금은 나도 모르겠어, 미켈라. 내가 무엇을 하는지 모르겠어. 안다고 생각했는데, 그렇지 않아."

"마시모, 당신이 두려우면 나에게 말할 수 있잖아." 그녀는 팔짱을 낀다. "한 번이라도 나에게 말해. 나는 당신을 판단하지 않아. 여기에서 우리는 은행에 있지 않아."

그는 굳는다. 그녀에게 모든 것을 말하고 싶다. 아이들을 학교에 데려다주고, 그 도시에서, 그런 삶에서 달아나자고 말하고도 싶다. 하지만 그렇게 할 수 없다. 그 회의 전에는 아니다. 자신에게 망설임을 허용할 수 없다.

"단지 상황이 바뀔 뿐이야."

그 문장은 잘못되었다.

미켈라는 침대 위에 앉는다. 다리를 꼬고, 받아들일 수 없는 생각을 피하려는 듯이 고개를 숙인다. 그리고 중얼거린다. "그리고 다른 것들도 끝나."

하지만 그는 시간이 없다. 기다릴 수 없다.

"마시모."

문 옆에서 멈춘다.

"나에게는 정상적인 것이 필요했어. 심지어 문제들도 필요했어. 다른 아내들이 말하는 것을 나는 당신에게 전혀 말할 수 없었어. 모든 것이 언제나 그랬어." 그를 바로 턱 아래에서 바라본다. "그렇게 완벽했어. 조용하고."

"그렇다면 나에게 말해줘. '행운을 빌어' 하고."

그녀는 눈을 떨군다. 슬프고 괴로운 미소. 말을 하려고 하지만 말할 수 없다.

마시모는 방에서 나가기 전에 다시 한번 그녀를 바라본다.

복도에서 그녀가 속삭이는 것을 듣는다. "행운을 빌어, 맥심."

그는 눈을 감는다. 벽에 몸을 기댄다. "마시모라고 해."

침대 가장자리에 웅크린 미켈라는 손으로 얼굴을 가린다. 그런 다음 주먹으로 입을 누른다.

한번 흐느끼고, 또 흐느낀다. 그리고 또다시. 울기 시작한다.

그들은 서로 마주 보고 서 있다, 30센티미터 거리에서. 르네는 역겹다는 표정으로 입술을 비튼 채 넥타이 매듭을 바로잡는다. 마시모는 손을 호주머니에 넣고 턱을 앞으로 내민 채 꼼짝하지 않고 그를 살펴본다.

르네는 눈을 반쯤 감는다. 전율이 한쪽 뺨을 떨리게 한다. 긴장과 불쾌함이 몸짓마다 드러난다. '너는 데릭의 절반 가치도 없어, 이탈리아 친구. 너는 그의 유일한 실수야. 내가 네 자리에 있어야 했어.'

마시모는 천천히 머리를 흔든다. '네가 무슨 생각을 하는지 알아. 하지만 나는 너를 설득해야 해.'

"7시 30분." 르네는 으르렁거린다. "30분이나 늦다니. 용납할 수 없어."

상대방은 무표정하다.

르네는 방의 한쪽 벽을 완전히 덮은 커다란 거울을 등지며 몸을 돌린다.

염탐 유리벽 맞은편의 조그마한 홀에서는 반그늘 속에 마시모가 참석자들의 모든 미세한 반응을 포착하려 주의 깊게 바라보고 있다.

회의실은 직사각형이다. 한쪽 구석에는 자석 칠판이 있다. 긴 측면 중 하나에는 커다란 시계가 걸려 있다. 회의실에는 20여 명이 모여 있다. 일부는 타원형 탁자 주위에 앉아 있고, 일부는 몇 무리로 나뉘어 서 있다.

"자네 말이 맞아, 르네." 한 사람이 벌떡 일어나며 분통을 터뜨린다. 안락의자 바퀴가 모켓 바닥 위로 부드럽게 미끄러진다. 40대인 그는 뚱뚱하고, 잿빛 금발에 황소 같은 눈을 갖고 있다. "첫 회의를 여섯 달 만에 열면서 펑크를 내다니." 두 팔을 벌리고 눈에 보일 만큼 투덜거린다.

'마티아스 슈트라이허, 독일 주문 책임자. 상상력 없는 실행자.'

마시모는 그 함부르크 출신 트레이더의 거대한 모습에 집중하고 그를 '다른 쪽' 사람들, 자신의 몰락을 보고 싶어 하는 사람들의 무리에 넣는다.

"아마 무슨 문제가 있겠지요." 30대의 키가 크고 야윈 사람이 중얼거린다.

"아니 무슨 문제." 르네는 회의실에서 왔다 갔다 한다. 엄지로 멜빵을 잡고, 가슴을 앞으로 내밀고, 흥분하여 얼굴이 빨갛다. "그는 이 안에서 보스야. 가이, 만약 자네가 아직 그걸 깨닫지 못했다면, 우리는 상당히 오래전부터 그 아래에 있어. 내가 말했지, 이 트레이드는 엿 같은 거라고." 그는 멈추고, 한쪽에 떨어져 벽에 기대고 있는 폴 패러독을 노려본다. 폴은 주변에 있는 것이 자신과 상관없다는 듯이 모든 것에서 멀리 떨어져 있다.

폴은 하품을 하더니 그에게 말한다. "내 생각에 당신은 오늘 할 일이 많겠어요. 속임수 마술 외에 무슨 계획이 있어요?"

르네는 증오에 가까울 정도의 분노로 그를 노려보지만 말이 없다.

상대방은 그 눈길을 견뎌낸다. 야윈 남자가 개입해 평온함을 되돌려놓을 때까지. "자, 르네, 그렇게 흥분할 필요 없어요. 맥스는 언제나 완벽해요. 만약 늦는다면, 무슨 일인가 일어났을 거예요."

'가이 앤더슨, 이탈리아와 그리스 책임자. 몇 달 전 맨해튼에서 데스크에 도착한 촉망받는 젊은이.'

"완벽하기는 무슨! 공매도로 우리가 얼마나 잃고 있어? 벌써 6천만인가?" 마티아스가 묻는다.

르네는 침묵을 지키며 그 말을 이용해 폴의 화살이 몰아넣은 구석에서 빠져나온다.

마시모는 한 손을 유리벽에 기댄다. 회의실에 심어놓은 마이크로 대화를 들을 수 있다. 가이의 뉴욕 억양을 구별해내고, 그가 뛰어난 트레이더이지만 아직 성장해야 한다고 생각한다. 얼마 후에는 데릭이 그랬던 것처럼 동부 해안의 악센트를 조절하는 법을 배우겠지.

가이는 선임자 데릭이 마지막으로 선발한 인물이다. 마시모가 승진한 후 '스페인-포르투갈-그리스-이탈리아' 주문은 나뉘었다. 그 새로 온 친구에게는 로마와 아테네가 할당되었다. 가이는 데릭의 이야기들에서 데스크를 알게 되었고, 마시모에 대하여 진지하게 평가했다. 그를 존경하는 것 같았다.

'한 명 더.' 유리벽 너머에서 일어나는 일에 다시 집중하며 생각한다.

출입문 옆에서 카림, 필립, 조르조가 낮은 목소리로 이야기를 나누고 있다. 조르조는 수염을 쓰다듬으며 전략가 필립의 말에 집중한다.

회의실 가운데에는 서른다섯 살 먹은 남자가 서 있는데, 검고 웨이브 진 머리에 올리브색 피부인 그는 스마트폰에 무엇인가를 쓰고 있다. 마시모는 빙긋 웃는다. '스페인 - 포르투갈' 주문 책임자인 라울 베니테즈는 바르셀로나에 있는 약혼녀의 질투를 막으려고 안간힘을 쓰는 것이 분명하다. 두 사람 사이의 전화를 통한 말다툼은 플로어에 널리 알려져 있고, 종종 데스크의 활동에 배경 음악 역할을 한다.

데릭은 너그러웠고 그를 부른 적도 없다. 마시모도 그의 후임이 된 뒤 똑같이 했다. 그 스페인 젊은이는 어느 편에도 서지 않는다. 아니, 정확히 말하면 언제나 바람이 부는 대로 이익을 얻게 해주는 사람의 편에 선다.

마시모는 무엇보다 그를 설득해야 한다. 그와 맞은편 벽 가까이에 반듯하고 곧게 앉아 있는 40대의 니클라스 올젠. 파란 눈은 차가워 보이고 얼굴은 무표정하다. 그 '북유럽' 책임자는 넘어설 수 없는 벽이다. 10년 전부터 카림은 그와 의견을 교환하려고 시도했지만, 그의 대답은 단지 어깨를 으쓱하는 것뿐이었다. 그 수학적인 동료에게서 카림이 모방하는 것은 폴까지 기분 좋게 만드는 숫자다.

다른 사람들은 모두 주문 책임자의 조수들이다. 그리고 그들은 중요하지 않다. 르네와 마티아스에 대항해 아마도 우호적일 가이와 함께 게임은 라울과 니클라스에 집중된다. 그들까지 자기편으로 데려올 수 있다면, 그 순간 4 대 2로 과반수가 될 것이다. 그것은 트레이드의 정확함을 확인해 주고, 채권 부분 보스에게 신임을 줄 것이다.

마시모는 스마트폰을 꺼내 시간을 확인한다. 7시 50분.

'아직 10분 남았어.'

그가 염탐하는 작은 방은 가로세로 각각 4미터의 사각형이다. 벽은 모두 방음 폼러버(기포가 많은 스펀지 같은 고무. 가볍고 보온성 · 탄력성이 좋아 방석, 침구 따위에 쓴다 - 옮긴이)로 덮여 있다.

B홀에 대해 그에게 알려준 사람은 데릭이었다. 데릭은 2년 전 어느 날 오후 그의 자리로 다가와 낮은 목소리로 말했다. "맥스, 이리 와. 자네에게 보여줄 것이 있어."

그는 일어났고 플로어를 가로질러 데릭을 따라갔다. 네온 불빛의 복도로 들어갔고, 필립의 사무실을 지나 B홀의 유리문 앞에서 멈추었다.

"무엇을 보아야 하지요?" 마시모는 물었다. "우리는 매주 이 안에서 회의를 해요. 그리고 회의는 당신이 정하잖아요."

데릭은 머리를 흔들었다. "이리 와."

그리고 복도를 따라갔다. 어느 모퉁이를 돌아 둘은 이름표 없는 나무 문 앞에 멈추었다. 데릭은 열쇠 하나를 꺼내 자물쇠 안에 집어넣고 마시모에게 먼저 들어가라고 신호했다. 마시모는 일방투명경을 통하여 회의실을 보았다. 그리고 깨달았다.

"왜 나에게 이 모든 것을 보여줍니까?" 그런 통제는 모든 규칙을 위반한다고 확신한 그는 굳은 목소리로 물었다.

"언젠가 자네에게 필요할 테니까." 데릭의 대답은 예언이었다.

데릭이 떠나고 며칠 뒤 마시모는 '자네를 위해'라고 손으로 써놓은 편지 봉투 안에서 그 방의 열쇠를 발견했다.

다시 스마트폰 디스플레이를 바라본다. 7시 55분.

혀로 이가 빠진 구멍을 더듬는다. 금속성 피 냄새를 느낀다. 숨을 깊이 들이마시고 유리 너머로 마지막 눈길을 던진다. 맞은편 사람들이 수족관의 물고기 같다.

"좋은 아침." 마시모는 회의실로 들어서며 자연스럽게 말한다. 한 손을 호주머니에 넣고, 마치 일찍 온 것처럼 천천히 걸어간다. 웃음을 보이려고 노력한다. 타원형 탁자의 한쪽 끝에 이르러 벽에 걸린 커다란 시계로 눈길을 던진다. "아직 몇 분 기다립시다."

참석자들의 머리가 갑자기 움직이는 것을 바라본다. 당혹감이 테이블 주위로 퍼진다. 서로 눈을 바라보고, 눈짓을 하고, 놀라움의 표시로 입들이 벌어진다.

시계바늘이 8시를 가리키자 마시모는 곧바로 말을 꺼낸다. "좋아, 이제 시작합시다."

반응을 기대하며 말을 멈춘다. 모든 것을 계산했다. 침묵이나 아니면 자신에게 유익할 대답을 예상했다. 그리고 실제로 그런 대답은 곧바로 나왔다.

"아니, 지금 농담해? 농담이라고 말해요." 르네가 폭발한다. "한 시간이나 늦었잖아."

마시모는 짐짓 놀란 척하며 이마를 찌푸린다. "늦은 것 같지 않네요. 우리는 7시라고 말했고, 정확한 시간에 시작하는 것입니다."

"이게 무슨 장난이오?" 마티아스가 중얼거리며 르네를 도와주려고 몸을 앞으로 내민다.

"전혀 장난이 아닙니다." 마시모는 평온하게 반박한다. "이 순간 폰타델가다(포르투갈 아조레스 지방 상미겔섬 남서쪽에 있는 항구도시 - 옮긴이)에서는 오전 7시입니다. 그러니까 다시 말하지만 우리는 정확한 시간에 시작하는 겁니다."

카림은 고개를 젖히고 위를 바라본다. 올리브색 피부가 창백해진 것 같다. 조르조는 가능한 설명을 찾아 마시모와 카림 사이로 시선을 던진다.

르네는 눈을 동그랗게 뜬다. 자신이 보고 듣는 것을 믿지 못한다. 마시모의 반응은 그를 당황하게 만들었고, 그는 어떻게 해야 할지 모른다.

"나는 상식적인 것을 말하고 싶지 않지만, 우리는 지금 아소르스제도에 있지 않아요. 영국 런던에 있습니다." 라울이 개입한다.

마시모는 수긍한다. "물론 우리는 런던에 있습니다. 하지만 나는 아소르스제도의 자오선에서 시간을 계산하기로 결정했습니다. 자의적인 거지요. 잘 압니다. 하지만 트레저리의 금리를 낮추고, 인위적으로 그렇게 하고, 시장의 역동성을 회피하고, 중국인들이 더 이상 채권을 사지 않는다는 사실을 무시하는 것도 역시 자의적인 일입니다. 자기가 좋아하는 대로 시간대를 선택할 수 없고, 자기 마음대로 상품 가격을 평가할 수 없습니다."

필립은 안락의자에서 다리를 꼬고 움직이며 미소를 짓는다. 마치 구경거리를 더 잘 감상하려고 자세를 잡는 것 같다.

마시모는 칠판으로 간다. 새로운 마커펜을 들더니 포장지를 뜯고 비닐이 바닥에 떨어지게 놔둔다. 그런 다음 하얀 표면 위에 무엇인가 쓴다. 그리고 돌아서서 모든 사람이 읽을 수 있도록 오른쪽으로 1미터 정도 떨어진다. '상자에서 나오시오.'

그 순간 마시모는 니클라우스의 초연함이 집중으로 바뀌는 것을 본다. 그동안 라울은 논증의 결론을 예측해 보려고 눈을 감는다. 르네와 마티아스의 반응은 신경 쓰지 않기로 한다.

"습관은…." 다시 테이블로 돌아와 두 손을 짚으며 천천히 말한다. "매일 우리는 모두 의식적이든 아니든 습관의 희생자입니다. 습관은 우리의 선택을 이끌고, 우리 행동을 제한하고, 정해진 방식으로 행동하도록 밀고 나갑니다. 교묘하게 그렇게 하면서 조금씩 우리를 길들이지요. 그런 습관을 결정하는 것은 사람입니다. 그런데도 우리는 그것을 잊고 결국 사건들을 자연스러운 것으로 간주하게 됩니다. 지금 이 순간 멕시코만에서 지중해로 이동하는 붉은참치들은 아소르스제도 근처에 있습니다. 오랫동안 관습은 이 바다 동물을 서로 구분된 두 집단으로 나누었습니다. 어떻게 구분되었는지 아십니까?"

침묵 속에 모든 시선이 그에게 집중되어 있다.

"자오선을 토대로 했습니다." 마지막 말의 효과를 증폭하려고 멈춘다. "바로 그런 관습을 토대로 다양한 나라에 어획 할당량이 배정되었던 것입니다. 그래요, 그 집단은 두 개가 아니라 단 하나입니다. 바다를 경도로 나눌 수 없고, 하나의 종을 나눌 수도 없습니다. 그 결과는 참치들의 점진적 멸종을 유발하는 것이었습니다. 그것은 마치 두 거래 계좌를 토대로 경비를 계산하는 것과 같았습니다. 소비되는 돈은 언제나 똑같은데 두 번 계산되는 것을 깨닫지 못하면서 말입니다."

멈춘다. 니클라우스가 고개를 끄덕이고, 라울이 빙긋 웃는 것을 본다. 필립은 안경테를 갖고 장난하면서 칭찬하듯이 그를 바라본다.

"이런 습관 중 일부는 사람들이 의심하는 것을 포기하고 '그 자체로' 받아들일 정도로 보편적인 진리 가치를 가지고 있습니다. 그런 습관을 도그마라고 하지요. 모든 사람은 어떤 믿음을 가질 권리가 있고, 모든 믿음은 도그마들을 전제로 합니다." 카림을 바라본다. "하지만 신 앞에서 가치 있는 것은 시장에서 가치를 갖지 않아야 합니다. 금융가의 신은 전혀 존재하지 않습니다. 달러도 아니고, 미국의 10년 만기 국채도 아닙니다."

카림은 혈색을 되찾았고 이제 테이블에 팔꿈치를 기대고 구경한다. 조르조는 집중하고 있다. 심지어 마티아스도 동요하는 것을 멈추고 고개를 숙인 채 듣고 있다.

마시모는 이어서 말한다. "어제 미국 연방공개시장위원회의 성명서는 분명했습니다. 연준은 계속 트레저리를 매입할 것입니다. 그래서 나는 그런 도그마를 검토하고, 내가 허풍이라고 생각하는 것을 보라고 여러분에게 요구합니다. 게임의 규칙은 그것을 예상합니다. 편리한 가격을 제시하는 것은 판매하는 사람의 권리입니다. 하지만 우리 직관의 끈을 놓지 않고 명쾌한 상태를 유지한다면, 시간은 우리에게 보상해 줄 것입니다. 누군가는 이상을 감지할 테고, 그러면 트레이드는 대가를 지불할 것입니다. 습관의 계략과 속임수는 결국 현실과 충돌하게 될 테고, 모든 술책 너머에서 진실한 것의 거름망을 통과하지 못할 것입니다. 위도는 정확하게 측정할 수 있고 지리적인 절대적 가치입니다. 아득한 옛날부터 바다로 나가는 사람은 별을 보며 방향을 잡았습니다. 전에는 자연에 존재하지 않았지만 1760년 존 해리스가 정했습니다(실제로는 존 해리슨이 경도를 측정하는 항해용 시계를 처음 만들었다 - 옮긴이). 그전에는 없었습니다."

서스펜스를 조성하려고 또다시 잠시 멈춘다.

"가치 저장소로서 달러는 자연의 침범할 수 없는 법칙이 아닙니다. 하나의 도그마입니다. 거기에 도전합시다. 트레저리의 금리는 변화시킬 수 없는 사건이 아닙니다. 하나의 도그마입니다. 거기에 도전합시다. 현실은 하나이며, 통화와 국채를 동시에 지킬 수 없다는 것을 우리에게 말해줍니다. 그렇다면 거기에 도전합시다. 그 점을 보러 갑시다."

찬성의 눈길들을 가로챘다. 동의가 늘어나는 것을 감지한다. 니클라우스의 파란 눈이 새로운 확신을 드러낸다. 라울은 공개적으로 수긍한다.

"이제 하락에 개입합시다. 포지션을 두 배로 늘리고, 이 트레이드에 주문을 집중합시다."

회의실에는 술렁거림이 일었다. 아주 섬세한 순간이다. 모든 것이 정확한 방향으로 갔고, 이제 마시모는 실수하지 않아야 한다.

마티아스가 말을 꺼낸다. "당신의 논증이 타당하다고 할지라도 최대 예상 손실액을 건드릴 필요가 있어요."

"그렇게 할 수는 없어요. 뉴욕에서 곧바로 알아차릴 거요." 르네가 망설이며 덧붙인다.

마시모는 살짝 웃는다. 르네가 제기한 규칙과 한계에 대한 반박은 미약하다. 그것은 마지막 반론이었고 그는 예상했다. 최대 예상 손실액은 건드릴 수 없다는 것 역시 다른 것들과 마찬가지로 도그마다.

"모든 것이 가능해요, 르네. 당신도 잘 알잖아요. 최대 예상 손실액은…" 영어로 말하다가 이탈리아어로 넘어간다. "불알 피부 같아요. 원하는 대로 잡아당겨도 돼요."

조르조는 낄낄거리며 침묵을 깨뜨렸고, 필립은 눈길을 낮추며 웃는다. 그는 이탈리아에서 오래 지내지 않았지만, 분명히 그것으로 충분했다.

"뭐라고 했어요?" 르네는 전략가 필립에게 묻는다.

"나는 이번 번역의 책임을 지고 싶지 않네."

마시모는 조르조를 바라본다. "그럼 자네가 번역하게."

젊은이는 심각해진다. "내가요?"

"필립은 거부했고, 이탈리아어를 아는 다른 사람이 없네."

"하지만 당신이 말한 그대로 번역해야 해요?"

"자네가 결정해. 번역은 언제나 문자 그대로 하지 않으니까."

조르조는 엄지와 검지로 한쪽 입술을 잡고 시간을 번다. 그러고는 고개를 든다. 검은 눈이 반짝인다.

"최대 예상 손실액은 미스터 판타스틱 같습니다." 확신 있게 말한다.

테이블 주위에서 웃음이 터진다. 그리고 그 말은 마티아스에게서도 미소를 이끌어낸다.

"미스터 판타스틱이 누구야?"

"〈판타스틱 포〉의 길게 늘어나는 친구예요, 르네. 만화 보지 않았어요?" 가이가 말한다.

마시모는 미소를 지으며 끄덕인다. "멋진 번역이야, 조르조. 약간 뉘앙스는 다르지만 대단해." 그리고 참석자들에게 말한다. "그럼 동의합니까?"

또다시 침묵. 하지만 이번에는 의미가 가득한 침묵이다. 데스크는 그와 함께한다.

"좋습니다, 동의하는군요. 카림, 최대 예상 손실액을 다시 계산하고 두 배로 늘립시다. 여러분, 끝났습니다. 이제 일합시다."

회의실을 떠나며 마시모는 편안해진다. 승리했다는 느낌에 활기가 솟는다. 패배하며 출발했지만 예상을 뒤집었다. 종이 위에서 그를 패배자로 만들었던 그 숫자들도 물리쳤다. 플로어를 가로질러 몸도 돌리지 않고 비서를 향해 간다.

"카리나."

"듣고 있어." 장부에 눈을 고정한 채 대답한다.

"치과의사 하나 찾아줘요."

"일정을 보고 언제 당신 시간이 되는지 볼게."

"아니, 지금이요."

카리나는 눈길을 들고 안경 너머로 그를 응시한다. "뭐라고?"

"지금 바로 찾아줘요." 한쪽 뺨을 문지른다.

"그리고 훌륭한 의사로요."

2부

하늘

워싱턴 녀석들, 두 번째 악마

두 번째 악마는 버클리호텔 11층에서 커다란 유리창을 가로질러 따뜻한 수영장을 비추는 새벽 여명을 바라보고 있다. 그 봄날 아침 아직 차가운 온도에 도전하며 고요함을 즐긴다. 전율이 피부를 타고 흐른다.

두 번째 악마는 세상의 역학을 경멸한다. 그 역학을 만든 것은 그가 아니다. 에너지의 무익한 흩어짐을 증오한다. 늙어가는 것과 퇴락하는 것은 그가 용납할 수 없는 한계다. 물속에서 녹는 얼음처럼. 불타는 나무처럼.

두 번째 악마에게 엔트로피는 끔찍하게 천박한 것이다. 사람들은 그것을 무질서의 척도로 간주하지만, 사실 그것은 열의 비가역적 이동일 뿐이다. '그 반대로는 절대 아니다.' 분자들, 부분적으로 흩어지는 에너지의 통제할 수 없는 움직임. 열의 죽음 그리고 모든 것의 종말을 향한 슬픈 질주.

악마는 쓰라린 표정으로 미소를 흘린다. 그런 흩어짐은 지불해야 하는 어리석은 대가라는 것을 안다. 그리고 바로 그 어리석음이 그를 창피하게 만든다. 대안을 찾는 것이 어리석음을 피하는 유일한 방법이다. 그것이 기적이든 속임수이든, 경이로움이든 환상이든 중요하지 않다. 단지 질서를 가져오고, 분자들의 운동을 통제할 가능성이 중요할 뿐이다. 얼음 조각이 물속에서 얼음으로 남아 있고, 나무가 재로 변하지 않으면서 불이 계속 타도록. 균형을 변화시키거나 도그마를 위협하는 것이 전혀 없도록. '모든 것이 정확하게 지금 그대로 남아 있도록.'

데릭은 자기 나라가 더 이상 심각한 경기 후퇴 없이 계속 성장하기를 바라고, 고통스럽고 값비싼 전쟁과 더는 직면하지 않도록 국내의 에너지 자원과 테크놀로지의 우위를 원한다. 자신 같은 부자들이 그 대가를 치를 필요 없이 그러기를 원한다. 누구도 탁월한 통화인 달러를 의심하거나 세계 최고 권력의 안정적인 예산을 불신하지 않는 상태에서 그러기를 원한다.

어느 날 앨 고어는 말했다. 새로운 테크놀로지와 연결된 낡은 습관이 종종 예기치 않은 결과로 이끈다고.

데릭 모건은 위험을 무릅쓰기를 원한다. 그는 맥스웰의 악마이며, 질서를 부여하고, 변수들을 굴복시키고, 가격을 조작하고, 엔트로피를 피하기 위해 모든 것을 할 준비가 되어 있다. 돈을 무한하게 찍어내 국가 예산에 자금을 지원하는 데 사용할 준비도 되어 있다.

미국의 리더십을 유지하기 위해, 심지어 지구 자전을 멈추게 하고 지구를 부동의 거품 안에 가둘 준비도 되어 있다. 열의 모든 이동, 움직임의 모든 가능성, 모든 사회적 계단을 없애는 것. 다른 모든 사람이 가난해지도록 전략적 자산들을 통제하는 점점 더 제한되는 소수를 상상한다. 아메리칸드림이 절대 악몽으로 변하지 않도록, 꿈의 보존 원칙을 위하여 선택된 불평등의 역설.

두 번째 악마는 수영장 가장자리에 서서 머리를 숙이고 파란 수면을 응시한다. 물은 튼튼한 몸매의 실루엣을 되비춰준다. 각진 어깨, 단단한 얼굴.

악마는 밤새도록 대서양 위로 여행했다. 자정 직전에 히드로공항에 착륙했고, 이어서 윌튼 플레이스에 있는 버클리호텔에 도착해 시차에 적응하며 새벽을 기다렸다.

무릎을 구부리고 몸을 앞으로 내민다. 마음속으로 셋까지 세고 단호하게 몸을 던진다. 망설일 때가 아니다. 물과 접촉하면 편안한 느낌이 전해진다. 천천히 헤엄치기 시작한다. 행동들의 정리된 연쇄에 집중하면서.

데릭은 가까운 곳을 보면서 멀리 바라본다. 한쪽 눈은 맨해튼에서 울트라 플랫 스크린을 보고, 다른 눈은 런던에 고정되어 있다. 그렇게 그는 너무 위험한 움직임, 유럽 지역 채권 주문에서 없어야 할 손해를 주목했다. 그리고 얼마 후 그가 모든 것을 한쪽에 밀쳐두고 영국으로 날아가게 만든 움직임을 주목했다. 데스크 전체의 위험 포지션들을 차단한 그 두 배 증액, 그 더블 업.

세 시간 후 절대 만나고 싶지 않은 사람과 약속이 있다. 오랫동안 탁월하고 재능 있는 제자로 간주했지만, 처음으로 그에게 의문의 당혹감을 불러일으킨 누군가를 만나야 한다. 그를 언제나 중요하게 간주한 것이 실수였는지 자문하고, 특히 '어디에서' 실수했는지 자문한다.

특별한 직감력을 지닌 그 이탈리아 친구는 혹시 균형을 유지하고, '계획'을 수행하고, 질서를 보증할 준비가 되어 있지 않을지도 모른다. 현재가 여전히 미래를 갖도록 전력을 다하기 위해 적절한 기회를 잡고, 정확한 순간 '언제'를 포착하는 데 너무 몰입하고 있다.

수영장 가장자리 가까운 곳에서 잠수해 몸을 돌린다. 발을 표면에 붙이고 열 번째 완주를 시작하려고 힘겹게 밀친다. 피곤함을 느끼기 시작한다. 하루 이상 잠을 자지 못했고, 생각의 무게 아래 비행은 힘들었다.

'엔트로피.'

만약 엔트로피가 없다면 무한하게 헤엄칠 수 있을 것이다. 팔 젓기에 뒤이은 팔 젓기, 호흡에 뒤이은 호흡, 영원하게 영속적인 움직임의 확실한 상수 속에서. 만약 엔트로피가 없다면 시간도 존재하지 않을 것이며, 악마는 영원히 살아 있을 것이다.

하지만 팔 젓기를 계속하는 동안, 다리를 리듬 있게 차는 동안, 숨을 쉬려고 머리를 젖히는 동안 에너지는 떨어지고, 그러다가 사라진다. 멈추는 순간이 올 테지만 그는 멈추고 싶지 않다. 계속 헤엄치고 싶다. 몇 분, 몇 달, 몇 년을 훔치며 시간을 속이고 싶다.

약속을 생각하니 혼란스러워진다. 혼란의 안개를 없애려고 몇 시간 전부터 전략을 세우고, 말들을 찾고, 설득력 있는 이미지와 적합한 비유를 찾는다.

극장의 어두움이 머릿속에 떠오른다. 그가 잘 알며 그에게 속하는 분위기다. 속임수, 기만, 겉모습의 환경. 그 은유를 사용할 것이다.

다른 한편으로 이탈리아 친구는 이해해야 할 것을 이미 이해했지만 고집하기로 결심한다. 실수하는 것은 인간적인 일이고, 고집하는 것은 악마적인 것이다. 그런 말하기 방식은 우스꽝스럽다.

숨을 헐떡이며 수영장에서 나온다. 피부 위로 물줄기들이 흘러내린다. 탈의실로 간다. 런던에 있고 싶지 않다. 그런데 오늘 악마 데릭 모건은 친구에게 경고해야 한다.

'버클리호텔에서 화요일 아침 식사. DM.'

메일의 대상은 '매우 사적인 것'으로 되어 있다. 마시모는 금요일 오후 거래 종료 5분 전에 메일을 받았다.

'과묵하고 은밀하게. 데릭의 스타일.' 그는 생각했다.

더블 업 이후 뉴욕의 반응을 기다렸지만 바로 그가 움직일 거라고는 생각하지 않았다. 아마 이사회 결정에 앞서 자율적으로 판단했을 것이다.

마시모는 자신의 몸과 싸우는 데 주말을 보냈다. 그 일종의 질병, 그의 집중을 방해하고 근육의 통제력을 빼앗아간 그 '무엇'과 대결하는 데 보냈다. 미켈라는 그가 야위어 간다고 말했지만 그는 몰랐다. 하지만 분명히 자신이 예전보다 덜 명료하다고 느꼈다. 마치 자기 자신으로 돌아오려면 매번 고통스러운 자극이 필요한 것처럼.

이제 몸 상태에 대한 걱정이 데릭과의 만남이라는 불안감과 뒤섞였다. 일에 대한 단순한 대화가 아니라는 것은 분명했다. 게임의 판돈이 아주 컸으므로 지난 몇 달의 선택을 설명할 논증을 찾으려고 노력했다. 하지만 찾지 못했다. 모든 것이 너무 모호해 보였다. 순수하게 경제적인 동기는 트레이드 진행에도 불구하고 확고했지만, 그와 똑같은 것을 데릭은 혼자 직관할 수 있었다. 그런 단계에서 대결은 카드들이 공개된 게임이었다.

데릭은 절대 여지를 남기지 않았고 아무것도 양보하지 않았다. 만약 양보하게 되면 상대방에게 그것은 자신이 불리한 상황에 있는 힘의 관계에서 나온 결과가 아니라 단순한 그의 양보라는 의혹을 심어주었다.

데릭 모건은 절대 불리한 상황에 놓이지 않았다. 절대 실수하지 않았다.

블루룸에 도착하기 전 진열장에 반사된 자기 모습을 점검한다. 다른 사람의 눈을 속일 수 있다는 것에 만족하고, 비록 안으로는 미지의 불안감에 붙잡혀 있다고 느끼지만, 모든 세부가 완벽하게 배려된 것에 만족한다. 버클리호텔 입구를 넘어서자마자 불안감을 느낀다. 마치 무엇인가가 그의 목을 조이고 숨 쉬지 못하게 막는 것 같다.

아침 그 시간에 홀은 텅 비어 있다. 커다란 유리문 너머로 다양한 파란색 음영이 지배하는 사각형 홀을 바라본다. 서로 다른 색조는 벽과 긴 테이블에서 두드러진다.

문 앞에 멈춰 서서 눈길로만 그를 찾는다. 그리고 그를 본다. 구석의 테이블에서 신문을 읽는 데 몰두해 있다. 하얀 와이셔츠와 넥타이 차림 정장에 언제나 그렇듯이 완벽한 가르마로 나뉜 검은 머리.

마시모는 느린 걸음으로 다가간다.

"데릭."

미국인은 머리를 들고 그를 위아래로 훑어본다. "자네 말랐군."

"컨디션은 아주 좋아요." 맞은편에 앉으며 대답한다.

그 순간 웨이터가 허공에서 나타나는 것처럼 보인다. 1미터 거리에 말없이 꼼짝하지 않고 있다.

"뭐 마실까?" 데릭이 묻는다.

"레몬과 함께 따뜻한 물 한 잔이요."

"나에게는 언제나 똑같은 것."

웨이터는 몸을 숙이더니 멀어진다.

"자네 아픈가?"

마시모는 머리를 흔든다.

"자네가 무엇인가 소화시키지 못한 것 같군."

마시모는 눈살을 찌푸린다. "사실 7천만은 소화시키기 어려워요." 가벼운 어조로 말한다. 마치 거기에 관심이 없는 것처럼.

데릭은 미소 짓는다. 그런 다음 깊이 숨을 들이쉬고 두 손을 맞잡는다. 손으로 깍지를 낀다.

그를 안 이후 처음으로 마시모는 그에게서 망설임이 느껴지는 것 같다. 그 기회를 이용하여 먼저 게임을 하기로 결정한다. "언제부터 앞서 나갔어요?" 돌발적으로 묻는다. 상대방이 입을 열기도 전에.

잠시 침묵. 검은 눈이 파란 눈을 응시한다.

"얼마 전부터." 데릭이 눈길을 유지한 채 대답한다.

"얼마 전부터요?" 마시모는 목소리를 높이지 않고 모호하게 말을 그대로 반복한다. "설명해 보세요. 우리 주문에 트레저리를 넣는 것이 애국심의 한 형식인가요? 아니면 단순히 중국인들과 당신의 사적 전쟁인가요?"

데릭은 눈을 반쯤 감는다. 마치 정확한 말을 찾는 것처럼. "나는 멀리 바라보네, 맥스. 오늘, 내일, 심지어 데스크의 1년 예산보다 훨씬 더 멀리 바라보지."

그 순간 웨이터가 쟁반을 들고 돌아온다. 테이블에 길고 좁은 잔 하나와 하얀 푸딩이 담긴 접시를 내려놓는다. 둘은 숨도 쉬지 않고 그것을 바라본다.

웨이터가 멀어지자마자 마시모는 말을 다시 시작한다. "뉴욕에서 당신은 습관을 바꾸지 않았군요."

"자네도 알잖아. 달걀흰자는… 가볍고 고단백질이야." 데릭은 한 조각 맛보더니 잔 속에 떠 있는 레몬 조각을 가리키며 말한다. "로마인들은 레몬과 같아. 독자적으로는 시지만 다른 것과 함께하면 바뀌지. 맛있어지고 특성이 풍부해져. 자네에게 일어난 것과 약간 비슷해."

마시모는 칭찬과 비난 사이에서 모호한 그의 고찰을 무시한다. 그는 전략을 결정했고, 분명히 자기 발자국으로 되돌아오는 사람이 아니다. 그래서 계속 공격으로 나간다. "당신은 멀리 바라보아요, 데릭. 하지만 나는 시장을 바라보지요."

"시장이라…." 데릭은 포크를 허공에 든 채 말을 가로챈다. "필립이 자네에게 개연성 높은 시나리오를 묘사해 준 모양이군. 연준은 다시 돈을 찍기 시작할 테고, 부채는 변제될 거야. 이야기 끝. 그러니까 자네는 주제를 잘못 고려했네. 그럴 수 있지. 아니, 최고들도 그럴 수 있어." 구운 빵 한 조각을 한 입 먹고는 포크를 내려놓는다. "하지만 그 더블 업은 아니야. 자네는 단지 상황을 잘 고려하고 빠져나와야 했어. 어떤 의도가 있는 거야?"

마시모는 물을 한 모금 마신다. 삼키기 힘들다. 근육들을 통제하려고 노력한다. "바로 돈을 다시 찍어낼 것이기 때문이지요. 달러는 버티지 못할 테고. 그뿐만이 아닙니다. 만약에 앞으로 4년 안에 부채에 대한 이자가 올라간다면, 우리는 대략 3천억 이상에 대해 말하게 될 겁니다. 연방 채권은 심지어 등급이 낮춰질 수도 있습니다."

"자네는 달러가 다른 통화와 똑같고 미국이 다른 많은 나라 중 하나인 것처럼 생각하는군."

"나는 도그마를 싫어해요."

데릭은 한숨을 쉰다. "도그마는 속담과 같아, 맥스. 삶에 도움을 주지. 자네가 말하는 시장, 자네가 믿는 시장은 극장의 어두운 무대와 같아." 주변의 공간을 암시하며 손가락 하나를 움직인다. 적절한 순간이다. "무대 위에는 물건들과 배우들이 있어. 하지만 조명이 비추는 것만 보이지."

"우리는 지금 극장에 없어요. 어떤 무대도 보이지 않아요, 데릭."

"자네에게 보이지 않는다는 사실이 존재하지 않는다는 것을 의미하지는 않아. 그리고 조명이 다른 곳으로 이동하면 달러는 가치 저장소가 될 거야." 몸을 앞으로 내밀면서 또박또박 말한다. "건드릴 수 없는, 지금보다 훨씬 더 건드릴 수 없는 것이 될 거야."

"무슨 말을 하려는 거예요?"

"자네는 트레저리와 달러를 바라보는 유일한 사람이라고 생각하지? 많은 사람, 아마 지나칠 정도로 많은 사람이 그랬어. 아마 자네는 거기에 대항해서 도박을 한 유일한 사람일 거야. 왜 그랬는지 자신에게 물어봐."

"그렇게 하는 것이 옳았기 때문이고, 또 내가 다른 사람보다 먼저 움직였기 때문이지요. 당신이 언제나 그렇게 말했지요. 기억나요?"

두 번째 악마는 눈을 감는다. "지금은 빠르기 문제가 아니야. 모두가 똑같은 기회에 집중할 때, 다른 어떤 곳에서 더 큰 기회를 잡을 수도 있어. 이 말을 곰곰이 생각해 봐."

"경고로 간주해야 할까요, 아니면 우아한 협박으로 생각할까요?"

둘은 말을 멈춘다.

데릭은 손으로 깍지를 낀다. 마시모는 이마를 찌푸린다. 어디에서 실수했는지 자문한다. 그 트레이드가 잘못된 추론 때문이 아니었는지, 모든 일을 할 수 있다는 것을 증명하려는 도전은 아니었는지 자문한다. "어떤 기회일까요?"

데릭은 이상한 표정을 짓는다. "대서양 이쪽에는 옛날 대륙이 있어."

'유럽.'

마시모는 무슨 의도인지 곧바로 깨닫는다. 눈앞에서 재난의 시나리오가 구체화된다. 이제 그 극장, 인간 삶의 잔혹한 희극이 공연되는 무대를 알아본다. 그리고 유동성의 무수한 강, 지폐들의 새로운 홍수가 나라들에 넘쳐흐르는 것을 본다. 구매력 상실, 점진적인 빈곤화, 부의 은밀하고 무자비한 침식. 그리고 훨씬 더 멀리에서 유럽 위로 조명이 비추는 것을 알아본다. 대가를 치르는 곳은 유럽일 것이다. 예정된 희생이다.

테이블 아래에서 다리가 떨리기 시작한다. "나라는 은행이 아니에요. 당신은 유럽 나라들의 부채를 리먼 브라더스처럼 다룰 수 없어요."

"그들은 무거운 결과를 포함시킬 준비도 되어 있어."

"'그들'이요? '우리'라고 말해야 하지 않아요?"

"중요하지 않아. 그 조명을 움직이는 손들, 대본을 쓴 손들이 존재하네. 모든 것, 모든 사람에 거슬러 무대에 올라갈 거야. 변수들, 아주 명석한 예상들, 자네 전략가의 뛰어난 분석에 거슬러서."

"당신은 부당한 조절을 묘사하고 있군요. 아니, 모든 것을 넘어서서 자기 자신을 위해 행동하는 조작 세력에 대해 말하는군요."

데릭은 어깨를 움찔한다. "자네를 도와주려는 거야."

"그런데 당신은 어떤 한계도 없어요?"

"한계는 우리를 위한 것이 아니야."

마시모는 일어난다. "이야기는 끝난 것 같군요."

"나도 그래."

"힐러리에게 안부 전해줘요."

"자네도 미켈라에게."

마시모는 말없이 고개를 끄덕이더니 손짓을 하며 빈 접시를 가리킨다. "당신이 저런 것을 먹는 모습을 10년 동안 보았는데, 더 좋은 부분인 노른자를 어떻게 하는지 자문해요. 아마 버리겠지요." 걸음을 멈추고 한 손으로 머리칼을 다듬는다. "중산 계층과 약간 비슷하게요. 계속 돈을 찍어내서 무엇을 하지요, 데릭?"

데릭은 마지막 한 입을 삼키고 다시 마시모를 응시한다. "더 좋은 부분일 수 있지만, 분명히 더 무거운 부분이야. 소화하기 힘든 부분이지." 그리고 악마의 눈길은 단호하고 날카로워진다.

마시모는 전율이 등줄기를 타고 흐르는 것을 느낀다. 손을 호주머니에 넣고 돌아서서 머리를 흔들며 블루룸을 떠난다.

상대방은 안락의자 등받이에 몸을 기댄다. 누군가 그 말다툼을 들었다면, 그가 시합의 승리자라고 생각할 것이다. 하지만 그것은 승리자 없는 시합이었다.

그의 동공에는 이해할 수 없는 무엇인가가 있었다. 언제나 아주 조심스럽게 감추던 것. 집념. 혹시 양심일지도 모른다.

그는 이탈리아인이다. 그는 한계를, 데릭이 전혀 보고 싶지 않았던 것을 말했다.

두 번째 악마는 넥타이 매듭을 늦추고 와이셔츠 칼라의 단추를 푼다. 그리고 웨이터를 부른다. "하나 더 가져오게." 달걀흰자의 찌꺼기들이 가장자리에 들러붙은 접시를 가리키며 말한다.

거리에서 마시모는 벽에 몸을 기댄다. 숨을 쉬어본다. 빨라진 심장

고동이 귀를 두드린다. 또다시 근육 수축을 느낀다. 어깨, 다리, 배의 전율. 더 이상 아무것도 목구멍을 통과할 수 없을 것 같다. 심지어 공기까지. 죽을까 두렵다.

이마에 땀방울이 맺힌다. 재킷 안에서 완전히 젖은 와이셔츠가 피부에 달라붙는다. 오한이 난다. 목을 문지른다. 어떻게 해서든 숨을 쉬려고 노력한다.

잘못 평가했다는 것을 안다. 트레저리 공매도, 7천만, 은행 또는 위험한 내기로 간주될 수 있는 것은 이제 중요하지 않다. 그 시합의 판돈은 무수한 사람의 삶이다.

'그 조명을 움직이는 손들, 대본을 쓴 손들이 존재하네.'

데릭의 저주. 마시모는 이해하고 싶고, 이해해야 한다. 공포와 싸우고, 공포를 물리친다. 이제 정보가 필요하다. 스마트폰을 꺼내 번호를 누른다.

"여보세요." 맞은편 목소리가 이탈리아어로 말한다.

"자네를 만나야겠어."

몇 초의 침묵.

"뉴욕으로 떠나려는 참이에요. 하지만 약간 시간이 있어요. 60분 후 똑같은 곳에서?"

"우리가 이야기할 때까지 이륙하지 마." 전화를 끊는다. 숨을 깊이 들이마시고 힘겹게 택시 정류장으로 간다.

시간도 없고 공간도 없는

'60분 뒤.'

"당신은 어디 살아요?" 언젠가 파티에서 누군가가 그에게 물었다.

"필요한 곳에." 그는 대답했고, 상대방은 무슨 말인지 몰라 그를 쳐다보았다.

마시모는 런던 시티공항에 있다. 도시의 가장자리 도클랜즈 동쪽에 있는 공항으로 활주로가 템스강으로 펼쳐져 있다.

시티공항. 금융계 사람들이 거주하는, 장소가 아닌 곳의 경계선. 런던에서 프랑크푸르트, 파리에서 밀라노, 유럽에서 아시아, 미국으로 가는 항로들로 짜여 있으며 보이지 않는 평행적 지리의 가장자리. 시간도 없고 공간도 없는 지점이 시작되는 곳.

마시모는 습관이나 관례도 없이 속도에 지배되는 그 유동적인 세계를 잘 안다. 잠에서 깰 때 어느 대륙에 있는지 말할 수 없는 아침들이 있었다. 그리고 의식을 되찾기까지 몇 초가 걸렸다. 뉴욕의 호텔 방에서 잠이 깨고 런던에서 잠이 드는 날도 있었다. 아니면 로마에서 누군가를 만나고, 저녁에 보통 사무원처럼 첼시의 집으로 돌아가기도 했다. 그사이에 3,600킬로미터를 비행했다. 왕복 모두 3시간 30분.

지구는 조그마한 것이 되었다. 장소에 대한 향수는 이제 불가능한 감정이다.

그런 열광적인 이동에서 습관을 형성하는 사람도 있었다. 언제나 똑같은 스위트룸을 잡고, 만남을 위하여 똑같은 장소를 선택하고, 똑같은 식당에서 먹고, 선호하는 음식도 있었다. 그들은 여러 삶을 살았다.

체념하는 표정으로 일 때문이라고 말하기도 했다. '그게 내 일이야.' 하지만 마시모는 그것을 믿지 않았다. 단지 일이 아니었다. 그 이상의 것이 있었다. 시간과 공간을 속일 가능성은 한계 너머로 밀고 나아가라는 권유였다. 유일한 권력, 유비쿼티에 가까운 무엇. 돈의 본질은 결국 그것이었다. 독점적인 자유를 즐기는 것, 모든 것을 자신에게 가깝게 만드는 것, 속박에서 벗어나는 것. 거리의 속박, 그리고 특히 시계의 속박. 그것은 시간에 대한 복수였다.

지금 그는 빠른 걸음으로 긴 복도들을 지나 공항의 전용구역으로 향하고 있다.

'똑같은 곳.' 전화의 목소리는 말했다.

전용 홀의 가죽소파에 앉아 있는 남자는 키가 크고 야위었다. 다리를 꼬고 팔은 쿠션에 기대고 있다. 서른다섯 살, 밝은 피부, 곱슬머리의 그는 섬세한 태도 속에 갇힌 타고난 우아함을 과시하고 있다.

마시모가 문에 나타나는 것을 보더니 일어나 맞이하러 간다. 악수하는 동안 밝은 미소가 얼굴을 환히 빛낸다.

"어떻게 지내, 브루노?"

"언제나 똑같아요. 비행으로 오가면서요."

"일상적 순회를 했어?"

"이번에는 달랐어요." 미소가 심술쟁이 아이의 표정으로 바뀐다. "면허증과 등록증을 요구하더군요."

마시모는 머리를 흔들고 책망하듯 찡그리며 오래된 역할 분배에 따른 준비를 한다. "조금 더 평온한 취미를 찾으라고 내가 몇 번이나 말했잖아? 자네 문제는 언제나 내 말을 잘 듣지 않는다는 거야."

브루노는 눈을 동그랗게 뜬다. "아니에요. 언제나 당신 말을 잘 들어요. 비록 내 방식으로 듣지만 말이에요."

"자네에게 제안도 했던 것 같아." 마시모가 모호한 표정으로 말한다. "그런데 자네가 거부했지."

"그다음에 내가 제안했는데, 당신이 거부했지요. 그러니까 우리는 비겼어요. 어쨌든 경쟁으로 넘어가기 전에 당신이 생각을 바꾸기를 기다렸어요. 그건 그렇고, 채권 보스가 된 것 축하해요. 당신은 그럴 만한 자격이 있어요."

마시모는 눈길을 거둔다.

몇 초 침묵한 뒤 브루노가 다시 말을 꺼내는데 이번에는 진지한 어조다. "앉을래요?"

"그냥 서 있고 싶어." 얼마 떨어지지 않은 활주로 쪽으로 난 커다란 유리벽에 등을 기대며 대답한다. 한 손은 호주머니에 넣고 다른 한 손은 검지가 생생한 살을 파고들도록 움켜쥐고 있다.

브루노는 따라간다. "그런데 왜 나를 보자고 했어요?"

"연준의 최근 성명서를 어떻게 생각해?"

브루노는 회의적인 표정으로 입술을 비튼다. "너무 멀리에서 시작하는군요. 15분 후 비행기를 타야 해요. 핵심을 말해요."

"왜 이것은 핵심이 아니라고 생각해?"

"당신이 말하는 것, 당신 움직임을 보면 그래요. 앉지도 않고… 전화할 때는 서두르더니, 이제 그 손 고문을 멈춰요. 우리는 친구예요. 무엇이 문제인지 말해요. 내가 도움이 될지 봅시다."

'브루노 리브라기. 아주 순수한 재능, 정확한 소질.'

마시모가 처음 보았을 때 그는 모든 것을 원하는 스물세 살 젊은이였다. 밀라노 출신, 최고 점수로 보코니대학 졸업, 장학금으로 학비를 댔다. 그런 다음 런던을 선택했고, 아무런 신원보증도 없이 가장 공격적인 헤지펀드 운용자의 문을 두드렸고, 여섯 달의 수습 훈련을 요구했다. 브루노 리브라기에게는 대안이 없었다. 최선, 아니면 아무것도 아니었다.

마시모는 잠시 생각했고, 눈앞에 미래가 있다는 걸 깨닫고 받아들였다. 그 짧은 기간에 젊은이는 순수하게 천재적이라는 것을 증명했다. '2.0'의 정수, 금융의 최전선이었다. 테크놀로지, 정치, 거시경제 전문가였고, 최고 수준의 정보 처리 프로그래머 같은 재능이 있었다. 중앙은행가들이 말로 하지 않는 것을 찾아내려고 자기 나름대로 필수적인 방법으로 보디랭귀지를 안다고 주장했을 때, 카림은 날마다 그것을 심한 놀림의 표적으로 삼았고, 그래서 말하는 동안 웃거나 이상하게 찡그리곤 했다. 그리고 브루노에게 물었다. "내가 말하지 않은 것이 뭐야?"

브루노는 그런 놀림에 예의 바르게 대했지만, 일주일 뒤 카림을 침묵하게 만들었다. 대기업 대표의 기자 회견을 본 다음 젊은이는 눈썹의 움직임과 어깨의 자세를 토대로 트레이드를 중단하라고 권했다. 마시모는 약간 당황했지만 그의 말을 들었다. 그리고 며칠 뒤 드러난 것처럼 그러기를 잘했다. 대표는 허풍을 떨었고, 그들은 엄청난 손실을 막았다.

그리하여 브루노는 카림의 존경을 받았고, 폴에게서 등을 한 대 맞았는데, 그것은 폴이 제공할 수 있는 존중의 최고 증명서였다. 하지만 몇 달 뒤 마시모의 제안은 그가 그들과 함께 남아 있도록 만드는 데 충분하지 않았다. 브루노의 야망은 너무 컸고 아직 주위를 둘러볼 필요성을 느꼈다. 그는 모두를 놀라게 하며 거부했다.

몇 년 뒤 미국의 중요한 헤지펀드 운용자들 중 한 명의 런던 지부로 이미 옮겼을 때, 브루노는 그에게 한번 보자고 요구했다. 그는 신이 나서 약속 장소에 나타났다. 재킷에서 메모지철과 만년필을 꺼내더니 말했다. "우리는 당신이 우리와 함께 일하기를 원해요. 당신이 금액을 정해요."

마시모는 펜을 들고 메모지에 무엇인가 썼다. 그리고 브루노에게 돌려주었다.

브루노는 금액을 보고 당황하지 않았다. "불행히도 이것은 우리에게 가능한 것이 아니네요." 어깨를 흔들며 말했다. 유감인 것 같았다.

"그럴 수도 있지, 브루노. 조만간 우리는 함께 일할 거야." 마시모는 메모지에서 줄이 그어진 제로에 마지막 눈길을 던지며 대답했다. 거기에서 끝났고, 함께 일할 기회는 전혀 없었다. 하지만 그 순간 친구가 되었다.

최근에 마시모는 브루노의 완벽함 뒤에서 그가 대결하지 않을 수 없는 유령 같은 불안감을 포착했다. 특별한 재능의 뒷면, 종종 예외적 자질을 상쇄하는 강박 형식들 중 하나였다. 브루노는 점점 더 앞으로 나아가기를 좋아했고 속도를 좋아했다. 그리고 그런 열정 뒤에 또 다른 자아가 숨어 있었다.

과거는 사라진다. "나는 트레저리와 달러에 얼마 정도 공매도를 했네. 그래서 타진해 보려고. 그리고 조금 더 알고 싶어." 플로어 밖에서 그 말을 하고 나니 나아진 느낌이 들었다. 짐에서 벗어난 느낌 같다.

"얼마 정도." 브루노는 몰입한 태도로 반복한다. "지금 당신은 진실의 일부만 말했어요. 그러니까 중요한 공매도군요." 그리고 잠시 멈춘다. "폴이 움직였어요?"

"그래."

"그래서 금융가에서 전혀 알아차리지 못했군요." 평탄하고 단조로운 목소리로 말한다. 마치 감지할 수 없는 어조의 변화나 무의식적인 억양을 통제하려는 것처럼. "내가 이해했는지 봅시다. 나흘 전 연준은 안정화를 뒷받침할 개입을 확인했고, 그동안 당신은 이미 공매도에 올라탔지요. 급하게 나를 보려고 했다면, 당신이 아직 트레이드에서 나오지 않았고 포지션이 중요하다는 뜻이지요. 최소한 5억. 트레저리 절반, 달러 절반. 내가 당신을 알기 때문에 정보가 부족해도 직감으로 추론하면 그래요. 여기까지는 정확해요?"

마시모는 천천히 수긍한다.

"이제 당신은 내가 똑같이 했을지 알고 싶지요?"

또다시 수긍의 표시.

"나는 당신을 좋아해요, 마시모. 그리고 당신에게 마음의 빚이 있어요." 브루노는 한 손으로 이마를 쓰다듬는다. 그 순간 자제력의 엄격함 속에서 무엇인가가 무너지는 것처럼 보인다. "분명하게 밝히고 싶어요. 나는 그렇게 하지 않았을 뿐만 아니라, 지금 정확하게 정반대로 하려고 해요. 우리는 움직이고 있어요." 망설임, 잠시 침묵. "정반대 방향으로요."

"동쪽을 뜻하는가?"

"언제나 그렇듯이 어디에서 바라보느냐에 달려 있지요." 브루노는 목소리를 낮춘다. "당신에게 지금 말하려는 것은 정말로 비밀이에요, 마시모. 우리가 거기에 대해 말하고 있다는 것이 알려지면 나에게 정말 해로울 수 있어요." 잠시 주위를 둘러보더니 이어서 말한다. "미드타운 맨해튼에 고층 빌딩이 하나 있는데, 그 빌딩 14층은 완전히 비어 있어요. 매달 셋째 수요일 거기에서 가장 중요한 금융기관의 책임자들과 연준의 일부 인물이 만나요. 진정하고 고유한 결정을 내리지는 않아요.

마피아 최고회의를 생각하지 마세요. 어쨌든 마법의 크리스털 공을 바라보는 것과 같아요. 미래가 보이지요. 그리고 그 크리스털 공은 당신이 모든 것을 이해했지만, 잘못된 선택을 했다고 말하네요."

"우리가 그런 지점에 도달했다고 나는 생각하지 못했어."

"그런데 우리는 아직 아무것도 보지 못했어요."

두 사람 사이에 무거운 침묵이 내려앉는다.

마시모는 가슴이 조이는 것을 느낀다.

"노르망디상륙에 대해 무엇을 알아요?" 브루노의 목소리는 정상으로 돌아왔다.

"그게 지금 무슨 상관이야?"

"여기 영국에서 연합군은 노르망디상륙을 조직하기 시작했을 때 복잡한 역정보 전략을 고안해 냈어요. '보디가드 작전'이라고 불렀지요. 절대적인 기만 작전, 완벽하게 현실을 복제하는 거울 게임이었어요. 허구적 군대인 '미국 제1군 집단'을 세웠고, 그 책임자에 진짜 장군 조지 스미스 패튼을 임명했지요. 무전 부대는 존재하지 않는 부대들 사이의 통신 연락망을 만들었고, 독일군들이 미끼를 물어 웃음거리가 되도록 했어요. 그래요, 지금 우리는 훨씬 너머로 나아갔어요. 이제는 허구가 아니에요. 지금은 다른 전쟁을 하지 않으려고 전쟁을 하면서 적을 속여요. 관심을 다른 쪽으로 돌리려고 현실을 바꾸어요. 활주로에서 벗어나게 말이에요."

그 순간 비즈니스 제트기의 굉음에 유리벽이 떨린다.

"왜 웃어요?" 브루노가 묻는다.

"이 이야기가 시작된 뒤로 전쟁에 대한 말을 듣는 것이 두 번째이기 때문이네." 마시모는 머리를 숙이고 나이키 신발의 끝을 응시한다. "몇 달 전 필립은 진주만을 끄집어 냈어."

"필립 웨이드는 훌륭해요. 그는 당신에게 시작에 대해 말했고, 나는 지금 끝에 대해 말하고 있어요."

마시모는 한숨을 쉰다.

브루노는 한 손으로 유리벽을 짚는다. "저기 밖에서는 전쟁을 준비하고 있어요. 또다시 전쟁은 유럽에서 치를 겁니다. 그때처럼 오늘 말이에요. 이번에는 군인들, 비행기들, 폭탄들이 없지만 파괴와 먼지, 비극은 똑같을 거예요."

"정말 그런가?"

"길은 유일하게 하나예요. 유럽은 더 가난해지고, 유로는 더 약해져야 해요. 그 모든 것이 달러의 취약함을 감추기 위해서지요. 우리는 지금 증권에 대해 말하는 게 아니에요. 여기에는 미국의 테크놀로지, 에너지, 군사력의 우위가 개입되어 있어요. 최소한 200년 이상 전부터 서양에서 우리가 이해하는 바에 따르면 문명이 개입되어 있어요." 그는 말을 중단하고 활주로에 눈길을 고정한 채 생각에 잠긴다.

잠시 시간이 정지된 것 같다. 그런 다음 과장적일 만큼 천천히 브루노는 호주머니에서 스마트폰을 꺼내 시간을 본다. "이 잡담이 당신에게 도움이 되면 좋겠어요. 이제 정말 가야 해요."

"고마워. 잊지 않을게."

"고마워하지 마요."

둘은 악수를 한다.

“마지막으로 한 가지 더 있어요. 맨해튼에서 있는 그런 저녁 모임 중 하나에 뉴욕 출신이 있어요. 당신이 잘 알고 있다고 생각해요. 더 젊은 사람들은 그를 ‘장군’이라고 불러요. 패튼처럼.”

마시모는 고개를 끄덕인다. “예상했네. 단지 확인이 필요했어.”

“좋아요, 이제 확인했군요.”

브루노는 돌아서서 문을 향해 간다.

“브루노, 어젯밤 경찰과는 어떻게 끝났어?”

곱슬머리가 출렁이며 그는 웃음을 터뜨린다.

“나를 세우고 면허증과 등록증을 요구했지만, 결국 람보르기니를 좋아한다는 것이 드러났어요. 세 번이나 출발을 시도해 보게 하더니 가라고 하더군요.”

“조심하게.”

“당신도요.”

브루노는 웃어 보인다. ‘전진해요, 친구. 당신은 할 수 있어요.’

마시모는 어색한 웃음을 보인다. ‘모르겠어. 더는 모르겠네.’

혼자 남게 되자 이마를 유리벽에 기대고 눈을 감는다. 그날 하루의 격정에 지쳤지만, 아직 끝나지 않았다는 것을 안다.

울고 싶지만 어떻게 우는지 잊어버린 것 같다. 전율한다. 그렇다, 잊어버렸다.

그래서 웃기 시작한다. 말없이, 앞으로 몸을 내밀고 손바닥으로 유리벽을 누른 채 고개를 숙이고.

'면허증과 등록증. 면허증과 등록증.'

브루노는 미국인 헤지펀드 운용자에게 가고 얼마 후 자신이 부르듯이, '일상적 순회'를 하기 시작했다. 람보르기니를 한 대 샀는데, 편의상 이탈리아에 갖고 있었다. 저녁에 장이 마감된 다음 시티공항에서 비행기를 탔다. 한 시간 반 뒤 밀라노 리나테공항에 도착했고, 공항에서는 이미 시동을 걸어 엔진이 따뜻해진 자동차와 함께 고용된 누군가가 그를 기다렸다. 브루노는 올라타고 출발했다. 제노바 방향, A7 고속도로 '세라발레'의 세 개 차선을 따라. 아사고에서 부살라까지 가는 데 100킬로미터, 돌아오는 데 100킬로미터. 시속 250킬로미터로 달리는 람보르기니와 함께 직선 구간이 급격하게 굽는 구간으로 바뀔 때는 눈으로 보기 전에 느껴야 한다.

그런 질주 후 공항에 다시 나타났고, 열쇠를 빼지도 않은 채 자동차를 세우고 런던으로 가는 전용 비행기에 올라탔다. 비행기 바퀴가 활주로에 닿을 때 브루노는 스마트폰의 타이머를 60분 뒤로 돌려 그리니치의 시간대에 맞추고 둥근 지구를 축복했다. 그런 다음 집에 들러 면도를 하고 옷을 갈아입었다. 7시 50분에 편안한 잠에서 방금 깨어난 것처럼 플로어에 나타났다. 이틀 동안 계속 잠을 자지 않을 수도 있었다.

그런 놀이를 아는 사람은 극소수였다. 마시모처럼 브루노도 말이 없고 눈에 보이지 않는 것을 좋아했다. 그도 겉모습이나 신분을 과시하는 것을 싫어했다.

전날 밤 도로순찰대가 그를 멈춰 세웠다. 면허증과 등록증, 하지만 과속에 대한 벌금은 전혀 없었다. 그 람보르기니의 모터는 저항할 수 없는 세이렌이었다. 속도를 노래했다. 언제나 믿을 수 있는 밀매꾼처럼 속도를 거래했다.

음속 장벽을 깨뜨리는 '중력 거부' 가속의 속도. 시간의 흐름에서 벗어났다는 환상을 주는 속도.

20년 동안 금융은 거기에 종사하는 사람들과 함께 바뀌었다. 옛날 여피는 아득한 기억일 뿐으로 단지 르네 같은 늙은 트레이더의 방식에서만 살아남은 이미 멸종된 종이었다.

고든 게코(Gordon Gekko, 올리버 스톤의 영화 〈월스트리트〉(1987)의 주인공으로 기업 사냥에 나서는 '탐욕'의 대명사-옮긴이)의 신화, 뉴욕의 무수한 불빛과 레이건시대 월스트리트의 신화는 1987년 10월 19일, 불길이 지구의 광장들을 불태운 검은 월요일 무너졌다. 그날 맨해튼은 증권시장의 23퍼센트를 불태웠고, 누군가는 세상의 종말을 외쳤다.

붕괴는 순식간으로 72시간도 걸리지 않았다. 그런 다음 시장은 다시 오르기 시작했다. 하지만 코카인을 사용하던 도시의 젊은 전문가들의 수사학은 산산이 부서졌다. 나머지는 모두 과거로 넘어갔다.

거액 금융에서 코카인은 이제 고고학 발굴지의 먼지와 비슷해졌다. 지금은 속도가 있었다. 에너지의 소모나 마찰이 없는 영원한 움직임의 비밀을 따라가면서 유비쿼티의 신비를 드러냈다. 시간과 공간을 넘어서 온 사방에 있을 수 있는 능력.

마시모는 넥타이 매듭을 바로잡는다. 버클리호텔에서 데릭을 만난지 세 시간도 지나지 않았는데, 몇 주가 지난 것 같다. 하지만 아직 타야 할 비행기가 있다. 선택을 하기 전에 만나야 할 마지막 사람.

'선택.'

스마트폰으로 대형 은행을 위해 프라이빗 뱅킹을 운영하는 회사의 콜센터와 접촉한다. 목적지를 알려주며 긴급하다고 강조한다. 말없이 기다린다.

"항공편은 50분 후 준비될 것입니다. 좋은 여행 되십시오." 맞은편에서 여성의 목소리가 또박또박 말한다.

'두 시간 반 뒤.'

"만약 그가… 할 것이고…."

"만약 그가 한다면." 플라비오는 fare 동사의 접속법, 반과거의 삼인칭을 천천히 말한다.

"만약 그가 한다면." 하산은 이맛살을 찌푸리며 그대로 따라 하려고 노력한다. 새카만 눈에 화난 표정이다.

이집트 젊은이에게 접속법은 지중해의 바닷물, 불법 노동, 도착하지 않는 체류 허가증, 하산처럼 불법 입국자로 발견된 사람들이 가야 하는 코렐리 거리의 이민자 수용소 '신분 확인 및 추방 센터'의 철조망에 대한 두려움 이후 극복해야 할 어려운 장벽이다.

'접속법.'

플라비오는 그 동사 활용법도 결국 그의 삶을 바꾸도록 했다고 생각한다. 그에게 금융계를 떠나라고, 아주 작은 가격 변화에 내기하면서 몇 분 안에 채권들을 사고파는 데 보낸 지난 3년에 끝이라는 말을 하라고 설득했다. 매일 수천 번의 작업. 어떤 해방을 요구할 수도 없이 시간을 억류하는 광기.

지금 그가 하는 것은 동태복수법(同態復讐法, 없는 사실을 꾸며 고발한 사람에게 고발당한 사람이 받은 처벌과 같은 형벌을 가하던 제도-옮긴이)과 비슷했다. 몇 달이 걸릴 수도 있는 느리고 지치게 만드는 인내심 게임이다. 만약 바쁘다면 누군가에게 언어를 가르칠 수 없기 때문이다. 할애할 시간이 없다면 언어를 배울 수 없기 때문이다. 플라비오는 눈길을 들어 맞은편 벽의 그라피티(graffiti, 길거리 여기저기 벽면에 낙서처럼 그리거나 페인트를 분무기로 내뿜어서 그리는 그림-옮긴이), 여러 색깔의 스프레이로 쓴 글귀를 바라본다. '나는 너의 시멘트에 도전한다. 기중기와 비계를 탄다. 자리를 잡는다.'

바토 거리의 사회 센터(정치나 문화 등 여러 측면에서 자율적으로 운영되는 공동체-옮긴이)에서 몇 년 전부터 그가 차지하고 있는 자리는 그의 다른 자아가 시장에서 으레 갖고 있던 자리와는 완전히 달랐다.

플라비오는 선택을 했다. 아직 가능성을 믿었기에 선택을 했다.

그는 접속법에 빚이 있었다. 가정 화법의 토대가 되고 현실의 질서에 우발성이 미끄러져 들어가게 하는 동사 활용법.

"만약 우리가 한다면." 지금 하산의 야위고 움푹 파인 얼굴은 의문부호를 닮았다.

플라비오는 만족한 표정으로 끄덕인다. 젊은이는 미소를 띤다. 한 걸음 앞으로, 무너진 또 하나의 장벽.

스쿠터 한 대를 빌린 마시모는 지금 밀라노 거리를 쏜살처럼 달리고 있다. 그런 모습을 보면 모두 평범한 삶을 생각할 것이다. 시내의 사무실에 있는 직장, 거리 너머로 펼쳐진 끝없는 외곽에 있는 집. 그리고 공제회, 아내, 아침에 학교에 데려다주어야 하는 아이들이 있을 수도 있다.

혹시 신호등 앞에서 날카로운 눈은 양복점 옷의 품질이나 와이셔츠의 완벽한 재단을 주목할지도 모른다. 하지만 아닐 수도 있다. 눈길을 끌지 않거나 분류를 허락하지 않기 위해서가 아니라, 입고 있는 사람을 드러내지 않으려고 일부러 선택한 옷일 수도 있기 때문이다.

하지만 지금 가리발디역을 지나가는 스쿠터에는 이탈리아 최고 대형 은행의 대표 다섯 명과 똑같이 연봉 3천만 달러를 버는 사람이 타고 있다. 이탈리아 중대형 기업의 예산에 해당하는 2억 달러의 이익을 지난 12개월 동안 혼자서 창출한 사람이다.

가속하여 거리로 들어간다. 공허함 한가운데에서 아무것도 아닌 한 조각. 북부 이탈리아 도시의 모든 전형이 멜키오레 조이아 거리의 그 아스팔트와 시멘트로 들어간 것 같다. 봄날 오후인데도 잿빛에 차갑고 슬픈 거리.

마시모는 밀라노를 잘 안다. 대학 시절 마리오를 만나러 자주 왔고, 졸업한 후에는 이탈리아를 떠나기 전 몇 달 동안 거기에서 살았다. 금융 부문에서 헤지펀드의 선두 주자처럼 움직이던 조그마한 은행에 처음 고용되어 있는 동안 플라비오를 알았다.

왼쪽으로 돌아 철도 다리 아래의 좁고 어두운 통로로 향한다. 두 세계 사이의 통로 같다. 이쪽에는 항복한 도시. 네온 불빛의 방들, 텔레비전의 간헐적인 불빛들, 녹슨 발코니들, 내려진 블라인드들. 철도 너머 저쪽에는 배경의 고층 빌딩들과 대비되는 벽화들의 눈에 띄는 색깔, 외로움과 무관심을 이야기하는 17층.

도시의 벽들은 언제나 말한다. 얼마 전부터 '자율 공적 공간'이라는 다른 이름을 얻었는데도 모두 '사회 센터'라고 부르는 밀라노 바토 거리의 그 벽들도 말한다.

마시모는 거대한 건물의 입구를 향해 가면서 벽 위의 시계를 흘낏 보고 미소 짓는다. 다섯 시간 전 버클리호텔에서 데릭과 함께 있었다. 그사이에 브루노도 만났다.

"당신은 어디 살아요?"

"필요한 곳에."

그 장소를 안다. 플라비오가 수없이 생각한 끝에 금융과는 끝났다고 결정한 이후로 거기에 몇 번 갔다. 수위실을 왼쪽에 두고 커다란 정원을 가로질러 간다. 오래전에는 제지공장이었던 건물로 들어간다. 복도를 지나 도서실로 간다.

그리고 낡은 컴퓨터와 온갖 잡동사니 사이에 서 있는 그를 본다. 한때 초등학교 책상이었던 녹색 탁자 옆에 있다. 고개를 숙인 스무 살가량의 젊은이가 무엇인가 쓰고 있는 종이를 읽고 있다.

플라비오가 문가에 누가 있는 것을 깨닫고 고개를 든다. 얼굴은 무표정하다. 희끗희끗한 수염을 한 손으로 문지른다.

"하산." 젊은이에게 말한다. "내 친한 친구를 소개하네."

둘은 서민적인 부엌의 구석에 앉는다. 불투명한 오렌지색 벽, 나무 탁자들, 짝이 맞지 않는 의자들. 일부는 플라스틱으로 되어 있고, 일부는 1950년대 주방 스타일이다.

이제 마시모는 한결 나아진 느낌이다. 더 규칙적으로 숨을 쉬고 이례적으로 편안해진 느낌이다. 근육들은 덜 수축되고 머리는 더 명료하다.

플라비오는 맥주를 한 모금 마시고 당황한 표정으로 그를 바라본다. "잘 지내?" 아무 말도 덧붙이지 않고 묻는다. 하지만 다른 할 말이 있는 것이 분명하다.

"네, 그래요." 마시모는 몸을 뒤로 젖혀 망가진 의자의 등받이에 기대며 중얼거린다.

"그렇지 않아 보이네." 그렇다. 이제 말했다. 친구 얼굴에서 찡그림을 보고, 자극하지 않아야 한다는 것을 곧바로 깨닫는다. 좋지 않을 때는 단지 아무도 알아채지 않기를 바라기 때문이다. "자네 말랐군." 양심에서 무게를 덜어내려는 듯 서둘러 말한다. 그리고 벽에 걸린 빨간색과 까만색 포스터를 가리킨다. 포스터에는 대문자로 '1969년 12월 12일 - 학살은 국가의 짓이다'라고 적혀 있다.

"이번에는 자네가 없었어."

"22년 만에 처음이에요."

"자네가 전화한 후 마리오는 믿으려고 하지 않았어. 결국에는 자네가 올 거라고 반복해서 말했지."

"만났어요?"

플라비오는 아니라는 표정이다. "최근에는 아니야. 스튜디오의 프로젝트에 따라 언제나 항구들과 조선소들을 돌아다녀. 열심히 일하지. 하지만 만족하는 것 같지 않아. 자네들은?"

"우리요?"

"자네들은 만났어?"

마시모는 머리를 흔든다. "상황이 바뀌고 있어요." 평온한 어조로 말한다. 눈길을 포스터에 고정한 채. '학살, 국가.' 그 말이 그를 유혹한다. 그리고 그 날짜는… 그의 생일날이다.

데 루제로 마시모는 1969년 12월 12일 로마에서 태어났다. 북쪽으로 400킬로미터 이상 떨어진 폰타나광장의 국립농업은행 '로톤다 홀'에서 폭발이 일어난 지 정확하게 30분 후인 17시 7분에. 이탈리아를 떨게 만든 폭발.

성인이 된 후 매년 12월 12일 마시모는 밀라노에 갔다. 대학 시절에는 로마에서 아침에 기차를 탔다. 오랜 세월 후에는 런던에서 비행기를 탔다. 미켈라에게는 아무 말도 하지 않았다. 그리고 그녀는 묻지 않았다.

공식적인 추모와 행렬 사이에서 그와 마리오는 논의할 필요도 없이 언제나 행렬을 선택했다. 그리고 약속은 빠질 수 없는 것이 되었다. 매번 그것은 트라이나이트로톨루엔(TNT)의 타격에 이탈리아가 경제적 붐의 잠에서 깨어난 순간을 찾아가는 시간 여행이었다. 그리고 그 순간은 그의 탄생과 일치했다.

그런 다음 플라비오가 합류했다. 그와 마시모는 석 달 전부터 같은 사무실에서 일했지만 말을 나눈 적이 전혀 없었다. 그들의 눈길은 산

로렌초 기둥들(밀라노 산 로렌초성당 앞에 있는 로마 후기의 건축물 - 옮긴이)까지 행진하는 군중 안에서 마주쳤고, 서로 미소를 나누었다. 둘 다 그곳에 있었고, 둘 다 휴가를 냈다. 그런 다음 티치네세 성문(19세기 초반 밀라노 시내에 세워진 건축물 - 옮긴이) 앞에서 두 사람은 서로 마주 보게 되었고, 잡담을 나누기 시작했고, 플라비오는 마리오도 알게 되었다.

마시모는 곧바로 그 키가 큰 사람의 명석함과 통찰력을 알아보았다. 열 살이나 많은 그는 모든 것에 능통한 듯했다, 숫자 외에는. 그래도 플라비오는 정말 대단했다. 저주받을 만큼 대단했다. 시장을 알았고, 어떻게 움직여야 하는지 알았다. 그리고 스크린 너머를 바라보는 능력도 있었고, 비밀스러운 연결들을 파악했고, 숫자들을 말로 옮겼다. 기억 없는 세상을 이야기할 줄 아는 몇몇 사람 중 하나였다. 금융은 기억력이 없기 때문이다.

그에게 손자병법, 폰 클라우제비츠 그리고 전쟁 전략의 이론가들을 읽으라고 권유하기도 했다. "시장에 있으려면 전쟁을 할 줄 알아야 해. 그리고 '적'을 알아야 해." 어느 날 그에게 말했다. 고무줄로 묶은 종이 뭉치를 밤색 봉투에서 꺼내 건네주면서. 마시모는 저자와 제목에 머뭇거리며 살펴보았다. 카를 마르크스, 《정치경제학 비판 요강》. "〈블레이드 러너〉보다 나아." 플라비오의 마지막 논평이었다.

며칠 후 점심 휴식 시간에 다시 이야기를 꺼냈다. "그런데 그 책 읽었어?"

"그 안에서 복제인간들에 대해 말한다는 것을 나에게 설명하고 싶었어요?"

"정확히 어디에서?"

"〈기계에 관한 단상〉, 고정 자본의 발전에 대한 구절이요."

상대방은 눈을 가늘게 뜨고 주의 깊게 그를 살펴보았다. 그리고 한마디 했다. "훌륭해."

그 이후 그들은 사무실 밖에서 만났다. 그리고 매번 끝없는 토론에 빠졌고, 늦은 밤 플라비오가 "너무 늦었어. 로마 사람들은 말이 너무 많아" 하고 투덜거릴 때에야 끝나곤 했다. 하지만 실제로 말하는 것은 그였고, 그는 모든 것을 말했다. 금융과 시장, 역사와 정치, 전쟁과 혁명, 정의와 불의에 대하여.

이제 마시모는 포스터에서 눈길을 거둔다. "상황이 바뀌고 있어요." 반복해서 말한다. "그리고 당신은 거기에 대해 무엇인가 알고 있겠지요."

"더 좋게 바뀌는지 아니면 더 나쁘게 바뀌는지 이해해야 해."

마시모는 몸을 앞으로 내밀더니 탁자에 팔꿈치를 대고 얼굴 앞에서 손가락으로 깍지를 낀다. "연준이 다시 찍기 시작할 거예요." 중얼거린다. "우리는 준비하고 있어요."

"다른 것들은 전혀 바뀌지 않을 거라고 말하려는 것인가?" 플라비오는 맥주 한 모금을 삼킨다. 손등으로 입을 닦고 친구를 응시한다. "자네는 인플레이션과 통화정책의 결과를 토론하려고 영국에서 여기에 왔는가?"

"당신은 데자뷔 안에서 산다는 느낌을 받은 적 있어요?"

"언제나, 내 삶의 모든 날마다 그래. 그것 때문에 나는 떠났지."

"그럼 당신 생각으로는 나도 그렇게 해야 할까요?"

진지한 놀라움이 플라비오 얼굴에 떠오른다. "대답할 수 없네. 자네는 유일해, 마시모. 자네가 하려고 선택한 것을 잘해낼 방법이 있다고 아직도 생각하는군. 자네는 공정한 성장을 믿고, 돈을 유통하는 건강한 방법을 믿고 있어." 잠시 멈추고 빙긋 웃는다. "그래, 나는 그만두었어. 그 데스크에서 상황을 개선할 수 있다고 더는 믿지 않네."

마시모는 쓴웃음을 지을 뿐이다. "아마 당신 말이 맞겠지요. 우리가 상상하는 대로 되지 않을 것이기 때문에 당신에게 연준에 대해 말했어요. 그 결과들이 있겠지요. 일부는 예측 가능하고, 일부는 당혹스럽겠지요."

"부채의 화폐화는 새로운 것이 아니네." 플라비오가 가로막는다. "그리고 그 결과를 우리는 이미 보았네. 전략적 활동을 손에 잡은 사람은 대량으로 화폐를 찍어낼 테고, 손쉬운 달러의 기적을 믿은 많은 사람은 무일푼이 될 거야. 자네는 데자뷔를 말했지. 그래, 그것이 이미 글로 쓰인 역사야."

"아니, 글로 쓰인 것은 아니에요."

"하지만 자네 하산 보았지? 밀입국자이고 체류 허가증도 없어. 그와 같은 사람에게 소득 감소나 가격 상승이 문제라고 생각하나? 소득도 없어. 공장 불법 노동에서 서너 푼 받지. 그리고 지금 제발 중산층의 역사로 공격하지 말게. 중산층은 죽었어. 어떤 더러운 것이라도 먹을 준비가 되어 있어."

"지금 나는 모든 것을 휩쓸어갈 폭풍, 아무도 살아남을 수 없을 태풍에 대해 말하고 있어요. 아래로부터 위로, 역사에서 가장 엄청난 부의 이동 중 하나가 될 겁니다. 대중의 끔찍한 빈곤화예요, 알겠어요?" 마시모는 손바닥으로 탁자를 친다. 그리고 다시 몸을 앞으로 내민다. "플라비오, 위험한 사람들이 유럽을 바라보고 있어요. 특권자들이고 달러나 미국의 부채에 대해 의심하는 것을 피하려고 모든 것을 할 준비가 되어 있어요. 공포를 이용하는 것도요."

상대방은 자신이 알고 있는 마시모의 지나치게 열광적인 반응에 놀라 말없이 듣고 있다. 그 말은 적중했지만 한 가지 의혹이 나타났다. "하지만 자네가 잘 생각해 보면, 그와 비슷한 것을 우리는 이미 보았네." 잠시 후 타협적인 목소리로 말하며 다시 벽 위의 포스터를 가리킨다. "안정화를 위한 탈안정화, 질서를 창출하기 위해 공포를 확산하는 것."

마시모는 수긍한다. "인정합니다, 사실이에요. 비슷한 것을 우리는 이미 보았어요. 언젠가 나에게 말했지요. 전쟁 이후 시대는 전혀 없었다고, 유럽에서는 반세기 이전부터 다양한 방식으로 전쟁을 하고 있다고 말입니다. 지금은 충돌의 강도를 높이려 무기를 바꾸고 있어요."

플라비오는 쓴웃음을 짓는다. "죽은 자들만이 전쟁의 끝을 알지. 그리고 언제나 적이 필요하고, 싸워야 할 갈등이 필요하지. 9·11사태 이후 이슬람과 그렇게 했어. 미디어들이 게으르고 더러운 테러리스트 이슬람 신자들의 이야기를 하는 동안 말이야. 단지 석유나 무기 산업의 문제가 아니었어. 핵심은 얌전하게 만들거나 잘못된 이유로 싸우도록 만들려고 공포를 조장하는 것이었어. 전쟁은 부자들의 테러리즘이라고 하지." 한 모금에 잔을 비운다. "자네가 무엇을 아는지, 어떻게 그것을 알게 되었는지 말하지 말게. 나는 관심 없어. 하지만 여기는 취약한 대륙이야. 진정한 정치적 통일도 없고 쉽게 분열되지. 독일인들은 한 쪽에, 경제적 주변국들은 다른 쪽에, 그리고 영국인들은 언제나 그렇듯이 창문 옆에 있지. 우리가 군사적 전략에 대해 이야기하던 때를 기억하는가?"

"분할하여 지배하라." 마시모는 논증의 실을 따라가며 또박또박 말한다.

"맞아, 로마와 대영제국이 했던 거야. 자네가 말하는 대로 정말 무엇인가 큰 것을 준비한다면, 아주 약한 나라들을 분리해 산산조각 내려고 할 거야."

"그것 때문에 내가 여기 왔어요."

"이탈리아를 생각하는가?"

"아마 다른 곳에서 시작할 겁니다. 하지만 조만간…."

"자네 왜 왔나, 마시모? 충고하려고? 자네에게 공모자가 되지 않아야 한다고 내가 말해주기를 원하는가? 아니면 정의와 시장은 어울리지 않고 이중적 도덕은 존재하지 않는다고 이야기하면서 자네를 용서해주기를 원하는가?"

"모르겠어요."

플라비오는 일어나서 손을 바지 호주머니에 집어넣는다. "하지만 나는 자네가 알고 있다고 믿네. 아니, 아마 벌써 선택했겠지."

상대방은 미소를 지으며 천천히 일어난다.

둘은 말없이 잠시 서로 바라본다. 플라비오가 침묵을 깬다. "돌아올

건가?"

"혹시 이탈리아어로 당신을 도와주기 위해 돌아올지도 몰라요." 그를 껴안으며 농담한다. "아니면 혹시 다시 돌아오지 않을지도 몰라요." 귀에 대고 속삭인다. 그리고 멀어진다.

"마리오에게 자네 안부를 전할까?"

"아니요. 내가 왔다고 말하지 말아요, 플라비오."

출입문에 이르러 친구의 마지막 말을 듣는다. "마시모, 모든 선택에는 대가가 있네."

'여덟 시간 뒤.'

마시모는 와이셔츠 차림으로 소파에 앉아 몬드리안의 그림을 응시한다. 표면의 윤곽들을 따라 세리그래프의 사각형들을 몇 번이고 세어본다. 그러다 일어나 벽난로로 간다. 다리가 다시 떨리기 시작한다.

스마트폰의 디스플레이는 11시 20분을 가리키고 있다.

'아직 '오늘'이군. 평생만큼 긴 하루.'

플라비오의 말과 한때 그를 이해할 수 있었던 그의 태도를 다시 생각한다.

'나는 자네가 알고 있다고 믿네. 아니, 아마 벌써 선택했겠지.'

사실이다. 마시모는 버클리호텔의 블루룸에서 이미 선택했다. 아니, 처음 트레이드에 올라타던 날 선택했다.

'자기 자신을 배신할 수 없어.'

선반에서 사진 하나를 든다. 마리오와 시로 사이의 젊은이를 다시 본다. 배경에는 바다의 평온한 수면이 있다.

'상황이 바뀌고 있어요.'

'불행히도 다른 것들은 절대 바뀌지 않을 거야.'

사진을 벽 쪽으로 돌려 선반에 내려놓는다. 그리고 단호한 걸음으로 거실을 떠난다.

셰릴을 보고 싶다.

그녀에게 모든 것을 이야기하고 싶고, 삶의 규칙처럼 부여된 그 완벽함을 넘어가고 싶다. 그녀에게 마피아 최고 회의에 대하여 말하고 싶고, 자신이 어중간하다고 느끼게 하는 선택에 대해 말하고 싶다. 언제나 어중간하다고.

한편에는 그, 플로어, 시간에 도전하는 무한한 경주, 더블 업이 있다. 그리고 미켈라도 있다.

다른 한편에는 여전히 그가 있지만 시로, 바다, 고층 빌딩들로 가로막히고 창백한 사각형 하늘이 아니라 탁 트이고 깨끗한 하늘도 있다. 평온함을 찾기 위해 신비로운 힘에 이끌려 대양을 떠나는 참치들의 다채로운 발자취가 있다.

삶을 찾기 위하여.

손절매하고 빠져나와라

일등 항해사 윌리엄 머독이 '전속 후진, 좌현전타' 명령을 내렸을 때 '가라앉지 않는 배'는 20노트 이상의 속도로 '외부 남쪽 항로'를 항해하고 있었다. 바다 한가운데에서 이루어진 하얀 장벽과의 눈 맞춤은 평온하고 잔잔한 밤의 대서양 500미터 거리에서 일어났다. 달 없이 별들이 가득한 하늘. 기온은 영하 1도.

그리고 감시원 프레드릭 플리트는 부동의 아름다운 대서양 풍경 속에서 미친 듯이 고함을 질렀고, 영혼을 신에게 맡기면서 비상종을 세 번 울렸다. 공포는 바로 이물 앞에 떠 있는 거대한 빙산의 헤아릴 수 없는 가면을 쓰고 있었다.

마시모는 자리에 앉아 눈길을 모니터에 고정했지만 숫자들은 보지 않았다. 머리에는 다른 숫자들이 가득하다. 타이타닉에 형벌을 가한 숫자들.

'단지 시간문제야.' 수없이 반복한다. '바다와 마찬가지로 증권에서도. 그리고 삶에서도.'

손끝과 발끝에서 불쾌한 스멀거림이 근육을 위축시키는 떨림을 수반하기 시작한다. 단 하루만이라도 경련하지 않고 싶다. 하지만 벌써 몇 달 전부터 떨린다.

마지막 23분 47초를 그 대서양 횡단 여객선의 치명적 조작에 대해 생각하며 보낸다. 정확하게 말하면 카림과 폴에게 칠판이 있는 작은 홀로 따라오라고 말한 때부터다. 세 사람 모두 탁자 주위에 말없이 서 있다. 어두운 표정. 곤두선 신경.

그리고 마시모는 카림에게 말한다. "우리가 얼마 손해 봤지?"

"대략 8천만 정도요." 카림은 고갯짓으로 폴을 가리킨다. "언제나 그렇듯이 대규모로 포지션들을 운용했어요. 9천만 조금 더 잃었지만 약간 회복되었어요."

폴은 흐트러지지 않는다. 냉정한 표정을 과시하며 칭찬에 무표정하고 무관심하게 남아 있다.

"공매도를 닫자, 멈추자. 곧바로. 폴, 자네가 알아서 해." 그리고 트레이더의 어깨를 손으로 잡는다. "뒤로 빠져나가자, 부탁하네. 빨리 가능한 한 우리에게 덜 해롭게."

폴이 머리를 든다. "확실해요?"

"확실해."

"그러면 단호하게 내려가고, 끝까지 우리를 믿고, 도그마를 물리치자는 그 모든 연설은요?"

"다음에."

카림은 입술을 비튼다. "더 나빠질 수도 있었어요. 숫자들은 마이너스이지만 실망스럽지는 않아요." 미소를 띤다. "힘내요. 이제 한 해가 시작돼요. 잔고를 마무리하려면 아직 6개월 이상 있어요." 그런 다음 폴의 줄무늬 와이셔츠의 한쪽 끝을 손가락으로 잡고 역겹다는 표정으로 바라본다. "만약 자네가 재단사더러 충고하게 해준다면, 정말로 우리는 '모든 것'을 뒤에 남겨둘 수 있을 텐데. 지난 15년까지."

그 말에 폴은 날카로운 눈길로 대꾸한다.

그렇게 뒷걸음질하는 것은 분명 그에게는 견딜 수 없는 일이다. 그는 그랬다. 그리고 마시모는 그것을 안다. 폴의 초기 당혹감을 기억했지만, 그의 고집도 안다. 일단 안으로 들어가면 빠져나오는 것을 좋아하는 유형은 분명히 아니다. 그 트레이드는 그랬다. 마시모가 생각하고 원했지만 폴에 의해 거기에 올라탔고, 트레저리를 금융가에서 처음 거래한 순간 그의 것이 되었다. 패배는 타오르고 있다.

"자네는 잘했어. 완벽했어." 평온함을 전해주려고 노력하며 담담한 어조로 말한다. "이제 우리를 거기에서 꺼내주게."

폴은 고개만 끄덕인다.

그런 다음 셋은 함께 움직였고, 플로어로 돌아오는 동안 그는 타이타닉을 생각한다. 자리에 앉자 재난의 숫자들이 불길한 전조처럼 머릿속에서 고개를 내민다. 다른 생각을 하려고 노력하고, 우연이나 불운에 굴복하지 않을 거라고 자신에게 말한다. 평생 그렇게 하지 않았고, 그렇게 시작할 순간도 분명 아니다. 하지만 연상은 우연적인 만큼 완벽하게 상응한다.

잠시 후 책상 주위의 사람들은 지난 몇 달 동안 했던 것과는 정확히 정반대의 일을 해야 할 것이다.

'22.5 그리고 500.'

그 숫자를 알고 있었다. 타이타닉의 마지막 조작을 세부적으로 공부할 기회가 있었다. 그 강철 괴물의 침몰은 자연의 보복 능력을 가장 상징적으로 보여주었다. 자연이 도전받을 때.

'이카로스의 날개.'

22.5노트로 항해하던 중 500미터 앞에서 발견하고 내린 '전속 후진' 명령은 절망의 증거였다.

그런 상황에서 누구도 살아남을 수 없었을 것이다. 그것은 숫자들의 형벌이었다. 그 속도로 그 대서양 횡단 여객선은 불가피하게 분당 700미터를 계속 나아갔을 테고, 방향 전환 시도의 결과로 좌현(작가의 착오로 실제로는 우현으로 충돌했다 – 옮긴이) 측면이 빙산과 충돌했을 것이다.

그리고 그랬다.

누군가는 정면충돌이 더 나았을 거라고 주장하기도 했다. 측면의 6개 격실 대신 정면의 2개 격실이 침수되었다면, 타이타닉은 뉴욕에 도착했을 거라고. 그리고 일등 항해사 머독의 대응이 침몰의 진정한 원인이었다고.

마시모는 이후 판단의 명백한 추론을 혐오했다. 그런데도 똑같은 문제를 자신에게 제기했다. 예상하지 못한 눈앞의 변화에서 투자한 자본을 보호하려는 전략, 트레이드를 뒤집는 작업, 데스크에서 손절매라고 부르는 명령을 폴에게 내리기 전에는.

8천만의 손해와 함께 20억 밖으로 가능한 한 빠른 시간 안에 나와야 한다. 더 나은 가격에 실행하고 한 푼도 다시 넣지 않으면서. 그렇지 않으면 시장의 빙산과 충돌할 것이다. 불가피한 결과로 그 이상의 손실과 함께.

"자, 시작합시다." 이마에 벌써 땀방울이 맺혔는데도 폴의 목소리는 확고하고 단호하게 울린다. 와이셔츠 소매를 팔꿈치까지 걷어 올리고, 귀에 전화 이어폰을 낀 채 오픈 스페이스 한가운데에 서 있다.

납처럼 무거운 침묵이 주변에 감돈다. 스물다섯 쌍의 눈이 폴에게 집중된다.

"우리를 쪼아 먹지 못하도록 하면서 이 공매도를 종결합시다. 커다란 물고기가 매수하고 있다는 것을 금융가에서 알아차리면 우리는 망합니다."

3초 동안 완벽한 부동 상태. 머리들이 기록한다.

잠시 후 플로어는 다시 활기를 띤다. 광적으로. 치유할 시간이다.

마시모는 미소를 머금는다. 이해해야 했고, 이해했다. 결정해야 했고, 결정했다.

데릭, 브루노, 플라비오가 필요했지만 결국 해야 할 일을 했다. 비록 선택의 마지막 의미를 밝히는 것은 언제나 또 오로지 시간이지만.

"정말로 힘든 날인 것 같군."

몸을 돌리다가 헝클어진 하얀 머리칼, 주황색 안경, 트위드 재킷의 모습에 멈춘다. 마치 필립 웨이드는 어둡고 해결할 수 없는 힘에 의해 책들이 넘치는 방과 연결된 것처럼. 그렇게 플로어 한가운데에서, 활발한 움직임 안에서 그를 발견하는 것은 이상한 일인 것처럼.

"우리는 좋은 날들을 보았어요."

"자네에게 나를 위한 시간은 없었던 모양이군."

"아니, 있었어요." 마시모는 유쾌한 태도로 대답한다. 전략가의 유머는 냉정한 피를 유지하는 방법 중 하나다. "이 순간에는 내 차례가 아니었어요."

"자네에게 용서를 구해야 한다고 생각하네."

"왜요?"

"폴이 옳았어."

"이 이야기에서는 신중함과 상식이 옳았어요. 배가 머리를 이겼지요. 트레이드는 잘못될 수 있지만, 분석은 정확한 것으로 남아 있어요."

필립은 당황한 표정으로 수긍한다. "그럼 이제는?"

"이제는 전선을 바꾸어야지요. 그렇게 말하지 않나요? 우리는 전투 하나에서 패배했지만 전쟁은 끝나려면 아직 멀었어요."

"전쟁은 언제나 길고 잔혹해."

마시모는 눈길을 떨군다. 그 말에 당황스러워진다.

"성경에서 돈을 뭐라고 하는지 알아?"

"악마의 똥이요."(그리스 출신 신학자 성 대(大)바실레이오스 주교가 한 말 – 옮긴이)

"맞아." 미소의 그림자가 필립의 입술을 주름지게 한다. 평상시의 모호한 거리감을 되찾은 것 같다. "자신은 타락할 수 없지. 이미 오염된 것은 타락할 수 없기 때문이야. 하지만…."

"하지만 불가피한 결과예요."

"그들은 예상하는 환상 때문에 달러를 찍어내고 있어. 아니면 절망적인 움직임으로 다가올 붕괴를 기다리며 시간을 훔치려고 시도하고 있어." 필립은 순간적으로 멈춘다. "자네 영국 식민지 이야기 아는가?"

"당신만큼은 몰라요."

그는 어깨를 으쓱한다. "이야기 하나 들려줘도 될까?"

마시모는 잠시 말없이 폴이 책상들 사이에서 움직이는 것을 바라본다. "모두 들어내요" 소리치더니 잠시 후 어조를 바꾸어 스마트폰의 마이크에다 무엇인가 속삭인다. 동시에 왼손으로 라울에게 신호한다. 손가락들을 접었다 편다. 마치 '이리 와', '가까이 와' 하고 말하려는 듯이. 하지만 '매수해, 매수해'를 의미한다.

'제기랄, 매수해. 제기랄.'

계속 전화에 대고 말하는 동안 검은색 마커펜으로 메모지에다 무엇인가 쓴다. 그런 다음 메모지를 마티아스에게 보여준다.

3.85. '이 가격까지 매수해.'

장엄하고 불행한 기병대 습격의 정점에, 혼란스러운 '프레스티시모'의 절정에 있는 오케스트라 지휘자 같다.

마시모는 다시 필립을 바라본다. "들어볼게요." 다리를 꼬고 팔꿈치를 소파 팔걸이에 기대며 대답한다.

"옛날에 델리의 영국 총독이 도시를 황폐하게 하는 코브라들에게서 벗어나기로 결심했지. 그래서 코브라들에게 일종의 현상금을 내걸었고, 천재적인 아이디어를 생각해 냈다고 확신했지. 그 결과가 어땠는지 아는가?"

"코브라가 열망하는 상품이 되었겠지요."

필립은 끄덕인다. "너무나 열망해서 델리 주민들이 사육할 정도였다네."

마시모의 놀란 눈길을 즐기더니 다시 말한다.

"델리 총독부는 코브라 가죽으로 넘쳤고, 경제적으로 견딜 수 없는 상황이 되었지. 그 시점에서 우리 영국인들은 최악의 정책을 시행했다는 것을 깨달았다네." 주위를 돌아보며 잠시 머리를 흔든다. 마치 플로어의 광경이 모든 인간적 이해를 넘어서는 것처럼. "결국 총독은 명령을 철회하기로 했네. 그래서 코브라 사육자들은 과잉… 말하자면 미판매 상품의 과잉 상태에 처하게 되었지. 시장이 더는 없었어. 그들이 어떻게 할 수 있었겠는가? 뱀들을 풀어주었어. 온 도시에 풀어주었지. 그리고 델리는 전보다 더 악화되었어."

마시모는 눈길을 거둔다. "이탈리아에서는 자기 꼬리를 무는 뱀이라고 할 거예요."

둘은 함께 웃는다.

"그 이야기를 다른 이야기로 바꾸어도 될까요?"

"물론이지."

"당신 이야기보다 재미는 없어요, 필. 아니면 단순히 더 조잡할 수도 있어요. 돈에 대해 말하니까요. 지난주 뉴욕에서 200킬로그램짜리 참치가 공매에 나왔어요. 얼마인지 알아요?"

"나는 시장 가격을 몰라."

“그것이 핵심이에요. 시장 가격이 더는 상관없어요. 130만 달러에 낙찰되었어요.”

“델리의 코브라와 정반대처럼 보이는군.”

“그래요. 하지만 그 가치는 어떻게 설명될까요, 필?”

“내가 알기로 참치들은 멸종되고 있어. 귀한 상품, 값비싼 상품이지. 아니면….”

“아니면….” 마시모가 가로막는다. “교환의 동등한 가치가 더는 아무 가치도 없는 거지요.”

“달러.”

“맞아요. 타락할 수 없는 것의 타락이지요.”

둘은 침묵한다.

잠시 후 필립이 침묵을 깬다. “케인스는 인플레이션이 부의 음흉하고 자의적인 착취라고 말했지. 화폐를 타락시키는 것은 은밀하게 시민들의 재산을 빼앗고, 사회의 토대를 망가뜨리고, 소수를 부자로 만들려고 다수를 가난하게 만드는 것을 의미한다고 말이야. 역사에서는 그 소수를 착취자들이라고 불렀지.”

“주위를 둘러봐요.”

“오늘날 우리가 그 ‘착취자들’이라고 말하는 건가?”

“우리, 중앙은행 사람들, 자산 소유자들, 보존하기 위해 파괴하는 자들이지요. 그래요, 우리.” 마시모는 팔꿈치를 무릎에 대고 한 손바닥으로 턱을 받친다. “만약 유로와 유럽 채권들을 거스르는 트레이드에 올라타라고 당신에게 요구한다면, 어떻게 하겠어요?”

필립은 앞으로 몸을 숙인다. “지금 자네는 나를 놀라게 하고 있어.”

“나는 이미 놀랐어요.”

필립은 한숨을 쉬고 한 손을 머리칼 사이로 집어넣는다. “나라면 만성적이고 지속적인 불안정을 유발하려고 하겠네.” 눈길을 위로 향한 채 생각의 실타래를 풀며 대답한다.

“어떻게요?”

“유로에 대한 신뢰의 점진적 위기로. 절대 그 너머로 나가지 않고 화폐의 결정적 폭발에 절대 도달하지 않는 거지.”

“그러면 그 시점에서 투자자들은 어떻게 할지 아세요?”

“여기에서 대답은 쉬워.” 필립은 중얼거린다. “낮은 수익률을 받아들이면서도 달러와 미국 채권을 살 거야.”

“탁월한 가치 저장소, 달러나 채권에 저항하는 방법이지요.”

“이론적 성찰로 암시적이라는 것을 인정해야겠군.”

“아니면 완벽한 계획이지요.”

“무수한 사람을 파괴하려는 완벽한 계획.”

“그건 모든 전쟁에서 일어나는 일 아닌가요?”

필립은 눈을 반쯤 감는다. “나는 다른 것을 알고 싶지 않네.” 그러고는 안경을 꺼내 쓴다. “트레이드에서 우리는 얼마나 잃었지?”

“전혀 잃지 않았어요.”

전략가는 이마를 찌푸린다. 마시모는 일어선다.

“전혀 잃지 않았어요, 필. 내 경력에서 최고의 공매도로 간주해요. 우리는 아무것도 잃지 않았어요. 우리가 잃은 것은 우리가 어디로 가는

지 깨닫는 데 도움이 되었어요. 우리가 어디로 갈 수 있는지도요." 그리고 손을 내민다.

필립은 손을 잡고, 그렇게 둘은 서로 눈을 바라본다.

"여보게, 내 스승님 페데리코 카페(Federico Caffè, 이탈리아 경제학자, 1997년 실종 후 1998년 8월 8일 추정 사망 - 옮긴이)가 4월 어느 날 새벽 신비롭게 실종되었을 때, 나는 잘못된 시장 관념을 뒤쫓는 데 내 삶을 낭비했다고 생각했네. 나는 언제나 그분을 모방했어. 그러다가 나이가 들면서 죽음은 끝이지만 실종은 경고라는 것을 깨달았네. 죽은 사람은 조만간 잊히지만 사라지는 사람에 대한 기억은 다시 나타나지. 유령처럼."

마시모는 전략가의 손을 힘주어 잡는다.

"고마워요, 필."

"안녕, 맥스. 유령들을 두려워하지 말게. 있을 수 있었지만 없었던 것, 아니면 아직 일어날 수 있는 것을 기억하게 해준다네." 플로어 저쪽의 복도를 향해 멀어진다. 천천히 걷는다. 무게가 어깨를 구부정하게 만드는 것처럼 더 늙어 보인다.

마시모는 다시 앉는다. 모든 것에서 멀리 떨어져 있다는 느낌이다. 그 모든 흥분에서, 밖에 있는 모든 것에서. 아직 1월인 것처럼 비가 오고 바람이 부는, 봄날 런던 일과의 잿빛 하늘에서. 마시모는 추웠다. 끝나려고 하지 않는 겨울의 포로처럼 너무 오래전부터 추웠다.

목을 조이는 넥타이 매듭이 점점 더 조이고, 심지어 말하기도 어렵게 만든다. 한 달 이상 전부터 거의 단지 액체만 삼키고 있다. 많이 야위었다.

의사의 검진을 받으려고 하지 않았다. 검진을 미루었고 지나가기를 바랐지만 악화되었다. 처음에는 근육, 그다음에는 호흡과 삼키기 어려움. 이제 읽으려고 시도하지만 읽을 수 없다. 거의 게걸스럽게 빨리 읽고 싶지만, 기호들 속에서 길을 잃는다. 시력을 혼란시키고 위장을 경직시키는 구역질의 희생자. 그러면 눈길을 거두어야 한다.

아프다는 것을 안다. 그리고 두렵다. 치료해야 하지만 진단받아야 한다는 관념에 거부감을 느꼈다. 불확실함에.

자신에게 아직도 쉬운 유일한 행동은 왼손 엄지 아래의 상처에 손톱을 밀어 넣는 것이다. 이제 따뜻한 액체가 손바닥과 손목으로 흐른다. 피가 나고 곧바로 약간 나아짐을 느낀다.

그런데 길고 섬세한 손가락이 시야를 침범한다. 검은 매니큐어를 칠하고 작은 물병의 목을 잡은 손가락이다. 마시모는 눈길을 든다. 셰릴의 미소는 그날 아침 폭풍 속에서 하나의 버팀대다.

"카리나가 말했나?" 손을 재킷 호주머니에 감추고 안의 천으로 상처를 막는다.

셰릴은 약간 머리를 숙인다. "무엇을요?"

"물 말이야. 카리나가 나에게 갖다주라고 했어?"

"아니에요. 필요할 거라고 생각했어요. 데스크에 있을 때는 물을 많이 마셔요. 물이 없는 것을 보았어요. 어쨌든 내 이름은 셰릴 베넷이에요. 만나서 반갑습니다."

"나는 단지…." 말을 멈춘다. 말할 기회를 잃고 산만해졌음을 깨닫는다. 셰릴의 얼굴, 완벽한 타원형 얼굴, 높은 광대뼈를 바라본다. 그 섬세하고, 기다랗고, 자석 같은 눈을 찾는다.

셰릴의 말이 맞았다는 것을 깨닫는다. 그녀에 대해 아무것도 모른다.

'어떤 삶을 살았을까? 왜 공부하지 않았을까?'

"여기에서 일하는 것에 아직 지치지 않았어?"

셰릴은 어깨를 으쓱한다. 달라붙는 청바지와 검붉은색 블라우스를 입었다. 마시모는 눈길을 높이 든다. 그녀의 몸매 윤곽에 머무르지 않도록. 그녀의 귓불에는 부분적으로 곱슬머리에 감춰진 은 고리 두 개가 매달려 있다.

"네, 지금 많은 것을 배우고 있어요."

"예를 들면?"

"미래는 과거보다 더 중요하다는 것, 사람들은 언제나 과거에 한 것보다 앞으로 할 수 있는 것으로 평가된다는 것이요." 목소리에는 가벼운 아이러니가 있고, 마시모는 놓치지 않는다.

"이런 방법에는 실수할 위험이 있지." 그는 분위기에 맞추어 대답한다.

셰릴의 얼굴에 그림자가 지나가고 그녀 눈은 더 길어진다. 어두운 밤 두 갈래 빛의 칼날 같다. "당신은 실수했다고 생각해요?"

"아니, 전혀. 오히려 본드스트리트에서 오후의 비는 도움이 되었어." 잠시 멈춘다. "정말이야. 저스틴 비버는 단지 음악만이 아니야." 기억을 더듬으며 말한다. "그리고 사람들에게는 정확한 말이 필요해. 당신 말이 맞았어. 등에 칼 맞는 것을 당신이 막아주었어. 최소한 이 안에서."

셰릴은 미소를 지었고 마시모는 그 눈길에 또다시 매달린다. 그리고 그녀를 알고 나서 처음으로 그녀가 정말로 행복하다는 인상을 받는다.

"그럼 고야드 세트는요?"

"너무 무거워." 이마를 찌푸린다. "그런데 이력서는?"

"결국 다시 프린트하지 않았어요. 운전하는 동안에는 너무 백미러를 바라보지 않아야 한다는 것을 깨달았어요."

"때로는 보아야 해. 예를 들어 추월할 때. 뒤를 보는 것은 앞으로 나가는 데 도움이 되지." 그 말 뒤에 미켈라의 모습이 그의 머릿속을 가로지른다. 생명력 없는 형태를 이루는 유명 상표 의상들을 다시 본다. 상표에 압축된 존재의 차가움을 느낀다. 그것은 시간과 공간의 한계를 넘어 사는 데 익숙한 그 같은 사람은 채울 수 없었던 유일한 거리감이었다.

"우리는 언제나 비가 올 때 말한다는 것을 알았어요?" 셰릴이 아득한 어조로 중얼거리며 플로어의 끝으로, 출입문 너머로 눈길을 던져 바깥을 암시한다. 입술에 부루퉁한 표정을 담아 말한다. "올해에는 봄이 사라진 것 같아요."

오래전부터 그를 알고 있는 것 같다. 아니면 그의 마음속을 읽고, 무엇이 그를 편안하게 해줄지 이해하는 재능, 수수께끼 같은 텔레파시를 갖고 있는 것 같다. 그리고 바로 그 순간 색깔들이 더 강렬해지고, 마시모는 이마에 불길이 타오르는 것을 느낀다. 갑자기 열이 오르는 것 같다.

자제력에 호소하지만 저항할 수 없다는 것을 깨닫는다. 그는 일어선다. "가서 겉옷을 입어." 그야말로 명령인 것처럼 그녀에게 말한다. "10분 후 나가자."

"어디 가요?"

"밖에서 해야 할 일들이 있어."

"다른 선물인가요?"

미소를 보낸다. "그래, 다른 선물이야." 플로어 입구를 가리킨다. "봄이 어디 갔는지 우리가 찾아낼지도 몰라."

멀어지기 전에 한 손을 그녀 팔에 올리고 손목을 잡는다. 그 접촉은 근육의 떨림을 멈춰주는 전기적 충격을 전해준다. 그런 다음 다른 말을 덧붙이지 않고 폴 자리로 다가간다.

"오토바이 열쇠." 그의 어깨 위로 숙이며 속삭인다.

폴은 이마를 찌푸리며 몸을 돌리고 믿을 수 없다는 듯이 눈을 동그랗게 뜬다. "무슨 말인지 모르겠어요."

"오토바이 열쇠를 줘. 자네에게 소용없으니까. 하루 종일 갖고 있었잖아."

폴은 의자를 돌리고, 눈길로 그를 꿰뚫으려는 듯 훑어보며 일어난다. 머리는 헝클어졌고 와이셔츠는 땀에 젖어 있다. 함축된 의미를 알아내기 위해 모든 동작이 느리고 과장적이다. 그를 응시하며 바지의 호주머니를 더듬는다. 손절매의 시작을 관리하던 신속함과 대비되는 평온함을 의식적으로 과시한다. 그리고 열쇠 한 쌍을 꺼낸다. 자기 앞에 열쇠를 들고 있다. "아시다시피 나는 질문을 하지 않아요. 하지만…."

"나중에 다시 갖다줄게." 마시모는 대답한다. 재빠른 걸음으로 홀을 지나 모든 것에서 빠져나간다. 마치 필름 감개가 빠르게 돌아가며 마지막 사진을 향해 그를 끌고 가는 것 같다.

유리문을 지나 첫 번째 책상으로 향한다.

"카리나."

"왜?"

"로마행 비행기, 그리고 헬리콥터. 나 집에 가요." '집'이라는 말을 강조한다. 그럴 필요 없는데도. 카리나는 그런 이동의 목적지를 알고 있다. 물론 처음이 아니다. 마시모가 '집'이라는 말로 무엇을 의도하는지 잘 안다.

"언제?"

"지금이요."

카리나는 안경 위로 그를 훑어본다. "지금?"

마시모는 확실하게 끄덕인다.

"안 돼. 잊은 모양인데…." 그 순간 셰릴이 마시모 옆에 나타난다. 팔에는 우의를 걸치고, 목에는 실크로 된 고급 숄 파시미나를 두르고 있다.

카리나는 표정을 바꾼다. 눈길이 둘 사이로 오간다. 그러고는 미소 지으면서 마시모에게 말한다. "곧바로 준비할게."

"고마워요." 몸을 앞으로 숙이고 손등으로 그녀의 뺨을 쓰다듬는다.

그런 다음 그와 셰릴은 엘리베이터를 향해 간다.

"미쳤군." 카리나는 수화기를 들면서 중얼거린다. "당신 미쳤어."

모두 끝나다

트라이엄프 본네빌이 런던 거리를 쏜살같이 달린다. 마시모는 스퍼트 없이 안정적으로 운전한다. 낮은 기어에서 단축하고, 3단과 4단을 당긴다. 왼손의 통증을 무시하면서. 가속기와 브레이크를 가지고 논다. 무리하지 않고 커브를 돈다. 그의 뒤에는 셰릴이 완벽한 균형 속에 자연스럽게 움직임에 따르고 있다.

배기량 800시시 안에 압축된 힘을 즐긴다. 그동안 모터의 역학은 그에게 이상한 편안함을 전해주고 마침내 그의 머리를 깨끗하게 해준다. 헬멧의 차양을 열어두어 시원한 공기가 얼굴을 때린다. 셰릴의 손이 붙잡고 있는 옆구리에 완전히 집중되어 있다.

시티공항 주차장에 도착하자 셰릴은 내려 주위를 둘러본다. 비에 아랑곳하지 않고 꼼짝하지 않는다. 그런 다음 마시모를 바라본다. 하지만 그를 보지 않는 것 같고, 그를 모르는 것 같다. 눈길에서 어떤 표정도 사라졌다. 놀라움도 없고 기대감도 없다. 눈은 비밀을 간직한 검고 빽빽한 장벽이다.

둘은 말없이 서로를 바라본다.

'내가 실수했나?' 그녀는 자문한다. '혹시 그가 원하는 것이 아니고, 그래서 후회할지도 몰라.' 잠시 머리를 거리 쪽으로 돌린다. 그리고 다시 그를 응시한다. '당신 확실해요? 아직 돌아갈 수 있어요.'

그는 빙긋 웃으며 계속 그녀를 바라본다. '그래, 나는 확실해. 내가 원하는 거야.'

잠시 정지. 검은 머리칼 한 올이 손가락 주위를 휘감고 있다. 그는 그녀의 손을 잡는다. 팔콘 제트기가 활주로를 이륙할 때 시간은 가속된다.

120분 후 착륙할 때 셰릴은 그를 붙잡았다. 노선 비행기들보다 조작이 급격했고, 그녀는 익숙하지 않았다.

마시모는 안심시키기 위해 웃어 보였고, 저항할 수 없는 그녀 눈의 강렬함에 또다시 놀랐다.

"몇 시예요?" 굉음에 이제 큰 소리로 묻는다. 헬리콥터는 이륙 지점 가운데에 있다. 잿빛 시멘트의 방대한 표면 위의 녹색 사각형. 문은 열려 있다. 셰릴은 햇살의 강렬함에 눈을 반쯤 감고 있다. 공기는 따뜻하다.

"시간이 중요해?" 마시모는 귀에다 속삭인다. 얼굴이 곱슬머리에 스친다. 약초 향기를 감지한다. 머스크, 육계, 박하. 지중해의 향기. 크리스마스 파티 저녁에 맡았던 본드 넘버 나인의 세련된 에센스와는 완전히 다르다.

"최소한 우리가 동쪽에 있는지, 서쪽에 있는지 말해줘요."

"그럴 수 없어."

그녀는 당황한 표정으로 바라본다.

"사실 이것은 일종의 납치야." 그리고 그녀 목에서 파시미나를 푼다. "여행 목적지는 비밀로 남아 있어야 해." 그녀의 어깨를 잡는다. "미안하지만 당신의 안전을 위해서야." 말하면서 파시미나로 그녀의 눈을 가린다. 그리고 시로가 가르쳐준 매듭으로 목 뒤에서 양쪽 끝을 묶는다.

셰릴은 웃는다. "내 생각에 당신은 좋은 사업을 하지 못했어요."

"나는 잘했다고 생각하는데."

"당신이 은행에서 일하는 행운 때문이지요."

"왜?"

"범죄자로서 당신은 유망하지 않아요. 몸값으로 얼마를 요구할 생각이에요? 우리 어머니는 학교 선생이에요."

"납치는 단지 돈을 위해 조직하는 것이 아니야."

"그럼 여기 이탈리아에서는 어떤 다른 목적으로 조직해요?"

"그 질문에 대답할 수 없어. 그리고 나에게 말 시키지 마."

그녀는 더 크게 웃는다.

한 손을 그녀 어깨에 올리고 다른 한 손으로 팔을 잡고 헬리콥터로 안내한다.

"조심해." 계단 가까이에서 그녀를 잡아주며 말한다. 그녀가 안에 앉자 조심스럽게 벨트를 묶어준 다음 헬리콥터의 다른 쪽으로 올라타 파일럿에게 신호를 한다.

가벼운 흔들림이 비행이 끝났다는 것을 알려준다. 프로펠러가 멈추고 엔진의 먹먹한 소음이 조금씩 희미한 웅성거림에 압도당하는 동안 셰릴은 꼼짝하지 않는다.

"잠깐." 옆에서 마시모의 목소리가 들린다. 그는 그녀를 헬리콥터에서 땅으로 안내한다. 그러자 셰릴은 다른 목소리를 구별해낸다. 이탈리아어로 말한다.

"안녕하세요, 박사님."

"안녕하세요, 알도."

"만나볼 걸로 기대하지 않았어요."

"오려고 예상하지 못했어요."

"모두 잘되고 있지요?"

"언제나 똑같아요. 아다는요?"

"잘 지내요."

눈을 가린 어둠 속에서 셰릴은 다른 감각들이 섬세해지는 것을 느낀다. 색깔들은 소리와 냄새가 되었다. 배경의 리듬감 있는 소음은 파란색이다. 초목의 역동적인 향기, 송진의 강렬한 냄새는 녹색이다. 미지근한 공기와 함께 느껴지는 피부의 따스함은 노란색이다. 매듭을 풀면서 머리칼을 스치는 손의 접촉은 빨간색이다.

어둠이 흩어지고 이제 눈을 뜬다. 그리고 '마법'이라는 말의 진정한 의미를 발견한다. 그들은 하늘과 바다 사이에, 소나무 숲이 드리운 암벽 위에 있다. 파란 테이블이 태양의 산뜻한 빛살 아래 반짝이는 것 같다. 오른쪽 수평선에는 어느 섬의 희미한 윤곽이 보인다. 작은 만의 가장자리 너머에는 하얀 조약돌 해변이 펼쳐져 있다.

착륙한 곳에 가까운 집은 연한 색깔로 칠해져 있다. 덧창문의 희미한 파란색, 회벽의 폼페이벽화 같은 빨간색. 집 위로 사각형의 작은 탑이 솟아 있다. 타일로 뒤덮인 안뜰은 바다를 향해 펼쳐져 있고, 그곳에서 테라스들이 계단처럼 낮아지기 시작한다. 좁은 길 하나가 아래로 내려간다.

마시모는 재킷과 넥타이가 없는 상태다. 와이셔츠 단추는 풀려 있고 소매는 팔꿈치까지 접어 올렸다. 풀어 헤친 칼라를 통해 쇄골의 두드러진 선이 분명히 드러난다. 그런 모습을 전혀 본 적이 없었고, 마치 그 순간에야 그를 안 것 같다. 얼굴은 평온하다. 일상적으로 그의 윤곽을 짓누르는 가면이 사라진 것 같다. 이제 채권 파트의 완벽하고 뚫고 들어갈 수 없는 보스가 아니다. 지금은 단지 행복한 사람일 뿐이다.

그들 앞에 예순 살가량 남자가 있다. 호리호리하고, 한 묶음의 근육, 하얀 머리, 그을리고 빽빽한 주름살 그물이 새겨진 얼굴이 파란 눈으로 그들을 바라보며 미소 짓고 있다.

"이분은 알도야." 마시모가 그를 소개한다.

그는 무엇인가 중얼거리고 셰릴은 알아듣지 못한다.

"당신을 알게 되어 반갑다고 하는군." 셰릴은 알도가 마시모 삶에서 알아야 하는 것을 생각한다. 그리고 어떤 형태의 악의나 편견 없이 단순하게 그의 삶을 바라볼 수 있어 기쁘다. 그녀에게 편안한 느낌을 준다.

"이리 와." 마시모는 그녀에게 속삭이더니 미소와 함께 알도에게서 멀어진다. 좁은 길 위에 드리운 관목들을 향하여 간다.

"그래요, 봄은 여기 있었군요."

마시모는 끄덕이며 나뭇잎들 사이에서 무엇인가를 찾는다. 그런 다음 돌아선다. 손바닥에 진한 보랏빛 오디를 들고 있다.

"먹어봐." 그녀에게 말한다. "오디라고 하지."

셰릴은 하나 집는다. 주의 깊게 살펴본 다음 입으로 가져가고, 달콤하고 부드러운 맛에 매료된다.

"단지 이렇게만 먹을 수 있어." 마시모는 설명한다. "나무에서 따서 곧바로 먹는 거야. 보존할 방법을 아직 찾지 못했어."

"모든 것을 팔 수는 없어요."

"그리고 모든 것을 살 수도 없지."

둘은 말없이 꼼짝하지 않는다. 그리고 그 고요함의 마법을 깨뜨리지 않은 채 함께 움직여 바다를 향해 내려가는 좁은 길로 접어든다. 이제 서로 손을 잡고 있다. 둘의 손바닥 위로 오디의 검은 줄이 퍼진다.

아래에 이르자 마시모는 물가에서 몸을 숙이고 얼굴을 적신다. 그런 다음 눈을 감고 태양을 향해 머리를 든다. 셰릴은 옆에 앉는다.

"당신 자신을 더 사랑해야 해요." 바다 수면 위로 반짝이는 빛살에 매료되어 말한다. 마시모는 무슨 말인지 몰라 그녀를 바라본다.

"당신 자신을 더 사랑해야 해요." 그의 왼손까지 잡으려고 몸을 내밀며 반복해 말한다. 마시모는 주먹을 쥐고 손을 빼내려고 한다.

"기다려요." 그의 손등을 천천히 쓰다듬는다. 그런 다음 섬세하게 주먹을 돌린다.

그는 천천히 손가락을 펴고 그녀가 상처를 보게 놔둔다.

"자기 자신을 사랑하지 않는 사람은 다른 사람을 사랑할 수 없어요." 그녀가 속삭이는 말을 듣다가 손바닥에 닿는 부드러운 입술의 접촉에 정신이 혼미해진다.

그 몇 달 동안의 경련과는 다른 전율이 그를 뒤흔든다.

"여기에 우리 삶이 적혀 있다는 거 알아요?"

"어떤 의미에서?"

"내 할머니의 어머니는 몬테네그로 부족의 집시였어요. 손금을 읽었지요."

이제 마시모는 안다. 그 검은 눈, 그 새카맣고 흐릿한 곱슬머리가 어디에서 왔는지. 그리고 바람이 부는 거리의 단순한 먼지 같은 그 모든 가벼움을.

"다카우 수용소에서 돌아가셨어요. 할머니는 자매들과 함께 터키를 거쳐 달아나는 데 성공했지요." 셰릴은 계속한다. "우리는 몇 세대 전부터 손금을 읽을 줄 알아요. 만약 당신이 해고한다면 나는 손금 점쟁이가 될 수 있어요." 웃으며 고개를 숙인다. 하지만 단지 잠시뿐이다. "이것은 행운의 선이에요." 속삭인다. 그리고 매니큐어를 칠한 손톱으로 손금을 따라간다. "이미 정해져 있어요. 보이지요? 그래서 당신은 행운이 있는 거예요."

마시모는 머리를 흔든다. 믿을 수 없다는 듯 찡그린 얼굴이다.

"믿지 않아요?"

"나는 절대 행운에 많은 공간을 양보하지 않았다고 할 수 있지."

"우리를 만나게 해준 것은 행운이 아니라고 생각해요?"

그의 침묵과 마주치자 셰릴은 계속한다. "행운은 중요해요." 그런 다음 다시 손바닥에 집중한다.

"생명선이에요." 손가락 끝으로 검지 아래에서 손목까지 가로지른다. "길고 연속적이에요. 건강하고 장수한다는 뜻이지요."

지난 몇 달과 분명히 갖고 있을 병을 다시 생각하지만 그 말에 편안해진다. 마치 그 놀이의 달콤한 속임수는 고통을 완화해 주는 효과가 있는 것처럼. 이제 더는 두렵지 않다.

"이것은 사랑의 선이에요." 셰릴은 가운데 부분을 가리키며 말한다. "짧고 깊고… 끊어져 있어요. 당신은 많이 사랑했군요."

"그럼 지금은?"

"지금 당신은 여기에 있어요." 손가락으로 가볍게 선이 끊어진 곳을 누른다. "길을 잃고 결심하지 못하고요."

"그러면 어떻게 해야 하지?"

"그건 적혀 있지 않아요. 손은 단지 당신이 다시 사랑할 거라고 말해요."

"그다음에는?"

"그다음에는 있지 않아야 할 것이 있어요." 갈라진 곳의 깊은 가장

자리를 스친다. "고통의 선이에요. 하지만 이 선은 당신이 그리려고 선택했어요."

몇 분 동안 둘은 바다를 응시한다. 그런 다음 셰릴은 벌떡 일어나더니 셔츠의 단추를 푼다. 브래지어와 함께 셔츠를 벗어 모두 바위 위에 떨어뜨린다. "이제 미래에 대해서는 그만 말해요." 재빨리 청바지의 단추들을 풀면서 말한다.

마시모는 언제나 덮고 있던 모든 베일이 완전히 사라진 그 육체의 마법 앞에서 꼼짝하지 않는다. 잠시 후 그녀가 바닷물 속으로 뛰어들어 튀어오르는 물방울들 속으로 들어갔다가 다시 나타나는 것을 본다.

"차가워요." 웃으면서 소리친다. "이리 와요."

생각하는 것을 중단하고 그대로 한다. 서너 번의 움직임으로 속옷 차림이 되었지만 그것마저 편히 벗어버릴 수 있다는 것을 안다. 그리고 그 유혹에 저항할 수도 없다.

바닷물과의 접촉은 힘이 나게 해주고, 머리에서 고뇌의 마지막 찌꺼기를 비워준다.

팔을 몇 번 휘저어 그녀에게 간다. 둘은 함께 나란히 헤엄친다. 조약돌 해변으로 다시 나올 때 숨이 가쁘다. 웃는 동안 물줄기들이 피부로 흘러내린다. 벌거벗었는데도 모든 몸짓, 모든 눈길이 자연스럽다.

"나와 보내는 이런 하루가 당신에게 얼마나 대가를 치르게 할지 모르겠어요." 셰릴이 중얼거린다.

잠시 마시모의 생각은 트레이드, 폴의 흥분, 필립과의 토론으로 달려간다.

"오늘… 그래, 상당히 많겠지." 미소를 머금으며 대답한다.

"일에 대한 말이 아니에요."

"알아."

"돈에 대한 말도 아니에요."

"그것도 알아."

그녀는 갑자기 진지해진다. "나는 단지 나도 똑같이 했을 거라고 말하고 싶었어요. 당신을 위해 나는 생각도 하지 않고 내 모든 삶을 걸었을 거예요."

마법에 걸린 듯 그녀를 바라보고 발목에 눈길이 머문다. 플로어에서 수없이 몰래 훔쳐보았던 바지와 하이힐 사이의 그 발목.

이제 그녀의 눈길은 베일에 덮여 있다. 검은 눈 깊은 곳에는 아득한 생각. 그는 둘 사이의 50센티미터를 좁힌다. 모든 몸짓이 아주 느린 것 같다. 껴안는다. 달라붙은 육체. 피부 위에 피부. 그렇게 말없이 있다, 영원해 보이는 동안. 그동안 바닷물은 마르고 소금기가 다리에, 가슴에, 이마에 달라붙는다.

그녀의 한 손을 잡고 도피 욕망에서 자신의 육체 위로 수없이 많이 상상했던 섬세한 손가락들부터 입을 맞추기 시작한다. 지나치게 억눌렸던 힘으로 팔을 잡는다. 그런 다음 발, 발목, 무릎으로 내려간다. 그 알아볼 수 없는 향기, 망각의 향기, 동물원의 향기가 나는 피부에 입 맞추는 것을 멈추고 싶지 않다.

허벅지, 둔부의 곡선, 등의 완벽한 아치에 입을 맞춘다. 목에 이르러 그녀를 자기 쪽으로 돌린다. 둘은 잠시 서로 바라본다. 그런 다음 마시모는 입술로 사마귀를 스치고 목에서 더 위로 턱까지 올라간다.

두 입이 만나고, 육체들이 서로 껴안는다. 배경에는 바다의 간헐적인 숨결뿐.

다시 눈을 떴을 때 태양은 지평선 위로 낮아졌다.

'해가 질 때까지 많이 남지 않았군.' 생각하는 동안 엄습해 오는 불안감을 멈출 수 없다. 말해야 하는 것에 대한 걱정이 커진다. 규칙들과 코드들이 효력을 발휘하는 영토에서 멀어져 국경선 너머까지 나아간 경로를 반대로 가는 느낌이 든다. 결혼하여 가족이 있는 남자의 영토, 어떤 여인과의 모험도 허용되지 않은 영토.

적절한 말을 찾는데 찾지 못한다.

'미켈라.'

아내를 배신했다. 그리고 그런 사실의 본질적인 야만성에 숨이 막힌다. 근육들이 긴장하고 목이 조이는 것을 느낀다. 또다시 아프다. 마법은 깨졌고, 그는 집에 있고 싶다. 아니면 거기에서, 셰릴과 함께 바다 앞에서 멈추고, 그만두고 싶다.

몸을 돌린다. 셰릴은 옆에 누워 있다. 그에게 등을 돌리고 옆으로 웅크리고 있다. 눈길이 등의 피부를 스치고, 둔부의 부드러운 곡선, 다리의 완벽한 선을 따라간다. 무릎이 굽은 곳에 멈추어 응시한다. 그리고 다시 욕망을 느낀다.

"무슨 생각을 해요?"

셰릴의 질문에 그는 생각을 떨친다.

"아무것도."

"당신은 거짓말을 잘하지 못해요."

미켈라도 똑같은 말을 했다.

실수할까 두렵고, 모든 것을 망칠까 두렵고, 그래서 차라리 말없이 있는 것을 좋아한다. 변명과 핑계가 두렵다.

"심장은 느려지고, 머리는 걸어가네." 그녀가 속삭인다.

마시모는 그 말의 소리에 이끌려 흔들린다. 그러다가 서서히 그 소리가 자신의 의미를 발견한다.

'심장은 느려지고, 머리는 걸어가네.' (파브리치오 데 안드레 · 이바노 포사티의 앨범 〈구원받은 영혼(Anime salve)〉에 실린 '코라카네'의 가사 일부)

그리고 영어로 번역된 그 구절을 알아본다. 그 노래를 안다. 5월 어느 날 카르마놀라에서 부른 노래, 조그마한 시골 성당의 성구실에서 돈 프란체스코 신부와 논쟁하게 했던 노래. 자기 결혼식의 노래, 플라비오가 위조문서를 만들게 했던 노래.

갑자기 똑바로 일어난다. "어떻게 알지?"

"당신이 찾아내게 해주었어요." 무슨 말인지 몰라하며 그를 평온하게 바라본다. 머리는 한쪽 팔에 기대고, 얼굴은 곱슬머리에 덮여 있고, 피부에는 소금기로 생긴 하얀 줄무늬가 있다.

"불가능해." 돌발적으로 대답한다. "우리는 거기에 대해 절대 말하지 않았어."

"당신이 누군가를 사랑한다면 말할 필요가 없어요."

그 대답을 무시한다. "그럼 당신은 언제 찾아낸 거야?" 공격적인 어조로 추궁한다. 이제는 자신이 배신당했다고 느낀다.

셰릴은 한숨을 쉬더니 앉는다. 다리를 가슴 앞으로 모아 두 팔로 껴안는다. "언제나 그랬어요. 지난 5년 동안 당신 데스크 옆을 지나갈 때마다 당신이 듣고 있는 것을 들었어요. 아주 아름다운 노래예요. 그리고 이탈리아어를 아는 친구가 나를 위해 번역해 주었어요."

전율이 피부를 타고 흐른다. 마시모는 말한 것을 후회한다. 회한이 강하게 가슴을 조인다. 실수하고 싶지 않았다. 그런데 실수했다.

"어느 시인이 썼어. 마지막 사람들을 사랑했던 시인이지." 바다를 응시하며 중얼거린다.

"유랑자들과 여행에 대해 말하지요."

그는 끄덕인다.

"당신에게 절대 아무것도 요구하지 않을 거예요, 마시모. 당신이 나에게 주려고 선택하는 것 외에 나는 당신에게 아무것도 원하지 않아요."

그는 몸을 돌린다. 그녀를 껴안는다.

"이 포옹에 얼마나 많은 슬픔이 있는지." 그녀는 그의 귀에 속삭인다. 더 세게 껴안는다. 얼굴을 어깨의 움푹한 곳에, 이제 머스크와 소금 향기가 나는 검은 머리칼 사이로 파묻으면서.

이제 가야 한다.

마시모는 이미 모든 것을 알고 있다. 돌아오는 비행기를 타기 전에 '주문 없음'의 새로운 포지션을 알려주는 메일을 읽었다. '모두 끝났어

요. K.'

그렇게 공연은 끝나고 막이 내렸다. 메일을 보낸 시간은 19시였다.

열 시간의 전투를 마친 카림은 끝났다고 그에게 알려주었다. 공매도에서 빠져나왔다. 충돌은 피했고 채권은 아직 떠다니고 있다. 그들은 다시 고쳤고, 울적하지만 더 평온한 바다를 항해했으며, 상황은 위험하지 않았다.

본네빌을 세워둔 다음 건물 입구로 들어서는 마시모는 더 나아진 느낌이 든다. 피곤함조차 건강해서 느껴지는 것이다.

폴을 만나기 위해 전화를 할 필요도 없다. 마시모는 알고 있다. 그날 같은 하루 일과가 끝나면 폴은 여전히 전투장에 남아 있다는 것을.

플로어의 불은 절반 정도 꺼져 있다. 비현실적인 정적이 감돈다.

"기다렸어요." 자리의 모니터 뒤에서 폴이 말한다. 중국식 배달 음식이 들어 있는 종이 그릇에서 젓가락으로 무엇인가를 집고 있다. 컴퓨터 자판 옆에는 맥주 한 병이 있다. 몸은 앞으로 숙이고 눈은 모니터에 고정되어 있다. 단색 와이셔츠를 입고 있다.

"파란색이 자네에게 잘 어울려."

"카림 거예요. 더러워질까 두려워서 와이셔츠 하나를 더 입고 돌아다니는 것 알지요? 나는 안 그래요. 어쨌든 나에게 선물했어요. 그리고 오늘도 나는 무엇인가 벌었네요."

마시모는 웃는다. "잘되었군."

"끝났어요." 폴은 의자에서 몸을 돌리고 종이 그릇을 책상에 올려놓은 다음 맥주를 한 모금 마신다. "이제 어떻게 하지요?"

"오토바이 열쇠를 다시 가져왔네. 클러치를 정비해야겠더군. 저단 기어에서 약간 밀려."

"이제 어떻게 하지요?"

"이제 언제나 똑같지. 우리는 돈을 벌어야 해."

폴은 끄덕인다. 둘은 잠시 말이 없다.

마시모는 셰릴, 그녀와 함께 보낸 시간을 다시 생각한다. 그리고 이제는 아주 멀리 있는 것 같은 바다. 집으로 돌아가고 싶지 않다.

즐거운 기억으로 충만한 그를 깨운 것은 폴이다. "언젠가 데릭이 말했지요. 잃을 때가 있다고." 그는 일어선다. 눈자위 주변이 어둡고 피곤한 표정이다. "고백하지만 그럴 때가 올 거라고 믿지 않았어요. 최소한 우리에게는 말이에요. 우리는 데릭, 래리, 미국인들보다 낫다고 언제나 생각했지요."

"우리는 숫자에 맞서거나 사람들에 맞서다가 진 것이 아니야. 우리는 악마 같은 계획에 맞서다가 졌어."

"무슨 말이에요?"

"시장을 움직이는 세력이 있어, 폴. 지금 유럽 대륙으로 폭풍이 몰아치려고 해. 우리는 크게 보일 수 있지만 그 모든 것 앞에서는 아주 조그마해. 그리고 우리는 아무것도 할 수 없어."

"무엇인가는 있어요. 우리는 무엇인가 할 수 있어요." 폴은 단숨에 맥주병을 비운다. "예를 들면 우리가 이기는 거지요." 모든 것을 지켜본 트레이더로서 냉소와 함께 말한다. 그것은 연루되지 않으려고, 흥분과 확신이 그 홀에서 멀어지게 하려고 선택한 방법이라는 것을 마시모는 안다.

"데릭을 만났어요?" 잠시 후 묻는다.

마시모는 한 손으로 얼굴을 문지르고서 대답한다. "그래, 사흘 전 버클리호텔에서."

"알고 있었어요."

"왜 나에게 아무것도 묻지 않았어?"

상대방은 미소 짓는다. 그를 안 이후 처음으로 마시모에게는 그 말이 침묵의 장벽을 넘어가는 길을 찾은 것처럼 보인다.

"나는 당신을 믿어요. 아니, 모든 것을 당신에게 걸었어요."

"자네가 실수했는지 모르겠네. 질 위험이 있어."

"벌써 이겼어요. 만약 당신을 몰랐다면, 최근 몇 해가 끔찍하게 지겨웠을 거예요."

"고맙네, 폴. 자네가 한 모든 일이 고맙네."

"아니, 내가 당신에게 고마워요." 그런 다음 폴은 와이셔츠의 소매 단추를 채우고 재킷을 입는다. "잊고 있었는데, 어떤 사람이 당신을 찾아왔어요."

마시모는 이마를 찌푸린다. "여기에?"

폴은 머리로 그렇다는 표시를 하고 플로어 출입문으로 향한다. "이탈리아인 같았어요. 오후 내내 카리나와 함께 기다렸어요. 당신 데스크에 무엇인가 남겼어요."

그때야 기억난다.

'안 돼. 잊은 모양인데….'

'며칠 전. 그 전화.'

"이번에는 우리 만날 수 있는 거지?"

"시기가 좋지 않아, 마리오."

"자네 아프군."

그게 질문인지 아니면 확인인지, 경솔한 질문인지 아니면 목소리의 비밀스러운 변화를 포착할 수 있는 친구의 직관인지 알 수 없었다.

"나는 잘 지냈어."

"자네를 위한 것이 있어. 자네에게 주고 싶어."

그리고 말이 없었다.

"수요일 나는 런던에 가." 마리오는 이어서 말했다.

"좋아, 오후에 사무실로 들르게."

"그럼 그때 만나세."

마시모는 그런 집요함에 지친 듯 다른 말은 덧붙이지 않고 전화를 끊었다. 이제야 친구 마리오를 정말로 오래전부터 피했다는 사실을 깨닫는다. 무엇인가 불편하다. 그를 만나는 것이 지금 일어난 상황에 대한 후회를 강조하는 것처럼.

과거 기억이 현재를 더 견딜 수 없게 만드는 것처럼.

자기 자리로 간다. 컴퓨터 자판 옆에 두꺼운 포장지에 둘러싸인 공 모양의 커다란 물건이 있고, 그 위에 종이 한 장이 기대어져 있다.

종이를 손가락 사이에 잡고 잠시 망설인다. 그리고 힘을 내 읽기 시작한다.

들렀는데 자네가 없었네. 어려운 상황에 대해 카리나에게서 들었네. 그런데 그녀는 잘 지내더군. 스페인으로 이사하고 싶다고 말했어. 우리도 그래야 할 거야. 모든 것을 내버려두고 떠나는 거지.

어떻게 우리가 이렇게 되었지, 마시모? 이것은 우리가 원하던 것이 아니야. 꿈, 바다, '다른' 삶에 대하여 말하던 그 모든 시간…. 그런데 지금은?

지난 주말 나는 바다에 갔어. 이제 아프로도가 없더군. 폭풍에 쓸려가 버렸어.

꿈 없이 살 수는 없어. 깨어 있으면서 두려움을 잊고 우리가 뒤쫓아야 하는 꿈. 두려움은 치유할 수 없는 치명적인 병이니까.

나는 자네가 아프다는 것을 깨달았어. 나아지도록 내가 도와줄 수 있을지도 모르겠네. 아니면 최소한 시도해 볼 수 있도록 말이네. 예전이라면 그렇게 하지 않았을 것이네. 나는 아프다는 것이 자기 자신을 바꾸는 데 도움이 된다고 생각했어. 하지만 이것도 혹시 우리가 성숙이라고 부르는 것일지도 모르네. 고통에 익숙해지는 것. 사람들이 말하는 것이 그런 것일까?

그래, 여기 '사용 설명서'가 있네. 선물을 풀어봐. 놀라지 말고, 내가 미쳤다고 생각하지도 마. 매일 아침 30분 동안 응시해 보게. 한눈팔지 말고, 절대 시야에서 놓치지 말고 움직임을 따라가게. 스트레스에 대한 '유사요법' 치료, 완화제인 것 같네.

내가 자네를 바다로 데려갈 수는 없지만, 최소한 바다가 아직 존재한다는 것을 기억하게. 꿈처럼.

안녕.

M.

다 읽고 나서 꼼짝하지 않는다. 눈길은 마리오의 말들 사이의 하얀 공백 안에서 길을 잃고 있다.

'꿈. 바다.'

바다는 몇 시간 전에 보았다. '그' 바다, 그들의 바다. 시로가 알도록 가르쳐준 바다. 그런데도 더 이상 존재하지 않는 것 같았다.

포장지를 뜯는 동안 분노 어린 무능함이 엄습해 온다. 자신이 패배했다고 느낀다.

버클리호텔에서 데릭과 만났을 때도 그런 일은 없었고, 트레이드의 8천만 앞에서도 그렇지 않았다. 그런데 지금 기억과 친구의 염려 앞에서 그렇다.

천천히 포장지를 벗긴다.

포장지에서 투명한 공이 나온다. 그는 몸을 앞으로 숙이고 입을 뻐끔대는 빨간 물고기를 응시한다.

어두운 날들의 미소가 입술에 다시 피어난다. 유리공에다 손을 대고 투명함을 통해 손바닥에 남은 오디의 검은 줄들을 바라본다.

그 검은 흔적이 거기 영원히 남아 있기를 바란다. 더 이상 사라지지 않기를.

날카롭게 찌르는 피 냄새

"은총이 가득하신 마리아님, 기뻐하소서. 주님께서 함께 계시니…."

카리나 월시는 중앙 주랑의 반원형 지붕 아래 앞줄 의자들 중 하나에서 무릎을 꿇고 성모송의 첫 구절을 소리 없이 읊으면서 입술을 움직인다. 두 손을 맞잡고 머리를 숙이고. 기도한다. 두렵다. 마시모 때문에 두렵다.

두 시간 전 그는 스마트폰으로 그녀에게 전화했다. 그녀는 방금 플로어에 도착했었다.

"브롬톤 오라토리성당에서 만나요." 그녀에게 이상한 목소리로 말했다. 15년 전부터 그를 알지 않았다면, 그가 울기 직전이라고 맹세했을 것이다. 그를 안심시키기 위하여 그녀는 좋다고 대답했지만, 그는 말이 없었다. 무거운 호흡으로 이어진 깊은 침묵. 무엇인가 덧붙이고 싶었던 것 같은데 그냥 전화를 끊었다.

'마시모는 울지 않아.' 카리나는 반복해서 자신에게 말한다. '마시모는 괜찮아.'

하지만 정말로 믿지 않았고 믿을 수 없었다. 분명히 무언가 심각한 일이 일어난 것 같았다. 손이 떨리고 심장이 거세게 고동치는 가운데 걱정은 가슴의 짐으로 바뀌었다. 핸드백을 들었을 때 가죽 동전 지갑이 밖으로 빠져나왔다. 페니 몇 개가 바닥에 떨어졌다.

눈물이 시야를 가리는 것을 느꼈다. 참았다.

셰릴이 사무실 다른 쪽의 자기 책상에서 그런 동요를 알아채고 벌떡 일어났다. "카리나, 괜찮아요? 무슨 일이에요?"

"실수했을 뿐이야." 동전들을 주우려고 재빨리 움직이면서 아무것도 아닌 척했다. 그리고 거리에서 안경을 깜박 잊었다는 것을 깨달았다.

이제 깍지 낀 손가락으로 입술을 누른다. 사도들의 대리석 동상 앞에 서 있는 몇몇 관광객 외에 사우스 켄싱턴의 그 장엄한 성당은 거의 텅 비어 있다. 제단에, 그리스도의 십자가에, 제단화를 장식하는 황금빛 배경과 대조를 이루는 푸른색에 집중한다.

마리아 제실. 성모 마리아.

성스러운 장소가 안심하게 해주는 통상적인 평온을 찾지만 발견하지 못한다. 불안은 고문과 같다.

"여인 중에 복되시며, 태중의 아들 예수님 또한 복되시나이다." 오른쪽에 움직임. 누군가가 의자를 따라 미끄러져 들어오고, 그녀 옆에서 무릎을 꿇고 성호를 긋는다.

카리나는 눈길은 제단을 향한 채 눈꼬리로 검은색 후디의 자락을 알아본다.

"이제와 저희 죽을 때에 저희 죄인을 위하여 빌어주소서."

"지금 브롬톤병원에서 나오는 길이에요." 잠시 후 마시모가 중얼거린다.

카리나는 고개를 돌리고 잠시 퍼즐의 조각들을 맞추어본다. 전화의 목소리, 지난 몇 달 동안의 행동, 그의 얼굴에서 여러 번 포착한 그림자, 모두가 언제나 마시모에게 '정상적'이라고 생각했지만 그녀는 이상하다고 느낀 그 어두운 표정을 서로 연결해 본다. 그는 갑자기 야위었다. 그녀는 그것을 알았지만 설명을 요구하지 않았다.

'스트레스.' 그녀는 생각했다. '새로운 책임에 대한 걱정 때문이야.'

알아챘어야 한다고 자신을 책망한다. 하지만 알아채지 못했고, 브롬톤병원은 다른 것을 의미한다. 심각한 것을 의미한다.

"무슨 일이야?" 불안감 때문에 일그러진 얼굴로 묻는다.

"나 아파요." 두 손을 맞잡는다. 손등의 아랫부분에서 정맥이 진한 청색으로 반투명한 피부와 대조를 이룬다.

카리나는 일어나서 그를 흔들며 말하라고 강요하고 싶다. 의사들이 뭐라고 말했는지 알고 싶다. 자기 아들로 여기는 이 남자, 아주 하찮은 것까지 모든 말이나 감정을 일일이 통제하는 이 남자가 지금 아주 혼란스러워 보이기 때문이다.

하지만 침묵한다. 그에게 시간이 필요하다는 것을 직감하고 단지 어머니 같은 눈, 탄원하는 눈으로 그를 바라볼 뿐이다.

"내가 아픈 지 몇 달 되었어요." 그가 다시 말한다. 팔꿈치를 앞 의자 위에 올리고, 깍지 낀 손가락에 머리를 기대고, 눈을 반쯤 감고 있다. 목소리는 내쉬는 숨소리 같다. 방금 통보받은 것처럼 생각에 잠겨 있는 것 같다.

“1월에 시작되었어요. 처음에는 떨리고 근육이 저절로 움직였어요. 그러다가 통제할 수 없는 발작이 되었지요.” 손가락 깍지를 풀고 가만히 손등을 바라본다. “더 이상 내가 아닌 것 같아요.”

카리나가 이유도 모른 채 머리를 끄덕이는 동안 주위에 있는 사물들의 윤곽이 흐릿해진다. 제단의 배경에 그려진 성모 마리아는 이제 노란색 속의 파란 점일 뿐이다.

“두 달 전부터 먹지 못했어요. 아무것도 삼킬 수 없고, 숨을 쉬기 어려워요.” 그는 멀리 있고 냉담하다. 마치 그 병이 자신과 상관없는 것처럼 무심하게 말한다. “마지막에는 집중 장해가 나타났어요. 언제부터 무엇인가를 모두 읽지 못하게 되었는지 기억도 나지 않아요.” 왼손을 돌린다. 손바닥에, 엄지 아랫부분에 상처 하나, 주위에 빽빽한 피부가 솟아나고 빨간색 선들이 흩어진 불그스레한 틈이 벌어져 있다. 살이 화상 물질에 부식되거나 녹은 것처럼 보인다.

“이것은 내가 만든 거예요. 나를 편하게 해주는 유일한 것이지요.”

“마시모.” 카리나는 애원하듯이 묻는다. “무슨 일이야?”

그의 한쪽 어깨를 스치며 가볍게 흔든다. 그리고 그 접촉이 그를 몽환 상태에서 깨운 것 같다.

“아무 일도 아니에요, 카리나.” 그는 천천히 대답한다. “아무 일 없어요.”

그런데 그 대답은 그녀를 안심시키지 않고 오히려 더 동요하게 만든다. “무슨 뜻이야? 응? 무슨 뜻이야?” 묻는 동안 눈물이 뺨으로 흘러내린다. “무슨 말인지 모르겠어.” 조용한 흐느낌 사이로 더듬거린다.

마시모는 그녀를 쓰다듬는다. “검사는 모두 음성이에요. 괜찮아요. 문제는 여기 있어요.” 주먹을 쥐고 자기 이마로 가져간다. 손가락 마디들이 붉은 표시를 남긴다. “여기요.” 두 손가락으로 관자놀이를 건드리며 반복해 말한다. “신경 경련, 전반적인 불안 상태, 저림, 공황이래요.” 가설적인 무서운 존재 앞에서 눈을 동그랗게 뜬 채 기계적으로 말하고 움직인다. “유령들이에요.” 제단을 향해 머리를 돌리고 신의 위안을 찾는다. “유령들. 이제 끝났어요. 더는 앞으로 나아갈 수 없어요. 일, 은행, 이 도시… 더 이상 나를 위한 것이 아니에요.” 쓴웃음을 짓는다. 패배를 동반하는 웃음. “내가 말했지요, 결국에는 내가 당신보다 먼저 갈 거라고.”

카리나는 속으로 성모 마리아에게 감사를 드린다. 그 병은 다른 것이다. 마찬가지로 직면하기 어렵지만 이겨낼 수 있는 것이다. 한 손을 코 위로 가져가다 안경을 쓰지 않았다는 것을 기억한다. 엄지와 검지 끝으로 눈물을 닦는다. 손가락 끝에 마스카라의 끈적거림을 느낀다. 이제 말해줘야 한다. 그를 도와야 한다.

“데스크로 돌아가, 마시모.” 단호하고 거의 돌발적인 목소리로 또렷이 말한다.

“이제 나에게 은행은 중요하지 않아요.”

그녀는 아니라고 머리를 가로저으면서 말로 표현할 수 없는 분노가 솟아오르는 것을 느낀다. "나는 지금 은행에 대해 말하는 것이 아니야. 나에게는 은행이 중요하다고 생각해? 나는 지금 당신에 대해 말하고 있어." 그의 눈을 바라보며 숨을 들이쉬고 어조를 바꾼다. "나는 당신을 알아. 만약 플로어로 돌아가지 않으면, 일로 돌아가지 않으면 평생 아플 거야."

"내가 틀렸어요. 나는 졌어요."

"우리 모두 져." 그녀는 속삭이고 몇 장의 장면으로 압축된 자신의 삶을 다시 본다. 여행하고픈 욕망, 스페인과 탱고에 대한 열정, 삶을 뒤쫓기 위해 1970년대 런던에 도착한 아일랜드 처녀의 야망. 모든 것이 날마다 조금씩 사라졌다, 40년 동안 차지한 책상 뒤에서. 그녀는 너무나 많은 후회를 간직했고, 이제는 없애기 어렵다는 것을 안다. 아마 불가능할 것이다.

"이기거나 지는 것은 중요하지 않아." 그녀는 계속 말한다. "오직 한 가지만 중요해. 끝까지 게임을 하는 거야. 그리고 당신은 이제 겨우 중간에 왔어."

마시모는 대답하지 않는다. 왼손을 펼쳐 얼굴을 가리고, 이름 없는 고통의 상흔을 드러낸다.

"가서 게임을 끝내. 그런 다음 당신이 적합하다고 생각하는 선택을 해. 하지만 후회 없이."

'선택'이라는 말을 듣자 마시모는 몸을 돌려 그녀를 바라본다. 창백한 얼굴이 다시 색깔을 띤다. 파란 눈 안에서 갑자기 새로운 존재의 번개가 번쩍인다.

그녀의 손을 잡는다.

“나는 벌써 선택했어요, 카리나.”

“알아.”

“하지만 그 선택을 해낼 수 없을까 두려워요. 할 수 있을지 두렵고, 이제 버틸 수 있을지 확신할 수 없어요.”

“이제 컴퓨터 앞으로 돌아가서 당신이 결정한 것을 해. 아니면 최소한 시도해 봐.”

둘은 잠시 말이 없다.

“집까지 함께 갈까?”

마시모는 고개를 흔든다. “혼자 있고 싶어요.”

“사무실에서 만날까?”

그는 미소 짓는다. “모르겠어요.”

“당신 자신을 판단하지 마, 마시모. 지금 그대로가 당신이야. 여기에서, 당신 삶에서 달아날 수도 있어. 하지만 당신 자신에게서는 달아날 수 없어. 오늘이든 언제든 절대로.” 카리나는 천천히 일어나 성호를 긋기 전에 반쯤 벌린 입으로 무엇인가 낭송한다. 행복한 그의 모습을 마지막으로 언제 보았는지 기억 속에서 찾아보지만 발견할 수 없다. 후회와 무능함의 파도가 그녀를 뒤덮는다. 그러다 그가 이탈리아로 날아간 그날 오전, 자신이 준비해 준 그 미친 여행을 다시 생각한다.

‘셰릴.’

바로 그녀가 그를 편안하게 해주었다. 떠나기 전 다시 한번 그를 바라본다. 마시모는 카리나의 부츠 발자국 소리가 성당 안에 울리는 소리를 들으며 두 손을 맞잡는다.

눈을 감고 눈꺼풀을 조인다.

'기도합니다. 주님, 이 모든 것이 끝나게 해주십시오. 애원합니다. 오랫동안 기도하지 않았지만 이제 도와달라고 당신께 기도합니다.'

절망적인 그 기도를 한 번, 두 번, 세 번 반복한다. 그리고 곧바로 더 나아진 것 같은 느낌이 든다. 마치 고뇌와 두려움에 몇 달 동안 괴로워하던 감각이 약간 평온을 되찾은 것처럼.

이제 선택의 순간이고 더 연기할 수 없다. 탈출구가 없다는 것, 게임은 사악한 계획을 배경으로 한다는 걸 알고 있다. 자기 시대를 지배하려는 데릭과 몇몇 사람의 계획.

결정한 것에 치러야 할 대가도 알고 있다. 아주 비싼 대가이지만 다른 것을 할 수 없고, 더는 그 이야기의 포로로 남아 있을 수 없다.

손으로 의자의 모서리를 움켜잡고 깊이 숨을 들이쉰다. 그런 다음 일어난다. 성호를 긋고, 제단을 마지막으로 바라본 다음 나간다.

아침 빛살 속으로 나가면서 후디의 모자를 올리고, 손을 청바지의 호주머니에 넣은 채 고개를 숙이고 집을 향하여 걷는다.

그 순간 자신은 영국의 어느 거리에서 어슬렁거리는 정체불명의 사람이라는 것을 깨닫는다. 누군가가 될 수 있고, 그런 의식은 그에게 예기치 않은 자유의 현기증을 허용해 준다.

마시모는 데스크 쪽을 향한 사각형 홀의 테이블에 앉아 몇 분 전부터 꼼짝하지 않고 있다. 플로어에서 가져온 유리공 옆에 기대어 놓은 스마트폰 디스플레이의 타이머는 30분의 카운트다운을 가리킨다. 모퉁이의 칠판은 깨끗하다. 헝겊으로 닦고 또 닦아서 숫자들을 지웠다. 열 번, 스무 번, 서른 번, 헤아리기를 잊을 때까지 유리벽 맞은편에서 바라보는 당황한 눈길들을 무시하고.

빨간 물고기를 응시한다. 등지느러미와 꼬리의 감지할 수 없는 움직임, 조그맣고 빨간 타원형 물고기의 투명한 돌기들, 노랗고 검은 색조의 선회 몸짓에 집중한다.

호흡을 조절하며 머리에서 모든 생각을 비우려고 노력한다. 코로 깊이 들이쉬고, 입으로 천천히 내쉰다.

브롬톤병원의 의사는 항불안제를 처방해 주었다. "오전, 오후, 저녁에 스무 방울씩 드세요. 그리고 필요하다고 느낄 때마다 스무 방울 먹어요. 진정제로 당신에게 도움이 될 것입니다. 의존성은 없지만 과용하거나 의존하지 않도록 하세요." 하얀 셔츠의 의사는 말했다. 하지만 그는 그 약을 사용하고 싶지 않다. 만약 마음이 자신을 속였다면 마음이 치료해 줄 거라고 생각한다.

등 뒤에서 나는 발소리를 듣고도 몸을 돌리지 않는다. 몸을 앞으로 내밀고 물고기의 부드러운 움직임에 집중한다.

한 시간 전 그가 플로어에 나타났을 때 카리나는 한숨을 쉬며 바라보았다. 해방감에서 나오는 한숨. 하지만 셰릴은 그에게 살짝 웃어 보였다.

그는 인사의 표시로 왼손을 들었고, 두 여인의 눈길은 손목의 상처를 감싼 붕대에 머물렀다. 붕대를 감았다는 것은 그에게 커다란 의미가 있었다. 그 자해 충동을 거부하고, 고통 요법에서 벗어난다는 것을 의미했다.

두 여인 모두 그의 의도를 쉽게 알아챘다. 그리고 얼굴 표정으로 환영했다.

바닷가에서 함께한 그날 이후 마시모는 계속 셰릴을 피했다. 그리고 그녀는 다시 전과 같이 행동했고, 그를 유혹했던 가벼운 아이러니 뒤로 숨었다. 그렇지만 함께 보낸 시간이 그를 브롬톤병원으로 가게 했고, 두려움을 직면하도록 설득했다.

하얀 조약돌 해변에서 셰릴에게 말할 때 그는 실수를 했다. 그녀를 오해했던 것이다. 셰릴도 하나의 선택을 암시했다. 그녀는 그에게 아무것도 요구하지 않았고, 그것은 확실했다. 혹시 그녀는 비밀리에 희망을 품고 고통을 참으며 그를 기다렸을지도 모른다.

그리고 그녀에게 말했어야 한다. 자기 자신을 위해, 그녀를 위해, 하나의 아득한 가능성이자 볼 수 없었던 또 다른 삶이었던 '그들 둘'을 위해 그렇게 했어야 한다. 그래서 그런 생각을 멀리하고, 스무 명의 얼굴이 모니터에서 고개를 드는 동안 플로어를 가로질러 갔다. 손절매 이후 데스크는 회복할 순간을 기다렸다. 그리고 모두들 그 순간이 왔다는 것을 알았다.

마시모는 카림 자리로 다가갔다. 카림은 이례적으로 재킷을 소파 등받이에 걸쳐두고 와이셔츠와 조끼 차림이었다. 마시모는 단음절로 말했다. "고."

그 전날 어떻게 움직일지 미리 말해두었고, 따라서 카림에게는 질문이 필요 없었다. 단지 고개를 끄덕였을 뿐이다. 평소와 달리 진지하고 집중되어 있었다.

물고기는 리듬감 있게 작은 입을 열었다 닫았다 한다. 무성영화의 장면들을 떠올리게 한다.

"우리가 지금 무슨 일을 하는지 아세요?"

등 뒤에 누군가 있다. 마시모는 로마 억양을 알아차린다. 분노가 넘치는 목소리다.

"무슨 말을 하는 거지?"

"당신이 내린 명령이요. 저쪽에서 우리가 하는 것 말이에요." 쳐든 팔의 그림자가 탁자의 하얀 표면 위로 펼쳐진다.

마시모는 움직이지 않았고, 눈길은 작은 진홍빛 비늘들에 고정되어 있다. 팔의 검지가 데스크의 자리들을 가리키고 있다고 상상한다. 그 검지는 비난의 낙인이며, 가까스로 억누르고 있는 좌절감의 표시다.

'내가 그를 실망시켰군. 그도 실망시켰어.'

"세상의 종말 장면에는 무엇인가 웅장한 것도 있네, 조르조." 고개도 돌리지 않고 초연하게 대꾸한다. "마치 별의 폭발과 같아. 자네는 그것을 알아야 해. 자네에게 행운이 있다고 생각하게. 모두가 그렇게 맨 앞줄 좌석에서 바라볼 수 있는 특권을 갖고 있지는 않으니까."

"별의 폭발이 아니에요. 이 모든 것과 아무런 상관이 없는 사람들에 대한 형벌이에요. 대량 학살이라고요. 당신은 당신 나라까지 포함하여 유럽 나라들의 파멸에 내기하고 있어요. 당신은 바로 이탈리아 사람이에요, 제기랄."

“이탈리아 사람….” 마시모는 망설이며 중얼거린다. 그 말의 의미를 무시하는 것 같다. 그동안 물속에서는 물고기가 보이지 않는 포식자에게 쫓기듯이 옆으로 몸을 돌린다. “시장에는 국경선도 없고 소속도 없지.”

“어떻게 그런 말을 할 수 있어요?”

‘자네는 아직 젊어. 자네는 너무 작게 보았어. 하지만 조만간 이해할 거야.’

조르조는 계속 말한다. “마시모, 이런 엄청난 공격이 어디로 데려가는지 당신은 완벽하게 알아요. 당신은 지금 사회 계층 하나를 없애고 있어요. 모든 것이 끝난 뒤에 당신은 그런 파멸의 책임을 져야 할 거예요. 자선 급식소 앞에 늘어선 직장 없는 사람들, 아니면 사회 전복과 폭동 지지자들을 보고 싶어요? 저는 당신이… ‘다르다’고 생각했어요.” 마지막 말은 지나칠 정도로 분명하게 배신을 비난하는 것처럼 울린다.

“내가 시작한 게 아니야.” 낮은 목소리로 대답한다. “연준이 찍어낸 그 모든 달러, 트레저리 공매도를 망쳐버린 그 개입이 무엇인지 자네는 아는가?”

상대방은 말이 없다.

마시모는 조르조가 폭발 직전이라는 것을 깨닫는다. 잠시 후 그에게 등을 돌리고 사무실에서 나가 누구에게도, 카림에게도 말하지 않고 플로어를 지나서 영원히 은행을 떠날 수도 있다.

‘하지만 저 밖에서 무엇을 찾을 것인가?’ 자문해 본다. ‘아무것도. 저항은 쓸모없어. 아무런 소용도 없어.’

그렇다면 조르조 같은, 아니면 필립 같은 사람은 거기에 남아 있는 것이 좋다.

그날 아침까지 고기 절단기의 맨 앞줄에 소집되어 배치된 그 '다른 사람들'의 계열 속에 포함되었을 것이다. 하지만 언제까지? 무엇을 하기 위해?

물고기가 움직임을 멈춘다. 가만히 있으면서 마시모의 눈길에 단지 한쪽 면만 보여준다. 정지된 것 같다. 볼륨 없이 납작하게 눌린 형상처럼 보인다. 심지어 물까지 물리학의 법칙을 속이며 아래에서 위로 흐를 수 있을 것 같은 이차원 세상의 착시.

"그 달러들은." 차분하게 계속한다. "해독제와 뒤섞인 독약이며, 환자를 죽일 수 있는 치료제야. 정말로 자네는 우리가 그 모든 것을 생각한 세력에 대항해 무엇인가 할 수 있다고 믿는가?" 말을 멈추고 한 손가락으로 유리를 건드린다. 물고기가 움직인다. 꼬리의 노르스름하고 가느다란 선들을 움직이며 반 바퀴 돌고 볼륨을 되찾는다. 하지만 물고기와 서로 교류하지 않아야 한다는 것을 안다. "우리는 폼페이를 불태우는 용암이면서 동시에 비잔티움 제국을 포위하는 투르크 군대이며, 로마 제국 변방의 야만족이야. 하지만 그것을 학살이라고 부르는 것은 잘못이야. 그건 단지 자살일 뿐이지. 문명은 절대 외부 요인들 때문에 무너지지 않아. 누군가 또는 무엇인가가 세상에서 그 문명을 없애기 훨씬 이전에 재난의 길을 선택하지. 그동안 우리는 여기에서 돈을 벌기 위해 대가를 치렀어."

"그것은 당신 자신을 무죄로 방면하려는 이야기일 뿐이에요. 실제로 당신은 다른 사람들과 똑같아요. 당신은 양심도 없고 영혼마저 팔았어요."

마시모는 미소를 짓는다. 버클리호텔에서 아침식사 때 데릭에게 했던 말을 다시 생각한다.

'그런데 당신은 어떤 한계도 없어요?'

삶은 정말로 하나의 희극이라고, 어리석고 우스꽝스러운 역할들의 교환이라고 생각한다. "앉게." 물고기의 움직임을 계속 바라보면서 말한다.

조르조는 책상에 손을 짚고 몸을 앞으로 내민다. 마시모는 물고기의 움직임에 집중한 채 시야의 구석으로 들어온 섬세한 손가락을 바라본다. 책상을 누르는 손톱들이 맹수의 발톱을 연상시킨다.

"자네에게 앉으라고 말했네." 어조가 높아진 목소리로 말한다.

잠시 후 손가락들이 사라지고, 하얀 책상 표면에는 손바닥 자국이 남아 있다. 바닥 위로 미끄러지는 의자의 소음을 듣는다.

"자네 이스터섬을 아는가?" 마시모는 묻는다.

조르조는 대답하지 않는다.

"어떤 이유로 그 섬에서 삶이 사라졌는지 자네 아는가?"

"우리는 그것에 대해 말하고 있지 않았어요."

"그것을 아느냐고 물었네." 마시모는 눈길을 들지도 않고 퉁명스럽게 말한다. "아는가 아니면 모르는가?"

"몰라요." 조르조는 힘겹게 분노를 참으며 투덜거린다.

"그렇다면 내가 말해주지. 오늘날 그 섬을 유명하게 만들어 주는 것 때문이었어. 석상들 말이야. 바다 앞 해변에 세워진 그 거대한 얼굴들 때문이야. 사제 계층이 그 석상들을 세웠지. 자신들이 섬기던 신들의 위대함과 자신들의 위대함을 찬양하고 싶었던 거야." 잠시 멈추고 빙긋 웃는다. 그러는 동안에도 눈동자는 물고기의 움직임을 추적한다. "그런데 석상들을 위로 운반하려 모든 나무 몸통을 잘랐고 영토를 황폐하게 했어. 폭동이 일어났고, 이어서 끔찍한 내전이 벌어졌고, 그 결과 마지막 사제도 죽었어. 주민은 거의 소멸했고, 소수의 생존자는 야만적인 상태로 살았지. 무엇이 그 문명을 파괴했다고 생각하는지 말해보게. 버려지고 경작되지 않은 땅에서 맹렬하게 일어난 자연적인 요소들인가, 아니면 자살 같은 광기인가?"

젊은이는 아무 말 없이 한숨을 쉰다. 이제 인내심 있게 듣고 있다.

마시모는 그가 생각하도록 만들어야 했고, 불합리하고 무의미한 도덕적 순수주의의 화형대에서 혼자 자신을 불태우며 본능적으로 반응하는 일을 피하도록 만들어야 했다.

'나는 시간을 벌어야 했어. 그리고 성공했어.'

조르조는 나중에 결정할 것이다. 자신의 유령들과 싸우고 선택의 쓴맛을 본 다음에. 지금은 그럴 순간이 아니다.

이어서 말한다. "언제나 일어나는 일이야. 심지어 일본에서도 일어났지. 300년 전에 일본 열도의 숲은 거의 완전히 사라졌어. 나무들이 끝나자 바다로 넘어갔어. 그 이후 체계적인 난폭함으로 바다들을 텅 비우고 있어. 일본 어부들은 붉은참치 멸종의 주요 원인 중 하나야. 그것 알고 있었어? 약탈의 광기와 죽음의 충동 사이에 있는 경계선은 아주 희미해."

"그래요, 역사 강의에 감사합니다." 조르조는 냉소적으로 대꾸한다.

"자네는 우리가 지금 무의미한 이야기를 한다고 생각해? 역사는 머나먼 사실들의 총체라고?" 잠시 멈춘다. 마리오의 편지에 담긴 규칙을 다시 한번 위반하며 물속에 손가락 하나를 집어넣는다. 물고기는 먹을 것을 찾도록 부추기는 현상에 이끌려 물결치는 수면을 향해 떠오른다. "역사란 모두 인류가 살아온 날들의 폭력이야. 그리고 이제 지금 이 자리에 있어." 그는 중얼거린다.

잠시 무덤 같은 정적이 사무실을 감싼다.

"그러면 문명은?" 조르조는 마시모보다 자기 자신에게 묻는다. "에? 문명은 무엇이지요?"

"'전쟁'을 우아하게 부르는 방식이지." 책상에서 스마트폰이 진동하기 시작한다. 마시모는 무시한다. "언젠가 자네는 참치잡이를 보아야 할 거야. 그건 절대 실수가 있을 수 없는, 섬세하게 전멸시키는 방법이야. 어부들은 참치 무리 하나를 확인한 다음 엄청나게 큰 그물로 에워싸서 해변 쪽으로 몰아가지. 이때 참치들이 전혀 눈치채지 못하도록 노련함이 필요하지."

"그건 바로 저쪽에서 하는 거지요?" 조르조가 말을 가로막으며 결론을 앞당긴다. "지금 그물을 펼치고 있어요. 확실한 자산들을 매수하고 유럽의 변방 전체를 매도하고 있어요."

"그래, 하지만 우리보다 훨씬 더 큰 다른 자들은 몇 달 전부터 그렇게 하고 있어." 마시모는 브루노가 이야기해 준, 맨해튼의 만찬 자리에 있는 데릭을 상상한다. 고층 빌딩의 14층으로 올라가는 그를 본다. 그리고 그가 관심을 끌고, 더 젊은 사람들의 존경을 받고, 아주 노련한 결정에 영향을 주고, 통화정책의 방향을 이끄는 데 성공할 수 있게 해준, 세심하게 선택된 정확한 말들과 긴 침묵을 생각한다. 게다가 그 사람은 바로 데릭 모건이었다. 20년 넘는 동안 수천억 달러를 벌어들였다. 거품은 꺼졌고, 집들은 땅바닥으로 무너졌고, 전쟁은 치러졌다. 체제들이 붕괴되는 동안 독재자들의 동상은 먼지 속으로 무너졌다. 역사는 자신의 유혈 경로를 따라갔지만, 데릭은 여전히 거기에 있고, 시간과 세계를 지배할 계획을 짰다.

"몇 주 동안 계속될 거야. 몇 달이 될 수도 있어. 전혀 소음을 내지도 않고 가격을 깨뜨리지도 않으면서 말이야. 금융가에서 그걸 깨닫는 사람이 적을수록 돈을 벌어들일 시간이 더 많아져. 구대륙의 남쪽에서 빠져나가는 돈의 강물이 곧바로 독일이나 미국의 채권으로 전환되지. 아주 낮은 금리로 자금을 조달받는 미국에는 만나(manna, 이스라엘 민족이 40일 동안 광야를 방랑할 때 여호와가 내려주었다는 양식-옮긴이)가 되고, 독일 사람들에게는 새롭게 발키리(Valkyrie, 북유럽 신화에서 주신인 오딘을 섬기는 싸움의 처녀들-옮긴이)에 올라타는 것이 되지."

그것이 바로 과학적인 함정이다. 그것이 바로 무대에 올릴 대량 학살이고, 유럽을 비추는 빛의 집중이며, 대서양의 서쪽 해변에서 관심을 돌리게 하려는 파멸의 속임수다. 전율이 그의 등줄기를 타고 흐르지만 무의식적인 떨림이 아니다. 그것은 두려움이다.

"그런 다음 죽이나요?" 조르조는 잠시 침묵한 뒤 다시 참치 이야기로 돌아가 묻는다.

마시모는 조르조가 은유의 게임에 따라가는 방식을 높게 평가한다. "그래, 하지만 그렇게 단순하지 않아. 참치들을 해변으로 몰아가지. 참치들은 장애물을 넘어가려고 노력하지만, 바닥에 닻을 내리고 칸들로 나뉜 그물의 구조물 안에서 당황하지. 마지막 칸은 살육의 칸, 즉 죽음의 방으로 일컬어져. 그물 매듭들의 그 치명적인 음모를 조직하려면 대단한 능력이 필요하지."

조르조는 침묵한다. 그동안 물고기는 갑자기 몸을 돌리더니 유리 앞에서, 마시모의 얼굴로부터 몇 센티미터 앞에서 멈춘다. "작은 배들에 타고 있는 어부들은 일종의 지휘관, 그물과 조류, 바닥을 잘 알고 있는 현명한 사람의 명령에 따르지. 그 사람을 '라이스'라고 불러. 오늘 우리의 라이스는 수학의 천재야."

"카림이요?" 조르조는 믿을 수 없다는 듯이 묻는다.

마시모는 물고기에서 눈을 떼지 않은 채 고개를 끄덕인다.

"왜 당신이 아니지요? 당신 손을 더럽히기 두려운가요?" 조르조는 자극한다.

'나는 그 살해가 역겹고, 단지 달아나고 싶어.'

"내 손은 이미 더러워졌어." 둥근 유리 주위를 손바닥으로 감싼다. "리스크를 합치거나 나누는 것은 이제 그에게 달렸어. 이 트레이드는 요소들의 상호관계로 되어 있고 다른 트레이드와 많이 달라. 이번에 우리는 '올인'할 거야. 기억하게, 페널티킥은 세게 차는 법이야."

"당신은 가볍게 말하지만 저 컴퓨터들 앞에서 당기는 그물은 참치들을 가두는 것이 아니라 사람들을 잡고 있어요."

마시모는 긍정의 고갯짓을 한다. "그래, 인간 참치잡이야. 자네는 살육의 사악한 매력을 느끼지 않는가?"

'그리고 애프터셰이브와 로션으로 겨우 감춰진 그 냄새가 느껴지지 않아? 날카롭게 찌르는 차가운 냄새지. 녹의 냄새. 피의 냄새야.'

"이제 유리 너머로 자네가 보는 것을 묘사해 보게." 마시모는 몸을 돌리지 않고 덧붙인다.

"당신 스스로 볼 수 없어요?"

"그래, 볼 수 없어. 나는 다른 것을 하거든."

"10분이 넘게 그 물고기를 바라보는군요."

마시모는 고개를 끄덕인다.

"맞아, 나는 다른 것을 해."

또다시 침묵. 그리고 삐걱이는 의자의 소음과 고무 받침이 바닥에 스치는 소리.

"모두 평온해요. 아무 일도 일어나지 않은 것 같아요. 카림은 와이셔츠 차림이에요."

마시모는 그 정적을 잘 안다. 어둠 속으로 미끄러져 들어가는 침입자 무리의 체계적인 침착함, 아주 게걸스럽게 집어삼키는 일에 수반되는 고요함이다.

그렇게 거기에 앉아 둥근 유리공 안의 빨간 물고기를 바라볼 수 있다. 모든 것을 이미 알기에 그렇게 할 수 있다. 자리들을 돌아다니거나 카림에게 트레이드에 대한 보고를 요구할 필요도 없다. 바로 그 순간 분명히 마티아스는 독일 채권을 사들이면서 그 대신 스페인 채권을 팔 것이며, 가이는 BTP로 채워진 이탈리아 은행들을 공매도할 것이다.

잠시 르네의 동물적 즐거움을 상상한다. 르네는 어떤 암시를 받았을 개연성이 있다. 혹시 래리가 그에게 정확한 정보를 제공했을지도 모른다. 아니면 혹시 파리에 있는 그의 친구들일 수도 있다. 아니면 자기 스스로 깨달았고, 나중에 포르투갈과 스페인의 공매도에 끼어들려고 주문서를 프랑스 채권들로 가득 채웠을지도 모른다.

“어떻게 말하고 있지?” 그런 생각을 떨쳐내며 묻는다.

“낮은 목소리로, 또 무엇보다 서로를 바라봐요.”

“자네 생각에는 왜 그러는 것 같아?”

“무슨 일을 하는지 알기 때문이겠지요.”

“정확해.”

“그리고 양심이 없어요.” 조르조는 입을 반쯤 벌리고 말한다. 하지만 이번에는 목소리에 분노가 없다. 마치 분노가 쓰라림에 자리를 내준 것 같다.

‘양심.’

마시모는 배웠다. 만약 누군가가 언제 모든 망설임을 제쳐두었는지 이해하고 싶다면 그의 눈을 깊이 관찰해야 한다는 것을. 그 트레이더들의 눈길을 탐색하는 데 많은 세월을 보냈다. 그리고 그 눈동자들에는 악의가 없다. 단지 굶주림만 있을 뿐.

“양심은 저 데스크 중 하나에 처음 앉을 때까지만 가져야 해. 그 이후에는 아무 소용이 없어. 사냥감에 연민을 느낀다면 사냥하러 가지 않아야 해." 편안해짐을 감지한다. 다리는 무감각해졌지만 떨림의 강도는 약해졌다. 호흡을 조절하려는 노력이 목의 걸림을 완화해 준다. 정신은 맑다. 그날 아침 은행으로 오는 동안 〈타임스〉의 논설을 모두 읽는 데 성공하기도 했다. "카림은 무얼 하고 있어?" 잠시 후 묻는다.

"플로어를 걷고 있어요. 이따금 무엇인가 중얼거려요. 말은 하지 않지만 진지해 보여요."

마시모는 미소를 짓는다. "앞으로 몇 달 동안 자네는 그의 옆에 있어야 해. 몇 사람만 보았던 것을 보게 될 거야. 넘치는 주문서와 비정상적으로 움직이는 자산이지. 유체들에 대한 자네의 모델들을 밖으로 꺼내게. 우리에게 필요하게 될 거야. 하지만 상관관계는 갑자기 날아갈 거야. 그리고 자네는 그것을 이해해야 해." 그는 멈추고 더 적합한 말을 찾으려고 노력한다. "아니야, 이해하지 마. 순간적으로 먼저 '느껴야' 해. 그렇지 않으면 완전히 어긋난 숫자들과 함께 남아 있게 될 거야."

발소리와 이어서 의자로 돌아오는 몸의 소리를 감지한다.

"살육은 어떻게 끝나요?" 조르조가 묻는다.

그 질문은 로베르토와 보낸 저녁 시간을 상기시키고, 대서양을 가로지르는 참치들의 여행을 뒤따라간 대화를 떠올리게 한다. 지금 이야기하는 것은 아들에게 말하지 않기로 결정한 것이다. 죽음의 의례를 빠뜨리고 차라리 생명의 춤을 이야기해 주고 싶었다.

지금은 그 이야기를 할 수 있다. 마시모는 이야기하는 방법을 배웠다. 침묵을 이기고 이야기의 힘을 발견하려면 시간과 인내가 필요했다. 하지만 이제 말이 무기이자 약이라는 것을 안다. 말은 상처를 주거나 치료하고, 관계를 확고하게 해주거나 치유할 수 없게 분리한다. 숫자보다 덜 객관적이지만 정확한 말들을 찾아 정확한 연쇄로 하나하나 이어 배치하면, 생명의 형식을 창조하는 것과 같다. 이야기는 설득하고, 영감을 주고, 행위를 이끌고, 고통을 유발하거나 즐거움을 선물하기 때문이다. 그리고 이야기는 모두의 것이다. 주인이 없다.

"정확한 순간이 되면 라이스는 새벽 직전에 살육의 바다로 가고, 바다에 모래 한 움큼을 떨어뜨리며 마지막 참치들을 죽음의 방으로 몰아넣어." 오른손을 움푹하게 만들고 천천히 우두머리 어부의 몸짓을 흉내 낸다. "참치들이 두려워하게 만드는 데 모래 한 움큼이면 충분해. 나머지는 자네 눈으로 직접 보아야 해. 배에 탄 어부들의 광기, 반짝이는 갈고리들, 참치 무리의 고통에 따라 빨갛게 물드는 바닷물을 나는 자네에게 묘사할 수 없네."

"인정합니다. 이야기로 잘 기능하고, 지중해의 환경 설정도 어울려요." 조르조는 생각에 잠긴다. "왜냐하면 우리 참치잡이도 거기에서 이루어지기 때문이군요. 맞지요?"

"지금으로서는 그래."

"그리스에서?"

마시모는 어깨를 으쓱한다.

"그리스는 지금 일어나는 것에 비하면 사소한 거야. 파도 사이의 모래 한 움큼, 무너지게 되어 있는 벽의 첫 번째 균열이지. 작업하고 있는 수많은 라이스를 상상해 봐. 살육은 엄청날 거야. 가격을 깨뜨리고, 마치 내일이 없는 것처럼 공매도를 할 테고, 시장은 '비경쟁 입찰'로 갈 것이며, 모든 것이 똑같은 사람들의 손에 있는 진정한 고유의 독점이 될 거야. 그 순간 때늦은 상황 판단에 따른 대단한 희극이 시작되겠지. 언론들과 경제학자들, 신용평가기관들이 올 거야. 그리고 문제는 그리스가 아니라 유럽이라는 것을 깨닫겠지. 시장은 미래를 예상하고 유발하는 확실한 방법을 갖고 있다고 사람들은 말하지."

"그리고 바로 그때 진정한 돈을 벌어들이지요." 조르조가 가로막으며 결론 내린다.

그 순간 알람 소리가 사무실 안에 울려 퍼진다. 마시모는 눈을 감고, 머리에 남은 긴장감을 풀려고 머리를 돌린다. 그런 다음 눈을 뜨고 스마트폰의 타이머를 확인한다. 카운트다운은 제로에 있다.

눈길을 든다. 맞은편에 앉은 조르조는 팔꿈치를 책상에 대고 한쪽 손바닥에 이마를 기대고 있다. 야윈 얼굴의 창백함, 이마를 가로지르는 주름살, 눈길에 드리운 음울함이 불안감을 드러낸다.

"하지만 이 모든 것이 일어나는 방법에는 더욱 사악한 것이 있어." 마시모는 덧붙인다. "그리스는 하나의 상징이야. 서방 국가의 최고 채권이라는 신성불가침의 터부를 깨뜨리려고 그곳을 공격하는 거야. 그럼으로써 판도라의 상자를 열고 공포를 퍼뜨리는 거지. 그것은 테러리즘의 한 형태라고 할 수 있어."

마시모는 일어나 스마트폰을 재킷 안주머니에 넣는다. "이 모든 것은 불가피했다고 말하는 날이 올 거야. 그리스가 그렇게 했다고, 예산을 속이고 견딜 수 없는 정책을 수행했다고 말하겠지. 투자자들은 단지 약한 고리를 공격했을 뿐이라고 말하겠지. 게다가 피는 상어들을 불러들여. 그렇게 작동하는 거야. 그래, 그날 기억하게. 아무것도 글로 적혀 있지 않았고, 아주 조금만 노력했어도 대량 학살을 충분히 막을 수 있었으리라는 것을. 부채 일부를 변제하고 아테네의 해결 가능성을 보장하려는 데 단결된 모습을 보여주는 것으로 충분했을 거야. 하지만 프랑크푸르트에서 누군가는 원칙을 지키고 독일의 신뢰성이라는 이름으로 종교 전쟁을 치르는 것을 선호해." 말을 멈춘 입술에는 쓰라린 미소가 떠오른다.

조르조는 한 손으로 수염을 쓰다듬으며 유리공 안의 물고기에게 무심코 눈길을 던진다. "나는 연구에 헌신하려고 했어요, 마시모. 지금 나는 여기 있고 당신이 나를 데려왔어요. 내 처지라면 당신은 어떻게 하겠어요?"

"조금 전 이 사무실에 들어왔을 때 자네는 분노 자체였어. 지금은 무엇인가 바뀌었어. 내가 틀렸나?"

조르조는 고개를 끄덕인다.

"당신은 매료된 것 같아요."

"폭력에는 특별한 매력이 있어."

마시모는 눈을 반쯤 감는다. "치명적이지. 치명적인 매력이 있어. 상황을 안다는 것, 정말로 이해한다는 것은 때로는 유혹에 굴복한다는 것을 의미해."

조르조는 물고기를 응시한다. "이상해요." 아득한 목소리로 말한다. "당신은 당신에게 두려움을 주거나 아니면 아주 나쁘게 생각했던 여인을 사랑하는 것 같아요."

마시모의 눈길은 유리 벽을 가로질러 셰릴의 눈길과 마주친다. 그녀는 묻는 듯한 표정으로 작은 물병을 들어 보인다. 기다란 속눈썹을 눈 위로 드리운다. 곱슬머리 몇 가닥이 이마를 쓰다듬는다. 정말 아름답다.

그는 웃음을 보이며 머리를 흔든다. 그녀는 손가락을 위로 쳐들며 뭐라고 중얼거린다. '이제 비가 오지 않아요.'

그는 아이러니하다는 듯 슬픈 몸짓으로 두 팔을 벌린다.

"내가 말하고 싶은 것을 당신이 이해했는지 모르겠어요. 내가 약간 혼란스러웠는지 모르겠어요." 조르조는 중얼거린다.

마시모는 잠시 꼼짝하지 않았지만 셰릴에게서 눈을 떼지 못한다.

"그래, 자네는 아주 분명했어." 그가 사무실을 떠나려고 몸을 돌리는 순간 마침내 대답한다.

영원한 이별 앞에서

가볍게 문을 두드리는 소리에 깜짝 놀란다.

"괜찮아, 마시모?"

"바로 갈게, 잠시만."

화장실 안에 틀어박힌 지 10분도 넘은 그는 거울을 바라본다. 전에는 그런 일이 전혀 없었다. 거울에 비친 모습에서 치유에 대한 걱정을 확인하려는 것이 아니다. 완벽한 일자리에서 완벽한 방식으로 사는 완벽한 남자의 자기 초상화에 마지막 손질을 하려는 것이 아니다.

눈꺼풀을 깜박이지도 않고 주의를 돌리지도 않은 채 자신을 바라본다. 자기 자신과 얼굴을 맞대고도 무슨 일이 일어났는지 믿을 수 없기 때문이다.

얼굴은 표정 없이 일그러진 가면 같다. 눈은 이제 흐려지지 않는다. 압축된 무관심이 눈을 세상에서 영원히 고립시킨 것 같다. 마치 어떤 동요나 전율로 눈에 상처를 줄 수 있는 것은 이제 아무것도 없는 것처럼.

마시모는 울고 싶지만 울 수 없다. 모든 감정을 짓밟고, 숫자들과 개연성의 보편적 질서 속에 억지로 모든 대답, 모든 결정을 새기는 데 그 모든 세월을 보낸 뒤에 어떻게 우는지 이제는 기억하지 못하는 것 같다.

그렇지만 아직 살아 있음을 느끼는 데는 무엇이든 하나의 반응으로 충분할 것이다. 빌어먹을 눈물이 한 방울이라도 솟아난다면….

바로 전날 아직 발아래에서 확고하다고 느꼈던 그 몇 센티미터 지반까지 순식간에 떨리기 시작했을 때도 눈물을 흘릴 수 없었다.

데스크 자리에서 카림과 이야기를 나누고 있었다. 트레이드 진행을 논의할 때 내부 전화가 울렸다.

"말해요, 카리나." 수화기에 대고 말했다.

"마시모, 여기로 올 수 있어?" 그녀는 낮은 목소리로 더듬었다.

"카림과 이야기를 끝내고 갈게요."

"바로 와, 제발."

그는 수화기를 다시 놓았다. "바로 올게." 홀을 가로질러 가기 전 카림에게 말했다.

카리나는 혼자 기다리지 않았다. 옆에 미켈라가 있었고, 마시모의 관심은 거의 순간적으로 그녀의 금발로 미끄러졌다. 금발은 묶여 있었는데, 그녀는 단지 집에서만 그랬다. 서둘러 나온 것이 분명했다. 무슨 일이 일어난 것 같았다. 그런 다음 바다 같은 녹색 눈길과 마주쳤다. 빨갛게 젖은 눈과 화장기 없는 얼굴을 보았다. 미켈라는 울었던 것이다.

셰릴은 사무실 맞은편에서 바라보고 있었다. 진지한 표정이었지만 얼굴에 불쾌감이나 원한은 드러나지 않았다. 단지 슬픔만 있을 뿐.

마시모의 눈길은 잠시 그녀를 쓰다듬었다. 하지만 신중한 그녀의 미소를 끌어내기에 충분했다. 그리고 다시 아내를 바라보았다. "무슨 일이야?"

그녀는 울음을 억제하려고 노력하며 입술을 앙다물었다.

"아이들에게 무슨 일이 있어?" 또다시 물었다.

그녀는 머리를 흔들었다. 마시모는 카리나를 향해 몸을 돌렸다. 그녀는 손수건으로 입술을 누른 채 흐느낌을 겨우 억제했다.

"미켈라!" 단호한 목소리로 말했다.

그녀는 가까이 다가와 그를 껴안더니 울기 시작했다. 자동적인 몸짓으로 그녀를 꼭 껴안았다.

"뭐라고?" 미켈라가 귀에 이름을 속삭이자 물었다.

그녀는 이름을 반복했다. 그는 아직도 이해하지 못했다.

"뭐라고?"

그런 다음 자기 마음이 받아들이려 하지 않는다는 것을 깨달았다.

"마리오…."

리나테공항에서 클라우디오, 다니엘레, 안드레아가 그를 기다렸다.

이제 모두 마리오의 집 거실에 있다. 하지만 마시모는 화장실에서 나가지 못하고 있다. 나가고 싶지 않다. 기억들, 상투적인 말들, 뒤늦은 깨달음의 투명한 거품 위에, 허공에 떠 있는 말들을 듣고 싶지 않다. 관을 보고 싶지 않다. 다른 우정과는 너무나도 달랐던 우정, 언제나 관습에서 벗어났던 우정 위로 영원히 닫힌 그 뚜껑을 보고 싶지 않다.

클라우디오, 다니엘레, 안드레아. 이제 아무런 상관도 없다. 거기에 있지 않아야 했다. 공항에서 만났을 때, 진보적 부르주아다운 캐주얼한 옷차림에 점잖은 태도를 보이는 40대 나이에도 그들이 매우 늙었다는 것을 발견했다. 언제나 알고 있는 사람의 얼굴이 늙을 수 있는 것처럼 늙어 있었다. 안드레아 이마 위의 주름살은 끝난 결혼생활의 깊은 이랑이며, 클라우디오 입의 단호한 찡그림은 직업상의 끝없는 실망을 보여주며, 다니엘레 머리칼 사이의 한 움큼 하얀 머리칼은 이제 끝나기 시작했다는 부정할 수 없는 증거라는 사실을 알기 때문이다.

그들 모두와 마리오는 함께 고등학교에 다녔다. 쓰라림에 냉소를 덧붙이고, 꿈을 비열한 현실과 바꾸며 어른이 되어가는 모습을 서로 보았다. 그런 다음 유대관계는 느슨해졌다. 축제나 결혼, 생일 같은 특별한 날에만 만났다. 똑같은 말, 강요된 웃음, 옛날 일화로 이어지는 진부한 이야기.

세월이 흐르면서 그것마저 사라졌다. 몰이해가 그들 사이로 스며들었고 각자의 가족, 일들, 점점 더 멀어지고 견디기 어려운 생활 방식으로 가중되었다. 그런 다음 마지막으로 다른 사람들의 삶이 비교의 기준, 성공이나 실패의 척도가 되자 증오와 질투가 따라왔다. 변형될 수 없는 진실을 변형시키는 거울.

도착 게이트에서 그들은 말없이 껴안은 다음 숨소리도 없이 낡은 시트로엥 AX에 올라탔다. 마시모는 앞자리 안드레아 옆에 앉았는데, 리나테공항에서 쿠사노까지 가는 길은 괴로웠다. 당혹감과 슬픔이 자동차 안을 얼음으로 만들었고, 반쯤 벌린 입으로 말하는 의례적 질문은 금세 소진되었다.

"믿을 수가 없어." 안드레아가 중얼거렸다.

아무도 대답하지 않았지만 자동차 안에 떠도는 적대적 불신이 감지되었다. 그리고 마시모에게 그 순간 친구와 가족, 일, 세상은 그림자였다. 마리오 역시 사악한 손에 의해, 현실을 받아들이는 마시모의 능력과 함께, 거기서 수십억 광년 멀리 떨어진 블랙홀로 끌려간 그림자였을 뿐이다. '그 현실.'

클라우디오의 목소리를 겨우 구별했다. 질문의 마지막 말만 알아들었다.

"…언제부터?" 뒷좌석에서 그에게 물었다.

"얼마 전부터." 안드레아가 도로를 응시하며 고개도 돌리지 않고 대답했다.

제대로 감춰지지 않은 비난, 마음에 상처를 주는 함축된 말.

"1년 전부터야." 다니엘레가 퉁명스럽게 덧붙였다. "나에게 전화로 말했어."

마시모는 몸도 돌리지 않고 대꾸도 하지 않은 채 굳어 있었다.

14개월. 포르타로마나의 식당에서 마리오가 그에게 바다를 사랑하면서 왜 런던에서 사느냐고 물었던 때부터 그렇게 많은 시간이 흘렀다. 바로 그 순간 분노가 마시모를 사로잡았었다. 자신을 평가하는 대신 이해하려 노력하지 않았기 때문이다. 그리고 정말로 자신을 평가해야 했다면, 말을 돌리고 암시나 어중간한 비판 없이 명시적으로 평가해야 했다.

식당에서 나와서 둘은 서로 껴안지 않았다. 비를 맞으며 단지 악수를 하고 '또 만나자'고 말했지만, 그 말은 전차의 레일 소리에 쓸려갔다. 그리고 더는 만나지 못했다.

안드레아가 후사경을 통해 던진 비난의 눈길에도 불구하고 클라우디오가 다시 공격하듯이 "그런데 너는 정말로 언제나 그렇게 바빠?" 하고 말하는 순간 자동차는 도착했다.

그들은 마리오가 대도시의 스트레스에 머리를 숙이기 전까지 살았던 집 앞에 있었고, 마시모는 한때 친숙했던 집의 정면 모습을 안도의 한숨과 함께 맞이했다. 자그마한 2층 빌라로, 옆에는 작은 녹색 공간과 지하 차고로 들어가는 경사로가 있었다.

벌써 2~3년 전 마리오가 밀라노 티치네세 구역의 오래된 아파트로 이사한 후로는 와본 적이 거의 없었다. 하지만 모든 것을 기억했다. 커다란 부엌, L자로 길쭉한 거실, 방들과 화장실 두 개로 통하고 액자 안의 사진들이 가득한 복도.

집 문은 열려 있었고, 일부 목소리들이 거실에서 들려왔다.

일단 안으로 들어서자 마시모는 사람들과 관에 눈길도 던지지 않고, 누구에게 인사도 하지 않고, 슬픔도 드러내지 않고 곧바로 복도로 향했다. 단지 자유로운 화장실에 이르러 등 뒤로 문을 잠갔을 뿐이다. 혼자 있고 싶었고 생각하고 싶었다.

'왼쪽으로 세 번째 문, 바로 복도 한가운데야.'

실수할 리 없다. 마시모 머릿속에서 길게 늘어선 사진들은 지울 수 없다.

오른쪽에는 마리오의 가족생활에서 가장 중요한 모든 순간이 있다. 생일, 결혼식, 함께 모인 새해, 휴가.

왼쪽에는 어린 마리오의 모습들이 있다. 첫 번째 사진에는 크리스마스트리 아래 세발자전거, 두 번째 사진에는 할아버지·할머니와 산에 간 모습 그리고 세 번째 사진.

마시모가 몇 년 전부터 첼시의 집 벽난로 위 잘 보이는 곳에 세워둔 것과 똑같은 사진이다. 아주 오래전 9월 말에 그의 어머니가 두 장을 인화해 주었다.

그와 마리오, 시로의 흑백사진. 작은 항구 아르젠타리오에서. 바다. 그들의 집착, 세상이 없는 그들의 세상.

비합리적인 고집스러움으로 어렸을 때부터 품었던 그 약속에 미소를 보이려고 해보지만 할 수 없다. 그것은 그에게 전율을 일으키고 가슴을 뜨겁게 만들 수 있는 글로 쓰지 않은 약속이었다. 그들은 자유롭게 지내지만 눈 속에 언제나 바다를 간직하고, 언젠가 그곳으로 함께 돌아가 시로처럼 진정한 현실 속에 닻을 내리고 속박 없이 살기로 맹세했다.

오랜 세월 마시모는 자신에게 너무 많은 질문을 하지 않았고, 그 공통의 전망을 완전히 부정하지도 않았다. 마리오는 가장 가까운 친구였고 시로는 둘 다 사랑했다. 그리고 그들을 기다리는 것은 언제나 아르젠타리오, 햇살의 시간, 그들 자유의 등대였다.

마시모는 자신들의 약속이 하나의 함정이 되지 않았는지 자문했다. 그들의 실제 모습 또는 되고 싶었던 모습에 대한 배신이라고 마리오가 비난하던 섬세한 방식. 농담 같은 모든 비난과 말을 어느 순간 잘못된 방향으로 받아들이기 시작했다.

그리고 무슨 일이 일어났는가?

손에 있는 상처와 자신의 삶에서 매일 느끼는 공허함보다 더 아프게 벌어진 상처 앞에서 마시모는 화장실로 향했고 그 안에 자신을 가두려고 결심했다.

거울 앞에서 가장 잔인한 재판관을 발견했다. 한쪽에 있는 그는 듣고 있거나 아니면 듣고 싶어 한다. 다른 한쪽에 있는 그는 보고 있거나 아니면 보고 싶어 한다.

잠시 혼자 있고 싶고 필요하다면 울고 싶다. 하지만 그 빌어먹을 화장실 안에 갇힌 지 벌써 15분이 지났는데도 울지 못한다. 이상한 분노가, 전혀 느껴본 적이 없는 실망감과 상실감이 뒤섞인 분노가 올라옴을 느낀다. 고함치고 싶고, 누군가와 오랫동안 말하고 싶다. 하지만 알고 있다. 마리오와 함께 미켈라도 잃었다.

셰릴과 함께 떠나려고 결심했을 때, 아니면 혹시 그 이전에 일어났는지도 모른다. 거울 속에서 마시모는 자기 삶의 지난 마지막 24시간을 마치 영화처럼 멈추지 않고 보고 또 본다.

데스크의 전화. 미켈라와 카리나.

몇 분 뒤 플라비오의 전화. “잠시 졸았어.” 그는 말했다. “라스페치아에서 돌아오고 있었어. 길에서 벗어났지. 현장에서 죽었어."

"그럴 리가 없어." 마시모는 말했다. "신중했고, 운전을 잘했어. 아니야."

"사흘 전부터 잠을 못 잤어." 플라비오가 말을 막았다. "다음 날 아침 중요한 만남이 있었어. 자정까지 조선소에 있었고, 그런 다음 바로 차에 탔어."

마시모는 아무 말도 하지 않았다. 전화를 귀에 대고 굳은 채 무슨 말을 할지, 무엇을 해야 할지 몰랐다.

"네 잘못이라고 생각하지 마." 플라비오의 마지막 말이었다.

마시모는 곧바로 카리나에게 항공편을 예약하라고 부탁했다. "한 장만." 미켈라의 경직된 눈길 앞에서 구체적으로 명시했고, 그런 다음 그녀에게 가라고 신호를 했다. 한 시간 뒤 그도 집으로 돌아갔다. 그리고 거기에서 몇 분 안에 그녀를 잃었다.

미켈라와 인디아의 눈은 붉게 젖어 있었다.

몇 미터 떨어진 풀밭에서 로베르토는 축구공을 갖고 놀고 있었다. 발등으로 축구공을 위로 차면서 큰 목소리로 횟수를 세었다. 인디아는 슬픔과 고통, 눈물과 분노를 번갈아 드러냈다.

"왜?" 계속 엄마에게 물었다.

미켈라는 대답하려 하지 않았다. 딸에게 설명했어야 했다. 마시모에게 개인적인 일이 일어나거나, 자기 자신과 직면해야 할 문제가 있을 경우 아무것도 해줄 일이 없다는 것을. 장례식에 혼자 가겠다고 말했으면 그는 생각을 바꾸지 않는다.

하지만 마리오는 그들의 삶, 그들 가족의 삶에서 일부였다는 것도 알고 있었다. 장례식에는 그들도 가는 것이 옳았다.

너무 오래전부터 마시모는 고독 속에 살기로 선택했다. 지난 몇 년 동안 거기에서 그녀와 함께, 자식들과 함께 살았지만 진정으로 거기에 전혀 없었던 것 같았다.

"우리도 가야 해요, 엄마." 인디아는 엄마 손을 잡으며 말했다. "마리오 아저씨는 내 대부예요."

미켈라는 계속 침묵하며 단지 딸의 어깨를 쓰다듬었을 뿐이다. 신체적 접촉이 말보다 더 유용하기를 바랐는지도 모른다. 그런데 갑자기 다리에 무언가 부딪치면서 깜짝 놀랐다. 옆에서 인디아가 손에서 벗어나 갑자기 일어나더니 무엇인가를 주워들었다.

그 순간에야 미켈라는 눈길을 들었다.

로베르토는 셔츠가 땀에 젖은 채 숨을 헐떡이며 한쪽 팔을 앞으로 내밀고 손을 벌렸다.

"돌려줘." 인디아에게 말했다.

"그만둘 거야?" 인디아는 축구공을 손에 들고 화난 어조로 말했다. "너는 멍청이야."

"누나는 나빠." 로베르토는 대꾸했다. "나는 아무것도 안 했어. 엄마, 말해줘요."

"이제 그만해." 미켈라는 일어나며 말했다. "누나가 아파하는 것 몰라?"

"내가 무슨 상관이에요? 언제나 누나 편만 들어."

"그만해, 로비." 미켈라의 어조가 강해졌다. "이제 내가 말하는 대로 해. 축구공은 그만 갖고 놀아."

"싫어, 옳지 않아."

"그만하라고 했잖아!" 미켈라는 외쳤다.

로베르토는 겁에 질린 얼굴로 바라보았다. 그런 다음 인디아에게 집중했다. 인디아는 공을 멀리 던지고 다시 앉았다. 그 순간 마시모가 거실의 유리문에서 나오며 끼어들었다. "무슨 일이야?" 쉰 목소리로 물었다.

미켈라는 몸을 돌렸다. 그는 넥타이 없는 와이셔츠 차림이었다. 눈을 반쯤 감고 있었지만 햇살에 눈이 부신 것은 아니었다. 얼굴은 평소보다 더 무표정했다.

미켈라는 그를 껴안고 싶은 충동에 저항하며 놀란 표정으로 바라보았다.

"아빠." 로베르토가 그에게 달려가며 외쳤다. "인디아가 나에게 멍청이라고 했어요."

마시모는 질문하는 표정으로 아내를 바라보았다.

"아무 일도 없었어." 그녀는 말했다.

"그래." 잠시 후 인디아가 덧붙였다. "너는 멍청이야."

"언제나 나를 나쁘게 대해." 로베르토가 불평했다.

"이제 그만해." 마시모의 목소리는 반박을 허용하지 않았다. "미켈라, 왜 그래?"

"이제 그것도 묻는군." 미켈라는 혼란스러운 듯이 천천히 중얼거렸다. "그것도 물어." 머리를 흔들고 두 팔을 벌리며 반복했다.

"우리도 내일 장례식에 가고 싶어요." 인디아가 잠시 침묵한 뒤 외쳤다. "왜 우리는 여기 남아 있어야 해요?"

"조만간 이해하게 될 거야."

인디아에게 그 말은 뺨을 한 대 때리는 것과 같았다. 미켈라에게는 표정을 변하게 만드는 모욕이었다. 쓰라림과 분노가 뒤섞인 느낌이었다. 그 헤아릴 수 없는 얼굴, 그 말 없음은 언제나 그녀를 혼란스럽게 했다.

"아니에요." 인디아가 말했다. 눈물이 얼굴로 흘러내렸다. "나는 이해하고 싶지 않아요."

마시모는 한마디도 덧붙이지 않았고, 미켈라는 딸의 머리칼을 쓰다듬었다.

그렇게 잠시 그들은 마치 정지된 화면처럼 남아 있었다. 그런 다음 로베르토가 침묵을 깨뜨렸다. "최근에 우리는 마리오 아저씨를 단지 세 번 보았을 뿐이야. 누나, 이제 그만해."

"만약 그것 때문이라면 로베르토, 네 아빠도 단지 세 번 보았어. 그리고 가장 친한 친구였어."

바로 거기에서 분노의 순간 튀어나온 그 두 문장에 모든 것이 깨졌다.

'모든 것이.'

미켈라는 무심코 말했다. 무능감으로 바뀐 고통의 여파로 돌발적으로 튀어나온 말이었다.

잠시 망설인 다음 용기를 내어 눈을 들고 그를 바라보았고, 이제 그는 파리에서, 보주광장의 바에서 알게 된 사람과 똑같은 사람이 될 수 없다는 사실을 깨달았다. 오래전 마치 귀중한 비밀 장소로 데려가듯이 자신을 아르젠타리오로 데려갔고, 결혼하자고 했던 마시모가 될 수 없었다.

이제 남편은 미소를 띠었다. 영원히 떠나가는 사람처럼 슬픈 미소.

"마시모." 그녀는 사과하려는 것처럼 중얼거렸다.

"위로 올라가, 로비." 마시모는 아들에게 중얼거렸다. "잠시 후 내가 들를게."

로베르토는 투덜거리며 무엇인가 말하려다가 포기하고 고개를 숙인 채 집으로 향했다.

"마시모." 미켈라는 반복해서 말했다.

그는 천천히 몸을 돌렸다.

"마시모, 우리 이야기 좀 해." 그에게 말했다.

마시모는 등을 돌리고 집을 향하여 걸었다.

"어디 가는 거야, 지금?" 미켈라는 소리쳤다.

"은행에." 그는 유리문을 넘어 검은 직사각형 안으로 사라지며 대답했다.

미켈라는 무릎을 꿇고 주저앉았다.

"엄마, 무슨 일이야, 엄마?"

인디아의 슬픈 목소리는 마시모가 전날 오후에 대해 간직하는 마지막 기억이다. 얼마 전부터 화장실 안에 갇혀 자기 자신과 눈을 맞댄 지금 무릎에 힘이 풀리는 것을 느낀다. 한쪽 손등으로 얼굴을 문지른다. 깊이 숨을 들이쉰다. 차가운 땀을 흘린다.

마리오는 저기에 있다. 관 속에.

마시모는 머리를 거울에 기댄다. 잠시 후 바닥으로 미끄러진다. 가라앉는 것 같다. 웅크리고 앉아 두 팔로 무릎을 감싼다. 이마를 무릎에 기댄다.

얼굴에 무엇인가 뜨거운 것을 느낀다. 잊고 있던 것.

'눈물.'

눈물이 뺨을 타고 입술까지 흐른다. 맛이 좋다. 짠맛이다. 바다를 닮았다.

하지만 단지 한순간이다. 그런 다음 마시모는 다시 일어나 손으로 머리칼을 가다듬는다. 얼굴에 헤아릴 수 없는 자기 통제의 표정을 짓는다. 육체가 사라지기 전에, 정신이 자연의 진리를 그에게 상기시키기 위해 육신을 산산조각으로 만들기 전에 몇 년 동안 스스로 갇히기로 선택한 그 감옥.

그는 사람이다. 단지 사람일 뿐이다.

다시 문을 두드리는 소리.

"괜찮아, 마시모?"

여전히 안드레아의 목소리다.

'괜찮아, 이제.'

깊은 숨을 들이쉰다. 화장실에서 나간다.

이제 가장 가까운 친구를 묻을 준비가 되었다.

마지막 결전

스마트폰을 다시 켠 다음 그에게 문자를 보냈다.

'자정. 당신이 아는 곳. 마시모.'

그런 다음 스마트폰은 5분 동안 계속 울렸다. 파리, 밀라노, 프랑크푸르트, 뉴욕에서 전화했다는 알림이었다. 수많은 메일과 메시지. 카리나 여섯 개, 카림 다섯 개, 폴 세 개. 두 개는 얼마 후 만날 사람에게서 왔다. '곧바로 나에게 전화해.' 첫 번째 메시지는 말했고, 이어서 두 번째 메시지에서 덧붙였다. '나는 지금 런던. 우리 할 말이 있어.'

그러나 미켈라는 그를 찾지 않았다. 마리오의 장례식 날 이후 둘은 단지 아이들에 대해 말했을 뿐 접촉을 최소로 줄였다.

시간은 흘러갔고 봄은 여름이 되었다. 그리고 둘은 아직 분명하게 밝히지 않았다. 아니, 마치 암묵적으로 합의한 것처럼 따로 휴가를 보냈다. 미켈라는 인디아와 함께 아소르스해변에서 보냈고, 그는 로베르토와 함께 이탈리아에서 보냈다. 마시모는 그 기간에 런던과 아르젠타리오 사이를 오갔고, 그가 없는 동안에는 알도와 그의 아내가 로베르토를 돌보았다.

그리고 상황은 조르조에게 미리 말했던 것처럼 진행되었다. 지진은 그리스를 뒤흔든 다음 포르투갈, 스페인, 아일랜드, 이탈리아로 확산되었다. 그것은 페스트 같았다. 가격을 깨뜨리고 자본에 대한 접근을 위태롭게 만드는 보이지 않는 전염병 같았다. 그리고 그들은 전염병의 조용한 전파자였다.

그물은 좁혀지기 시작했다. 살육의 시간은 가까이 다가왔다.

9월에 그들은 다시 런던으로 돌아갔고, 9월과 함께 비가 내리기 시작했다. 하지만 마시모는 이제 춥지 않았다.

그런 다음 12월은 어렴풋한 이해를 전해주었다. 그 순간이 다가오고 있었다. 마시모는 불안감을 억제하려고 노력했다. 모든 방법으로 시기와 일치하게 만들려고 노력하면서 아무것도 우연에 맡기지 않으려고 조심했다. 그리고 다시 한번 계산은 정확한 것으로 드러났다. 바로 그날은 로열앨버트홀에서 데릭과 테니스 시합을 한 기념일과 일치했다.

마시모 삶에서 가장 긴 1년이었다. 가장 친한 친구를 잃었고 처음으로 패배의 쓴맛을 알았다. 하지만 그것으로 끝나지 않았다.

며칠 전 일요일 아침 미켈라는 노란 직사각형 서류 봉투 하나를 그에게 주었다. 그녀의 눈은 빨갛게 젖었고 손은 떨렸다. 무릎 위가 찢어진 청바지에다 거친 양모 스웨터를 입었다. 자신의 스타일에 신경 쓰지 않고 그렇게 단순하게 입은 모습을 몇 년 동안 마시모는 보지 못했다.

'나는 언제나 그대로 남아 있었어. 변한 것은 당신이야.' 그에게 말하는 것 같았다.

그는 그녀에게 미소를 보냈다. 평온한 미소. 평온함, 힘을 그녀에게 전달하려고 노력했다. 둘 다 고통받았으며 누구의 잘못도 아니었다. 미켈라는 달아날 용기를 내지 못했고 자신에게 선택을 부과했다. 아니면 그가 그렇게 하도록 강요했는지도 모른다.

이제는 중요하지 않다.

봉투는 밀봉되어 있었다. 마시모는 그 안에 이혼 서류가 있다는 것을 알았다. 서명 하나로 충분할 것이다. 20년 결혼생활을 끝내기 위한 약간의 잉크와 단지 몇 분. 그는 조건을 협상할 의도가 없었다. 첼시의 집을 그녀에게 남겨주려고 이미 결심했다. 단지 로베르토를 데려가겠다고 제안할 때 반박이 있을 거라고 생각했지만, 분명히 결국에는 그것이 최상의 해결책이라고 그녀도 확신할 것이다. 모두를 위하여. 하지만 먼저 게임을 끝내야 했다.

그는 순환적인 피날레, 출발 지점으로 돌아오고 다시 자기 자신을 향하며 끝나는 이야기를 좋아했다. 처음과 똑같으면서도 다른 종결. 그 가운데에 충돌과 갈등, 눈물, 피, 고통이 있기 때문이다. 느리고 감지할 수 없는 변화 또는 돌발적인 변동.

사람들은 변한다. 그리고 그 진부한 진리를 데릭 모건은 전혀 이해하지 못할 것이다.

사람 마음은 종잡을 수 없고, 구불구불한 경로 안으로 사라지거나 확실성을 거부한 채 환상을 뒤쫓고, 출구 없는 미궁으로 들어갈 수도 있다. 무한한 전개 상황을 예상할 수 있는 완벽한 계획은 존재하지 않는다. 데릭의 원대한 계획이 미처 고려할 수 없었던 것이 있었으니, 바로 더 나은 사람, 가장 탁월한 제자의 신중함이었다. 마시모는 미친 것 같은 변수가 되었다. 조르조나 필립 같은 몇 사람은 거대한 기계의 구성 부품처럼 계획의 내부에 남을 것이다. 하지만 다른 사람들은 플라비오가 그랬던 것처럼 물러나게 될 것이다.

마시모는 스마트폰의 디스플레이를 바라보며 미소 지었다. 런던에서 살기 시작한 이후 24시간 동안 그를 찾을 수 없게 된 적은 전혀 없었다. 그가 차지한 위치는 그가 사라지는 것을 허용하지 않았다. 그처럼 힘 있는 사람들을 지구의 모든 구석과 연결해 주는 보이지 않는 끈을 끊지 않으려고 그는 언제나 찾을 수 있는 상태에 얽매여 있었다.

그 보이지 않게 된 시간에 그는 필립을 다시 생각했고, 손절매를 하던 날 아침 그에게 했던 마지막 말을 다시 생각했다.

'유령들을 두려워하지 마.'

그렇게 느낀다. 유령.

그는 조그마한 사각형 방 안의 일인용 침대에 어둠 속에서 누워 있다. 색바랜 꽃무늬 벽지는 낡았다. 문설주 옆과 바닥 모서리가 군데군데 찢겨 있다. 유일한 창문 앞에는 한쪽 문만 열려 있는 옷장이 있다. 그 외에 아무것도 없다.

마시모는 소호에서 익명의 여관을 선택했다. 그를 찾을 마지막 장소. 어디든 갈 수 있었다. 도시와 나라, 반구를 바꾸고도 어쨌든 약속을 지키기 위해 정확한 시간에 나타날 수 있었다. 그런데 리젠트스트리트에 가까운 그 구역, 마지막 크리스마스 파티 장소인 아쿠아레스토랑에서 몇 걸음 떨어진 그곳을 원했다.

아편의 꿈과 돈으로 사는 쾌락 사이에서 길을 잃은 그런 거리에서 어떻게 베를렌이 랭보를 권총으로 쏘았는지(동성애 관계였던 랭보와 베를렌은 여러 곳을 방랑하며 파멸적인 생활을 하다 브뤼셀에서 베를렌이 랭보를 권총으로 저격하며 헤어졌다-옮긴이) 미켈라가 처음 이야기해 주었을 때를 기억한다. 그리고 마시모는 하울랜드스트리트에 있는 방의 저주받은 이야기에 열중하는 그녀의 말을 들으며 몇 시간을 보낼 수 있었을 것이다. 하지만 이제는 모든 것이 사라졌다. 데릭이 절대 이해하지 못할 또 다른 것이다.

'상황은 바뀌고, 때로는 끝나지.'

한쪽 손으로 얼굴을 쓰다듬는다. 왼손이다. 손바닥을 살펴본다. 상처는 조금씩 아물었다. 처음 며칠 동안 바다의 짠물과 닿으면 강하게 화끈거렸다. 그러다 피부가 느리게 봉합되며 고통은 서서히 줄어들었다. 다만 뿌옇고 둥근 흔적이 남았지만 시간이 흐르면서 그것도 사라질 것이다. 모래 위의 발자국처럼, 수면 위로 퍼지는 동심원처럼.

침대 가장자리에 앉는다. 단지 그를 기다리는 만남만 생각한다. 계획을 이해하기 시작한 뒤 버클리호텔 블루룸을 떠났던 봄날의 아침부터 그 순간을 상상한다. 바로 그때 그는 선택했다. 비록 그런 결정은 그 같은 사람에게는 유일하게 가능한 결과였지만.

마지막 움직임을 준비하는 데 여섯 달이 걸렸다. 그동안 마시모의 생각은 해야 할 말, 취해야 할 몸짓, 입어야 할 옷에 대한 상상으로 가득했다.

하지만 마음속에 그릴 수 없는 것이 하나 있었다. 대면해야 하는 사람의 얼굴이었다. 그 얼굴은 단 하나의 표정, 절대 잃지 않는 도박사의 헤아릴 수 없는 가면만 알고 있었다. 패배 가능성을 고려조차 하지 않는 도박사.

그렇게 데릭을 모른다는 사실을 깨달았다. 누군가에게 어떻게 분노가 표정을 변화시키는지, 아니면 어떻게 갑자기 치솟는 슬픔이 눈길을 뒤덮을 수 있는지 모른다면, 그를 모르는 것이다.

그런 다음 선택은 행동으로 바뀌었다. 한 번에 한 걸음, 고리 하나에 또 다른 고리, 아주 긴 허풍. 유럽에 대한 광란의 잔치 초기에 참여했다. 익명의 위임자들 대열에 가담하며 자기 사람들에게 명령을 내렸다.

데스크는 즐겼다. 며칠 후 카림은 평소의 리듬을 되찾은 것 같았다. 마티아스는 채권 분야 보스에 대한 찬사를 늘어놓았다. 그리고 르네는 도체스터 축제에 초대까지 했지만 가장 전통적인 변명으로 집안에 일이 있다는 핑계를 대며 거절했다.

단지 조르조만 정말로 바뀌었다. 더 늙어 보였고, 7월 어느 날에는 면도한 얼굴에 새 재킷을 입고 플로어에 나타났다.

카림은 비판적인 눈으로 그를 훑어보았다. "자네는 훨씬 더 잘할 수 있지만, 현재로도 좋아." 어느 정도 흡족한 표정으로 고개를 끄덕이며 말했다. 폴은 카림에게 만족감을 주지 않기 위해 보이지 않게 살짝 웃었다. 그리고 잠시 마시모는 그 두 사람과 함께 15년을 보냈다는 것을 생각했다. 그들과 함께 성장했다. 그들은 그의 친구였다.

마치 명치를 주먹으로 맞은 것처럼 격렬하고 예리한 고통이 엄습했고, 그는 숨을 쉴 수 없었다.

침대에서 일어나 그리크스트리트 한쪽으로 난 창문으로 다가간다. 조금 전 밤 열 시가 지났고, 젖은 포장도로는 크리스마스 루미나리에의 다채로운 반짝임을 반사하고 있다. 젊은 남녀가 레바논 식당의 입구에서 있다. 함께 웃고 식당 입구를 넘어서기 전에 키스한다.

그는 세릴을 생각한다. 그녀는 아직 해결되지 않은 문제였다. 대답 없는 질문. 중간에 멈춘 문장. 그들의 관계는 자유롭고 우호적인 직업의 경계선 안으로 다시 들어갔다. 마치 함께 보낸 날의 기억이 망각 속으로 미끄러져 들어간 것처럼. 할 말이 없었던 것은 아니다. 단지 자신이 한 선택 너머를 볼 수 없었다.

그녀를 원했고, 그녀가 자신을 기다릴 준비가 되어 있다고 확신했다. 하지만 미켈라와 나눈 이야기가 그에게 무엇인가를 가르쳤다. 이제 절대로 자기 삶을 누구에게도 강요하지 않을 것이다.

그래서 차라리 침묵하기로 했다. 그 곱슬머리 여인과의 미래를 계속 열망하는 특권을 자신에게 허용하며. 그것은 부당했고 이기적이었다. 하지만 그런 가능성을 잃을 준비가 되어 있지 않았고, 혹시 전혀 그러지 않았는지도 모른다.

이제 의자 위에 신발 바닥을 대고 스니커즈의 끈을 묶는다. 그런 다음 두건이 달린 검은색 후디를 입고 거울에 비춰보려고 옷장 문으로 간다. 자신이 전사라고 느낀다.

싸우는 데 무기가 필요 없는 전사. 잔인한 적과 얼굴을 마주 대할 수 있고, 완전히 혼자 남을 수 있는 전사.

하지만 두려움은 없다. 그건 무의식이 아니다. 용기도 아니다. 혹시 단순한 의식인지도 모른다. 오래전부터 그와 함께했고 절대 떠나지 않는 의식, 그 가장 중요한 전투는 마지막 전투가 될 거라는 의식.

당당하게 머리를 들고 가장 두려운 적과 만나러 갈 것이다. 망설이지 않고, 기병대의 도착을 기다리지도 않고, 모든 것을 걸고 싸울 것이다. 후회 없이.

그런 다음 영원히 사라질 것이다. 런던 안녕. 미켈라 안녕. 너무 오래전부터 보이지 않는 날카로운 발톱처럼 그의 영혼을 찢는 추위도 안녕. 시간을 세분하는 끝없는 싸움, 행복을 주지 않고 단지 부정할 수 있는 것, 아무런 소용없는 것으로 호주머니를 채우느라 낭비한 삶도 안녕.

등 뒤로 문을 닫기 전 방으로 마지막 눈길을 던진다. 그 순간 침대 위에서 스마트폰이 공허하게 울린다.

자정 몇 분 전이다. 플로어는 황량하다. 회의실에 켜진 불빛이 넓은 홀의 한쪽을 희미하게 비춘다. 칸막이 유리 너머에는 40대의 아시아 여자가 둘 있다. 검은 머리를 묶고 청소 회사의 제복을 입고 있다. 한 여자는 회의실 중앙의 커다란 테이블 위를 천으로 닦는다. 다른 여자는 머리를 숙이고 몸을 앞으로 내밀고 있다. 진공청소기의 소음이 들려온다. 두 여자는 기계적으로 움직인다. 공허한 일상적인 일에 몰입한 자동인형 같다.

그는 자신의 자리를 향하여 느린 걸음으로 플로어를 가로질러 가기 전에 잠시 그녀들을 바라본다. 모켓 바닥이 발걸음 소리를 약하게 해준다.

켜져 있는 컴퓨터 모니터는 앉아 있는 사람 위로 희미한 빛을 던지고 있다. 얼굴은 그늘 속에 있다.

"자네가 무슨 짓을 했는지 알아?" 목소리가 식식거린다.

마시모는 호주머니에 손을 넣은 채 데스크에서 약간 떨어진 곳에 멈춘다.

"유일하게 정당한 일이지요." 미소를 띤다. 후디의 두건에 감추어진 희미한 미소.

데릭은 다리를 꼬고 있다. 허공에 매달린 발은 율동적으로 움직인다. 와이셔츠 차림에 넥타이도 없고 깃의 단추를 풀고 있다. 재킷은 마리오의 빨간 물고기가 움직이는 유리공과 자판 옆에 던져져 있다.

"삶을 파괴하고 모든 것을 엉망으로 만든 것이 정당했다고 말하는 건가? 무슨 일이 있었나, 마시모? 응? 이 모든 것에 어떤 빌어먹을 이유가 있는지 나를 설득해 보게." 목소리는 분노에 떨렸고, 그 떨림은 사건들의 흐름을 결정하는 데 익숙하고 너무 강력한 사람의 냉담한 거리감과 미처 고려하지 못한 유일한 변수에 수반되는 실망감을 나누는 섬세한 경계선이다. 고려하려고 생각조차 하지 않았던 변수.

"무슨 일이 '끝나는' 경우도 있지요. 오늘 밤 당신은 당신 비행기를 타고 뉴욕으로 돌아갈 수도 있고요. 그리고 당신 자식들을 보면 용서를 구하게 될 겁니다. 자식들에게 말할 겁니다. 당신과 당신 같은 사람들이 모든 것을 망쳤고, 우리 잘못으로 세상은 이제 선과 악을 구별할 수도 없고, 사람들 한가운데로 걸어가는 것도 두려운 악몽이 되어버렸다고 말입니다." 말을 중단한다. 얼굴 표정을 바꾸지 않은 채 두건을 내린다. "사람들은 심지어 웃는 것도 두려워할 겁니다."

"자네가 지금 무슨 말을 하는지 모르는군." 데릭은 갑자기 일어난다. 얼굴은 빨개졌고, 머리칼은 흐트러져 있다. 위협적인 눈빛. 자제력을 잃고 뉴욕 억양으로 낱말을 단축하며 콧소리로 말한다. "자네는 지금 헛소리를 하고 있어. 나는 맨해튼에 있었는데 한밤중에 나를 깨우더니, '내가' 채용했고, '내가' 키웠고, '내가' 유럽 책임자로 지명한 사람이 모든 주문서를 제로로 만들고 사라졌다고 하더군. 프랑스 사람들과 덴마크 사람들은 자네 머리를 원해. 이사회에서는 자네를 파멸하려고 해. 우리가 얼마나 많은 이익을 잃었는지 대충이라도 알아? 우리가 얼마나 벌 수 있었는지 알아?"

마시모는 미세한 턱의 움직임으로 수긍한다. "마지막 한 자리까지 숫자를 알아요. 내 생애에서 계산하게 될 마지막 숫자이지요."

"그렇다면 아주 벌기 쉬운 돈이었다는 것을 알겠군. 자네는 여섯 달 동안 훌륭하게 일했고 올해도 승리로 마무리할 수 있었어. 이탈리아, 스페인, 아일랜드가 무릎을 꿇었어. 은총의 타격을 가하는 것으로 충분했지. 그런데 우리는 날마다 매수하는 유일한 멍청이가 되어버렸어. 자네는 미쳤어." 숨을 다시 쉬려고 멈춘다.

마시모는 그런 모습을 본 적이 없다. 완전히 정신이 나가 있다.

이제 그를 정말로 안다. 그의 분노. 복수심. 이제 데릭 모건을 안다.

"자네는 미쳤어. 다른 설명은 필요 없어." 그는 반복한다.

"우리가 마지막으로 본 게 언제지요, 데릭?" 각 음절을 또박또박 말하면서 묻는다.

"우리가 언제 보았는지 자네가 정확하게 알잖아."

마시모는 머리를 흔든다. "아니, 당신이 달걀흰자를 먹었을 때 말고요, 장군님. 나, 당신, 힐러리, 미켈라 그리고 아이들까지 모두 마지막으로 함께했을 때 말입니다."

"무슨 말을 하는 거야?"

"당신은 기억하지 못하는군요. 나는 기억해요. 3년 전 여름, 당신이 지중해에서 보낸 마지막 여름이었지요. 우리는 배를 타고 있었어요. 나는 그 배를 언제나 좋아했어요. 당신에게 말하지 않았지만 그 배는 내 친구가 만들었어요. 친구는 선박 엔지니어였지요. 그의 아버지는 선박수리 선착장에서 오랫동안 일했어요. 능력 있는 기술자였지요. 나사못을 모두 손으로 조이고, 나무를 다듬고 대패질을 하고, 나무들이 되살아나게 했어요. 당신이 바다로 나가고 싶다면 그보다 더 믿을 만한 사람이 없지요. 그런데 당신은 그를 몰랐지요." 데스크로 눈길을 한번 던진다. 유리공 안의 물에는 모니터의 희미한 빛이 넘치고 있다. 물고기는 그 결투의 냉담하고 말 없는 증인이다. "내 친구는 훌륭했기에 경력을 쌓았어요. 리구리아에 있는 어느 조선소의 책임 엔지니어가 되었지요. 100년 역사를 간직한 이탈리아 조선 기술의 최고를 모았어요. 그런데 소유권이 넘어가게 되었지요. 한 번, 두 번, 세 번. 새로운 주인은 서둘러 해야 할 필요가 있었으므로 생산 완료 시간을 더 촉박하게 요구했지요. 그는 몸부림쳤고, 밀라노와 라스페치아 사이를 계속 오갔어요.

토요일이나 일요일도 없었어요. 어느 날 돈을 받지 못했어요. 마지막 주인이 파산했지요. 왜 그랬는지 알아요?"

"엉터리 배를 만들었기 때문이지." 데릭은 소리친다. 목은 부풀어 있고, 관자놀이의 혈관이 펄떡이기 시작한다. "경쟁이라는 거야. 자유시장이라고 하지, 제기랄!"

마시모는 몸을 돌린다. 유리 칸막이 너머 두 여자의 눈길과 마주친다. 그 순간에야 그들의 존재를 깨달았는지도 모른다. 그 외침에.

"자유시장…." 마시모는 계속 여자들을 바라보며 말한다. "몇 달 전 당신은 자유시장을 중요하게 생각하지 않았지요." 다시 그를 응시한다. 이제 눈과 눈이 마주 보고 있다. "틀렸어요. 그 배들은 최고였고 가장 안전한 배였어요. 하지만 돛과 모터도 구별하지 못하는 새로운 주인들이 회사를 부채로 가득 채웠어요. 얼마나 많은 사모 펀드가 파산하기 전에 조선소를 사들였는지 알아요? 다섯 개 아니면 여섯 개가 지나갔어요. 마치 창녀처럼 계속 다른 곳으로 넘어갔어요. 결국 내 친구는…."

목에서 매듭에 걸린 말이 입안으로 사라진다. 깊게 숨을 들이쉬고 목소리를 통제하려고 노력하면서 다시 말한다. "내 친구는 죽었어요. 그것이 바로 '당신의' 빌어먹을 시장의 효과이고, 미친 듯이 돈을 찍어내는 중앙은행의 효과예요, 데릭. 모두가 미래 이익을 토대로 모든 것을 사들이는 동안 그 안에다 엄청난 부채를 쏟아부어요. 그 활동은 건강하고 완벽했지만 단지 2년 만에 줄었어요. 2년 만에, 알겠어요? 그 시점에 마지막 자금 참여는 제로가 되었고, 장난감은 부서졌고, 조선소는 파산했지요. 공장에 봉인이 붙고, 노동자 1만 1천 명이 집에 있게 되었어요." 한 걸음 앞으로 나아간다. "금융은 모든 것을 망가뜨리고, 현실 경제를 집어삼키고 있어요. 어떻게 당신은 그것을 못 보나요?"

데릭은 눈을 크게 뜨고 자신이 방금 들은 것을 믿지 못하겠다는 듯이 주위를 둘러본다. 진정한 놀라움으로 변한 표정은 최면에 걸린 것 같다. 그 사람은 가장하지 않기 때문이다. 그 사람은 모든 의혹 너머에 있는 것을 믿는 사람의 굽힐 줄 모르는 힘이 있기 때문이다. 탐욕이나 열망 때문에 행동하지 않고 단지 명령의 이름으로 행동한다. 노부스 오르도 세클로룸, 시대의 새로운 질서. 1달러 지폐에 인쇄된 문장.

'화폐, 믿음.'

"그럼 자네는 무엇을 하고 싶은가?" 데릭이 묻는다. "부수적 피해야, 마시모. 이제 자네를 이해할 수 없어. 그런 피해는 언제나 있었고 고려해야 해."

"전쟁을 말하듯이 금융을 말하는군요. 하지만 부수적 피해는 존재하지 않아요. 피해가 있고, 그것으로 충분해요. 죽은 자들은 모두 똑같아요."

"저주받을 전쟁이지. 하지만 우리 아버지나 할아버지가 싸운 전쟁보다 죽은 자들이 적다네, 사랑하는 이탈리아 친구." 마지막 말은 모욕처럼 들린다. "그래, 치러야 할 대가야. 보이지 않는 전쟁이지. 진보를 위한 전쟁이야. 우리는 지구 전체에 돈이 유통되도록 만들었고, 복지를 창출했고, 문화적 다양성을 배양했어. 거리, 소통 체계, 철도, 전기 에너지… 우리 같은 사람들이 없었다면 아무것도 없었을 거야. 내가 그 빌어먹을 하이테크를 팔았을 때, 그 회사들의 80퍼센트 이상이 실패하리라는 걸 알았어. 그런데도 인터넷은 지금 사방에 있어. 서브프라임은 모두에게 집을 제공하는 데 도움이 되었어. 사람들은 집을 갖게 되었고, 그런 다음 잃었지. '부수적 피해'라고. 우리는 자유와 민주주의를 거품과 함께 확산했어. 그리고 그것을 투기라고 하지."

정당화할 수 없는 행복감으로 말하며 미소를 머금는다. 이제는 대화가 아니라 열렬하게 낭송하는 신념이다. 광신 선언의 주름들 속으로 분노가 사라진 것 같다. "우리는 심지어 혁명도 확산했고, 국경선을 침범하고 정부를 전복하는 수단도 확산했어. 모든 전복을 위한 수단을 퍼뜨릴 정도로 거대한 질서야. 행운을 퍼뜨렸지. 어떤 자들은 영혼을 팔았고, 많은 사람이 몰락했어. 하지만 그럴 가치가 있었어. 우리는 진보하기 위하여 모두가 지불하기로 선택한 감추어진 세금 징수자들이야. 우리가 빛이고. 이제 묵시록의 예언자들을 위한 시간은 없어. 눈을 뜨게."

마시모는 말없이 손뼉을 친다. 몇 초 동안 플로어에는 율동적인 소음이 울린다. "우리는 값비싼 세금 징수자들이지요. 두 사람 연봉이 6천만 달러예요." 미소 지으며 말한다. "아니에요, 데릭. 우리는 단지 어느 체제에 향신료를 뿌리는 딜러일 뿐이에요. 우리는 민주주의를 창출하지 않아요. 우리는 부자와 가난뱅이 사이에 깊은 틈을 열고, 모두가 심연 속으로 떨어질 때까지 그 틈을 더 벌릴 겁니다. 그리고 이제 나에게 혁명을 말하지 마세요. 진정으로 혁명을 한 사람들, 근대 경제를 창출한 사람들을 당신은 파괴하고 있어요. 당신은 2천 년의 역사와 함께 중간 계층을 없애고 있어요. 중산층은 여기 유럽에서 사라지고 있지만 대서양 건너편에서 당신들이 시작했어요."

스치는 소리를 듣고 멈춘다. 몸을 돌린다. 두 여자가 몇 미터 거리에 있다. 한 여자는 쓰레기통과 옆에 매달린 통에 빗자루 몇 개가 꽂힌 손수레를 밀고 있다. 다른 여자는 목 옆으로 늘어진 이어폰을 끼고 있다. 둘 다 눈을 내리깔고 있다. 대부분의 대화를 들은 것이 분명하다. 마시모는 그들이 얼마나 이해했을까 자문한다.

"미안합니다." 손수레 뒤의 여자가 중얼거린다.

데릭은 짜증이 난 듯 머리를 흔든다. 마시모는 플로어를 가로질러 가는 그녀들을 바라본다. 서두른다. 당황해서 빨리 가려고 한다.

'아니에요, 두려워하지 말아요. 우리 같은 사람들은 두려움을 주니까요.'

잠시 둘은 말없이 있다. 마시모는 다시 데릭을 응시하며 이해한다는 듯한 냉소적인 눈길과 마주친다. 하지만 무시하고 다시 말한다. "당신은 혁명을 보지 못할 거예요. 단지 폭동과 야만적인 행위, 사회적 불안만 볼 겁니다. 서양은 지금 자살하고 있어요. 아니, 당신들이 타이타닉호의 선교에서 평온하게 산책하며 죽이고 있어요. 당신들이 계속 찍어내는 그 달러는 비록 조폐국에서 나오지만 가짜이고 아무 가치도 없어요. 20년 후에는 중국인이나 인도인이 당신도 살 겁니다."

"그 돈은 단지 시간을 벌려는 수단일 뿐이야."

"이제는 '더' 시간이 없어요!" 마시모는 말한다. 억양이 거칠어진다. "곧바로 누군가가 와서 돈을 찍어내는 손 뒤의 얼굴들을 볼 겁니다. 당신들 눈을 볼 거예요. 그러면 지옥이 되겠지요. 공공 부채는 갚을 수 없다는 사실을 깨닫고, 미국은 기술적으로 파산했으며, 당신들이 말하는 성장은 유도되었다는 사실을 깨달을 테니까요. 부자들의 영토, 가난의 대양 안에 있는 조그마한 섬을 발견할 겁니다. 그리고 쓰나미가 당신들을 휩쓸어가기 전에 단층이 땅을 깨뜨릴 겁니다."

한 걸음 앞으로 다가간다. 이제 둘은 아주 가까이 있다. 데릭은 평소의 자신감을 되찾고 손을 호주머니에 넣은 채 마시모가 마치 투명한 것처럼 바라본다.

"그런데 당신은 시간을 버는 수단이라고 말하는 겁니까?" 마시모는 도발적인 어조로 묻는다. "차라리 절망의 움직임이라고 말해야겠지요. 당신들은 세상을 구할 준비가 되어 있는 한 무리의 중앙은행가를 영웅으로 만들었어요. 그런데 그 유동 자산이 일자리와 복지를 창출할 거라고, 현실적인 것에 투자될 거라고 당신도 믿지 않아요. 가격은 당신들이 정했는데 속임수지요. 자판 키 하나를 눌러 석유 2천만 배럴을 사들이는 나에게나 좋은 가격이지요. 석유로 회사를 돌아가게 한 다음 문을 닫을 수밖에 없는 사람에게는 함정이에요. 그동안 당신들은 자산과 금, 원자재로 가득 채우지요."

이제 데릭이 앞으로 다가간다. "바로 그래." 마시모 얼굴에서 몇 센티미터 거리에서 내뱉는다. 마시모에게 검지를 겨눈다. "자네가 커다란 무질서를 보는 곳에서 나는 보호할 가치가 있는 유일한 질서를 보지. 자네에게 파멸인 것이 나에게는 유일하게 가능한 보존 형식이야. 그 모든 것을 지키려면 우리는 지속되어야 해."

"하지만 지속되지 못할 거예요. 당신은 이미 죽었어요. 우리가 되어야 할 것을 잊기로 선택했을 때 당신은 죽었어요. 우리는 아이디어와 계획이 있는 사람에게 돈을 제공하고, 회사들에 자금을 대주고, 모든 성장을 지원해야 했어요. 그런데 아니에요. 우리는 돈으로 돈을 버는 것을 더 좋아했어요. 지금은 이런 모니터 위의 숫자 하나가 생산된 재화보다 더 중요해요." 잠시 멈추고 머리를 흔들며 쓴웃음을 짓는다.

"제너럴 모터스는 자동차를 생산하면서 손해를 보았고, 그 자동차를 사는 사람에게 돈을 빌려주면서 이익을 얻었지요. 산업 활동의 취미를 곁들인 헤지펀드지요. 비용을 줄이고, 포지션을 최대한 활용하고, 부채를 이용하는 회사들을 나는 봐요. 그런 것을 본다고요. 금융은 컨베이어벨트가 되어야 하는데, 반대로 모든 것의 중심이 되었어요. 하지만 압박해 오는 새로운 세계가 있어요. 부채도 없고, 모든 사람이 살 수 있는 것을 사고, 아직 꿈이 있고, 무엇인가를 위해 투쟁하고, 젊은 사람이 자기 부모의 부채를 갚지 않는 세계지요. 이제 그 세계를 파괴하기 전에 당신은 멈추어야 해요. 우리에게는 이미 끝났으니까요. 우리는 폐쇄된 선로 위를 달리는 기차예요. 이것은 역사의 기관차인데, 당신은 오만하게 그것도 통제하려고 해요. 우리는 돈을 물신(物神)처럼 숭배했어요. 우리는 판사들, 정치가들, 신용평가기관들, 노동조합들을 매수했어요. 법을 바꾸었고 나라들을 대신했지만, 모두를 위한 진정한 부를 창출하는 데 성공하지 못했어요. 우리는 실패했고, 곧이어 사람들이 우리를 찾으러 올 겁니다."

데릭은 어깨를 으쓱한다. "자네는 내가 잃은 유일한 내기야. 그것 때문에 자네를 기억할 거야." 마치 그 대화가 이제 자신과 상관없다는 듯 냉담하게 중얼거린다. "자네는 영혼을 찾는 홀로그램일 뿐이야. 하지만 우리는 영혼을 갖지 못하도록 프로그램되었어. 자네가 나를 아프게 하는군."

마시모는 주위를 둘러본다. 데스크 위로 눈길이 미끄러진다. 물이 가득한 유리공을 본다. 물고기는 수면에서 입을 뻐끔거린다. 네모난 자판 그리고 그 옆에 원통형 물체. 그는 몸을 내밀어 그것을 잡는다.

"뭐 하는 거야?" 데릭이 믿을 수 없다는 듯이 중얼거린다.

마시모는 대답하지 않는다.

"무슨 짓을 하는 거야?" 눈을 동그랗게 뜨고 반복한다. 그동안 마시모의 손은 마커펜으로 데릭의 와이셔츠 위에 검은 줄을 그린다. 위로 올라가는 선. 정확한 45도 각도의 대각선이 오른쪽 허리 끝에서부터 천천히 또 무자비하게 심장을 향해 올라가서 왼쪽 어깨 끝에서 끝난다.

"지니 계수예요. 당신에게 내가 그렇게 그려주었으니 잊지 말아요. 위로 더 올라갈수록 부자와 가난뱅이의 차이가 더 커지고, 당신들이 조직한 모든 것이 정말 아무런 소용이 없었다는 것을 말해줘요!"

데릭은 그를 바라보고, 그가 그 자리에 있다는 걸 알면서도 믿을 수 없다.

"홀로그램 위에 겹쳐 쓸 수 있어요. 그렇지요, 데릭?"

데릭은 호주머니에서 손을 꺼내 주먹을 움켜쥐고 입을 앙다문다. 떨림이 한쪽 눈꺼풀을 뒤흔든다. 무거운 호흡이 풀무 소리를 닮았다. 반응해야 할지 아닐지 망설인다.

그다음 갑자기 마시모에게 등을 돌리고 돌아선다. 한쪽 팔과 조화를 이루지 못한 돌발적인 움직임이다. 그리고 깨진 유리의 소음이 홀의 적막 속에 울린다.

두 사람은 눈길을 아래로 향한 채 꼼짝하지 않는다. 유리 조각들.

“그래, 마시모, 홀로그램에는 거기에서 빛을 제거하는 것 외에 모든 것을 할 수 있지. 빛을 제거하면 죽어. 세상에 자신의 고통을 외치지도 못하면서 말이야.”

하지만 마시모는 대답하지 않는다. 데릭의 마지막 말을 듣지도 못한다. 유리 조각들과 물줄기 사이 바닥에서 퍼덕이는 물고기를 응시한다. 물고기는 주기적인 경련과 함께 몸을 비튼다. 소리 없는 몸부림이다. 흩어진 춤, 말 없고, 본능적이고, 도움 요청이 필요 없는 춤이다. 빨간 비늘이 피 색깔처럼 더 검어 보인다. 물고기의 눈은 유리 같고 어딘가 인간적인 것이 있다.

둘은 꼼짝하지 않고 고통을 바라본다. 둘 다 몸을 숙여 무엇인가를 하고 싶다. 하지만 두 사람 중 누구도 연민의 움직임에 먼저 굴복하고 싶지 않다. 그렇게 침묵 속에 남아 있다. 피곤하다. 심지어 말하기도 힘들다.

조각난 공은 사라진 주거 환경, 세상 종말의 그로테스크한 패러디다. 검은색 후디를 입은 마시모는 그 묵시록의 비통한 맛보기 앞에서 숨이 멎는 것을 느낀다.

모켓 천에 흡수된 물은 검은 얼룩을 만들었고, 그 위에서 물고기의 빨간 형태는 더 두드러진다. 생명을 찾기 위하여 다시 한번 몸부림친다.

그러다가 떨림은 규칙성을 잃고 점점 약해진다.

데릭은 멀어진다. 한쪽 어깨에 재킷을 걸치고 와이셔츠 위에 그려진 대각선과 함께. 플로어의 문에 이르는 동안 물고기는 바닥에서 마지막으로 퍼덕인다.

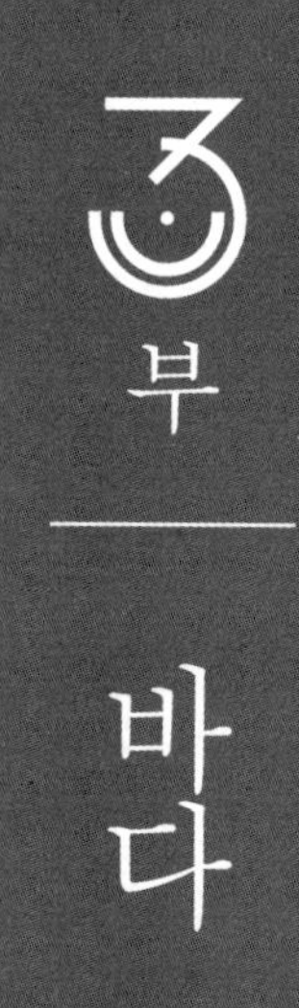

3부

바다

다른 시간, 다른 장소

'3년 뒤.'

희미하게 보이는 섬 덩어리가 하늘과 바다를 나누며 수평선을 깨뜨린다. 낮고 치밀한 회색 형태로 주변의 강렬한 파란색과 대비된다.

신경질적인 북동풍이 곶과 섬 사이에 펼쳐진 바다 위로 불어온다. 멀리 내륙 깊은 곳에서 구름을 몰고 온다.

비가 올 것이다, 아주 늦게. 파도에 반짝이며 반사되는 깨끗한 햇살이 넘치는 6월 초의 오늘 오후가 아니라 아마 밤이나 아니면 다음 날 아침에.

북동풍은 방금 곶의 북쪽 끝을 돌아 나온 딩기 요트 470의 돛을 부풀린다. 더 저쪽에 있는 몬테크리스토섬은 하나의 직관이다. 엘바섬과 코르시카섬은 두 개의 보이지 않는 확실함이다. '아프리카의 암초'는 달콤하고 아득한 기억이다.

바로 그 북동풍이 고물에 앉아 키를 잡은 소년의 검은 머리칼을 흩날린다. 그는 열네 살이지만 노련하게 조종한다. 많이 야윈 몸의 윤곽을 드러내는 뉴욕 자이언츠의 티셔츠를 입었다. 흡족한 듯 웃음을 보이고, 녹색 눈에는 약간 교활함이 반짝인다.

만 안에서 바다는 고요하게 펼쳐져 있고, 바람은 약하고 부드럽다. 하지만 그 부드러운 입김은 속임수다. 단지 포차렐로의 일부 어부들만 그 속임수를 간파할 수 있다.

하지만 로베르토는 이제 익숙해져 놀라지 않는다. 작은 만의 땅으로 둘러싸인 곳 너머에서는 강한 북동풍이 흔들리는 바다와 함께 기다리고 있다. 아버지는 그에게 곶의 정박지와 계류장이 어떻게 조류와 바람, 주위 바다의 힘에 대해 거짓말을 하는지 설명해 주었다.

이제 키의 손잡이를 움켜잡고 오른쪽으로 재빨리 눈길을 한번 던진다. 요트 가장자리에는 균형을 잡은 소녀가 있다. 그보다 몇 살 위이고, 가장자리에서 긴 다리로 지탱하고 있다. 호리호리한 몸매에 피부는 아주 깨끗하다. 팔을 펼쳐 돛의 밧줄을 잡고, 일렉트릭옐로 색깔의 구명조끼를 입고 있다. 인디아는 이제 열일곱 살이다. 이물을 바라보는 동안 금발이 바람에 흩날린다.

로베르토에게는 엄마를 많이 떠올리게 한다. 부모가 이혼한 뒤로, 그와 아버지가 곶의 집으로 이사한 뒤로 엄마를 거의 보지 못했다. 그리고 모든 것이 바뀌었다.

요트는 무수한 물방울이 튀는 가운데 이물로 곱이치고 고물로 기울며 흔들린다.

힘을 주고 있던 인디아의 팔이 떨리기 시작한다. 밧줄을 움켜잡은 손에 더 많은 힘을 준다. 몸을 돌린다. 얼굴은 완벽한 타원형이다. 규칙적이고 조화로운 윤곽이 걱정스러운 표정과 충돌한다. 주름살 하나가 이마를 가로지르고 있다.

로베르토는 아버지의 눈과 똑같이 파란 그 눈의 눈길과 마주친다. "내가 말했잖아, 바람이 있다고." 미소를 머금고 말한다. "누나가 파도를 원했지?" 잠시 후 묻는다. "자, 저기 있어." 흥분으로 외치며 스스로 대답한다. 해방의 외침, 자연에 대한 도전이다.

"위험해." 인디아는 낮은 목소리로 대꾸한다. "돌아가자."

로베르토는 계속 바람을 찾는다. 얼굴은 진지한 표정이다. 수평선에서 섬은 크기가 커졌다. 하늘의 낮은 곳에 검게 드리운 얼룩이다. 잠시 후 항로 중간에 도달할 테지만 그렇게 멀리 나가본 적이 없다.

요트는 돌발적으로 흔들리며 물의 오르내림 위로 미끄러진다.

"돌아가자." 인디아는 반복한다. "제발, 로비." 그에게 애원한다. 말은 흩어지고 눈은 젖은 베일로 흐릿해진다.

로베르토는 주의 깊게 살펴본다. 인디아가 멀리 데려가 달라고 부탁했다. 그리고 지금 단지 약간의 파도에 놀라고 있다.

누나는 변덕스럽고 까다롭다. 며칠 전 이탈리아에 있는 그와 아버지에게 온 이후 계속 다투었다. 신경질이 바닷가 집의 평온한 분위기를 깨뜨렸다. 알도와 그의 아내 아다도 그 까다로운 성질의 변덕을 견디지 못했다. 하지만 거기에는 무엇인가 다른 것, 이상한 것이 분명히 있었다.

로베르토는 인디아가 자신을 괴롭히는 문제를 감추려고 노력한다는 인상을 받았다. 안뜰에서 우는 것을 두어 번 보았지만 아무것도 묻지 않았다.

이제 로베르토는 걱정이 되어 머리를 흔든다.

"조금만 더 가서 돌아가자." 누나를 안심시키려고 노력하며 대답한다. 혼자 섬에까지 가본 적이 없다. 그리고 그 바람은 그에게 편하게 해주는 미지의 에너지를 전해준다. 자신이 강하고 모든 것을 할 수 있다고 느끼게 해준다.

"제발!" 요트가 다시 요동치자 인디아가 외친다. 그녀는 바닷물이 계속 오르내리는 가운데 균형을 잃어 잠시 요트 뱃전에 앉는다. 로베르토가 부풀어 오르는 바다를 느끼는 동안 몸을 앞으로 내민다.

의혹이 갑자기 그를 사로잡고 모호한 두려움을 전해준다. 너무 멀리 나오지 않았는지 자문한다. 무엇인가가 제대로 진행되지 않고 있다. 그리고 나지막하고 작은 소리가 간헐적으로 들려온다. 누나를 바라본다.

인디아는 울고 있다. 그러다 팔을 뻗어 돛대 아래에 묶어놓은 방수주머니에서 스마트폰을 찾는다. 요트 바닥에는 조그마한 배낭이 하나 있는데, 거기에서 구명조끼를 입기 전에 벗어놓은 하얀색의 거친 아마천 셔츠가 삐져나와 있다. 로베르토는 단추를 보았고, 예전처럼 피할 수 없는 역겨움에 사로잡힌다.

그 두려움에 대항하여 싸웠다. 시간이 흐르면서 그것은 '비합리적'

인 거라고 배웠다. 그렇지만 전혀 극복할 수 없었다. 그것은 바람과 바다의 힘처럼 저항할 수 없는 것이었다.

어쩔 수 없이 눈길을 돌린다. 그런 것을 생각할 순간이 아니다. 다시 자기 앞에 있는 섬을 살펴본 다음 곶으로 눈길을 던진다. 등 뒤의 육지는 수평선에 보이는 얼룩보다 훨씬 더 가까워 보인다. 상상했던 항로의 중간에, 가능성이 균형을 이루는 정확한 지점에 와 있다.

아버지는 비용과 이익, 유리함과 위험 사이의 수수께끼 같은 관계를 계산하는 방법을 그에게 가르쳤다. 하지만 지금 로베르토는 망설인다. 바다의 광활한 파도는 마치 불분명한 힘이 그를 탁 트인 공간 속에 가두고 있는 것 같은 억압감을 그에게 되돌려준다. 그런 느낌을 어떻게 빨리 바꿀지 생각한다.

"침착해." 자제력을 유지하려고 노력하며 누나에게 말한다. "이제 방향을 바꾸자." 바람의 힘을 대략 측정하며 선회 각도를 계산하려고 노력한다. "맞바람 항해야, 인디아. 돛을 늦추기 시작해."

인디아는 머리를 흔들고, 젖은 방수 주머니 뒤지는 것을 멈추고, 손등으로 눈을 닦고, 닻줄을 잡으며 고개를 끄덕인다. 앞으로 몸을 숙이고 고개를 돌려 먼저 동생을 바라본 다음 돛의 밧줄들을 바라본다.

"빨리." 로베르토가 외친다.

팽팽한 밧줄이 느슨해지는 동안 키의 움직임이 요트의 항로를 바꾸도록 한다. 아래 수평 돛대의 무딘 소음이 요트가 방향을 바꾸기 시작했다는 것을 알려준다.

이제 섬과 평행으로 항해한다. 오른쪽에서 곶은 검은 윤곽으로 보인다. 그것은 안심시키는 모습이 되어야 할 텐데 오히려 더 위협적이다.

파도들이 요트의 오른쪽 측면을 강하게 때리기 시작한다. 물방울들이 그들을 덮치면서 위험하게 몸을 숙이도록 만들고, 왼쪽 뱃전은 거의 수면에 닿을 지경이다.

너무 많이 기울었다. 전복될 위험이 있다. 로베르토는 북동풍에 노출된 돛의 면적을 줄이려고 단호한 움직임으로 조작을 수정한다. 요트는 다시 균형을 잡는다.

한 손으로 젖은 머리칼 쓰다듬는다. 선회를 완수하려면 사각을 많이 줄이고, 속도를 잃지 않으면서 바람의 방향으로 좁혀야 한다는 것을 안다. 하지만 그러면 항해하기가 어렵다. 아버지는 분명히 그렇게 해낼 수 있으리라고 생각한다. 항로를 바꾸고 곶까지 맞바람으로 항해할 것이다. 하지만 그는? 해낼 수 있을까?

두려움이 그에게서 확신과 명석함을 빼앗아 간다. 이제 자유롭다고 느끼지 않는다.

그 선회를 시도한 것은 실수였다. 개연성을 다시 고려해 보고, 변수의 다양성을 무시하고 상황의 단 한 가지 요소에만 멈추었다는 것을 깨닫는다. 바람의 세기와 맞바람 항해의 어려움을 무시하고 거리의 작은 차이에 속은 것이다.

그렇게는 안 된다. 곧바로 결정해야 한다. 그 방향으로 계속 나간다면 북쪽으로 더 멀어지고, 곶과 섬 사이의 바다 너머로 빠져나가 상황을 더 복잡하게 만들 위험이 있을 뿐이다. 결정은 순간의 충동이다. 모든 추론을 앞당기는 충동이다.

"인디아!"

인디아는 그의 말을 듣지 않고 흐느낀다. 주머니에서 스마트폰을 꺼내 귀에 대고 있다. 창백함으로 피부가 거의 투명하게 보인다.

"아빠!" 외친다. "아빠가 필요해요!" 목소리는 갈라졌다. "끊어졌어." 잠시 후 외친다. "언제나 없어. 언제나, 언제나…." 전화에 대고 반복해서 말한다. 눈물이 뺨으로 흐른다. "언제나 없었어."

로베르토는 아빠에게 말하는지, 자기 자신에게 말하는지, 아니면 꺼진 전화기의 자동응답기에 말하는지 알 수 없다.

"모두 잘될 거야." 확고한 목소리로 누나에게 말한다. "내가 약속할게. 하지만 그 전화기를 놔두고 나를 도와줘."

인디아는 꼼짝하지 않는다. 공포에 굳어 있다. 그런 다음 스마트폰을 바라보는 순간 커다란 파도가 덮친다.

"아니야, 아니야…." 인디아는 젖은 전화기를 움켜잡으면서 신음한다. "아니야!"

"자, 빨리." 로베르토가 고통을 억누르려고 노력하며 다시 말한다. "리구리아에 도착하고 싶어?"

그 아이러니한 말이 잠시 그녀를 뒤흔든다. 놀란 표정으로 동생을 살펴보고, 이어서 전화기를 떨어뜨린다. 전화기는 요트 바닥에 부딪힌다.

"바람 방향이 낫지 않아?" 로베르토가 고갯짓으로 섬을 가리키며 묻는다.

인디아는 그런 생각을 평가하며 이마를 찌푸린다. 그다음 눈길이 단호해진다. 그것은 아버지의 표정, 확고한 결정의 찡그림을 상기시킨다. 그 친숙한 느낌에 매달린다.

"좋아." 인디아는 두려움을 억누르려고 노력하며 대답한다. "좋아." 자신에게 용기를 북돋우기 위해 더 큰 목소리로 반복한 다음 밧줄을 다시 잡는다.

"준비됐어?" 로베르토가 묻는다. "하나, 둘, 셋." 그리고 그 순간 요트는 45도 각도로 돌며 항로를 다시 바꾼다.

바람을 맞으면서 돛은 부풀었고 속도가 빨라진다. 인디아는 요트 뱃전을 움켜잡고 있다. 동생은 힘주어 키를 움켜잡는다. 물에 젖은 셔츠가 피부에 들러붙는다. 추위를 느끼기 시작한다. 둘 다 두려움을 느낀다. 섬은 단지 신기루일 뿐이다.

'똑같은 바다의 구역, 아홉 달 전.'

9월 말 어느 날 새벽 여명 속에 아직 낮게 솟은 태양은 동쪽의 곶 끄트머리를 황금빛으로 물들이고, 서쪽의 섬은 스러지는 달빛 아래 겨우 그림자만 드러낸다. 작은 파도들이 해변에서 5킬로미터 거리에 정박한 배의 선체를 쓰다듬는다. 해변에서 1킬로미터가 되지 않는 곳에는 예인선이 가로질러 가고 있다. 최소한의 속도로 항해해 움직임은 거의 느낄 수 없다.

두 배 사이의 공간에서 수면으로 기다란 검은 파이프들로 이루어진 구조물이 떠오른다. 갑자기 날카로운 사이렌 소리가 새벽의 정적을 깨뜨린다. 그 순간 두 배는 활기를 띤다.

한 남자와 소년이 떠 있는 구조물에서 20여 미터 떨어진 바다에 있다. 잠수복과 마스크를 착용하고 있다. 이따금 남자는 배 위에 서서 쌍안경으로 바라보는 사람을 향하여 손짓한다. 그는 노란색 방수복을 입고 얼굴 위로 두건을 썼다. 다른 손에는 긴 갈고리를 들고 있다. 그 갈고리를 때로는 바다의 두 사람을 향해, 또 때로는 예인선 방향으로 교대로 흔든다. 곁에는 다른 사람들 서너 명이 움직이고 있다.

남자와 소년은 두 세계 사이에 걸쳐 있다. 위에서는 배에서 들리는 혼란스러운 목소리들이 예인선의 조작에 따른 톱니바퀴와 도르래의 소음과 뒤섞인다. 수면 아래에서는 움직이지 않는 그물들의 미궁, 복잡하게 뒤엉킨 매듭과 그물이 물속 공간을 차지한다.

공기와 물, 분리된 세계에 대한 상반된 지각이다. 남자와 소년이 바닷속을 살펴보려고 머리를 숙일 때마다 밖의 목소리들은 스러진다. 떠 있는 구조물 꼭대기는 빙산처럼 물속에서 커진다. 지름 100여 미터의 거대한 다면체다. 검은 파이프들은 그물의 빽빽한 그물코들을 세우고 구조물 바닥에는 밝은 색깔의 무거운 사각형이 바닥짐 역할을 하고 있다. 몇 미터 위쪽에는 빽빽한 나선형 파이프들로 유지되는 삼중 그물의 통로가 펼쳐져 있다. 통로는 수면과 평행으로 펼쳐져 있고, 예인선의 아주 먼 끝 너머 시야를 벗어나는 곳에서 끝난다.

배 위에서 방수복을 입은 사람이 갈고리를 흔들고, 다른 사람들의 옆모습이 곶 너머에서 연무를 흩뜨리며 떠오르는 태양의 빛 속에 두드러진다.

대기는 긴장된 기대감으로 떨린다. 서로 다른 언어와 억양이 뒤섞인다. 장갑을 끼고 행동할 준비가 된 손들이 갈고리를 잡는다. 모두 방수복 차림 남자의 명령을 기다린다.

'라이스.'

배가 움직이기 시작하자 이중의 사이렌 소리가 울린다.

물속에서는 예인선의 그림자 속에서 커다란 그물이 드러난다. 조금 너머에서 파란색을 배경으로 빛나는 은빛 윤곽들이 움직인다. 몸체의 윤곽은 어뢰의 기다란 형상을 떠오르게 하고, 꼬리는 끝에서 두 갈래로 갈라지며, 등지느러미는 날렵한 선을 강조한다. 그리고 가슴지느러미는 날개를 닮았다.

참치 20여 마리가 부드러운 원형의 움직임으로 헤엄친다. 그물과 닿으면 통로를 열려고 노력하며 동요한다. 마치 위협을 감지하는 것 같다.

로베르토는 머리를 든다. "엄청나요!" 마스크 때문에 콧소리가 되는 긴장된 목소리로 외친다.

"다 큰 성체들이야. 우리는 달리할 수 없었어." 마시모가 대답한다. "이제 시작한다." 그러는 동안 사람들에게 계속 지시하는 라이스의 신호를 확인한 다음 덧붙여 말한다.

예인선의 용골 주위에 잠수부 세 명이 나타나 잠시 작업한다. 그런 다음 권양기들로 조절하는 그물이 좁아지며 형체를 띠기 시작한다. 참치들은 광적으로 움직인다. 미친 듯이 서로 부딪쳤고, 그러다가 탈출구를 찾던 한 마리가 그물에 연결된 통로 안으로 들어간다.

참치들은 타고난 비교할 수 없는 정확함으로 추적한 항로를 따라 수천 킬로미터를 가로질러 간다. 근대적인 항해 장비들이 나타나기 전 수백 년 동안 자연이 그 종에게 부여한, 조상 대대로 이어진 방향 찾는 감각에 도전할 수 있는 항해 지도나 키잡이는 없었다. 그런데 지금 그 지중해의 한쪽 구석에서 강요된 통과의 모욕을 당하고 있다.

마스크로 얼굴을 가린 마시모는 통로를 따라 조용한 행렬을 바라보며 그런 생각을 한다. 참치들은 처형대로 줄지어 가는 수형자들을 상기시킨다.

마지막 참치까지 다면체 안으로 들어가자 잠수부 한 명이 더 위에 떠 있는 두 잠수부에게 신호를 보낸다. 쳐든 엄지. '모두 잘되었어.'

아들에게서 몇 센티미터 떨어진 마시모는 손을 펼치더니 위에서 아래로 움직인다. '이제 닫아요.'

잠수부는 다시 엄지를 보인다. '진행합니다.'

수면에서 배 위의 사람들은 갈고리로 우리의 가장자리를 연결한다. 두 배에서 환호가 터지기 전 갈고리들의 금속이 잠시 햇살에 반짝인다.

"됐어!" 방수복 차림의 남자가 외친다. 목소리는 다른 환호의 함성과 뒤섞인다. "사우드, 사우드."

"만세, 만세." 마시모와 로베르토는 팔을 흔들고 미소를 지으며 한 목소리로 번역하여 외친다.

해냈다.

"'포이닉스'를 위하여!"

그 말에 가벼운 땡그랑 소리가 뒤따른다. 그렇게 말한 사람은 서른다섯 살 정도 된 남자로 노르스름한 액체가 가득한 잔을 들고 있다. 얼굴의 윤곽은 굴곡져 있고, 지중해 피부색이다. 거무스레한 피부, 검은 눈, 짙은색 가죽끈으로 목덜미 쪽에 묶은 까맣고 긴 머리칼. 발에는 샌들을 신고, 왼쪽 손목에는 다채로운 색깔에 부족의 상상력이 가미된 행운의 팔찌 두 개를 끼고 있다.

그 옆에서 마시모는 오른손으로 술잔을 돌리고 있다. 하얀색 면바지와 셔츠를 입고 선박용 천 신발을 신고 있다. 눈길은 자기 앞의 수평선을 응시하고 있다.

그들은 암벽 위 바닥에 타일을 깔아놓은 안뜰에 서 있다. 그들 옆에는 주조된 쇠로 만든 식탁이 있고, 그 위에는 치즈들이 담긴 나무도마와 도자기 그릇 두 개가 있다. 그릇 하나에는 검은 올리브가 가득하고, 다른 그릇에는 완전히 동그랗고 작은 초록색 토마토들이 담겨 있다.

호리호리한 근육질 몸매에 예순 살 정도 되는 세 번째 남자는 말없이 집과 안뜰 사이에서 움직인다. 머리칼은 하얗고 파란 눈에 깊은 주름살이 새겨진 얼굴은 구릿빛으로 그을렸다. 바다는 섬 근처에서 석양의 흔적에 불붙은 회색 탁자 같다.

"얼마나 걸릴까, 파울루?" 마시모가 묻는다.

포르투갈 남자는 어깨를 으쓱한다. "수정 주기는 내년 봄에 끝날 거예요. 그리고 행운이 조금 있으면, 9월에 포획하여 번식한 붉은참치 첫 번째 개체들을 얻게 될 겁니다." 강조하여 말한다. 목소리는 자장가처럼 율동적인 선율로 o에서 열리고 u에서 닫힌다. 얼굴은 흡족하고 만족한 표정이다.

"행운은 없어." 마시모는 열광을 진정시키며 반쯤 벌린 입으로 대꾸한다.

"나에게는 그런 말을 할 수 없어요." 상대방은 말한다. "당신은 행운이 있다는 살아 있는 증거예요. 그래요. 이건 원대한 계획이고 내 꿈이에요. 그리고 내가 이제 더 믿지 않을 때 당신이 가능하게 만들어 주고 있어요." 그는 단숨에 잔을 비운 다음 식탁으로 다가가 다시 채운다.

마시모는 머리를 흔든다. 반박하고 싶지만 즐거움에 공감하지 않고 말없이 있으려고 생각한다. "우리는 빨리, 아주 빨리 해야 해." 잠시 후 중얼거린다.

파울루는 이마를 찌푸린다. "불가능해요. 우리가 리스보아에서 이야기할 때 분명히 말했어요. 내 계획은 조작을 예상하지 않아요."

"글쎄, 상황을 조작하는 방법은 많아." 마시모는 말한다.

"맞아요. 방법이 많지요. 하지만 돈이 필요해요. 그리고 당신은 벌써 아주 많이 투자했어요."

"문제없어."

"당신은 아주 부자인 모양이에요."

"나는 단지 후원자일 뿐이야." 마시모는 웃으면서 말한다. "자네가 기금을 빼앗겼을 때 자네 연구에 장애물을 없애준 후원자야."

파울루는 토마토를 깨문다. 입술 한쪽에서 즙이 흘러내린다. 손등으로 입술을 훔치기 전에 더럽혀지지 않으려고 뒤로 몸을 뺀다. "맛있어요." 풍성한 즙을 바라보며 말한다.

"그렇게 맛있는 것은 단지 여기에서만 먹을 수 있어."

파울루는 강력한 긍정의 표시로 고개를 숙인다. "그런데 어쨌든 나는 그렇게 서두르는 이유를 모르겠어요."

"시간이 모든 것이야."

잠시 풍경의 색깔에 홀린 듯이 말이 없다. 파울루가 다시 말한다. "우리가 함께 일한 지 벌써 2년인데, 저는 당신에 대해 아무것도 몰라요. 전에 무엇을 했는지, 어디에 살았는지, 당신 아들의 엄마가 누군지 몰라요. 고백하자면 나는 약간 알아보려고 했지만 당신은 존재하지 않았던 것 같아요." 천천히 웃는다. 자기 자신과 호기심에 대하여. "이곳에서 사람들은 말하지 않아요. 그리고 알도는 고문해도 말하지 않을 거예요." 머리로 안뜰 가장자리에 말없이 있는 노인을 가리킨다.

마시모는 미소를 띠었고 포르투갈 친구는 헤아릴 수 없는 그의 얼굴을 살펴본다. 그 말은 마치 허공 속으로 떨어지는 것 같다.

"처음에는 당신이 미쳤다고 생각했어요." 그는 계속 말한다. "그런 다음 권태감에 사로잡힌 백만장자의 변덕이라고 생각했지요. 이제는 당신이 정말로 믿는다는 걸 알아요."

"믿을 것을 선택하는 것은 자네가 아니야. 그것이 자네를 선택하는 거지."

"그렇다면 더 나은 사람을 선택할 수 없었네요." 한 모금 마시면서 마지막 말을 덧붙인다. "당신은 이야기할 가치가 있는 많은 삶을 산 것이 분명해요."

"누가 알겠어? 아마 들을 만한 가치가 없을 거야."

"당신이 이야기하지 않으면 우리는 전혀 모르겠지요."

"혹시 언젠가 이야기할지도 모르지." 마시모는 바지 호주머니에 한 손을 넣는다.

"최소한 왜 포이닉스라 부르고 싶었는지 말해줘요. 나는 '게네시스'가 가장 적합했다고 지금도 생각해요."

"개인적인 부활의 사치를 나에게 허용했다고 말할 수 있지."

"봐요, 내 말이 맞지요? 많은 삶을…."

"계약 조건을 기억하게." 마시모는 귀찮다는 목소리로 경고한다.

"알았어요, 알았어요." 상대방은 두 팔을 벌리며 몸을 사린다. "절대 질문하지 않는다, 알아요. 당신은 언제나 반복하지요."

"그보다 수정 기간을 어떻게 단축할지 생각해. 다만… 자연적인 조작으로."

파울루는 머리로 힘차게 동의를 표한다. "벌써 몇 가지 아이디어를 갖고 있어요. 하지만 그렇게 빨리 진행하려는 이유를 나는 여전히 모르겠어요. 이런 조건에서 번식을 시작하도록 하는 데 이미 성공했어요. 나쁘게 생각하지 말고 충고를 받아들여요. 이 모든 것이 집착이 되지 않도록 하세요." 그는 멈춘다. 지나치게 말을 많이 하지 않았을까 두렵다. 그리고 결론을 내린다. "과학에서 서두르는 것은 도움이 되지 않아요."

"만약 우리가 몇 년 동안 시간을 끈다면, 지중해에 붉은참치는 더 이상 없을 거야."

파울루는 눈살을 찌푸린다. "그건 나도 알아요."

"좋아. 그렇다면 시간과의 경쟁이라는 걸 자네에게 설명하지 않아도 되겠군."

"당신 혼자 상황을 바꿀 수는 없어요. 당신은 신이 아니에요."

마시모는 그의 눈을 응시한다. "우리 실험의 이름으로 자네가 게네시스를 제안했다는 것을 고려하면, 자네는 믿을 만하지 않군."

파울루는 웃음을 터뜨린다. "좋아요, 당신이 이겼어요. 그럼 이제 기분 나빠 하지 마세요. 나는 마을에 가서 동료들과 저녁을 먹어야겠어요. 당신은 말을 적게 하고 술은 더 적게 마시는군요." 마시모가 손에 든 아직 가득한 잔을 가리키며 말한다. "당신은 파티에는 최악의 동료예요."

"아마 사실일 거야. 하지만 자네들 지나치지 않도록 조심하게."

"마시모, 때로는 당신이 지옥을 보았다는 느낌이 들어요." 파울루는 벌써 유리문을 넘어서고 있다.

마시모는 처음으로 빙긋 웃는다. "그래, 나는 지옥에 사는 사람들을 알았지."

혼자 남게 되자 그의 눈길은 수평선으로 사라진다.

'행운….'

만약 마시모가 정보를 모으고, 자료들을 비교하고, 계획의 지원 가능성을 평가하면서 얼마나 많은 시간 멀리에서 관찰했는지 파울루 주앙 카르도주 미케스 박사가 안다면, 절대 행운을 말하지 않았을 것이다. 그리고 우연한 만남에 대해서도 그렇다.

마시모는 정확한 사람을 찾으려고 1년을 보냈다. 브뤼셀에서의 오래전 접촉에서 만점으로 학위를 받고, 발렌시아 카바니에스연구소 전문과정을 수료하고, 바다에 대한 무한한 열정을 지닌 리스보아 출신의 특이한 해양생물학자를 알게 되었다. 그에게 마리오를 떠올리게 하는 바다 사랑.

파울루는 포획 상태에서 붉은참치의 번식과 관련된 고도의 실험 연구를 진행하려고 유럽의 재정 지원을 받았다. 실험은 완성된 것처럼 보였고, 성공이 손에 잡힐 것 같았다.

그런데 유럽을 산산조각 깨뜨린 대규모 학살의 파도가 덮쳤다. 그리고 파울루의 꿈은 무수한 다른 사람의 꿈과 함께 날아갔다. 긴축정책이 유럽 대륙 전체에서 관심의 대상이 되었다. 리스보아에서 부쿠레슈티까지, 코펜하겐에서 로마까지. 그리고 단순한 관념이 확산되었다. 줄이기, 줄이기, 줄이기. 파울루는 재정 지원을 잃었고, 어느 사립학교의 시간제 교사 자리를 받아들일 수밖에 없었다. 그는 울적해졌고 변했다.

결국에는 아내와 문제도 생겼다. 그리고 아내는 이별의 말도 없이 그를 떠났다. 어느 날 아침 일어났더니 그녀는 없었다.

포르투의 보트 경주에서, 도우루 마리나의 관광 항구 쪽에 있는 어느 식당 테라스에서 '우연히' 만났을 때, 마시모는 이제 더 살아갈 이유가 없는 뛰어난 남자와 마주하게 되었다.

"권태는 가장 나쁜 것이지요." 카샤사(cachaca, 사탕수수 원액을 발효해서 만든 브라질 증류주-옮긴이) 한 잔 뒤에 포르투갈어, 스페인어, 이탈리아어가 묘하게 뒤섞인 표현으로 그에게 말했다. "나는 지겨워요, 친구. 그리고 시간은 이제 흘러가지 않아요."

그들의 운명은 어떤 방식으로 서로 연결되어 있다는 것을 곧바로 깨달았다. 파울루는 그가 다른 삶에서, 거기서 빠져나오기 전에 조직하는 데 공헌했던 대량 학살의 희생자 중 하나였다. 이제 그 학살의 결과가 모두의 눈앞에 있었다.

그의 신뢰를 얻는 데 6개월을 투자했고, 그런 다음 그의 계획에 자금을 지원하겠다고 제안했다. 파울루는 자신이 잃은 것처럼 보였던 꿈을 선물하는 그 신비의 인물이 누구인지 알려고 질문했다.

마시모는 단호하게 말했다. "나는 돈을 투자하고, 자네는 지식을 투자해. 말은 적게 하고 질문은 하지 말게."

그런 다음 파울루는 대학들과 사설 회사들에서 해야 할 일을 했고, 얼마 후 마시모에게 특별한 팀을 소개했다. 기술자들과 생물학자들 중 국제적인 전문가 다섯 명이 협력하는 집단이 이탈리아 바다에 배치되었다. 방해받을 수 없는 자율적 성향으로 입증된 완벽한 팀이었다.

그때부터 2년이 흘렀다. 포르투갈 친구는 이제 지겨워하지 않았고, 마침내 그 6월의 찬란한 아침 첫 번째 성공을 집으로 가져왔다.

"아빠."

목소리에 놀란다. 태양은 수평선 너머로 사라졌고, 초저녁 어스름이 암벽 위로 내려앉았다. 바다는 말로 표현할 수 없는 회색 탁자 같다.

로베르토는 옆에서 미소 지으며 그를 바라본다.

"오늘 아침 정말 환상적이었어요. 밤새도록 그것을 꿈꿀 거예요." 로베르토는 말한다.

"좋아, 로비. 꿈꾸는 걸 멈추지 않아야 해. 꿈꾸는 사람은 산을 움직일 수 있어. 절대 잊지 마."

로베르토는 고개를 끄덕이더니 이어서 말한다. "그런데 아빠 생각으로는 옮기는 동안에 싫어했을까요? 그 우리 안에 있는 것에 화가 많이 났을 거예요."

"모르겠다." 마시모는 한 손으로 얼굴을 쓰다듬는다. 하루 일과의 피곤함을 드러내기 시작하자 아들은 그 내기를 시작할 때부터 그를 괴롭히던 의혹을 포착한다. 하루도 빠짐없이 그런 질문을 자신에게 했다.

'당신은 신이 아니에요.' 파울루는 말했다. 기적 너머에는 어두운 세력에 의한 불가사의한 일들도 있었다고 그에게 대답하고 싶었다.

'아니야, 신이 아니었어, 그는. 아마 악마였을 거야.'

"우리는 참치들을 위해 그렇게 하고 있어." 잠시 후 아들에게 속삭인다.

"하지만 아빠에게 좋겠어요?"

"무엇이?"

"그러니까 우리 안에 있는 것이요. 아빠에게 좋겠어요?"

마시모는 입술을 비틀고 눈을 반쯤 감는다. 이제 로베르토는 컸다. 그리고 그 질문은 잠자기 전에 들려주는 이야기의 '다음에 계속'이 아니었다. 이제는 그가 해결할 수 없는 딜레마였다.

"거기에는 대답이 없어, 로비. 때때로 선은 더 작은 악이라고 나는 생각해." 집 뒤의 소나무 숲에서 나는 송진의 거친 냄새를 들이마시면서 잠시 멈춘다. "얼마나 놀라운지 봐." 화제를 바꾸려고 낮은 목소리로 중얼거린다. "이건 내가 아주 좋아하는 바다 색깔이야. 진주 색깔과 비슷해 보이지 않아? 어떤 화가도 정확한 색조를 찾아내지 못할 거야. 말로도 묘사하기가 정말 어려운 것들 중 하나야."

"내 생각으로는 말로 묘사하기 가장 어려운 것은 박하맛이에요. 아빠는 어떻게 하겠어요?"

"그래, 맞아." 마시모는 웃으면서 말한다.

'박하.'

셰릴의 향기를 상기시킨다. 몇 년 전 어느 날 아침 그 향기를 느꼈고, 생각만으로도 그에게 끝없는 현기증을 일으키고, 예리한 고통이 뒤따른다.

왜 그녀를 포기했는가? 자신을 처벌하기 위하여?

그 마법의 장소에서 단지 그녀만 보고 싶었다. 그 순간 무엇을 하고 있을까 상상해 본다.

몇 달 전부터 연락이 없다. 마지막으로 마시모가 문자 메시지를 보낸 때는 지난겨울 비가 세차게 내리고, 바람은 울부짖고, 파도가 암초에 부딪혀 부서지던 밤이었다.

'혼자 울지 않으려고 비를 기다리는 사람이 있어.'

곧바로 답장이 왔다. '비가 나쁘다고 말하는 사람도 있지만, 비가 얼마나 유용할 수 있는지 몰라서 하는 말이에요. 특히 얼굴이 눈물에 젖어도 머리를 들고 돌아다닐 수 있게 해줄 때 말이에요.'

'눈물과 비.'

지나간 세월에도 불구하고 수천 킬로미터 떨어진 곳에서도 그녀는 계속 그를 이해했다.

"아빠?"

아들 목소리에 그는 다시 상념에서 벗어난다. 로베르토를 향해 몸을 돌리고 계속 말하라고 신호한다.

"아빠는 이곳을 아주 좋아했는데, 왜 우리는 런던에 살았어요?"

'또 다른 질문. 또 다른 어려운 대답.'

그리고 잠시 마리오의 목소리를 듣는 것 같다.

"모르겠다, 로비. 아마 내가 일을 해야 했는데, 그 일은 단지 그곳에서만 할 수 있었기 때문일 거야. 하지만 나중에는 지쳤어. 그게 다야. 지금은 더 잘 지내고 있어, 네 생각은 어때?"

"그래요!" 로베르토는 열광적으로 소리친다. "아빠는 전에는 언제나 피곤해 보였어요."

"그래, 산호초에 사는 물고기들이 있어. 산호를 뜯어먹고, 점점 더 커지면서 독소가 축적되는데, 그것을 '시구아테라'라고 하지. 한번에 조금씩 서서히 물고기의 몸을 채워. 시간이 흐르면서 독약을 배출할 수 없고, 그래서 유독해지지. 내가 한 일이 약간 그와 비슷했어. 그리고 내가 독약을 배출할 수 없게 되었을 때…." 매듭이 목을 조이는 느낌에 곧바로 중단한다.

"그래요. 이제 독약은 끝났어요, 아빠." 로베르토가 그의 어깨에 한 손을 올리면서 말한다.

마시모는 가슴속으로 울적함이 퍼지는 것을 느낀다.

"그래, 독약은 끝났어." 아들의 손을 움켜잡으며 낮은 목소리로 대답한다.

보름달이 수평선 위로 떠올랐다. 그것도 그를 도와준다.

만들기와 부수기

행렬은 천천히 진행한다. 정면의 거리를 완전히 점령한 사람들의 물결이다. 바스티유광장의 7월 기념비는 엄청난 시위대 위로 솟아 있다. 기념비 꼭대기에서는 황금빛 천사가 나지막한 가을 구름과 대비를 이룬다. 한쪽 다리로 선 자유의 정령은 아래에서 깃발을 휘두르고 팻말을 흔드는 남자들과 여자들을 놀리듯이 문명의 횃불을 들고 있다.

'역사의 냉소.' 마시모는 텔레비전의 직사각형 안에서 흘러가는 이미지들을 응시하면서 생각한다.

두드리는 북소리와 함께 합창이 대기를 가득 채운다. 수많은 목소리가 운율을 맞추어 외치는 세 낱말은 강박적인 주문(呪文)을 이룬다.

"뭐라고 말해요, 아빠?" 로베르토가 묻는다.

'우리는 포기하지 않아.'

"포기하지 마."

로베르토는 소파 가장자리에서 몸을 앞으로 내민다.

"무슨 뜻이에요?"

"멈추고 싶지 않다는 뜻이야."

로베르토는 그 말을 이해하려고 노력하며 머리를 끄덕인다. 하지만 잠시 후에 묻는다. "왜 그래요?"

마시모는 대답하기 전에 망설인다. "왜냐하면 살기가 힘들기 때문이지." '정확한' 낱말을 선택하려고 주의하면서 천천히 중얼거린다.

로베르토는 당혹스러운 표정에서 명백히 드러나듯이 다른 것을 묻고 싶은 것 같지만, 텔레비전 뉴스의 이미지들이 호기심을 이긴다.

'우리는 포기하지 않아.' 몇 달 전부터 격렬한 감정을 확산하며 입에서 입으로 전해지는 많은 슬로건 중 하나다.

'모두 꺼져라! 유럽 젊은이들이여, 봉기하라! 우리는 위기의 대가를 치르지 않겠다!'

유럽 대륙이 타오르고 있었다. 이제 너무 늦었을 때 처음으로 통일된 바벨탑은 자신의 분노를 단 하나의 언어, 봉기의 언어로 토해내고 있었다.

마시모는 얼굴들에 집중한다. 도전하는 표정. 단호한 눈. 높이 치솟는 외침으로 비틀린 입. 남자들, 여자들, 청년들이다.

갑자기 블랙 블록(Neri, 검은 두건을 쓰고 검은 옷을 입는 비공식적 시위단체 – 옮긴이)이 행렬에서 나온다.

"봐요!" 로베르토가 외친다. 팔을 쳐들고 있고 놀라움에 목소리가 갈라진다.

그렇다, 마시모는 보고 있다. 눈은 스크린에 들러붙어 있고, 결론을 이미 아는 장면의 서막에 사로잡혀 있다. 장면의 가장자리에서 마르세유 신용은행 지사의 유리문이 보인다.

그들은 다섯 명으로 모두 호리호리하고, 후디와 두건을 올려 쓴 바람막이 재킷, 발라클라바(머리, 목, 어깨를 덮는 털실로 짠 모자 - 옮긴이) 모두 검은색으로 입고 있다. 굵은 카라비너(잡을 곳이 전혀 없는 암벽을 오를 때 암벽에 박은 하켄과 자일을 연결하는 데 쓰는 강철 고리 - 옮긴이)들이 달린 허리띠에 헬멧을 매달고 있다. 목에는 방독면을 걸고, 발에는 전투화나 조선소용 신발을 신고 있다. 손에는 손잡이가 짧은 곡괭이, 몽둥이, 보도블록을 들고 있다. 그들은 천천히 단호하게 움직인다. 유령을 닮았다.

마시모는 얼마 전 신문에서 읽은 인터뷰를 기억한다. 이제는 규칙적으로 일어나듯이 아주 격렬한 파괴와 충돌이 최고조에 달했던 로마 거리의 시위에 참가한 어느 '카쇠르'(casseur, 평화적 시위에 끼어들어 혼란을 틈타 폭력을 휘두르는 사회불만 세력 - 옮긴이)의 증언이었다.

"당신은 전쟁터에 있는 것처럼 말하는군요." 기자가 말했다.

"나는 전쟁터에 있지만 내가 전쟁을 선포하지 않았어요. 그들이 선전포고를 했지요." 그가 대답했다.

'전쟁. 그들.'

그는 신문을 접었고, 과거가 높은 파도처럼 그의 심장을 뒤덮었다. 이제 또다시 일어나고 있다.

그는 머리를 흔들고 다시 장면을 응시한다. 블랙 블록 세 명이 은행의 유리문을 겨냥한다. 활용할 수 있는 모든 무기로 유리를 내려친다.

다른 두 명은 도로 표지판으로 간다. 몇 초 뒤 그들은 표지판을 뽑기 위해 격렬하게 흔든다. 프랑스 경찰기동대는 흔적도 보이지 않는다. 그들은 사라진 것 같다.

"가자!"

외침에 이어 산산조각 깨지는 유리의 굉음이 울린다.

빨간색과 하얀색 표지판은 아스팔트 위에 던져져 있다. 방금 부서진 유리문 옆의 유리문에는 막대기가 꽂혀 있다. 구멍 주위에는 균열의 그물이 퍼져 있다. 그 장면은 비스듬한 기하학적 선들의 무더기 같다. 도로 표지판의 수직성이 돋보인다. 깨뜨리고, 돌파구를 여는 무기로 변한 통행금지 표지판.

질서의 전복. 한때는 그런 이미지가 그에게 카오스에서 나오는 거의 물리적인 역겨움, 거부감을 유발했지만 지금은 아무것도 느끼지 않는다.

은행 옆 벽에다 블랙 블록 중 하나가 붉은색 스프레이로 글귀를 뿌린다. '엿 먹어라, 은행. 시간을 돌려놓자. 자본주의 반대. 경찰은 모두 쓰레기.'

그런 다음 은행 내부에서 짙은 연기가 솟아난다. 아스팔트에는 약탈의 전리품들이 쏟아진다. 컴퓨터 모니터, 종이 뭉치, 광고 전단지, 쇠막대기에 고정된 소파 몇 개. 얼굴을 가린 블랙 블록들은 몇 분 뒤 시위대 한가운데로 사라질 것이다. 누군가가 카메라를 방해하려고 발연통(차폐용 연막이나 신호용 연기를 내는 장치-옮긴이)에 불을 붙일 것이다. 색깔 있는 빽빽한 연기 장막의 보호 아래 재빨리 옷을 갈아입고, 후디와 두건을 배낭에 넣고, 얼굴을 가리기 전의 모습으로 돌아갈 것이다.

'서른 살, 대학 졸업, 석사, 매달 400유로에 불안정한 일.' 익명의 인터뷰 대상자를 소개하면서 기자는 이렇게 썼다.

그렇다, 산산이 부서진 중산 계층의 자식들. 어떤 변화의 전망도 없이 그들이 어떻게 전사로 변신하고 단지 파괴하는 영원한 현재만 보게 되는지 보여준다. 그리고 그들은 다음 행진에서 다음 은행 앞에 다시 나타날 것이다.

만약 마시모가 세대들 사이의 협약이 파기되는 시기를 선택해야 한다면, 아무런 의혹이 없었을 것이다. 바로 이것이다. 노인들 대 내일 없는 젊은이들. 아버지 대 아들. 과거 대 현재. 그리고 이제는 드러났듯이, 먼저 온 자가 서명한 담보로서 미래.

현장 연결이 끊어진다.

마시모가 소파에서 몸을 길게 뻗는 동안 스튜디오와 다시 연결되고 앵커가 기사를 읽는다. "위기의 타격이 큰 나라들 중 프랑스, 스페인, 이탈리아에서 총파업이 시작되고 많은 도시에 동원령이 내려진 하루 동안, 유럽은 다시 트로이카와 정부의 긴축 정책에 반대해 광장으로 내려가고 있습니다. 시위자들의 피켓이 파리의 핵심 지점들을 점령했습니다. 공항, 역, 도시 대중교통의 차고, 일반 시장은 이른 시간부터 점령되었습니다. 수도의 거리를 가로지르는 시위대가 행진하는 동안 아주 격렬한 충돌들이 있었습니다. 현재 상황은 통제되고 있습니다. 공식적인 발표에서 내무부장관은 더 이상의 폭력 시위를 용인하지 않을 거라고 선언했습니다."

마시모는 텔레비전을 끄고 한숨을 쉬며 일어난다.

'모든 것이 곤두박질하고 있어.'

"왜 이런 일이 일어나요?" 로베르토가 당황한 표정으로 그를 바라본다.

'가난의 씨를 뿌리는 자는 분노를 거두기 때문이야.'

말없이 가만히 있다. 어디에서 시작해야 할지 모른다. 입이 마른다.

'무슨 일이 '끝나는' 경우도 있지요. 당신 자식들을 보면 용서를 구하게 될 겁니….'

그 말이 머릿속에서 갑자기 폭발한다. 다른 삶의 파편. 데릭 모건을 마지막으로 보았을 때의 먹먹한 메아리. 플로어의 그 마지막 몇 분의 이미지는 세월의 흐름 속에 흐릿해졌다. 마시모는 데릭의 비틀린 표정, 주고받은 비난을 잊었다. 모두 지워졌다.

그런데 행진하는 광경과 아들의 호기심이 기억을 다시 의식으로 불러왔다. 그리고 이제 아문 상처가 다시 피를 흘리기 시작했다.

'당신 자식들을 보면 용서를 구하게 될 겁니다….'

'단순한 말이야, 마시모. 단순한 말.'

로베르토는 슬픈 표정으로 그를 응시한다. 왜 그 사람들이 항의하고 포기하지 않는지 다시 묻는다. 그리고 그의 고통을 감지한 것 같다.

"왜냐하면 나 같은 사람들이 모든 것을 잘못했기 때문이야, 로비. 그리고 이해하려고 하지 않아서 그래." 천천히, 하지만 단호하게 대답하고 로베르토를 안심시키는 웃음을 지어 보인다.

밧줄 몇 개가 배를 포이닉스의 한쪽 면에 고정하고 있다. 마시모는 갈고리로 구조물의 파이프 하나를 친 다음 몸을 앞으로 내밀고 아래를 바라본다. 투명한 물속에서 참치들의 원형 움직임을 관찰한다. 커다란 우리 주위를 따라 파란 투명함 속에서 번득이는 그림자들이 있다.

'속도의 본질 자체.' 참치들에게서 눈을 돌리지 못하고 생각한다.

그 사업이 과거 자신의 유령에게서 단번에 완전히 벗어나게 해주기를 바랐다. 하지만 참치들을 포이닉스로 이동시킨 날 아침 불안감이 다시 그를 괴롭혔다. 그래서 파울루와 그의 팀과 함께 축하하지 못했다.

잠시 몸을 돌린다. 파울루가 키 옆에 서 있다. 파란 리본으로 긴 머리칼을 묶었다. 팔짱을 끼고 홀린 듯 수평선을 바라본다. 수평선은 분명히 그의 요소 안에 있으며, 그는 뻔뻔스럽고 즐거운 무관심으로 그 안에서 살고 있다.

조금 전 태양은 정점을 지나 바다의 수면을 향해 천천히 내려가기 시작했다.

"저 아래 참치들의 중량을 1킬로그램 늘리려면 얼마나 많은 음식이 필요한지 아세요?" 파울루가 침묵을 깨뜨리며 묻는다.

"쇠고기 1킬로그램을 생산하려면 곡물 17킬로그램과 물 1만 4천 리터가 필요한 것 같더군." 마시모는 대답한다.

파울루는 고개를 끄덕인다. "원칙은 그거예요. 하지만 목적은 달라요. 우리는 먹기 위해 살찌는 것을 원하지 않아요, 맞지요?" 멈추고 냉소를 흘리며 마시모의 대꾸를 기다린다. 상대방이 대꾸할 생각이 없다는 걸 깨닫고 짜증이 난 듯 투덜거린다. 그런 다음 평탄한 목소리로 다시 말한다. "이 경우 우리는 번식할 에너지를 늘려주기 위해 먹이를 주지요. 단순히 헤엄치는 데에도 많은 에너지를 낭비해요."

"나는 '헤엄친다'고 말하고 싶지 않네." 마시모가 냉소적으로 말을 끊는다. "대양을 가로질러 갈 수 있는 동물을 우리는 둥글게 맴돌도록 강요했어. 특별한 방향 감각을 우스꽝스럽게 만들었지. 서커스 같아. 어제저녁 로베르토가 나에게 무엇을 물었는지 알아?"

"상상할 수 있어요. 당신 아들은 나이에 비해 너무 영민해요."

"그래. 그 안에서 잘 있을지, 아니면 화가 났을지 물었어."

파울루는 미소를 보이고 뱃전으로 가더니 자신도 물 위로 몸을 내민다.

"서커스는 아니에요, 마시모. 감옥도 아니고요. 비록 비슷하지만 말이에요." 참치들을 가리키며 말한다. "반복해서 말하지만 이것은 과학이에요."

"우리는 언제나 우리야, 파울루."

침묵이 배 위로 내려앉는다. 초가을 태양은 아직도 뜨겁다. 마시모는 태양이 등을 따뜻하게 해주는 것을 느낀다. 전율이 피부로 흐른다.

'우리는 언제나 우리야. 보이지 않는 우리도 있어.'

텔레비전에서 로베르토와 함께 보았던 파괴 장면이 눈앞에 다시 떠오른다. 그들은 유리문을 부수고 모든 은행을 불태울 수 있지만, 그럼에도 사회적 유동성을 거부하는 감지할 수 없는 장벽들은 너무 거대해서 부술 수 없고, 너무 높아서 뛰어넘을 수 없었다. 데릭 모건과 그 같은 사람들이 유럽에 선물한 엄청난 겨울이 아주 두꺼운 얼음 껍질로 사회를 덮고 있다. 거기에 전혀 흠도 내지 못할 것이다. 그리고 새로운 봄의 따뜻함을 다시 가져오려면 봉기의 불꽃으로는 충분하지 않을 것이다. 그 사람들의 의지 없이는 아무것도 움직이지 않을 것이다.

지금 바라보고 있는 우리 속의 참치들은 마시모에게 상기해 준다. 가치 없는 지폐들의 홍수 아래, 부자들과 가난뱅이들 사이의 메울 수 없는 심연 위에 세워진 어긋난 질서의 그물 안에 갇힌 중산 계층을.

'결과적으로 데릭과 그렇게 달랐을까?'

그는 그 창조주가 될 만한 규모의 우주를 세웠다. 자연에 도전하면서 자연을 대체했다. 감금과 조작이 포이닉스로 명명된 그 작은 우주를 뒷받침하는 원리였다. 데릭이 지구를 지배하려고 생각한 것과 똑같은 원리.

"저들을 나가게 하는 방법이 있어?"

그 질문에 대답이 없다.

"파울루?"

식식거리는 소리에 마시모는 몸을 돌린다.

"그래?"

파울루는 의혹의 눈길로 그를 살펴본다. "당신에게 말하는 게 좋을지 모르겠네요." 잠시 후 수염을 쓰다듬으며 대답한다.

"그래, 말해봐."

파울루는 두 팔을 벌린다. "지금 우리가 있는 곳의 둘레 맞은편에 권양기가 있어요. 도르래로 작동되는데, 그물의 유동적인 부분을 여는 데 사용되지요." 짜증 난 것처럼 하늘로 머리를 쳐들더니 다시 마시모를 향한다. "만족해요?"

상대방은 말없이 끄덕인다.

"그럼 이제 미안하지만, 내 계획에 대한 설명을 끝낼 수 있을까요?"

"들어보겠네."

"나는 먹이 공급에 대해 말했는데, 우리에게 관심 있는 것은 과잉 에너지를 수정에 사용하도록 번식 본능을 자극하는 거죠."

그물 안에서 참치 두 마리가 거의 수면에서 충돌한다. 마시모에게는 강요된 몸체들의 고통이 감지되는 것 같다. 괴로운 느낌의 혼란스러움을 쫓으려는 듯이 한 손으로 얼굴을 쓰다듬는다.

"그리고 그렇게 하려면 특별한 식단이 필요해요. '자연적인 처리.'" 파울루는 말한다.

"단백질?"

파울루는 긍정의 말을 우물거린다. "아주 많은 양의 물고기 기름요. 이건 비싸요. 아주 많이."

"돈은 걱정하지 말라고 했지."

파울루는 한숨을 쉰다. "아무리 빨리 진행하고 또 아무리 상황이 좋다고 해도, 투자와 이익 사이에 유리한 관계는 절대 없을 겁니다. 장기적으로도 말입니다. 당신에게 그걸 말하는 것이 옳다고 생각해요."

"자네는 아직도 이해하지 못했어." 마시모는 중얼거린다. "나는 이익에는 관심 없어."

파울루는 이마를 찌푸리며 한 손으로 수염을 쓰다듬는다. "당신이 왜 이것을 하는지 모르겠어요. 아무런…." 바로 그 순간 둔탁한 굉음과 함께 충격이 배를 뒤흔든다. 파울루는 본능적으로 뱃전을 붙잡았고, 마시모는 한 발로 뒤로 버티면서 갈고리를 움켜잡는다.

"빌어먹을!" 파울루는 균형을 다시 잡기 전에 소리친다. "이번 충격은 정말 강했어요." 잠시 멈추고 우리 바닥을 살펴보며 혹시 구조물에 피해가 있는지 찾아보려고 한다. "내일 사람들을 아래로 내려보내서 그물을 확인해야겠어요." 그리고 마시모에게 망설이는 눈길을 던진다. "이런 일이 있어요. 정상이에요. 포획 상태에 쉽게 적응하지 않아요." 상대방의 의혹을 미리 쫓아내려고 덧붙인다.

"참치잡이 같군."

"하지만 여기에서 우리는 생명을 찾고 있어요. 죽음을 주는 것이 아니에요."

마시모는 이마를 찌푸린다. "생명의 원리는 어디에서 유래하지?"

"무슨 말을 해주기를 원해요?" 상대방은 질문한다. "물고기들이에요, 마시모. 우리는 죽음에서 생명을 창출하는 게 아니에요. 우리는 단지 종의 멸종을 피하려고 노력하고 있어요."

"아니야, 파울루. 우리는 지금 자연에 대해 말하고 있어. 그리고 이런 방식으로든 저런 방식으로든, 그 과정을 바꾸려고 결정하는 사람은 누구든 선을 목적으로 한다고 확신하지. 법칙을 위반하거나 비극을 초래하는 것으로 끝날지라도 말이야."

"그것은 진보예요."

"아주 오래전에 이미 그런 말을 들었어."

"에, 그래요. 그리고 당신에게 그 말을 한 사람은 이유가 있네요."

마시모는 갈고리를 놓고 똑바로 선다. 빙긋 웃었지만 울적해 보인다. "누군가의 진보는 다른 사람들의 묵시록이 될 수 있어." 단호한 목소리로 말한다. "진보에서 중립 관념은 없어. 이렇게 말하는 나를 믿게. 내가 무슨 말을 하는지 잘 아네."

파울루는 마시모에게 등을 돌리더니 키로 가서 모터를 작동시키려고 조작한다.

뱃전으로 가까이 다가간 마시모는 그의 등을 손으로 한 대 친다. "미안하네." 잠시 후 미소를 보내며 말한다. 조금 전의 긴장감은 사라진 것 같다. "내일 기름과 밀가루를 사게. 필요한 양을 사고, 돈을 아끼지 마. 먹이를 충분히 주게."

"우리는 분명히 해낼 거예요." 파울루는 확실하게 말한다.

"알아, 알아."

바다가 그들 주위로 빠르게 흘러가는 동안 마시모는 곶으로 눈길을 던진다. 그런 다음 눈을 감고 마지막 태양에서 퍼지는 따뜻함에 매달리며 바람이 피부를 쓰다듬게 놔둔다. 마음을 비우고 편안해지려고 노력한다. 과거의 상처들 사이에서 마음을 돌릴 것을 찾는다. 피부 너머에서 심장도 따뜻하게 해줄 것을.

잠시 셰릴이 스친다. 하지만 환상일 뿐이다. 멀리, 너무 멀리 있는 것이 그가 원하는 삶의 맛을 입안에 넣어준다.

하지만 거기서, 자신의 집착 앞에서 다시 무기력해진다. 머릿속에서는 망치질하는 질문 하나가 계속 그를 괴롭힌다. '그런데 우리는 무엇을 하고 있지?'

아버지와 아들

'…다섯… 여섯… 일곱….'

마시모는 귀에 가벼운 압력을 느끼자 혀를 입천장에 밀어 상쇄시킨다. 마스크의 강화 유리를 통하여 녹색, 파란색, 밤색의 색조들이 뒤섞인 깊은 곳을 바라본다.

뒤집힌 거대한 동굴의 천장과 닮았다. 마치 자신의 위로, 깊은 물 너머에 10월 어느 날의 깨끗한 하늘이 아니라 동굴의 둥근 천장이 있는 것처럼. 거대한 거울의 표면을 통과해 뒤집힌 세상에 들어간 것 같은 느낌이다.

사구들, 급격한 절벽을 이루다가 순식간에 다시 솟아오르는 바위벽들의 배치를 기억하여 알고 있다. 고기잡이하는 법을 배웠던 곳의 깊은 곳 다음에는 그가 가장 좋아하는 심연이 있다.

시로가 그에게 수중의 지형을 가르쳐주었다. 배 위에 서서 뭉툭한 손으로 널따란 바다의 일부 지점을 가리켰다. '저기 북쪽으로는 얕은 곳이 있어.' 마치 보이는 것처럼 말했다. 하지만 주변은 온통 바다뿐이다. '저쪽부터는 절벽이야.' 남쪽을 향해 몸짓을 하면서 말했다. '잠깐, 50미터도 되지 않아.'

'…열하나… 열둘… 열셋….'

언젠가 마리오가 그에게 말했다. 잠수하는 것은 사람이 날 수 있는 유일한 기회라고. 점점 더 아래로 내려가는 것은 허공으로 떠오르는 것과 같았다. 중력을 물리친다는 환상을 갖기 위해 압력을 극복하는 것.

'그 너머에는 하늘색, 파란색, 코발트색 같은 색깔들이 계속 이어져. 끝에는 하늘과 같은 어둠이 있지.' 시로는 덧붙였다.

'그리고 공기는 더 적지요.' 마시모는 수긍하며 대답했다.

'…열넷… 열다섯… 열여섯….'

25미터 정도에서 잠시 숨을 멈추고, 거대한 바위 뾰족탑들 뒤에 숨어 그 뒤집힌 종유석들 뒤에서 꼼짝하지 않고 기다린다. 손으로는 작살총을 들고 파란색 주위를 살펴본다. 바위 가장자리 너머 10여 미터에서 잿방어의 은빛 윤곽을 발견한다.

잿방어는 천천히 움직였고, 마시모는 마음속으로 숫자를 세며 여분 산소를 관리하려고 노력하면서 기다린다. 달리할 수 있는 게 없다. 그런 사냥에서는 포획자의 행동반경을 최소로 줄이고, 모든 것을 전략과 인내심에 맡겨야 한다.

힘 관계의 불리함은 언제나 그를 매료했다. 열세에서 동등한 출발점을 찾아낸다. 사냥하는 사람은 자신의 요소 밖에 있으며, 삶의 일차

적 활동을 잠정적으로 중단하고 고유한 서식 환경에 있는 동물들에게 도전하기 때문이다.

마시모에게 결투는 그것이다. 처음에는 자신에게 불리한 불평등한 충돌. 삶을 바꾸는 것으로 끝난 그 트레이드처럼 불리한 상태를 뒤집는 것. 그것이 그에게는 사냥을 정당화하기에 유일하게 훌륭한 동기 같았다.

아니, 그것은 학살이 아니었다. 산업적 규모의 천박한 대량 학살과는 아무 상관이 없었다.

'…스물하나… 스물둘… 스물셋….'

잿방어는 꼼짝하지 않는다. 마시모가 목으로 꾸르륵거리는 소리를 내자 입술에서 작은 공기 방울이 빠져나간다. 다시 소비되는 산소. 하지만 달리할 방도가 없다. 단지 잿방어의 관심을 끌고, 좋은 발사 각도를 제공하며 가까이 다가오도록 호기심을 자극하려고 시도할 뿐이다.

'기다림' 전략은 어떤 면에서 유혹의 기술을 떠올린다. 살해의 유혹.

잿방어는 움찔하더니 머리를 돌리고 꼬리를 움직이며 다가온다.

마시모는 거리와 잿방어의 자세를 평가한다. 잿방어는 정면을 보이며 그의 발사에 최소한의 표면을 허용한다. 그리고 그는 단 한 번만 발사할 수 있다. 실수는 허용되지 않는다.

그런 다음 또 다른 움직임. 이제 잿방어는 더 많이 노출되었다.

'…스물여덟… 스물아홉… 서른….'

'지금이다.'

마시모가 쏘려는 순간 알 수 없는 망설임이 그의 손을 막는다. 손가락이 마비된 것 같다. 이제 해냈고 사냥감이 자기 것이라는 걸 안다. 그리고 그 순간 잿방어를 죽이는 것은 이제 중요하지 않다는 걸 안다. 전리품은 필요 없다. 기술의 정확한 적용은 이미 자체 안에 승리감을 간직하고 있다.

총을 아래로 내리고 오리발을 천천히 움직여 은신처에서 나온다. 침입자의 위협을 감지한 잿방어는 파란색 속으로 튀어 달아난다.

'가버렸군.'

'…서른셋… 서른넷… 서른다섯….'

머리를 들고 높은 곳에서 바다 수면으로 반사되는 햇살을 바라본다. 허리에 찬 납덩이들을 확인하고, 헤아린 숫자와 숨을 참는 동안 흐른 시간 사이의 대략적 일치를 고려한다. 2분 30초 정도 될 것이다. 젊었을 때 완벽한 신체적 조건에서 충분히 훈련했을 때는 서른 아래까지 도달하는 것은 3분에 가깝다는 것을 의미했다. 하지만 한때 그랬다. 마리오와 함께한 도전이 언제나 열려 있을 때였다. 이제 마리오는 없다. 그리고 시간은 많이 흘렀다.

다리를 움직여 감압에 주의하며 다시 올라가기 시작한다. 마지막 10미터에서는 거의 멈추고, 아래에서의 추진력이 자신을 밀어 올리도록 기다린다. 그리고 정확한 몸짓으로 물에서 나온다. 무모한 방해 행동을 하는 잠수부들 중 하나라는 느낌이 든다. 그런 다음 마스크를 이마 위로 올리고, 눈꺼풀을 내리깔고 부드러운 햇살을 향해 몸을 돌린다. 로베르토의 날카로운 목소리가 그를 기다리고 있다. "어때요, 아빠?"

눈을 뜬다. 파란색에 잠긴 조그마한 섬에서 30여 미터 떨어진 곳에 있다. 섬은 지름 100미터 정도 되는 조그마한 얼룩일 뿐이다. 가운데에는 돌로 된 간결한 등대가 솟아 있다. 주변에서는 온통 바다의 서로 다른 깊이에 따라 짙거나 옅은 녹색, 하늘색, 파란색 색깔들이 장난하듯 소용돌이친다. 동쪽에서는 몬테크리스토섬이 수수께끼 같고 전설적인 자신의 존재로 수평선을 지배한다. 오른쪽에는 고무보트가 정박되어 있다.

"아빠, 뭐 잡았어요?"

마시모는 눈길로 아들을 찾는다. 로베르토는 섬에서 암초들이 수면 위로 솟아난 작은 선창 옆에 서 있다.

마시모는 오목한 곳으로 헤엄치면서 손으로 신호를 한다. 암초에 이르자 한쪽으로 몸을 돌리고 오리발을 벗은 다음 일어난다.

"아무것도 못 잡았어, 로비." 아쉽다는 듯이 말한다. "아무것도 없었어."

"아니, 어떻게요?" 로베르토 목소리에서는 분명한 실망감이 드러난다. "그럼 오늘 저녁은요?"

"네가 잡은 것을 먹자."

로베르토는 커다란 물병 옆 땅바닥에 놓인 그물망으로 의혹의 눈길을 던진다. 어획물의 양을 가늠해 본다. 도미 세 마리, 숭어 두 마리, 귀족도미 한 마리. 그런 다음 머리를 흔들면서 투덜거린다. "파울루 아저씨와 다른 사람들은 많이 먹어요."

"그래도 만족해야 할 거야." 마시모는 즐거운 목소리로 대꾸한다. 그러면서 파울루와 그의 팀 사람들의 왕성한 식욕을 생각한다.

"분명히 아다 할머니에게 무언가 요리해 달라고 부탁할 거예요."

"그건 확실해."

둘은 등대를 향해 걷기 시작한다. 절반쯤 이르자 로베르토가 이마를 찌푸리며 묻는다. "아프리카는 얼마나 멀어요?"

"에, 상당히 멀지." 마시모는 대답하며 한쪽 손바닥으로 머리칼을 문지른다. 작은 물방울들이 사방으로 튄다.

"그런데 왜 '아프리카의 암초'라고 불러요?"

'지리는 상대적이기 때문이야.'

"단지 과장일 뿐이야. 다른 섬들에 비해 더 남쪽에 있으니까 그렇게 부른 거야."

잠시 말없이 10월 초 일요일의 마법을 바라본다. 대기는 깨끗하고 바다는 투명하다. 그 작은 섬은 옛날의 신비를 간직한 것 같다.

마시모는 머리를 들고 등대 꼭대기를 바라본다. 회색 등을 보호하는 둥근 지붕을 바라보며, 그 작은 땅 조각에 언제나 단지 두 사람, 4개월마다 다른 두 사람과 교대하는 두 사람만 살던 시절을 생각한다. 시간과 공간이 영원히 정지된 바다의 밤 속으로 사라지는 그 등대의 관리인이었다면 좋았을 것이다.

고기잡이 도구들을 땅바닥에 내려놓은 뒤 잠수복 앞을 열고 옆구리의 칼집에서 한쪽에 날카로운 칼날과 가장자리에 톱니가 있는 긴 칼을 꺼낸다.

"이제 할까?"

로베르토는 머리를 끄덕이더니 그물망에서 귀족도미를 꺼내 두 손으로 잡아 아버지에게 건넨다.

마시모는 머리 아래 움푹한 곳을 잡고 몸을 숙여 바위 표면에 올려 놓는다.

"무엇부터 먼저 할까?" 같이 쭈그려 앉은 로베르토에게 묻는다.

"지느러미요."

마시모는 끄덕인다. "어떤 것?"

로베르토의 녹색 눈이 잠시 눈꺼풀 뒤로 사라진다. 그런 다음 귀족도미의 옆구리를 가리킨다. "이거요."

마시모는 확실한 동작으로 가슴지느러미를 제거한다.

"다음에는?"

"다른 것들이요."

마시모는 배지느러미와 등지느러미를 자른다. "이제 조심해야 해. 여기가 어려우니까." 왼손으로 꼬리에서 몇 센티미터 위쪽을 잡고 기울인 다음 비늘을 벗기려고 칼을 가까이 가져간다.

"아빠…." 로베르토가 이상한 목소리로 중얼거린다.

마시모는 멈춘다.

"무슨 일이야?"

로베르토는 계속할지 망설이며 그를 바라본다.

"말해봐." 아버지는 격려한다.

"우리가 텔레비전에서 본 사람들, 모든 것을 부수던 사람들은… 힘들게 산다고 말했잖아요."

마시모는 로베르토가 그 주제로 돌아오리라는 것을 알았다. 파리에서 충돌이 있던 날 아들에게 해준 대답은 분명히 충분하지 않았다. 간단하게 끊는 것이 마음에 들지 않았지만 그는 쓰라림에 사로잡혀 있었다. 오래전 데릭에게 외쳤던 말들이 사실로 드러났다는 것은 별로 중요하지 않았다. 프랑스와 이탈리아는 유럽 대륙의 문화와 문명을 발전시키는 데 공헌했는데, 이제 무릎을 꿇고 있었다. 견딜 수 없었다.

"그런데 우리가 런던에 살았을 때 아빠 같은 사람들도 힘들게 살았어요?"

"그래, 로비. 더 힘들었지." 한숨을 쉬고 물고기를 내려놓은 다음 일어나서 잠수복을 벗는다. 그리고 마치 이야기를 해주듯이 낮은 목소리로 말한다. "그래. 어떤 사람들에게는 집세를 내고, 물건들을 사고, 단순하게 일자리를 찾는 것도 아주 복잡할 수 있어."

"그래서 화가 났군요."

"그래, 화가 많이 났지. 그 경우 자신에게 무엇이 더 좋은지 깨닫기가 어려워."

"아빠와 엄마가 화났을 때처럼 말이에요?"

미켈라와는 점점 더 드물게 만났다. 마시모가 인디아를 만나러 갈 때는 첼시의 타운하우스에서 만나려고 하지 않았다.

한때는 그녀와 전화할 때, 마치 그는 단지 여행 중이고 곧 돌아가 다시 만날 것처럼 보이기도 했다. 때로는 그녀가 해주는 런던의 잡담에 웃기도 했다. 하지만 전화를 끊기 전에 둘은 잠시 침묵했다. 마치 서로 말할 수 없는 것이 있는 것처럼. 마시모는 그녀의 삶에 다른 누구도 없었다는 것을 알았다. 심지어 미켈라가 자신을 행복하게 해줄 다른 사람을 만나기를 바라기도 했다. 그렇지만 그녀가 아직도 자신을 사랑한다는 단순한 진리를 무시할 수 없었다. 그런 생각을 떨치려고 깊이 숨을 들이쉰다.

"그것과 같지는 않아." 로베르토를 바라보며 대답한다. "나와 엄마가 화났을 때는 우리가 이제 서로 이해하지 못했고, 그래서 괴로웠기 때문이야." 그 말이 충분했기를 바라면서 말을 멈춘다. "하지만 그 사람들은 많은 생각을 하지 않더라도 행복해질 수 있어. 그래서 상황을 바꾸려고 노력하지."

"그러면 왜 힘들게 살기 시작했어요?"

그것은 이해시키기가 아주 어렵다. 화폐의 타락 과정과 인플레이션의 음울한 결과를 잘 보여줄 이미지를 찾으려고 노력한다.

"오래전에 금광이 발견된 곳들 중 하나를 생각해 봐."

"클론다이크에서 도널드 덕의 아저씨처럼요?" 로베르토가 말을 끊는다.

마시모는 머리로 수긍하며 자신이 간직하다가 어느 날 함께 읽은 그 낡은 만화를 떠올린다. 경제학자들이 '칸티용 효과'(cantillon effect, 화폐 공급이 늘어날 때 재화 가격에 차별적으로 인플레이션이 발생하는 현상으로 상대적 인플레이션이라 함-옮긴이)라는 두 낱말로 해결한 것을 완벽하게 묘사한 만화였다.

"그래, 그와 비슷해. 백화점 주인이 얼마나 나쁜지 기억하지?"

"도널드 덕의 아저씨… 우, 정말 나빠요."

"그런 곳에는 부가 많이 모이고 돈이 많아."

"하지만 슬픈 곳처럼 보였어요." 로베르토가 말을 끊는다.

"맞아." 마시모는 웃으며 말한다. "아주 슬픈 곳이었어."

"하지만 돈이 많았으면, 모두 행복했어야지요."

마시모는 칼날로 물고기의 한쪽을 긁는다. 너무 강한 압력으로 살이 상하지 않도록 조심하며.

"아니야, 로비." 비늘에 집중하며 아득한 목소리로 말한다. "왜냐하면 돈은 모든 사람에게 똑같은 방식으로 유통되지 않기 때문이야. 어떤 사람은 다른 사람들보다 더 많이 갖고 있어. 광산 소유자, 금을 캐내는 기계를 파는 사람들, 술을 밀매하는 사람들. 그래, '그들'은 다른 사람보다 더 많이 갖고 있지."

자신도 놀랄 만큼 경멸적인 어조로 '그들'이라고 말한다.

로베르토는 수긍하고 마시모는 계속 설명한다. "그러면 물건들을 사기 위해 소비하기 시작하지." 이제 물고기의 다른 쪽을 깨끗하게 손질한다. "그럼 무슨 일이 일어나는지 알아?"

로베르토는 머리를 흔든다.

"백화점 주인, 도널드 덕의 아저씨, 고기·양털·포도주를 파는 사람, 간단히 말해 상품을 파는 사람들은 모든 것을 더 비싸게 팔아. 더 많은 돈을 벌고 싶기 때문이야." 마시모는 멈춘 다음 물고기의 살갗을 확인하고, 힘을 너무 많이 주었다는 것을 깨닫는다. 더 가볍게 손질하기 시작한다.

로베르토는 그 말에 이끌려 말없이 듣는다. 마치 아버지가 아주 중요한 비밀을 폭로하는 것 같다.

"하지만 광산에서 일하지 않는 사람들, 매달 똑같은 돈을 버는 사람들, 아니면 땅에서 일하는 사람들은 더 못살게 되기 시작해."

"모든 것이 더 비싸기 때문이지요." 로베르토의 말은 긍정과 질문 사이에 머문다.

"맞아. 그리고 모든 것이 더 비쌀 때 인플레이션이 있다고 말하지. 그런데 약간의 인플레이션은 모두에게 좋아. 하지만 지나치면 재난이 돼, 알겠어?"

"그렇다면 왜 단지 조금만 있게 하지 않아요?"

"그건 어렵기 때문이야. 감자튀김에 케첩을 뿌릴 때 생각나?"

로베르토는 거의 외친다. "맞아요! 눌러도 처음에는 아무것도 나오지 않아요. 그러다 갑자기 모두 한꺼번에 나와서 옷에 튀어요."

"그래, 인플레이션도 똑같아."

마시모는 눈을 들고 질문하는 듯한 아들의 눈길과 마주친다.

"아주 훌륭해. 어떤 곳에서는 많은 돈이 언제나 좋은 것은 아니라는 사실을 깨달았구나. 이제 어떻게 할까?" 그러면서 고갯짓으로 물고기를 가리킨다.

"잘라야 하지 않아요?"

"어디를?"

"아래요."

"자, 얼버무리지 마." 마시모는 말한다. "'어떻게' 잘라야 할까?"

"한 손으로 눌러요."

"이렇게 눌러." 그렇게 말하며 손바닥으로 물고기를 누르고 칼로 배를 가른다.

"하지만 요즘에는 광산들이 없어요." 로베르토가 잠시 후 외친다.

마시모는 한쪽 입술을 깨문다. 그 말과 거기에 대한 대답은 출구 없는 미궁이 될 위험이 있다. 아들의 지성은 활발해서 이제 만화의 설명에 만족하지 못한다.

"광산들은 아직도 있고 또 아주 추악한 곳이라는 사실은 제쳐두자. 어쨌든 광산과 똑같은 일을 일부 은행들이 유발하는데, 중앙은행이라고 엄청난 권력을 갖고 있어. 예를 들면 새로 돈을 만들어야 할지 결정해."

"새로 돈을 만들어 모두에게 줘야 해요."

"실제로 처음에는 모두에게 돌아가. 그리고 잠시 사람들은 더 잘산다는 인상을 받지. 소비하기 시작하고, 한번에 조금씩 사겠지만 더 많은 물건을 사고, 그러다가 빚을 지게 되지."

"왜 정말로 돈을 갖고 있지 못해요?"

"작은 은행이 빌려주었다는 의미에서 보면 돈을 갖고 있지. 하지만 그런 다음 갚아야 하는데, 모든 사람이 다 갚을 수는 없어. 그러면 빚을 진 사람은 훨씬 더 못살게 돼." 이제 마시모는 광활하게 펼쳐진 바다를 바라본다. 그곳에서는 어떤 경제 법칙도 가치가 없다. 수요와 공급의 변증법, 금융정책, 양적 완화는 아무런 가치가 없다. 그 작은 땅 조각도 침입자처럼 보이는 하늘과 바다 사이의 본질적 풍경 앞에서는.

모든 것을 단순하게 만드는 것은 결국 자연이다. 그 자연을 그는 포이닉스 계획과 함께 도전하려고 선택했다.

"아빠, 무슨 생각을 해요?"

"돈을 찍어내는 것은 아주 많이 내린 눈이 부드러운 망토 아래 모든 것을 뒤덮는 것과 같아."

"알프스처럼요?"

"그래, 알프스처럼. 처음에는 온 사방이 하얗다는 인상을 주지. 그런데 눈이 그치면 그렇지 않다는 것을 알게 돼. 그늘에는 눈이 많이 쌓인 곳들이 있지. 그리고 해가 뜨면 바로 녹아 진흙이 되는 곳들도 있어." 마시모는 미소를 지으며 계속한다. "돈은 똑같은 방식으로 작용해. 이미 돈이 있는 곳에 더 많이 쌓이고, 돈이 없는 곳에서는 아주 짧은 시간만 머물러. 그리고 진흙이 되어 모든 것을 더럽히게 돼."

"은행들은 얼마나 많아요? 중앙은행들은 얼마나 많아요?"

"많아. 달러, 유로 또는 우리가 영국에서 썼던 파운드 같은 돈이 있는 곳에는 중앙은행이 있어."

"그러면 모든 중앙은행이 돈을 찍어요?"

"아니, 모두는 아니야. 특히 미국의 연방준비은행 같은 아주 중요한 은행이 그렇게 해. 얼마 전에는 일본 은행도 그렇게 하기 시작했어."

"그렇다면 사람들이 못살게 만드는 것은 그 은행들이에요?"

'그리고 우리 잘못 때문에 세계가 이제 선과 악을 구별할 수 없는 악몽으로 변하게 되었지.'

다시 데릭에게 했던 말. 다시 런던에서의 그날 밤. 대형 은행에서의 마지막 날, 플로어에서의 마지막 날.

"그들은 좋은 일을 한다고 확신하지만 어떤 위험이 있는지 모르는 척해."

"나빠요." 로베르토가 말한다.

마시모는 그 말소리, 모든 것이 아직 흑백이거나 선악인 어린 나이의 그 순진하고 단정적인 판단을 즐긴다.

"그들에게는 더 나빠요. 이해하지 못하는 미국 사람들에게는 더 나빠요, 그렇지요?" 로베르토는 흥분해서 말한다.

마시모는 빙긋 웃는다. 그렇다면 좋을 것이다. 하지만 원인과 결과 사이의 관계는 직선적이지 않다. 특히 시장이라 일컬어지는 그 경계선도 없고 야생적인 공간에서는 더 그렇다. 그리고 21세기 초반 글로벌해진 사회에는 이제 닫힌 체계가 존재하지 않는다.

"너 방사능 알지?"

로베르토는 이맛살을 찌푸린다. "일본에서 핵발전소가 폭발했을 때 있었던 것 말이지요?"

"그래, 바로 그거야. 네가 기억한다면, 그것은 단지 일본 사람들의 걱정이 아니라 그 주변에 사는 사람들의 걱정거리였어. 돈을 찍어내는 것은 바로 핵을 사용하는 것과 똑같아." 마시모는 칼을 내려놓고 두 손가락으로 물고기의 내장을 꺼낸다. 그런 다음 아들에게로 향한다. "물로 씻어라. 피를 모두 없애야 하니 주의해."

로베르토는 물병을 들고 씻기 시작한다.

"다음에는 조금 더 잘해야겠구나." 마시모는 일부러 퉁명스럽게 말한다. "이렇게 멋진 물고기를 씻을 때는 더 집중할 필요가 있어."

로베르토는 불평을 무시하고 물병을 내려놓는다. "방사능은 정말로 나빠요." 생각에 잠겨 중얼거린다.

마시모는 깊이 숨을 들이쉰다. 피곤하다. 하지만 명백하게 밝히려고 노력한다. "아주 나쁘지. 사실이야. 하지만 핵도 처음에는 좋다는 인상을 주지. 값싼 에너지를 생산하고 점점 더 많이 생산하지. 하지만 모두가 생산하거나, 아니면 아무도 생산하지 않아야 할 거야. 만약 그렇지 않으면 단지 일부만 이익을 얻게 돼." 잠시 햇빛을 반사하는 칼날을 살펴보고 다시 말한다. "그리고 위험해. 만약에 프랑스에서 핵발전소가 폭발하면, 방사능은 이탈리아에 있는 우리에게도 타격을 주게 돼. 돈을 찍어내는 것은 핵에너지를 생산하는 것과 같아. 미국 사람들이 찍어낸다면 모두가 돈을 가져야 해. 우리 유럽 사람들까지. 왜냐하면 그 돈은 단지 그들에게만 머무르고 사방으로 가지 않기 때문이야. 혹시 언젠가 유럽에서 우리도 찍어낼지 모르지만, 그것은 길고 복잡한 일이 될 거야."

말을 멈추고 바다를 향해 몸을 돌린다. 거기에 머무르고 다른 곳으로 가고 싶지 않다. 포이닉스 계획은 전혀 해결한 적이 없는 딜레마를 떠오르게 하면서 모호한 한계와 마주하도록 그를 내던졌다.

로베르토는 고개를 숙이고 작은 돌멩이를 가지고 논다. 마시모는 아들이 자기가 한 말을 생각하고 있다는 것을 안다. 며칠 동안 로베르토는 그 주제로 다시 돌아오지 않을 것이다. 그러다가 갑자기 그에게 번개 같은 질문을 할 테고, 대답하기가 더 어려워질 것이다. 그는 알았다. 언젠가는 아들의 질문에 대답하지 못할 것을.

수집할 돌멩이를 찾으려고 조그마한 만을 향해 멀어지는 아들을 바라본다.

아버지의 말은 유일한 기억이다. 지워지지 않고 기억 속에 남아 있지만, 세월의 흐름과 함께 형성된다.

처음에는 이미 세상을 알고 있는 자가 제공한 확실한 받침대다. 그런 다음 바뀌고, 그 너머에 무엇이 있는지 보기 위해 올라가야 하는 벽이 되고, 넘어야 하는 장애물이 된다. 로베르토는 그가 한 말을 생각하고 또 생각할 것이다. 혹시 미래에는 마시모의 생각을 부정하기로 결정할 수도 있다. 자기 생각이 더 강해질 테니 말이다. 로베르토는 모든 이론, 모든 확신을 지지하기 위해 싸울 것이다.

하지만 단지 나중에야 마시모가 말하지 않은 것, 침묵하려고 결정한 것을 이해할 것이다. 어른이 되면 로베르토는 침묵이 얼마나 웅변적일 수 있는지, 중재하기가 얼마나 어려운지 깨달을 것이다.

마시모는 몸을 돌린다. 오래된 등대의 하얗고 따뜻한 돌에 한 손을 대고 그 편안한 접촉을 즐긴다. 등대는 100년 넘게 거기에 있었다. 뱃사람들에게 빛을 보여주면서 요소들의 힘에 도전했다.

아니다. 그 작은 섬이 세상의 변두리에 있다고 생각하는 것은 잘못이다. 반대로 전망대였고, 요새였다. 거기에서 해안에 도달하게 될 폭풍우가 오는 것을 다른 곳보다 먼저 보았다.

전초 기지가 되었고, 그가 피신한 세상의 그 구석에서 유럽을 뒤엎으려는 재난을 다른 사람들보다 먼저 관찰하고 보았다.

모든 것이 글자와 숫자 상징의 차가운 문법으로 전환되는 플로어에서는 전혀 불가능한 명료함으로 그의 눈앞에서 사건들이 형태를 갖추었다.

깨끗한 하늘을 바라보며 미지근한 공기를 들이마시던 그는 불안한 예감에 전율한다. 겨울이 그들을 향해 다가오고 있었다. 아주 긴 겨울이 될 것이다.

기니피그, 그 실험용 동물

방은 벽난로 불의 흩어진 빛과 뒤섞인 석양의 빛으로 환하다. 파울루 미케즈 박사는 창문 앞에 서서 바다를 바라본다. 바다는 하얀색 선들이 늘어선 거대한 회색 얼룩이다. 수평선에서 섬은 연무에 파묻혀 사라진다. 북풍이 파도를 부풀리고, 해변을 쓸어가고, 암벽 꼭대기의 소나무들을 휘게 한다.

"겨울 바다는 몇 사람을 위한 거야." 1년 동안 대부분 곶 위에 머무르던 긴 여름의 햇살을 아쉬워하면서 중얼거린다.

파울루는 춥다. 하지만 그 추위는 풍경을 흑백사진으로 바꾸는 2월의 대기에서 오는 것이 아니다. 내부에서 온다. 무엇을 해야 할지 모르는 사람, 두려워하는 사람을 사로잡는 추위다.

몸을 돌려 눈으로 방 안을 둘러본다. 그 방을 잘 알고 있다. 지난 몇 년 동안 그곳을 포이닉스 계획의 사령부이자 동시에 파도와 함께 자신의 미래를 살펴보는 관측소로 간주했다. 그런데 오늘 그 사나운 바다와 너무 닮은 것을 보았다.

방바닥 한가운데 철제 난간이 둘러쳐진 원형 구멍에는 작은 탑에 있는 마시모의 스튜디오로 이어지는 나선형 계단이 있다. 그곳은 접근할 수 없는 마시모의 피난처다. 그 정체성 없는 남자의 삶과 관련된 약간의 단서들이 보관된 금고.

방 한쪽에는 하얀 돌로 된 벽난로가 있다. 다른 한쪽에는 가죽 소파가 있고, 그 위에 티레니아해안의 일부, 곶과 군도의 섬들을 보여주는 항해 지도가 걸려 있다. 세 번째 벽을 따라 있는 커다란 철제 책장에는 책들과 정리해 쌓아둔 종이들이 가득하다. 파울루는 넘어설 수 없는 종이 더미, 책들의 등을 여러 번 살펴보았다.

'만약 누군가를 이해하고 싶다면 무엇을 읽는지 알아봐라.'

그는 그렇게 했지만 여전히 이해할 수 없었다. 서가에는 이탈리아와 외국의 소설들, 경제학 이론서들, 물리학과 자연과학 논문들, 전략에 대한 책들이 있었다. 케인스 옆에 헤밍웨이. 올더스 헉슬리와 조지 오웰 옆에 애덤 스미스와 카를 마르크스. 페데리코 카페, 폰 클라우제비츠, 손자. 《모비 딕》, 《악마들》, 《실낙원》, 《화씨 451도》, 《노인과 바다》, 《프랑켄슈타인》.

책들 앞에는 컴퓨터, 알루미늄으로 만든 할로겐등, 액자 안의 사진 하나, 책 한 권이 있는 책상이 있다.

기다리는 동안 파울루는 책을 뒤적였다. 마시모가 연필로 굵게 밑줄을 그어 강조해 둔 몇 줄을 힘들여 읽어보았다. 우리 안에 갇힌 카푸

친 원숭이의 실험에 대한 것이었다. 강요된 서식 환경이 그들 행동에 얼마나 많은 영향을 줄지 묻고 있었다.

'실험. 우리.'

전율이 그의 등을 가로지른다.

몇 가지 이상한 물건이 불안한 분위기를 가중한다. 예를 들어 소파 옆의 아주 튼튼한 선반 위에는 빈티지 디자인의 육류 슬라이서가 멋지게 진열되어 있다. 한쪽에는 금빛 알파벳들이 Berkel이라는 말을 이루고 있다. 비밀문서에 상응하는 지식으로 가득한 그 분위기에 초현실적인 터치. 파울루가 실질적으로 아무것도 모르는 삶의 겉보기에는 일관성 없는 흔적들.

하지만 그런 배치의 속임수 같은 비논리성 너머에는 일관성 있는 모자이크가 있다는 것을 안다. 만약 마시모가 수수께끼를 풀고 퍼즐 조각들을 맞추게 해줄 열쇠를 제공하기만 한다면 그도 볼 수 있을 것이다. 그러다가 집주인이 도착하면서 그는 그런 생각에서 멀어졌다.

파울루는 책장과 벽난로 사이 구석의 반그늘로 눈길을 돌린다. 소파에 앉은 사람의 윤곽을 알아본다. 꼼짝하지 않는다. 다리를 꼬고 손은 팔걸이에 올려놓았다. 어둠 속에서 얼굴은 알아볼 수 없다.

파울루는 갑자기 입이 마르는 것을 느낀다. 목소리를 가다듬는다. "포획 상태에서 번식이 가능할지도 모르겠어요. 수정을 가속화하는 것은 단지 상황을 복잡하게 만들어요."

단숨에 말한다. 그리고 마침내 지난 몇 달 동안 참치들의 영양 공급을 강화한 후 그를 괴롭히던 중압감을 떨쳐낸다.

반그늘 속의 남자는 말이 없다.

"마시모, 내 말 들었어요?"

"계속하게." 상대방의 말은 평온하다. 고백이 그를 혼란하게 만든 것 같지 않다.

파울루는 벽난로로 다가가 불을 향해 손을 뻗지만 걱정된다. 삶의 우스꽝스러운 타격을 멀리 하기 위해 배운 아이러니가 가을의 마지막 따뜻함, 오디 맛, 실험이 시작된 날 아침 느꼈던 즐거움과 함께 사라졌다.

리스보아의 집에 있고 싶다. 울적함을 카샤사 안에 빠뜨리던 바이루 알투의 식당들 중 하나에 있고 싶다.

생각에 잠겨 주위를 둘러보며 더 나은 말을 찾는다. 그는 변명하는 타입이 아니다. 자기 자신에게 너그러운 적이 없다. 자신에게 엄격한 것이, 최대한을 주고 또 다른 사람들에게서 최대한을 요구하는 필수 조건이라고 삶은 그에게 가르쳤다.

하지만 마시모의 고집은 이해할 수 없었다. 전혀 만족하지 않았고, 어떤 논증도 그를 멈춰 세울 수 없었다. 몇 달 동안 그는 넘어설 수 없는 의문과 뒤섞인 불합리한 주장들의 그물 안에 갇혀 있었다.

파울루는 자신이 빚진 사람에게 매정한 반감을 느끼기 시작했다. 더구나 끔찍한 만큼 오래 울리는 금언, 즉 누군가를 유리하게 해주면 그는 조만간 적이 되리라는 것을 잘 알았다.

아니다. 그는 마시모의 적이 되지는 않을 것이다. 하지만 상대방 역시 현실을 깨닫고 받아들여야 한다. "강제 체제에 전혀 적응하지 못할 수도 있어요. 혹시 우리가 계산을 잘못했는지도 몰라요. 우리 규모가 너무 작고, 비율이 맞지 않아요." 자기 얼굴을 일그러지게 하는 쓰라린 표현을 억누르고 싶지 않다. "아니면 당신 아들 말이 맞는지도 몰라요. 감옥에서 생명을 창출할 수는 없어요."

"단백질 식이요법에서 작동하지 않은 것이 무엇이지?"

파울루는 주먹으로 자기 허벅지를 친다. "에너지를 과잉으로 이끌 방법이 없어요. 번식 본능을 자극할 것으로 기대했는데…." 상대방이 자신을 도와주기를 기대하며 멈추지만 상대는 그렇게 하지 않는다.

그래서 머리를 등 뒤의 벽에 기댄다. "그런데 더 나쁜 일이 일어났어요." 깊이 숨을 들이쉰다. 두렵다. 모든 것이 그 자리에서 끝날 수도 있다. 심연의 가장자리에서 탱고의 마지막 회전을 도는 유럽의 어느 구석에서 버릇없는 한 무리 청소년에게 다시 등식을 가르치게 될 수도 있다. 이제 마지막 끝내기에 체념한다.

만약 자신이 마시모라면 망설이지 않고 그 계획에서 물러났을 것이다. 마시모는 엄청난 돈을 투자했는데, 그 대가로 무엇을 얻었는가? 아무것도 없다. 결과의 그림자도 없다.

그는 허공의 모호한 곳을 응시하며 다시 말한다. "저 아래에서는 엉망이에요. 미친 것 같아요. 철책에 부딪혀 상처가 나요. 그물을 유지하려고 세 겹으로 보강해야 했어요."

"실험이야, 파울루."

"잘못된 실험이에요."

"현재로서는."

그 두 마디가 파울루를 흔든다. 손의 떨림이 줄어든다.

"그러면 계속 진행하고 싶어요?" 한 줄기 희망과 함께 새로운 목소리로 묻는다.

마시모는 일어나서 느린 걸음으로 희미한 빛과 반그늘을 나누는 섬세한 선을 넘는다. 곧이어 파울루는 그의 파란 눈에서 심술궂은 번득임을 본다.

"물론 나는 계속 진행하고 싶어. 나는 한 번의 실패로 물러나지 않아." 평온하게 미소를 머금으며 말한다.

파울루는 그의 표정을 살펴보고 마음에 들지 않는 고집을 읽는다. 어딘가 건강하지 않은 고집. 맹목적인 무의식에 가깝다. 아니, 그 일에는 이제 과학이 없다.

"하지만 들어보세요." 파울루는 소파 가장자리로 몸을 내민다. "식이요법을 중단합시다. 그리고 봄에 어떻게 반응하는지 봐요."

"안 돼." 그 단음절은 예리한 칼날처럼 대화를 자른다. 그 대답은 반박을 허용하지 않는다. 파울루는 현기증을 느낀다. 마시모는 집요함과 회의론을 뒤섞으며 그를 계속 어리둥절하게 만든다. 마치 파란 홍채 너머에서 가능한 것, 합당한 것 너머에 있는 무엇인가를 위해 전쟁을 치르는 것 같다.

하지만 그것은 '그의' 전쟁이 아니었고, 마시모는 자신이 믿지 않는 깃발 아래 싸우도록 그를 설득하지 못할 것이다.

"어리석은 일이에요." 파울루는 일어나며 대꾸한다. "그렇게 하면 나는 어떤 결과도 보장할 수 없어요. 하지만 왜? 왜 그래요?"

"왜냐하면 나에게는 단지 번식이 빠르고 강하게 이루어져야만 이 모든 것이 작동하기 때문이야."

"그건 잘못이에요!" 파울루는 한쪽 주먹을 쥐고 허공에서 흔든다. "저런 조건에서 단 한 개체라도 번식하는 것은 해양생물학에서 아주 중요한 발견이 될 겁니다. 그런데 우리는 당신의…." 그는 말에 걸려 멈춘다. "…고집을 뒤쫓고 있어요."

마시모는 눈을 감는다. 마치 방의 벽을 통해 바라보는 것 같고, 파울루는 단순한 관객에 불과한 옛날 대화를 뒤쫓는 것 같다.

"고집은 내가 나에게 허용하기로 한 유일한 사치야."

"고집은 일을 망쳐요."

"알아."

둘은 말없이 서로 눈을 응시한다.

파울루가 먼저 눈길을 내리깐다. 그런 다음 벽난로로 다가가며 욕지거리를 중얼거린다. 한 손을 선반에 기대고 불을 바라보며 망설인다. 밖에서는 이미 희미한 빛이 저녁 어둠에 굴복했다.

마시모는 팽팽한 침묵을 깨며 다시 말한다. "우리는 시간을 거슬러 달리고 있어."

"거기에 대해서는 이미 말했고, 또 계속 말하고 있어요. 당신은 바다에 물고기가 다시 많이 살게 만들고 싶어 하는데, 그것은 우리와 상관없어야 해요."

마시모는 호주머니에 손을 넣은 채 말이 없다.

"환상이에요, 알겠어요?" 파울루는 말한다. "그리고 환상은 위험해요."

"아니야, 꿈이야. 그리고 꿈은 세상을 바꿔. 나는 어떤 과정은 거꾸로 할 수 있다는 걸 증명하고 싶어, 파울루. 하지만 그렇게 하려면 내가 납득할 만한 자료들이 필요해. 만약 그렇게 중요하지 않다면 자네에게 요구하지 않을 거야."

마시모는 부드럽게 말하지만 파울루는 달아나고 싶다. 우리는 해안에서 5킬로미터 거리에 떠 있는 것이 아니고, 거대한 다면체 형태도 아니다. 진짜 우리는 거기에, 그 방 안에 있다. 감지할 수 없는 그물과 무형의 기둥으로 되어 있다. 그 의도를 해독할 수 없는 모호한 계획 안에 그를 가둔 것은 마음의 미로였다.

바로 그 순간에야 그는 자신이 실험의 일부라는 사실을 깨닫는다. 포이닉스의 참치들 다음으로 마지막 기니피그. 하지만 마시모가 자기 계획을 추구하는 방법에는 무엇인가 위대한 것이 있다. 양심을 건드리는 집요함. 어떤 면에서는 존경받아야 할 집요함. 아마 극단적인 시도를 할 가치가 있을 것이다.

"좋아요." 파울루는 머리를 흔들며 반쯤 벌린 입으로 대답한다.

"그것으로 충분하지 않아."

"무슨 뜻이에요?"

"나는 용병을 필요로 하지 않는다는 뜻이야. 나는 자네가 처음처럼 믿기를 원해."

파울루는 그 말을 모호하게 인정한다. 마시모가 다른 사람들에게 그런 동기를 요구한 것은 처음이 아니다. 세상에서 암벽 꼭대기로 도피한 그 사람은 진정한 리더의 자질을 갖추고 있다.

"나는 내가 무의미하다고 판단하는 것을 믿을 수 없어요."

마시모는 한숨을 쉰다. "행동의 유의미성을 결정하는 것은 목적과 결과야."

"그것은 위험한 주장이에요. 수단이 결과를 변화시켜요."

파울루는 상대방 얼굴에서 순간적인 망설임을 포착한 것 같다.

"위험한 주장이 될 수 있겠지만 지금까지는 그러지 않았어." 마시모는 반박한다. "우리는 자연적인 방법으로 개입하며 우리의 합의 안에서 움직였어."

'언제나 무슨 말을 하는지 알아. 그리고 언제나 정확한 방법으로.'

"당신을 존경해야 할지 아니면 두려워해야 할지 모르겠어요."

"때로는 두 가지를 구별할 수 없지."

파울루는 두 팔을 벌리고 미소를 띤다. 패배와 안심 사이의 어중간한 미소. "좋아요." 그는 외친다. 마시모의 고집은 그를 오염시킨다. 두려움과 불확실함이 사악한 호기심에 자리를 내준다.

눈이 타오르는 것 같다. 자신을 괴롭히는 의문들을 무시하려 결심하고, 한 손으로 피곤한 얼굴을 쓰다듬는다.

"우리가 여기까지 왔군요. 그렇다면 모든 것을 걸어봅시다. 잘못되면… 우리는 잃겠지요." 잠시 후 덧붙인다.

"그럴 가치가 있을 테고, 또 우리가 함께 실패할 거라는 뜻이군." 마시모는 책상으로 다가가 가장자리에 걸터앉는다. "그럼 이제 무엇을 하려고 하는가? 자네가 다음에 할 일이 뭐야?"

파울루는 돌발적으로 머리를 움직이며 긴 머리칼을 흔든다. "문제를 다른 관점에서 봅시다. 지금까지 우리는 단지 참치들에만 집중했고, 참치들을 생각하며 추론했어요. 전망을 바꿔봅시다. 식이요법은 아주 단순한 조치였어요. 우리는 번식 본능을 자극하기 위해 신진대사를 가속하려고 노력했는데 성공하지 못했어요." 수염 끝을 쓰다듬는다. 평소의 자신감을 되찾은 것 같다. "하지만 우리의 참치들이라는 생물은 단지 전체의 한 요소일 뿐이에요."

"다른 요소는 서식 환경이지." 마시모가 앞질러 말한다.

"서식 환경, 맞아요." 파울루는 대답한다. "우리는 외부 조건을 바꾸어야 해요. 지금은 겨울이에요." 한 손가락으로 책상 너머 창문을 가리킨다. "그래요. 봄을 선물합시다."

"간단히 말해 만약 우리가 그들을 자극하는 데 실패한다면 최소한 속이자는 말이군." 마시모가 낮은 목소리로 말한다. "고대 로마에서 동의를 얻기 위해 무엇을 했는지 알아?"

파울루는 그 돌발적인 이탈에 호기심을 갖고 머리를 흔든다.

"빵을 아낌없이 나누어 주고 민중을 위한 화려한 놀이를 조직했지. 잘 생각해 보면 그때 이후 많이 달라지지 않았어."

"미안하지만 나는 정치가 지겨워요. 나한테는 맞지 않아요."

"그건 정치 이상이야. 보이지 않는 것, 그… 어딘가 '침투적인' 것이지. 내가 무슨 말을 하려는지 알겠어?"

파울루는 눈을 반쯤 감고 있고 마시모는 계속한다. "그것은 현실에, 삶에 작용하는 힘이야. 그리고 유럽에서 지금 일어나는 일에 대한 마지막 설명이야. 오늘날도 중산 계층을 가두고 조종하는 그와 비슷한 도구들이 있어. 테러, 매스컴, 전쟁… 우리가 포이닉스에 대해 이야기할 때 나는 그런 생각도 하지. 그게 내가 그 우리에서 보는 것이야. 지각을 바꾸는 기술. 그리고 나는 두려워."

둘 다 침묵한다. 파울루는 그런 성찰이 마시모로 하여금 이전 삶에서 벗어나게 만든 신비를 감추고 있다는 인상을 받는다.

그런 다음 마시모는 마지막 말을 지우려는 듯 손짓을 한다. "어쨌든 문제는 포이닉스가 바다에 있다는 거야. 바다에 개입할 수는 없어." 생각에 잠겨 말한다.

파울루는 소파에 앉는다. 다리를 꼬고 입가에 교활한 표정을 지으며 두 팔을 벌린다. "포이닉스는 바다에 있지만 잘 생각해 보면 닫힌 환경에 남아 있어요. 그리고 닫힌 환경에는 특정한 기술로 개입할 수 있지요."

"어떤 의미에서?"

"이 방 안 벽난로 자리에 30도로 조절된 난방 장치가 있다면, 우리는 셔츠 차림으로 있을 수 있지요." 그는 멈추고 왼손의 손가락 끝들을 마치 공처럼 모은다. 오른손 검지로는 상상의 고체 주위로 또 다른 원을 그린다. "만약 어느 이탈리아 부자가 특별한 천으로 우리를 감싸고, 일정한 빛의 조건을 만들 수 있는 전등들을 구조물에 설치하려고 한다면. 그래요, 그 경우 조명 주기를 바꿀 수 있을 겁니다."

"바꾸어 말하면, 참치들은 봄이 지났을 것으로 확신하겠군."

"최소한 하나의 매개변수에 대해서는 그래요. 다른 방법은 없어요."

마시모는 두 손으로 머리를 잡는다. "그렇게 하지." 잠시 후 분명하게 말한다.

그 말을 들은 파울루는 선 하나를 넘었다는 것을 안다. 그다음부터 모든 것이 가능해질 것이다. 저항하려고 하지만 소용없다.

"그렇게 하지." 모든 음절을 음미하며 반복해 말한다. "자네는 '하나의' 매개변수라고 말했는데, 다른 매개변수도 있나?"

"그래요. 다른 매개변수도 있어요."

마시모는 질문하는 표정을 짓는다.

"바닷물 온도예요."

"그걸 조절할 수 있을까?"

"아, 가능해요. 우리가 결정한 것 다음에는 모든 것이 가능해요." 파울루는 모호한 목소리로 대답한다. "하지만 여기는 아니에요. 일부 양식 설비에서는, 토스카나에서도 피옴비노 쪽에서, 물고기 수조를 따뜻하게 만들려고 산업 시설의 물을 사용해요. 생각해 봐요. 산업 배출물이 생명을 창출하는 데 사용되지요." 상대방에게 논쟁적인 눈길을 던진다. "하지만 여기에서는 불가능해요. 우리는 너무 멀리 있어요. 당신이 당신 권력으로 공장 하나를 이동시킬 수 있지 않다면 말이에요."

마시모는 미소를 보낸다. 그런 다음 한 손가락으로 파울루의 머리 위 한 지점을 가리킨다.

파울루는 몸을 돌려 소파 위 향해 지도를 응시한다.

"네?"

마시모는 일어나 지도로 다가간다. 손가락으로 곶 남쪽 해안의 한 지점을 가리킨다.

"몬탈토 디 카스트로."

파울루는 눈을 동그랗게 뜬다.

"거기에 커다란 화력발전소가 있어."

"이산화탄소 배출로 유명한 곳이지요." 파울루는 일부러 덧붙인다.

"자네가 말했어. 산업 배출물이 생명을 창출하는 데 사용된다고."

죄책감이 흩어진다. 아마 양심도 똑같은 운명을 겪을 것이다.

파울루는 아직 양심이 있다는 사실을 확신하고 싶었을 것이다. 그걸 확인하는 유일한 방법이 있었다. 행동을 하거나 아니면 하지 않는 것이었다.

그는 한쪽 다리를 길게 뻗고 손으로 주머니를 건드린다. 동전 몇 개가 딸랑거리는 소리가 방 안에 울린다.

"꿈에도 대가가 필요해요, 마시모. 그리고 당신은 아주 큰 꿈을 품을 수 있어요."

마시모는 논평을 무시한다. 책상으로 돌아가 책꽂이에 손바닥을 짚는다. 잠시 꼼짝하지 않다가 사진을 든다. 손에 들고 말없이 바라본다.

파울루는 그 흑백사진을 안다. 여러 번 보았다. 스튜디오에 혼자 남았을 때 하지 않기로 맹세한 질문에 대한 해답을 찾으며 그 사진을 살펴보았다.

어렸을 때의 마시모가 머리가 검은 동년배와 몸집이 육중한 남자와 함께 있는 사진이다. 배경에는 바다가 있다. 사진 가장자리에는 곶의 주민들이 포차렐로라 부르는 만의 옆모습이 보인다.

"그 사진에는 과거의 냄새가 있어요."

"단지 과거가 아니야. 미래에 대한 약속이지. 하지만 그 미래는 없었어." 마시모는 사진에서 눈길을 돌리지 않은 채 말한다. "내가 뜻하는 것을 자네가 이해하는지 모르겠네."

"우리 포르투갈 사람들에게 사우다지(saudade, 극단적인 긴장과 모순 속에서 발생하는 내면의 정서 - 옮긴이)는 삶 자체예요. 없었던 것에 대해서도 향수를 느낄 수 있어요."

그런 다음 파울루는 마시모가 바닥 한가운데 열린 곳으로 사라지는 것을 본다. 금속 계단에서 나는 발소리를 듣는다.

일어나 책상으로 다가가 조금 전의 책을 펼친다. 그 순간 '자기 영혼을 판다'는 표현의 정확한 의미를 이해했다고 생각한다.

4부

불

말한 것과 말하지 않은 것,
세 번째 악마

"누나가 보아야 해. 엄청나." 로베르토는 다 먹고 나서 장황한 손짓과 함께 열광적으로 이야기한다.

그의 앞, 식탁 맞은편에서 인디아는 눈을 내리깔고 있다. 무관심한 태도로 접시에서 포크를 움직이며 동생의 열광을 무시한다. 이따금 음식 조각을 입으로 가져간다.

"아주 빠르게 헤엄쳐. 믿을 수 없어." 로베르토는 계속한다.

"그래, 그래, 멋져…." 인디아는 눈도 들지 않고 냉소적으로 중얼거린다.

"아빠, 아빠가 말해줘요."

마시모는 아들과 딸을 번갈아 바라보고 이맛살을 찌푸리며 한숨을 쉰다. 동생과 누나 사이에 거리감이 최근 들어 더 벌어진 것 같다.

곳에서 로베르토와 마시모는 바다에 대한 열정을 추구했다. 눈부신 대도시의 감옥에서 떠나고, 세속의 규칙들과 유혹의 질식할 듯한 코드에서 떠나 있었다. 하지만 인디아는 계속 런던에서 살았고, 자기 자신의 수많은 속임수 이미지를 되비쳐주는 거울이 즐비한 상점가에서 여왕처럼 점점 더 겉모습에 연결되었다. 그곳 이탈리아 해안에서는 그녀에게 분명 모든 것이 세상에서 벗어나 황량하고 지겹게 보였을 것이다.

멀리 떨어져 그렇게 다른 방식으로 살아가며 남매가 서로 이해하지 못하는 것은 당연한 일이었다. 마시모는 시간에 맡겼고, 인디아의 열일곱 살 나이가 성격의 일부 모난 곳을 완화해 줄 것으로 기대했다. 그런데 그런 일은 일어나지 않았다. 오히려 그 긴장감 가득한 닷새가 증명하듯이 정반대 일이 일어났다. 그리고 로베르토는 누나를 지중해 한구석 그곳의 삶으로 끌어들이려고 온갖 방법을 동원했다. 모두 함께 보트를 타고 나가보자고, 마을로 가보자고 제안했다. 포이닉스와 파울루 그리고 팀의 다른 사람들에 대해 이야기했다. 심지어 최근의 학교 숙제를 도와달라고 부탁하기도 했다. 로베르토에게 그런 도움은 필요 없다는 걸 마시모는 잘 알았다. 하지만 인디아는 그 모든 걸 차가운 무관심으로 거부했다.

마시모는 단지 그 순간에야 파울루의 존재가 그의 아이러니와 함께 얼마나 중요할까 고려한다. 하지만 파울루는 일주일 동안 리스보아에 가 있고 싶다고 요구했고, 안 된다고 거부할 수 없었다. 그들 사이의 관계는 완벽한 균형을 이루었고, 그를 믿을 수 있다는 걸 잘 알았다. 파울루는 모험을 시작할 때 로베르토와 맺은 침묵의 약정을 존중하려고 언제나 주의했다.

그런데 인디아가 오면서 그곳의 조화는 달라졌다. 볼 때마다 마시모는 인디아의 아름다움, 벌써 어른 같은 단호함으로 떨리는 눈에 넋을 잃곤 했다. 하지만 무언가 제대로 돌아가지 않는 것, 딸의 고집을 변덕스러운 집요함으로 바꾼 것이 있었다. 게다가 지난 몇 년 동안 그녀를 볼 기회가 적었지만, 창백한 얼굴은 분명히 어떤 괴로움을 이야기했다. 그는 그런 생각을 떨쳐버리려고 노력했다. 만약 문제가 있다면 미켈라가 알았을 테고, 거기에 대해 말했을 거라고 생각했다. '엄마와 딸은 모든 것을 이야기해.'

하지만 전날 아침 화장실 문 앞을 지나가며 인디아가 어딘가 불편하다는 인상을 받았다. 걸음을 멈추었고, 손을 허공에 멈춘 채 어떻게 할지 망설였다. 노크하고 싶었지만 결국 그냥 놔두었다. 그 나이에 특히 자신처럼 같이 살지 않는 부모의 개입이 얼마나 귀찮을지 알았다. 하지만 불길한 예감은 그의 머릿속에서 계속 울렸다.

다시 한숨을 쉰다.

"인디아는 참치들에 관심이 없는 모양이구나, 로베르토."

로베르토는 인내심 있게 수긍하고, 빵 부스러기를 갖고 놀기 시작한다.

그들은 안뜰에 차려놓은 식탁 주위에 앉아 있다. 6월 초의 태양은 암벽을 빛살로 채우고 있다. 바다는 평온하다. 깨끗한 하늘을 배경으로 섬은 돋을새김처럼 산뜻하고 견고하다.

예순 살 정도 된 여인이 들락거리며 세 사람에게 필요한 것이 없나 섬세하게 확인한다. 짧게 자른 잿빛 머리칼, 자연스러운 부드러움이 풍기는 검은 눈과 함께 작지만 재빠르게 움직인다.

'아다. 알도와 아다.'

그들은 그 집이 아주 특이한 어느 프랑스 신사의 소유였을 때부터 거기에서 살았다. 마시모와 마리오는 프랑스 신사와 종종 충돌했는데, 물고기를 잡는 동안 그 조그마한 만 앞의 바위에서 휴식을 취할 때마다 그랬다. 프랑스 신사는 그것을 싫어했다. 우아한 태도를 보였지만 말수가 적고 비판적이었다.

오랜 세월이 지난 뒤 마시모가 아다와 알도와 함께 살 그 집의 구매를 협상하려고 나타났을 때 곧바로 알아보았다. 그리고 그는 마치 아직도 자기 사생활을 침해하는 것처럼, 자기 앞에 엄청난 금액을 지불할 준비가 된 구매자가 아니라 단지 성가신 사람인 것처럼 귀찮다는 눈길을 던졌다.

그렇지만 마시모는 확신했고 그는 바로 만족했다.

"이곳은 당신 핏속으로 들어갈 거요." 협상이 끝나자 프랑스 신사는 말했다. 그 말이 맞았다.

마시모는 눈으로 아다의 얼굴을 찾는다. 최근 몇 년 동안 카리나가 남긴 빈자리를 그녀가 채워주었다고 생각하지 않을 수 없다. 향수의 무자비한 고문을 느끼며 떨쳐버리려고 노력한다.

아다는 신중하게 식탁을 살펴보며 모든 것이 제대로 되어 있는지 확인하고, 혹시 필요한 것을 미리 파악하려고 노력한다.

"괜찮아요, 아가씨? 토마토를 좋아하지 않아요?" 전형적인 마렘마 억양으로 인디아에게 묻는다. 인디아는 생각에 잠겨 아직 가득한 접시를 바라본다. "단지 샐러드네요. 어떠하기를 원해요?" 잠시 후 오만한 어조로 대답한다.

마시모는 아다의 당황한 눈길과 마주친다. "좋아요, 아다. 고마워요. 맛있어요."

아다는 난처한 태도로 고개를 끄덕이더니 몸을 돌려 집으로 돌아간다.

"맛있는 샐러드를 만드는 것은 겉보기보다 아주 어려워. 이 토마토는 알도가 재배한 거야. 이렇게 맛있는 것은 없어." 마시모가 잠시 후 말한다. 점점 더 임박하는 것 같은 말다툼을 피하려 중립적인 어조로 말하려고 노력한다.

인디아는 투덜거린다. "예, 예… 좋아요, 깨끗하고 멋진 음식!" 슬로건을 인용하고 모호한 태도로 엄지를 세우며 과장된 목소리로 대꾸한다.

마시모는 빈정거림을 무시하고 그런 태도에도 자제심을 유지하려고 노력한다. "왜 영어로 말하지? 이해하지 못하게 말하는 것은 좋지 않아. 너는 어렸을 때부터 아다를 알잖아. 아다는 너를 사랑해. 너도 그렇고."

"나는 런던에서 살아요. 기억해요?"

"하지만 여기는 런던이 아니야. 나는 이탈리아 사람이고 네 엄마도 이탈리아 사람이야. '너도 이탈리아 사람이지.'" 마시모의 목소리는 무의식적으로 한 옥타브 올라간다. "그리고 언어를 말하는 것은 지성의 표시야. 단지 영어만 있는 것이 아니야."

인디아는 포크를 접시에 떨어뜨린다. "또 시작하지 마요! 지성…." 웃는다. 종처럼 날카롭고 면도날처럼 예리한 웃음. "그런데 아빠는 지금 어떤 상태로 떨어졌는지 알아요? 모든 것을 갖고 있었는데…."

로베르토는 머리를 든다. 긴장된 얼굴이다. 아버지와 누나를 바라보더니 일어나 집으로 향한다.

마시모의 눈길이 굳어진다. "그런 식으로 말하면 안 돼."

"하지만 그래요." 인디아는 벌떡 일어난다. "나는 그렇게 말할 수 있고, 또 말하겠어요. 아빠는 사라졌고, 나하고 엄마를 버리고 여기에 와서 은둔자가 되었어요. 그런데 지금 나에게 가르치려고 해요?"

인디아는 눈물을 흘리며 마시모에게 상처를 준다.

"거기에 대해 우리는 여러 번 말했잖아. 그런 식으로는 우리가 계속 살 수 없었고, 우리 모두 불행하다고 너에게 설명했지."

"설명했다고요? 설명했어요?" 인디아가 가로막는다. "하지만 내가 무엇을 느꼈고, 엄마가 무엇을 느꼈는지 묻지 않았어요. 아빠는 단지 이기주의자일 뿐이에요. 아빠에게 좋은 것은 다른 사람들에게도 좋아야 해요." 주먹을 움켜쥔다. "아빠는 사랑할 줄 몰라요!" 몸을 앞으로 숙이며 말한다. 마음 깊은 곳에서 올라오는 분노로 얼굴이 일그러져 있다. 오랜 세월 쌓인 분노가, 지금 마시모가 기억하지도 못하는 이유로 그 순간 폭발한 것이다.

'아빠는 사랑할 줄 몰라요!'

'미켈라, 셰릴….'

그 말은 그를 매우 아프게 한다. 사실이기 때문에 아프게 한다. 마시모는 전혀 사랑할 줄 몰랐다. 평생 그가 갖고 싸웠던 굽힐 줄 모르는 의지는 중간에 감정이 개입할 때 망설임이 되었다. 두려움이 그를 꼼짝 못하게 만든다. 단념은 불가피한 선택이다. 마치 진정으로 행복할 수 없었고, 행복하기를 '원하지 않았던' 것처럼.

'카림, 폴, 마리오.'

친구들과도 언제나 똑같이 그랬다. 넘어설 수 없는 벽 뒤로 숨고, 자신의 고집이라는 이름으로 그들을 희생하면서.

그리고 파울루와도 똑같이 하고 있다. 그도 역시 등 뒤에 남겨둘 테고, 그것은 의심할 여지가 없었다.

딸이 자신에게 등을 돌리고 집으로 가는 것을 바라본다.

그는 일어난다. "인디아, 내 말 들어봐."

하지만 인디아는 듣지 않는다. 들을 수 없다. 어렸을 때 아버지에게 많은 것을 말하고 싶었는데, 심장이 세게 고동치고 말하는 것을 방해하는 이상한 감정에 사로잡혔던 것처럼. 그렇게 넘치는 사랑 때문에 침묵했고, 심지어 아버지 말을 듣는 것도 그만두었다.

인디아는 집으로 달려가고, 마시모는 뒤따른다. 잠시 아다의 걱정스러운 눈길과 마주친다. 1층의 화장실 문에 이르고, 문은 둔탁한 소음과 함께 닫힌다.

"우리 말 좀 하자, 인디아!"

열쇠 구멍 안에서 열쇠가 건조하게 딸깍 하는 소리가 그대로 대답이다.

"인디아… 내가 잘못했다면, 단지 우리 모두 더 낫게 살기를 원했기 때문에 그랬던 거야."

문 너머의 나지막한 흐느낌에 그는 얼어붙는다.

잠시 후 전날 들었던 똑같은 소음이 들린다. 긴장되는 근육, 부풀어 오르는 목.

토하려는 것 같은 구역질. 또 한 번. 그리고 또 한 번.

그는 문을 두드린다. "괜찮니?"

어떻게 해야 할지 모른다. 그와 미켈라는 무엇인가에 대해 깨달았어야 하는가? 인디아가 말하고 싶지 않은 문제가 있었던 걸까?

다시 두드리지만 소용없다는 것을 안다. 그 문은 그렇게 쉽게 열리지 않을 것이다.

그리고 인디아의 마음도.

큰 활자로 된 제목이 신문의 1면을 차지하고 있다.

혼돈에 빠진 유럽

마시모는 컵을 책상 위에 내려놓고 한 손으로 얼굴을 문지른다. 눈이 빨갛다. 피곤하다. 인디아와 벌인 말다툼은 그에게 답답한 괴로움을 남겨두었다. 그 음식 거부에 그는 두려움을 느낀다.

신문 옆의 스마트폰을 바라본다. 미켈라에게 전화할지 잠시 망설인다. 하지만 무엇을 말할 수 있겠는가? 인디아가 며칠 전부터 잘 지내지 못한다고? 평소보다 더 야위고 창백하다고?

아니다. 그럴 수 없었다. 그 몇 년 동안 인디아가 성장하는 모습을 본 것은 그가 아니었다. 인디아가 옆에 있기를 원했을 때 그는 옆에 없었다. 그런데 지금 인디아를 엄마보다 더 잘 이해한다고 주장하겠는가?

아니다. 그래서 탑 꼭대기 스튜디오로 피하고 싶었다. 모든 것에서, 모든 사람으로부터 멀리.

마시모는 책상에 앉아 소금기와 송진의 향기를 깊이 들이마신다. 그리고 바다 앞에서도 단순하게 행복할 수 없다는 사실을 받아들이지 않을 수 없다. 삶이 당신을 찾으러 올 테고, 세상 끝 피난처에서도 당신을 찾아내고, 책임 앞으로, 과거에 있었던 것과 아마 계속 있을 것 앞으로 내던질 것이다.

달아날 방법이 없다. 어떤 장소도 당신을 당신 자신에게서 보호해줄 수 없다.

'현재 있는 것에서 달아날 수 없어.'

신문기사로 눈길을 돌린다.

위기의 파리. 총파업이 파리를 마비시키다
프랑스 신용등급 추가 강등 소문

모든 것이 예상한 대로다. 몇 달 전 시작된 겨울이 계속 유럽을 얼렸다. 그리고 지금 폭풍은 알프스산맥과 피레네산맥을 넘어가고 있다. 학살은 누구도 살려두지 않았다. 어제의 불가촉천민들은 오늘 도살할 고기가 되었다.

그리스 신용 능력에 제기된 의혹은 치명적인 전염병 박테리아가 되었다. 그리스, 이탈리아, 스페인, 다음에는 프랑스 차례였다.

신문을 펼치고 기사를 읽기 시작한다.

파리-어제부터 프랑스는 트로이카 정상들과의 합의로 정부가 발표한 긴축 정책에 반대하는 수많은 노동자를 동원한 48시간 총파업으로 마비되었다. 파리의 거리들 외에 마르세유, 리옹, 보르도의 거리들도 무수한 시위자가 점령했고, 프랑스는 봉쇄되었다. 기차와 교통수단이 멈추었고, 수많은 상업 활동이 중단되었으며, 우체국과 학교가 문을 닫았고, 가스와 전기 에너지 공급, 의료 서비스는 최소한으로 축소되었으며, 일간신문의 윤전기들이 멈추었다. 사방에서 있었던 총동원에 대한 호소는 엄청난 노동자들의 참여를 기록했다. 파리 접근을 하루 종일 차단한 엄청난 교통정체와 교통수단 마비에도 20만 명의 행렬이 파리의 거리들을 가로지르면서 유럽연합과 국제통화기금이 요구하는 희생에 반대해 아주 강경한 구호를 외쳤다. 사실 프랑스 정부는 최근 400억 유로에 해당하는 공공 지출의 추가 삭감을 예상하는 대처 계획을 승인했다. 레퓌블리크광장에서 10시경에 움직이기 시작한 시위 중에 여러 은행 지점들과 재무부의 파견 지부에 대한 공격과 수많은 폭력 사례가 보고되었다. 격렬한 충돌은 점심시간 무렵 젊은이 수백 명이 몽둥이, 돌, 화염병으로 무장하고 경찰들을 공격했을 때 시작되었다.

마시모는 읽기를 중단한다. 달짝지근한 역겨움의 파도를 느끼고 그 연쇄 반응의 불가피함에 거부감을 느낀다.

유럽은 싸움들 중 최악의 싸움인 내전의 악몽 속으로 내동댕이쳐져 또다시 싸우고 있었다. 그 내전에서 전선은 사방에 있을 수 있고 적은 제복을 입지 않았다. 아버지 대 아들. 늙은이 대 젊은이. 한쪽의 권리 대 다른 쪽의 보이지 않음. 모두가 똑같이 끝없는 추위의 형벌을 선고받았다.

마시모가 스승으로 생각하는 경제학자 구이도 로베르토 비탈리의 예언적인 말이 머리에 떠오른다. 이따금 밀라노에서 만났는데, 차 마실 시간에 일종의 고해실에서 만나 역사와 정치에 대해 말했고, 금융에 대해서는 거의 말이 없었다. 어느 날 그는 말했다. "독일은 거의 비밀리에 계속 유럽 위에 군림할 수 있다고 믿어. 다른 나라의 관례나 풍습에 신경 쓰지 않고 자신의 규칙과 생활 방식을 부과하면서 말이야. 물론 모두 틀렸다고 할 수 없지만, 제1차와 제2차 세계대전의 정치적 · 경제적 결과를 해소한 다음, 지금은 다소 무의식적으로 복수를 추구해. 그런데 그 복수는 전혀 해본 적이 없고, 먼저 자신과 다른 나라들에 또 다른 재난을 유발하지 않고는 아마 앞으로도 할 수 없을 거야."

비극의 기원을 다시 생각해 보고, 모든 것의 밑바탕에 있던 악마 같은 전략을 머릿속에 되살려본다. 처음에는 지하드(jihad, 종교적 · 도덕적 법칙을 지키기 위한 정신적 투쟁 - 옮긴이), 즉 서로 대립적이면서 보완적인 근본주의, 그러니까 워싱턴에서 표명된 국채의 화폐화와 프랑크푸르트의 새로운 비스마르크주의자들이 노래하는 인플레이션 없는 유로화의 최고 우위 사이의 신성동맹이었다. 두 가지 고백, 두 가지 믿음. 그리고 서방 전체에서 극소수의 특권을 보장하는 금융정책.

그리고 그런 일이 일어나는 동안, 가난한 자들이 확실한 죽음을 향해 맹목적으로 나아가는 동안 마시모는 '무인지대'로, 삼면이 바다로 둘러싸인 땅 끄트머리로 사라졌고, 오만하게도 포이닉스라고 명명했으며, 순수한 광기의 모든 특성이 담긴 계획을 추구하고 있었다. 거기에서 완벽한 폭풍이 다가오는 것을 바라보았다. 손가락 하나 움직이지 않고, 불가능한 기적이라는 희망에 의지하며.

'무능하고, 소외되고, 모든 것에서 단절된 채.'

황혼의 빛이 스튜디오를 희미하게 비춘다. 책상의 등을 켜지 않으려 결심하고, 기사의 마지막 부분을 읽는다.

프랑스의 총파업과 병행해 연대 행렬이 유럽의 주요 도시들을 가로질렀다. 로마에서 마드리드까지, 아테네에서 더블린까지 시위는 도시 게릴라의 양상으로 끝났다. 프랑스 신용등급의 추가 강등 소문이 난무하는 동안 OAT와 분트 사이의 수익률 차이가 150.65까지 치솟으면서 채권시장에서는 파리의 10년 만기 국채의 다음 공매 전망에 대한 공포가 커지고 있다. 그러는 동안 유럽은 제2차 세계대전이 끝난 후 역사상 최악의 하루가 되었다. 긴축 정책 완화와 신용등급에 대한 합의 없이 유럽 대륙은 사회적 갈등의 무절제한 폭발뿐 아니라 공공 서비스와 경제활동의 마비로 추락할 위험이 있다.

마시모는 신문을 접고 자기 손을 바라본다. 그의 내부에서 강한 목소리가 행동하라고 외친다. 무엇인가 하고 싶다. 하지만 파국의 사악한 매력을 지켜보는 일 외에 다른 것을 할 수 없다는 것을 안다.

'이틀 후.'

"아직 아무것도 없어?"

"아무것도 없어요." 파울루는 수건 위에 누워 한 손으로 눈을 가린다. 정오의 햇살이 해변의 조약돌들을 때린다. 공기는 매우 덥다. 바다는 평온하다.

"저 참치들은 절대 번식하지 않을 거예요. 광주기(빛에 노출되는 낮의 길이로, 생물이 가장 적합한 기능을 하도록 하는 낮의 길이 - 옮긴이) 조절은 소용없었고, 이제 우리는 자연적인 번식 순간도 놓칠 위험이 있어요. 며칠 뒤에는 구멍이 닫힐 테고, 그러면 포이닉스는 안녕이에요."

그 옆에 앉은 마시모는 말없이 두 팔로 다리를 감싸안는다. 그런 실패는 이미 인정했다.

"내가 리스보아에서 돌아오지 않으려고 생각했다는 것 알아요?"

마시모는 몸을 돌리지 않고 수긍한다. "자네에게 사과해야 한다고 생각하네, 파울루. 자네가 절대 하지 않을 것을 하도록 내가 강요했네."

"나는 거절할 수 있었지요. 그런데 흥미를 느꼈어요. 그리고 당신도 하지 않았을 걸 했지요. 내가 틀렸나요?"

"아니, 사실이야."

"그렇다면 우리는 비겼어요."

둘은 말이 없다.

"어땠어요?" 파울루가 한참 뒤 묻는다.

"무엇이?"

"당신이 전에 하던 일이요. 그 모든 돈을 버는 것이 그렇게 험악했어요?"

"언제 알았어?"

파울루는 낄낄거린다. "언제나 알았던 것 같아요. 하지만 거기에 대해 생각하지 않으려고 했어요. 아니면 당신이 혹시 우정으로 말해주기를 바랐지요. 결국 나는 감상적이에요." 팔꿈치로 지탱하며 상체를 일으키더니 바다로 눈길을 던지고, 이어서 말한다. "당신은 부자 집안 출신이 아니에요. 그렇지 않으면 당신에 대해 무언가 튀어나왔을 겁니다. 당신이 사용하는 재산은 혼자 모은 거지요. 당신은 군사 전략 논문과 경제학 책을 읽어요. 정치에 대해 말하고요. 그 모든 것을 돈과 함께 연결하는 일은 하나뿐이에요."

"나 같은 사람들 때문에 자네가 연구 지원금을 받지 못했다는 거 알아?"

"당신 같은 사람들…." 파울루는 코웃음을 친다. "사람들은 범주가 아니라고 배웠지요. 각자 자신의 가치가 있고 들려줄 이야기가 있어요. 당신은 최소한 한 명을 구하려고 시도했어요."

"그래, 하지만 단지 자네 일에 흥미가 있었기 때문이야."

"어쨌든 시도했어요."

배 두 척이 포이닉스 옆에 정박되어 있다. 파울루의 팀이 구조물에서 일하고 있다.

우리를 덮어씌우고 커다란 수중 반사경들을 설치하려고 유지 작업이 늘어났다. 몬탈토 디 카스트로 발전소의 배출수를 사용할 수 없었지만 말이다. 그 시도는 관료적 장애물들의 늪 앞에서 좌초하면서 다시 한번 계획의 실패를 확인해 주었다.

"나는 추웠어." 마시모는 중얼거린다. "그 일을 할 때 나는 언제나 추웠어. 이따금 이곳에 와서 가능한 한 많이 따뜻함을 훔쳐 안에 간직하려고 노력했지. 하지만 충분하지 않았어."

"그리고 무슨 일이 있었어요?"

"내가 더는 해내지 못했어. 무엇인가가 이 안에서 망가졌어." 한 손가락으로 관자놀이를 스친다. "이 모든 것이 시작되기 전, 유럽에 대한 공격이 시작되기 전이었어."

"알겠어요." 파울루는 앉는다.

마시모는 몸을 돌려 그를 바라본다. 파울루는 웃통을 벗었고, 청바지를 입었으며, 맨발에 머리칼은 어깨 위로 풀어헤쳐져 있다.

"유럽은…." 파울루는 다른 생각의 실마리를 따라 경멸감 어린 목소리로 말한다. "유럽은 죽었어요."

"그래, 자네 말이 맞을 거야. 하지만 이 대륙은 아직 기회를 가질 가치가 있다고 생각해."

"하지만 나는 우리 모두 단번에 가버려야 한다고 생각해요."

"그럼 자네는 어디로 가고 싶어?"

"카리브해의 작은 섬이나 남아메리카의 어느 장소를 생각해 봐요. 아름다운 여인들, 칵테일, 태양, 바다." 파울루는 멈추고 생각에 잠긴다.

"내 말은 '단지' 바다예요. 포이닉스나 연구, 그런 것 없이 말이에요."

마시모는 돌멩이 하나를 손에 쥔다. 그에게는 도피와 새로운 정착, 찾아야 할 다른 목표를 암시하는 사람이 언제나 있었다. 마리오가 그랬다. 그리고 지금 파울루가 그렇게 하고 있다.

"하지만 이번에는 당신은 가볍게 여행해야 해요." 파울루는 계속 말한다. "올바르게 행동하기 위해 계획이 필요하다는 생각에서 벗어나세요. 당신이 추구하는 고집이 당신을 불행하게 만들어요."

마시모는 그 말을 무시하고 싶다. "그럼 이제 우리 끝인가? 아니면 시도해 볼 수 있는 것이 아직 있어?" 어조를 바꾸어 멀리 포이닉스를 가리키며 말한다.

"네, 아직 '무엇인가' 있어요."

마시모는 동요한다. 불안해진다.

파울루는 그의 팔에 한 손을 올린다. "아자글리-나파렐린." 그의 눈을 응시하며 또박또박 말한다. 얼굴은 거의 농담하듯이 가벼운 표정이다. "호르몬의 활성 원리를 아자글리-나파렐린이라고 불러요." 세 번째 악마는 설명한다.

"다른 해결책은 없어?"

"우리는 모두 시도해 보았어요. 마지막 조절은 호르몬을 토대로 해요. 번식을 유도하기 위해 그 물질을 개체들에 직접 투여해야 해요."

그렇다, 바로 그 순간이다. 그들은 저항할 수 없는 유혹의 힘에 이끌려 그 여행의 헤라클레스의 기둥(지브롤터해협 어귀 부분의 낭떠러지에 있는 바위. 그리스신화에서 헤라클레스의 기둥은 세상의 끝으로 여겨졌다 - 옮긴이)을 넘어가려 한다. 마시모와 파울루, 둘은 서로에게 도박을 했다. 서로를 설득하고, 속이고, 부추겼다. 거의 유혹되듯이.

이제 모든 것을 할 준비가 되어 있다. 과거에 있었던 것과 자신들이 믿었던 것, 모든 것을 잊고. 고백할 수 없는 충동을 서로 자극했다. 그리고 그렇게 자제력을 무시했다. 양심은 한쪽에 제쳐두었다. 사악한 호기심의 재갈로 침묵하는 양심. 그들은 하나의 꿈을 공유했다. 단지 조작과 통제의 모호한 계획의 공모자로 드러나며. 누구도 속임수, 위조, 조절의 매력을 피하지 못했다.

그리고 그 봄날 아침 세 번째 악마는 따스한 햇살을 즐기며 의혹을 조롱한다. 한 손을 기다란 검은 머리칼 사이로 밀어 넣고 평온하게 태연히 바다를 바라본다. 세포의 유기적 구성을 변화시키는 것, 생명의 토대인 아미노산의 연쇄를 바꾸는 것, 유전자 지도를 수정하는 것은 창조주의 임무다. 악마는 아무것도 생성하지 못하고, 창조주의 속박에서, 그 역학을 조절하는 법칙에서 세상을 풀어놓을 뿐이다.

단지 관점의 문제라고 생각한다. 미소로 그의 입술이 일그러지는 동안.

"그러면 우리의 약속 조건은? 우리가 제시했던 규칙은?" 마시모는 묻는다.

"규칙은 깨지기 위해 만들어져요."

마시모는 손을 펴고 조약돌을 떨어뜨린 다음 머리를 흔든다.

"하지만 당신이 알아야 하는 게 있어요." 파울루는 이어서 말한다. "그 방법으로는 결과가 긍정적일 경우에도 결국 유전자 조작을 하게 돼요. 그리고 그 결과는 무엇인지 당신도 알지요?"

"과학의 관점에서는 몰라."

"사실 여기에서 과학은 단지 문제의 한 측면일 뿐이고, 분명히 가장 중요한 것은 아니에요. 진짜 문제는 그런 처치의 본질, 우리가 할 준비가 되어 있는 거예요." 그는 일어나서 물통으로 다가간다. 몸을 숙이고 두 손을 물속에 집어넣은 다음 얼굴로 가져간다. 물줄기가 청바지의 가장자리를 적신다.

"다른 종에 실시한 실험에 따르면 조작된 물고기는 다른 물고기보다 먼저 죽고, 3분의 1은 성적인 성숙함을 넘기지 못해요. 만약 당신이 6만 마리의 무리에다 유전자 조작 개체 60마리를 풀어놓으면, 정확히 알 수 없는 몇 세대가 지나는 동안 계속 교배가 반복되고, 그러면 원래 종은 새로운 종으로 대체되며 멸종하게 되지요. '당신의' 그 붉은참치 종 말입니다." 다시 미소 짓는다. 하지만 이번에는 눈길에 강한 것이 있다.

"'정확히 알 수 없는' 몇 세대라니 무슨 뜻이지?" 마시모가 속삭이듯 묻는다. 하얀 리넨 와이셔츠가 몸에 달라붙는다. 하지만 그 봄날 햇살이 땀을 나게 하는 것은 아니다. 자신이 멀어지려고 결심한 사람들과 비슷하다는 의식, 똑같은 조작의 열망에 이끌리고 있다는 의식이 스멀거리기 때문이다.

"그에 대해서는 당신이 분명히 나보다 더 잘 알 겁니다. 수학적 투영 문제이니까요."

마시모는 얼굴을 문지른다. 도대체 왜 자신이 믿는 것은 모두 언제나 실패와 연결되는지 자문한다. 아니면 더 나쁘게 의도의 비극적인 위조나 속임수와 연결되는지.

"시간이 중요해." 평온한 목소리로 대꾸한다.

"아니에요. 최종 결과가 당신이 처음에 하려고 했던 것과 더는 아무 관계가 없다면 시간은 상대적이에요."

"우리는 현실 자체에 개입하고 있어." 마시모는 그의 말을 끊는다.

"현실에, 맞아요. 그리고 생명에."

둘은 침묵한다.

마시모는 바다 위로 반사된 햇살을 바라보며 철썩거리는 파도 소리에 집중한다. 마음은 아주 잔인한 연상에 이끌려 그 해변에서 점점 더 멀어진다. 미국 연방준비제도이사회에 의해 유발된 화폐의 홍수는 현실의 흐름을 변화시키고 생명의 유전적 유산을 바꾸는 탁월한 행동이 아니었던가? 자신이 그 사악한 계획의 책임자들과 다르다고 할 수 있을까?

분명히 아니다. 유일한 차이는 인간을 기니피그로 사용하기를 거부했다는 것이다. 아마 단지 두려움 때문에. 하지만 곧바로 그런 의혹을 넘어 유혹의 함정을 느낀다. 멈출 수 없고 거부할 수 없다. 그 너머로 나아가고 싶은 욕망이 팔꿈치로 밀치며 머리 안으로 들어온다.

"시도해 볼 필요가 있어, 파울루. 어쨌든 약간의 시간을 훔치는 것은 중요해."

"이제 나는 당신을 알아요. 벌써 팀원들에게 지시를 내렸고, 그들은 무엇을 해야 할지 알아요." 그리고 머리로 멀리 있는 배를 가리킨다.

"하지만 내가 이 계획을 위해 하는 마지막 일입니다."

"자네를 실망시켰군, 그렇지?" 마시모는 일어나 파울루에게 다가간다.

파울루는 빙긋 웃는다. "아니에요. 당신은 무엇인가를 믿어요. 문제는 그것을 너무 지나치게 믿는다는 거지요." 멈추고 고개를 숙인다. "하나 가져가야겠어요." 몸을 숙여 길쭉한 모양의 조약돌을 하나 집는다. "내가 무척 사랑한 바다 중 하나에 대한 추억이 될 거예요."

"그럼 이제 갈 거야?"

"네, 당신에게 말했잖아요. 당신은 나와 함께 가고 싶지 않은 거 확실해요?"

"혹시 언젠가는."

파울루는 끄덕인다.

'또 다른 이별.'

둘은 서로 바라본다. 파울루는 손을 내밀고, 마시모는 맞잡는다. 그가 멀어지는 것을 바라본다. 해변의 경계가 되는 암벽 너머로 사라지자 다시 앉는다. 피곤하다.

바다를 응시한다, 울적함과 싸우면서. 외로움이 그를 사로잡는다. 파울루는 떠났다. 인디아는 말하지 않는다. 몇 년 뒤에는 로베르토가 공부하러 떠날 것이다. 그러면 그는? 그는 무엇을 할 것인가?

그 암벽 위의 집에 혼자 남을 것이다.

진동음에 깜짝 놀라 현실로 돌아온다. 바지 호주머니에서 스마트폰을 꺼낸다. 디스플레이에 나타나는 번호는 스페인 국가 번호다.

"여보세요?"

"어떻게 지내, 맥스?"

그 목소리를 들을 때마다 마시모는 즐거움과 향수가 뒤섞인 느낌이 든다.

몇 초 동안 말이 없다. "카리나…."

"어떻게 지내?"

누군가의 입에서 그런 질문은 상투적이고 현실적인 의미가 없을 수도 있다. 하지만 카리나 월시가 하는 그 말은 단순하게 '진실'로 들린다.

"그저 그래요."

맞은편에서 들려오는 웃음은 그에게 위안을 준다.

"한 번이라도 '좋아요' 하고 말하면 좋겠어."

"나도 그래요. 정말이에요. 나도 그러기를 원해요."

"로베르토는?"

"시험 준비를 하고 있어요."

"이제 많이 컸겠네."

그런 다음 카리나는 말을 멈추고, 마시모는 망설임을 포착한다.

"무슨 일이에요?"

깊은 한숨. "어제 데릭이 전화했어."

그 이름은 그를 과거로 내던진다. 3년 넘게 누구에게서도 그 이름을 듣지 못했고, 그는 그 이름을 지우려고 온갖 노력을 했다. 최소한 그것은 성공했다. 비록 플로어에서 마지막으로 충돌한 결과를 오랫동안 다시 생각했지만 말이다.

“뭐라고 했어요?”

“처음에는 에둘러 말했고, 무엇을 원하는지 잘 이해하지 못했어. 그러다 당신에 대해 말하기 시작했고, 양식에 대해 질문했어. 이상해 보였지만, 당신들이 서로 통화한 것처럼 내가 믿게 만들었어.”

“그래서 내가 여기 있다고 말했군요.”

카리나는 전화에다 식식거린다. “그래, 내가 실수했어, 맥스.”

“괜찮아요.”

“용서하는 거야?”

“내가 당신을 용서하지 않으면 나는 당신에게 가치가 없겠지요.”

불확실한 웃음.

“그는? 어떻게 지낸대요?”

“당신이 알잖아. 절대 바뀌지 않아.”

그렇다. 데릭은 바뀌지 않았고, 심지어 세월의 흐름에도 절대 바뀔 수 없었다. 변화라는 개념은 그 미국인의 계획에서 절대 고려되지 않았다. 그의 노련한 속임수가 바뀌지 않았던 것처럼. 크든 작든 차이가 없었다.

“그에게 전화해야 할 거야.” 카리나는 진지한 목소리로 말한다.

“아니요.” 마시모는 거칠게 대꾸한다. “만약 나를 찾으러 오면, 그에게 말하겠다고 약속하지요. 하지만 그가 나를 찾아야 해요.”

“강요하지 않을게. 소용없다는 것을 아니까. 최소한 나에게 알려줘.”

“사랑해요, 카리나.”

"나도, 맥스."

전화를 끊는다. 한쪽 입술을 깨문다. 얼굴은 집중한 표정이고 수많은 생각이 머리 안에서 스멀거린다. 다시 바다를 응시하고, 바로 그 순간 갑자기 마치 전율 같은 느낌이 엄습한다.

익숙한 귀가 파도 리듬의 감지할 수 없는 변화를 포착하고, 그동안 피부는 전에 없던 가벼운 입김을 느낀다.

그는 일어난다. 배에 있는 팀원에게 알려야 한다. 포이닉스의 그물을 다시 확인해야 한다. 바람이 바뀌고 있다. 남서풍으로 변할 테고, 하루 안에 비가 해안을 휩쓸 것이다.

너는 날 수 있니?

종소리에 깜짝 놀란다. 수학 문제에 집중한 로베르토는 시간감각을 잃었다. 그 x, y, z로 쪼개진 숫자들의 연쇄를 그는 좋아한다. 등식 해결, 미지수 계산은 그를 편안하게 해준다. 변수들에 가치를 부여할 때면, 마치 퍼즐을 완성하듯이 사물들을 정확한 자리에 놓고, 신비를 드러내는 것 같다.

하지만 오늘은 끝났다. 그리고 배를 타고 한 바퀴 돌고 싶다. 비록 로베르토는 언제나 '진정한' 여름, 숙제나 책도 없고 중학교 3학년 시험도 없는 여름을 생각하지만 말이다.

아침부터 저녁까지 물고기를 잡을 것이다. 그리고 아버지는 아프리카의 암초로 다시 데려가겠다고 약속했다.

책과 공책을 모아 넣고 배낭을 한쪽 어깨에 걸친다. 학급 친구 두 명에게 인사를 하고 출구로 향한다.

학교 문을 나서면서 오후의 눈부신 햇살 속에 눈을 찡그린다. 길 맞은편에서 알도가 팔을 흔들며 웃는다. 갑자기 나타난 환영이다. 배고픔이 느껴지며 아다가 준비하는 아주 맛있는 음식 접시에 달려들고 싶다.

그런데 로베르토의 관심은 그 모두가 모두를 알고, 단지 7월과 8월에만 새로운 얼굴이 보이는 길의 졸리는 듯한 분위기와 어울리지 않는 것에 사로잡힌다.

하얀 와이셔츠다. 파란 정장에 하얀 와이셔츠 그리고 넥타이. 오랫동안 그렇게 입은 사람을 보지 못했다. 아버지가 좋아하지 않는 일을 했을 때 그렇게 입었다. 눈으로 넥타이의 선을 따라간다. 묶인 매듭에 잠시 머무르고, 깃의 예리한 각을 따라 올라간다.

아빠의 친구는 알도에게서 몇 미터 떨어진 곳에 서 있다. 로베르토는 몇 년 전부터, 곶으로 이사한 이후 그를 보지 못했다. 그리고 런던에서의 마지막 시기에 그를 만난 적이 거의 없다.

얼마나 많은 시간이 흘렀는지. 그를 거의 잊었다. 비록 그의 이름은 아직 기억할지라도.

'저기에서 뭐 하지?'

길을 가로지르자 그가 마주쳐 다가온다.

"안녕, 로비?" 영어로 나지막한 목소리로 인사한다.

"안녕하세요?" 로베르토가 중얼거리는 동안 알도가 이맛살을 찌푸린 표정으로 다가온다. 로베르토는 손짓으로 안심시킨다.

"어떻게 지내니?" 그는 묻는다.

"잘 지내요." 대답한다. 그리고 몇 년이 지난 뒤에 곶에서는 우스꽝스럽고 억지처럼 들리는 언어로 공공장소에서 말하게 되었다. 집에서는 인디아가 왔을 때 영어로 말했다. 인디아는 이탈리아어를 알려고 하지 않았다. 로베르토 생각으로는 단지 신경질을 부리려고 그러는 것 같았다. 슬펐기 때문이다. 하지만 어떻게 해도 인디아를 기분 좋게 만들 수 없었다.

"아빠 만나러 오셨어요?"

남자는 고개를 끄덕인다.

"집에 계세요."

"알아. 너에게 이것을 가져왔어." 그리고 봉투 하나를 내민다. 다른 손에는 하얀 글씨가 쓰인 노란색 금속 깡통을 들고 있다.

"뭐예요?"

"먼저 열어봐."

로베르토는 봉투를 받아 안을 살펴본 다음 선물 종이에 싸인 꾸러미를 꺼낸다. 포장지를 통해 천의 부드러움을 감지한다. 그 안에 옷이 들어 있었다.

"어때? 궁금하지 않아?"

로베르토가 망설이는 동안 심장이 강하게 고동치기 시작한다. 꾸러미를 열고 싶지 않다. 손에 단추가 있는 위험을 무릅쓰고 싶지 않다.

남자는 몸을 숙이고, 알도는 이맛살을 찌푸린 채 지켜본다. 그 망설임의 이유를 직감하고 개입하려는데, 로베르토가 머리로 하지 말라는 신호를 한다. "괜찮아요."

로베르토는 숨을 깊이 들이쉰다. 괴롭다. 하지만 두려워한다는 것을 보이고 싶지 않다. 이제 다 컸다. 열세 살이고 혼자 돛배를 타고 갈 줄 안다. 그래서 꾸러미 포장지를 뜯는다, 천천히. 그런 다음 안을 훔쳐보고, 하얀 글자 몇 개가 수놓인 짙은 파란색 옷의 끄트머리를 발견한다.

A와 N을 알아본다. 그런 다음 다시 심호흡을 하고 옷을 꺼내 펼쳐 본다. 티셔츠다. 뒤에는 GIANTS라는 글이 있다. 앞에는 ALL IN이라는 말이 빨간색 테두리로 둘러쳐진 n자와 y자 옆에 있다. 두 알파벳 아래에는 수평의 선이 y자의 아래 끝과 직각으로 연결되어 있다. 그리고 무엇보다 티셔츠에는 단추가 없다.

"마음에 들어?" 남자가 웃으며 묻는다.

로베르토는 고개를 끄덕인다. "멋있어요. 색깔이 마음에 들어요. 바다 색깔이에요. 배 안에 둘 거예요."

"좋아. 그런데 자이언츠가 누구인지 알아?"

"몰라요."

"유명한 풋볼팀이야. 아버지는 경기를 보기 위해 언제나 나를 미도우랜즈에 데려가셨어."

"풋볼은 럭비와 같아요."

"완전히 똑같지는 않아. 미국에서는 발이 아니라 손으로 공을 앞으로 던져. 그리고 터치다운이 경기에서 가장 장관이지."

"고맙습니다." 로베르토는 중얼거린다.

"아빠를 만나러 가실 거예요?"

남자는 그렇다는 신호를 한다. 그리고 잠시 후 세 사람은 몇몇 지나가는 사람들의 어리둥절한 눈길을 받으며 암벽 위의 집을 향해 걸어간다.

"저건 뭐예요?" 로베르토가 금속 깡통을 가리키며 묻는다.

"다른 선물이야. 하지만 네 아빠를 위한 거야. 아주 훌륭한 차인데, 전 세계에서 유일하게 싱가포르에서만 만들어. 여기에서 멀리 떨어진 아시아에 있어."

"왜 거기에서만 만들어요?"

"귀하기 때문이야. 일부 특별한 산에만 있어. 금가루도 포함되어 있는 것 같아." 남자는 계속 말한다. "그 귀한 재료를 필터와 가위로 가공하지. 단지 그렇게 해야만 차가 순수하게 보존된다고 해."

"그곳에는 돈이 많겠네요. 광산 근처처럼 말이에요."

"글쎄, 그렇지."

"그렇다면 많은 사람이 잘살지 못한다는 뜻이네요. 차를 가공하지 않는 사람들은 물건 사기가 힘들 거예요. 모든 것이 더 비싸기 때문이에요."

남자는 걸음을 멈추고 무표정한 알도에게 눈길을 던진다. 그리고 생각에 잠긴 표정으로 로베르토를 바라본다. "그런 것을 어떻게 알지?"

"아빠가 말해주셨어요."

"그걸 생각했어야 하는데." 남자는 말하더니 머리를 흔들며 살짝 웃는다.

그들은 말없이 암벽 꼭대기로 통하는 길로 접어든다. 오른쪽에서 파도의 집요한 소음이 들려온다.

'강해. 너무.'

로베르토는 본능적으로 바다 쪽 하늘을 바라보고 바람에 밀려온 구름을 본다. 실망하는 표정으로 입술이 일그러진다.

'조금 있으면 비가 올 거야.'

'배를 탈 수 없어.'

남자를 바라본다.

그런 타입이 좋다. 멋진 선물도 하고. 정장 차림에도 스포티한 분위기이고 또 흥미로운 이야기들을 들려주었다. 아빠는 오랜만에 그를 다시 만나 좋아할 것이다.

"아빠, 이건 아빠를 위한 선물이에요." 로베르토는 말하면서 안뜰 가운데의 식탁 위로 황금빛 깡통을 내민다. 마시모는 의자에서 몸을 내밀어 깡통을 든다. 손안에서 돌려본다. 옐로 골드 티, 스페셜 리저브.

가벼운 거부감, 아직 희미한 직관의 시초, 아니면 아마 무언가 중요한 것을 잊었다는 짜증 나는 느낌이다. 하지만 아무것도 그에게서 벗어나지 않았다. 아침에 포이닉스를 확인했고, 날씨가 바뀌고 있으니 그물 유지를 보완하라고 요청했다. 그런 다음 인디아가 잘 있는지, 필요한 것이 없는지 확인했다. 며칠 전 말다툼을 한 뒤 불화는 진정되었지만, 인디아의 태도는 바뀌지 않았다. 마시모는 딸에게 말하는 것을 단념하고 더 나은 순간을 기다리려고 생각했지만, 전날 아침 딸은 방 안에 틀어박혀 있었다. 그리고 우는 소리를 들었다.

아마 딸의 불편함이 그에게 그 이상하고 불안한 느낌을 전해주었는지도 모른다.

그는 로베르토를 바라보고 교활한 표정을 감지한다. 그리고 한 손에 들고 있는 티셔츠를 발견한다.

"그럼 저것은?"

"이건 내 거예요." 로베르토는 티셔츠를 펼쳐 보인다.

마시모는 ALL IN-ny이라는 글귀를 읽기 전에 자이언츠의 셔츠를 알아본다. 다시 아들을 바라본다.

'뉴욕 자이언츠. 옐로 골드 티.'

아주 오래전 '누군가'가 있었다. 그는 종종 인용을 자랑하며 차에 대해 말하곤 했다. 음료로서 차를 특별히 좋아한 것도 아니었다. '하지만 봐, 맥스. 차를 마실 때마다 나는 미국의 자부심, 보스턴 차 사건, 그리고 반발한 식민지 주민들을 생각한다네. 그 어리석은 일을 영국인들은 잊지 않았어.'

마시모는 깡통을 응시하며 천천히 머리를 흔든다.

'카리나의 전화….'

미소를 머금는다.

'아니, 누군가가 아니야.'

'그야.'

결론에 이르는 데 얼마나 걸렸을까? 30초?

너무 많다. 분명히 너무 많다. 곶에서 그런 물건을 살 가능성이 얼마나 있을까? 얼마나 많은 사람이 자이언츠 티셔츠를 선물하고 그런 차와 함께 티레니아해안의 암벽에 나타날 수 있을까?

"5분 동안 우려내야 해."

목소리가 그의 등을 찌른다. 깊은 목소리.

억양 없는 영어로 말하는 데 익숙한 목소리. 그를 잘 아는 사람은 뉴욕시의 억양을 간간이 구별해낼 수 있을지라도. 마시모가 정말로 다시 만나고 싶지 않은 목소리.

'미안하네.'

'어떻게 지내?'

'오기 전에 전화했어야 하는데.'

'정말 많은 세월이 지났군.'

하지만 전혀 그러지 않았다. '5분 동안 우려내야 해.' 단지 그뿐이었다. 사과의 그림자도 없었다. 마치 아무 일도 일어나지 않은 것처럼. 마치 지난 주말에 콘월이나 롱아일랜드에서 미켈라와 힐러리와 함께 만난 것처럼.

데릭 모건, 3년 후.

마시모는 몸을 돌린다. 그리고 늙은 그의 모습을 발견하고 놀란다. 높직한 이마와 눈 주위에 기억에 없는 주름살이 있다. 관자놀이 근처의 검은 머리는 희끗희끗해졌다. 하지만 각진 어깨, 꼿꼿한 자세, 강인한 턱, 검은 홍채의 타오르는 눈빛은 똑같았다. 대담함을 드러내는 눈길 안의 그 빛.

"무엇을 원해요, 데릭?" 마시모는 최소한의 놀라움도 드러내지 않으려고 주의하며 무관심한 목소리로 묻는다. 원하지 않았는데도 오래된 방어 기제가 작동했다.

정말로 과거에서 벗어날 수 없을 것이다. 단지 잠시 숨을 수 있을 뿐이다.

"옛 시절을 회상하며 차 한잔 마시는 것." 데릭은 모호하게 대답한다.

"그리고 옛 우정도?"

"왜 아니겠는가?"

둘은 말없이 서로 탐색한다. 로베르토는 두 사람에게 번갈아 눈길을 던진다. 그런 반응은 예상하지 못했다. 아빠가 옛 친구를 다시 만나 좋아할 거라고 생각했다.

잠시 후 마시모는 알도에게 눈길을 돌리고 차 깡통을 건넨다. 알도는 깡통을 받으며 머리를 끄덕이고 집으로 향한다. 마시모는 먼 시절의 그 유령, 자신의 멘토를 다시 살펴보고 빙긋 웃는다. "앉으세요." 식탁 맞은편 빈 의자를 가리키며 말한다. "재킷을 벗는 게 좋을 겁니다. 지금 여기는 더워요."

"조금 있다가." 데릭은 대꾸하고 앉는다.

둘은 입을 열지 않고 다시 탐색한다. 그런 다음 데릭이 먼저 말한다. "자네 건강해 보이는군."

"바다 덕분이지요. 당신도 잘 지내는군요."

데릭은 머리를 흔든다. "그렇지 않아. 세월은 흐르고, 늙어가는 것은 끔찍해."

그것은 데릭의 말이 아니다. 체념적인 확인은 그의 목록에 포함되지 않았다.

"아직도 테니스 쳐요?" 마시모는 바다를 바라보며 묻는다.

"이제 안 쳐. 내가 너무 강해졌어. 아니면 아마 다른 사람들이 나를 이기기 시작했거나. 단지 자네만이 마지막 공까지 나에게 대적할 수 있었지."

마시모는 칭찬을 무시하고 풍경에 집중한다. 마치 하늘이 두 부분으로 나뉜 것 같다. 수평선 쪽으로는 태양이 햇살을 넘치게 쏟아붓는 반면에 암벽 위로는 그늘이 길게 드리우면서 바람의 세기가 강해진다.

"지난 몇 년 동안 무엇을 했나?" 데릭이 묻는다.

"벌써 다 알 텐데요."

상대방은 천천히 웃으며 다리를 꼰다. "정보를 약간 수집했지. 비록 자네가 흔적을 남기지 않으려고 불가능한 일을 했지만 말이네."

"나는 주목받지 않고 지내고 싶어요."

"그래." 데릭은 중얼거린다. "전혀 주목받지 않는 것. 약간 쿨하지." 이제 둘은 손바닥에 턱을 받치고 바라보는 로베르토의 호기심 어린 눈길 아래에서 함께 웃는다.

"당신 활동은요?"

"좋지 않아. 나라면 '활동'이라고 하고 싶지 않지만."

"내가 당신에게 그 투자를 그만두라고 권해야 했어요."

"자네를 참치 양식자로 생각하지 않았다면 용서해 주게. 알잖아, 크기가 있고 평면 스크린을 통과하지 않는 것과 자네를 연결하기가 어렵군."

"에, 요즈음 그런 실험 계획은 공공 재정 지원이나 시장의 우선권에도 포함되지 않는다고 말하고 싶었어요."

"요즘에는 많은 것이 연구를 위한 공공 재정 지원에 포함되지 않

아. 전보다 훨씬 많이. 아마 일부 통화정책의 투기 때문일 거야. 그렇지 않아?"

데릭은 입술을 찡그린다. 그가 말하려는 순간 목소리 하나가 앞질러 가서 돋친 공방을 중단시킨다.

"안녕하세요, 데릭."

둘은 몸을 돌렸고, 로베르토는 미소를 보였다.

출입문 옆에서 인디아가 바라보고 있다. 풀어헤친 머리에 하얀 옷, 가죽 샌들을 신고 있다. 마시모는 숨이 막힌다. 미켈라를 파리의 바에서 처음 보았을 때의 모습을 다시 보는 것 같다.

"오, 인디아! 어떻게 지내니?" 데릭이 미소를 보이며 대답한다. "정말 눈부시구나."

"고맙습니다!"

"휴가는 어때?"

"휴가요?" 인디아는 실망감과 함께 반복한다. "여기에서는 할 게 전혀 없어요. 엄마와 함께 뉴욕에 갔어야 해요." 아버지에게 화난 눈길을 던지며 대답한다.

"아니야, 여기는 정말 놀라워! 그리고 롱아일랜드는 때로는 쓸쓸해. 바다가 여기와 달라."

그 순간 아다가 나타난다. 찻주전자와 잔 두 개가 담긴 쟁반을 들고 있다.

"저녁 식사 같이해요?" 인디아가 데릭에게 묻는다. 목소리에는 감추기 어려운 희망이 서려 있다.

데릭은 몸을 돌려 마시모를 바라본다. "어려울 것 같구나."

"유감이에요. 아다 할머니는 요리를 아주 잘해요."

"다음에 하지."

"그럼 다음에 만나요. 안녕히 가세요, 데릭."

"다음에 만나자. 뉴욕에 오면 전화해. 힐러리도 너를 만나면 좋아할 거야."

"제 안부 전해주세요." 그런 다음 인디아는 로베르토에게 말한다. "로비, 너는 점심을 먹어야 하니까 안으로 들어와."

"조금 있다가."

"지금 와." 짐짓 퉁명스러운 어조로 나무란다.

로베르토는 한숨을 쉬더니 데릭에게 손으로 인사를 한다.

단둘이 남자 마시모는 눈을 반쯤 감는다.

"나를 미치게 만들어요." 생각에 잠긴 목소리로 말한다. "여기에 온 이후 계속 기분이 바뀌어요. 그래서… 견디기 어려워요."

"정상이야, 맥스. 지금 몇 살이지? 열여덟?"

"3월에 열일곱이 되었어요."

"제이니가 나와 힐러리에게 어떤 일을 겪게 했는지 생각하면 자네가 부럽네. 인내심을 가져야 해. 그러다 어느 날 변덕을 그만두게 되고, 그러면 어른이 되었다는 걸 발견할 거야. 그리고 그때부터 엉뚱한 소리를 하던 시절을 그리워하게 될 거야." 그는 쟁반을 향해 몸을 내밀더니 찻잔 하나를 들어 마시모 앞에 놓는다. 그리고 차를 따르기 시작한다.

마시모는 다시 바다를 응시한다. 이제 하늘은 빽빽한 덩어리로 모여드는 검은 구름 더미에 뒤덮여 나지막하다. 멀리서 번쩍이는 번개. 바람은 더 세게 분다.

마시모는 식탁을 바라보는데 믿을 수 없다. 찻잔이 가득한데도 데릭은 계속 따른다. 차가 넘쳐흘러 접시와 식탁 위로 퍼진다.

"봐요, 다 찼어요."

데릭은 눈을 든다. 멈추더니 찻주전자를 내려놓는다. "그래, 가득 찼군. 편견과 확신으로 가득한 자네처럼. 자네가 거기서 벗어나지 않으면, 나는 자네에게 말할 수 없어."

마시모는 살짝 웃는다. 그렇다, 마술사 데릭 모건.

"왜 왔는지 말해봐요."

데릭은 한숨을 쉰다. "걱정거리가 있네, 맥스. 여기 이탈리아에서 아주 심각한 일이 일어나고 있어. 우리가 서둘러 개입하지 않으면 모두 죽어." 자신감을 과시하지 않고 천천히 말한다.

"글쎄요, 분명히 나는 아니네요. 나는 이미 죽었어요, 밤에 플로어에서 죽은 그 빨간 물고기처럼 말이에요. 고통스러웠지만, 이제 나를 당신들과 연결해 줄 것은 아무것도 없어요. 솟아오르는 파도를 보세요. 나는 파도가 형성될 때 이미 느꼈어요. 앞으로 일어날 일을 당신에게 설명했지요. 당신 대답 기억해요?"

질문은 공허 속으로 떨어진다.

마시모는 잠시 더 기다리다가 이어서 말한다. "어쨌든 고백하면, 나는 내 나라보다 당신 나라가 더 걱정스러워요. 내가 한 유일한 실수는 시간 계산이었어요. 유로화 공격이 없었다면 지금 당신들은 무릎을 꿇었을 겁니다. 하지만 본원통화로서 달러를 갖고 있다는 요란스러운 특권은 아직 조금 더 유지되겠지요." 차를 한 모금 마시면서 눈을 반쯤 감고 향을 음미한다. "정말 좋군요."

데릭은 침묵 속에 숨어 미소 짓는다. 마시모는 그런 태도가 모든 세부까지 연출한 것이 아닐까 의심한다. 또한 그 만남도 데릭이 구성하는 끝없는 모자이크의 한 조각일 것이다. 우정 때문에 만나러 온 것은 아니다. 중단된 문제를 밝히고 싶은 것도 아니다.

"그런데도 당신들은 이 마지막 전쟁을 치르고 싶어 했고, 지금 유럽은 불타고 있어요. 하지만 결과적으로 당신들의 전쟁에도 좋은 것이 있고, 그 모든 것이 혜택을 가져올 수도 있어요. 프랑스 사람들은 당신들이 산산이 깨뜨렸으니까 긴축에 굴복할 것이고, 아마 새로운 유럽, 더 사회적이고 민주적인 유럽이 탄생하겠지요."

"원칙상 완벽한 추론이야. 하지만 불행히도 그렇게 되지 않을 거야. 들어봐."

마시모는 한 손을 들어 그를 가로막는다. 아무것도 양보하지 않으려는 의도다. '그'가 자신을 찾아왔다. '그'가 암벽 위 그 집에서 자신을 찾아낸 것이다. 그러니 지금은 그가 들어야 한다.

"미래는 잠시 놔둡시다. 당신은 10분 전 여기 왔는데, 우리는 벌써 시나리오에 대해 말하고 있어요. 나는 이제 당신의 일을 하지 않을 겁니다. 이 모든 것은…." 한 팔을 들어 바다를 가리킨다. "나에게 현재를 존중하게 해주었어요. 그러니까 지금 일어나는 것에 대해 말합시다. 오늘에 대해 논의하면 벌어들이는 것이 없기에 당신에게 관심이 없을지라도 말입니다."

데릭은 손가락을 깍지 끼고 팔꿈치를 의자 팔걸이에 기댄 채 집중하며 듣는다.

마시모는 계속한다. "당신에게 중산 계층에 대해 말할 때, 나는 바로 지금 밖에서 벌어지는 학살을 말했지요. 당신들이 모든 것을 잠들게 했어요."

"맥스, 됐네! 아직도 중산 계층 이야기인가?"

"그래요, 아직도. 당신이 더 중요한 것을 이해할 때까지 말이에요. 중산 계층을 파괴하는 것은 사회적 피라미드의 계단 하나를 없앤다는 의미예요. 가난한 사람은 더 위로 올라갈 수 없고 평생 가난하게 남아 있을 겁니다. 꿈을 없앤다는 뜻이지요. 그것 때문에 당신은 절대 자신을 용서할 수 없을 겁니다."

분노가 목을 억누르는 것을 느끼고 중단한다. 플로어의 장면을 반복하고 싶지 않다. 깊이 숨을 들이쉬고 자제력을 되찾으려고 노력한다.

"지금 어느 이탈리아 은행이 폭발하기 직전이라서 당신에게 내가 필요하지요? 맞나요?"

데릭은 놀라움을 감추려고 노력하지도 않고 눈썹을 찌푸린다. "어디에서 그것을 알았지?"

"키프로스 사태를 확인해 보았지요. 거기에서 당신들은 일반적인 실험을 했더군요."

"언젠가 내가 말했지. 자네는 내가 실수한 내기였다고. 그래, 사실이 아니야. 자네는 언제나 최고였어."

마시모는 그런 인정에 신경 쓰지 않는다. "하지만 당신 얼굴에서 그 이상을 깨달았어요. 당신은 걱정하고 있어요. 내가 당신을 안 이후 처음으로 진지하게 걱정하고 있어요. 당신이 아직 확산 범위를 조작할 수 있다는 점을 고려하면, 문제는 다른 거예요. 당신의 문제는 공황이에요. 당신들은 두려움을 통제할 수 있지만, 공황은 그렇지 않아요. 창구 앞의 줄을 상상해 봐요. 은행을 구하는 데 방해가 되는 유럽과 함께 예금을 인출하려는 수많은 사람을 상상해 봐요. 만약에 정말로 그렇다면 열흘 안에 유로화는 죽을 겁니다. 당신들은 언제나 유로화와 싸웠어요. 당신들에게는 즐거운 일이겠지요."

"우리는 특별히 한 은행에 대해 말하고 있어. 산사태의 시초가 될 위험이 있지. 하지만 우리는 통화의 종말에 대해서는 절대 내기를 하지 않았어. 알다시피 우리는 강탈을 좋아하지 않아. 최근에 유로화의 불안정이 우리에게 유리했던 거야. 열흘 안에 붕괴하리라는 전망은 질서를 위협하는 일이야."

"질서라…." 마시모는 참을 수 없다는 듯 팔을 벌리며 반복한다. "당신 질서의 결과가 어떤지 보았어요? 혼돈, 사회적 불안… 믿을 수 없어요, 데릭. 당신은 3년 뒤 여기에 나타나 질서를 말하는군요. 그렇다면 내가 전망을 하나 선물하지요. 이번에는 내가 당신의 전략가가 될게요. 만약 유럽이 당신들이 몇 년 전에 했던 것을 하기를 거부한다면, 만약 그 이탈리아 은행이 도산한다면, 단지 창구에 대한 공격만 있지는 않을 겁니다. 자본들이 달아날 겁니다. 국경선 너머 보이지 않는 행렬로 말입니다. 대규모 회사들은 벌써 그렇게 하고 있어요. 이탈리아를 떠나 독일이나 룩셈부르크로 말입니다. 며칠 안에 여기 예치된 유로는 독일 은행에 예치된 유로처럼 안전하지 않을 겁니다. 불가피한 결과로 자본들의 순환이 차단될 테고, 그 순간 단일 화폐는 폭발하겠지요. 속도는 두 배, 세 배 빨라지겠지요. 독일 유로, 스페인 유로… 각각 단지 자기 나라에서만 각자 가치로 사용될 겁니다. 그다음 움직임은 당신도 상상할 수 있을 겁니다. 다시 나라들이 분할되겠지요." 마시모는 가혹한 말이 밀물처럼 물러나도록 잠시 멈춘다. 그리고 결론을 내린다. "그래요, 그것은 최악의 전망이지만 프랑스 사람들이 그렇게 놔두지 않을 겁니다. 그래서 나는 평온하고, 당신도 그래야 할 거예요."

"자네가 모르는 것들이 있어."

"언제나 그렇지요." 마시모는 대꾸한다.

데릭은 빈정거림에 신경 쓰지 않는다. "프랑스는 지금 독일과 함께 해. 독일이 프랑스 은행들을 구하겠다고 보장했어. 하지만 단지 그것만 도와줄 거야. 이번에는 이탈리아가 제외돼. 마지노선은 알프스산맥에 있고, 유로화에 대해서는 단지 프랑스와 독일의 블록만 남을 거야. 주변 나라들은 아웃이지. 그리고 한편으로는 부채를 재협상하고, 다른 한편으로는 은행을 파산시킨다는 것을 기억하게."

마시모는 지겹다는 표정으로 입술을 찡그린다. 그동안 굵은 빗방울이 하늘에서 떨어지기 시작한다.

"자네는 정말로 그 정도에 이르기를 원하는가?" 데릭은 믿을 수 없다는 듯이 묻는다. "자네는 은행 파산의 결과를 모르는 척하는군. 그 표현은 제노바에서 만들어냈다는 것을 알아야 해. 15세기에 지불불능 은행가들은 공개적으로 처벌을 받았지. 재판관은 돈을 진열하던 탁자를 부수라는 명령을 내렸어(근대 은행 제도는 르네상스 시대 이탈리아에서 발전했는데, banca(또는 banco)는 돈을 올려놓고 거래하던 '탁자' 또는 '진열대'를 의미했다-옮긴이). 그러면 시 당국의 집행인들은 길고 무거운 망치로 명령을 수행했다네. 하지만 부서진 것은 단지 나무탁자가 아니었어. 그래, 은행가의 신용, 인간의 명예였어! 그것은 오명의 낙인이었지. 그런 치욕보다 차라리 자살을 선택한 사람도 있었어." 몸을 앞으로 내밀며 마지막 말에 힘을 준다. 그런 다음 멈추더니 호주머니에서 클립으로 한데 묶은 종이들을 꺼내 식탁 위에 올려놓는다.

"이것은 새로운 집행인들의 망치야." 천천히 말한다. "IMF의 최고 극비 문서야. 대략 1년 전부터 나는 그들을 위해 파견되어 일하는데, 이의를 제기했다고 말해두지. 상당히 많은 신흥 시장이 미국과 함께 충격을 피하고 싶어 해. 유로의 종말은 그들의 성장하려는 꿈을 몇 년 동안 방해할 거야. 하지만 아직 우리는 소수이고, 이번에는 우리 힘으로 벗어나야 해. 그렇지 않으면 폭풍이 될 거야."

안뜰 너머에는 거센 빗줄기가 소음을 뒤덮으며 쏟아진다. 바다에는 남서풍이 몰아치고 파도가 친다. 섬은 하늘에서 내리는 비의 장벽 너머로 보이지 않는다.

"폭풍이 있으리라는 걸 나는 어제부터 알았어요. 하지만 폭풍에도 좋은 것은 있어요. 해안을 쓸어가고, 고인 바닷물을 뒤섞고, 깊은 곳을 깨끗이 해주지요."

"이 경우에는 그렇지 않아. 나중에 아무것도 없을 거야. 다시 시작한다는 것은 자네가 생각하는 것처럼 쉽지 않을 거야. 그리고 나는 정말로 자네의 도움이 필요해."

"이제 당신은 무적이 아니라는 걸 아는군요. 당신은 소수의 특권을 보호하려고 했지요." 마시모는 쓰라리게 웃으며 그를 공격한다. "그런데 지금은 다른 마술을 위해 나를 필요로 하네요. 당신들은 자원을 확보하려고 모든 것을 할 준비가 된 새로운 맬서스주의자(인구원리와 인구대책을 승인하는 이들 - 옮긴이)예요. 과거에는 인구 증가를 조절하려고 했지요. 지금은 현실을 조작해요. 당신들은 삶을 지배하려 하니까 절대 멈추지 않을 겁니다."

"우리는 단지 시간을 벌고 재난의 순간을 멀리하려고 그렇게 해. 우리는 정치적 결정을 활용하지 않고, 만약 다른 사람이 그렇게 하지 않으면 우리가 사건을 조절하려고 개입하지. 우리가 유일하게 아직 가능성과 미래가 있도록 보장해. 자네는 다르다고 생각하는가? 세상 한구석인 여기에서 자네는 참치들에게 똑같은 일을 시도하지 않는가?"

마시모는 말이 없다. 귀가 율동적인 빗소리에 매달려 있다. 세찬 비의 강도가 줄어들었다. 짧고 강렬한 여름 소나기. 곧이어 구름이 열리고 태양이 수평선을 비출 테고, 자연의 리듬이 진행되는 동안 섬은 바다의 수평선 위로 다시 나타날 것이다. 자연은 자신에게 도전하는 인간들에게 무관심한 채 제 갈 길을 간다.

진동음이 마지막 빗방울 소리에 겹친다. 데릭은 재킷에서 전화를 꺼낸다. 귀에 갖다 대고 몇 초 동안 듣고 있다가 끈다.

"가야겠어. 로마 날씨가 좋아졌고, 잠시 후 헬리콥터가 떠날 수 있을 거야." 손가락 두 개로 종이들을 두드린다. "이 서류를 읽어보게. 나중에 자네가 나를 찾을 거야. 단지 너무 늦지 않기를 바라네."

"그날 밤 플로어에서 작별했어야 하는데…. 하지만 그것이 나은지도 몰라요. 우리는 서로 더 할 말이 없다는 걸 이해하는 데 도움이 되었어요. 안녕히 가세요, 데릭." 그런 다음 일어나 출입문으로 향한다.

식탁 위로 한 줄기 바람이 종이들을 흩뜨린다.

둘이 말하는 것을 들었다. 로베르토를 부엌에 남겨둔 다음 뒤쪽 문으로 나가 안뜰 끝에 이르러 담 너머로 훔쳐보았다. 둘은 긴장된 얼굴로 아직 거기에 앉아 있었다. 그리고 둘이 토해내는 말들을 들었다.

비가 내리기 시작했을 때 머리칼이 이마에 달라붙고 옷이 몸에 달라붙는데도 꼼짝하지 않았다.

데릭은 우연히 온 것이 아니었다. 그리고 인디아는 알고 싶었다. 아버지 삶에서 무슨 일이 있었는지 알고 싶었고, 무엇 때문에 떠났는지 이유를 알고 싶었다. 여러 번 아버지에게 물어보고 싶었지만 언제나 그만두었다. 혹시 아버지가 모든 것을 이야기해 주기를 바랐는지도 모른다. 하지만 그런 일은 일어나지 않았다.

런던에서 부모가 말다툼하던 밤에는 맨발로 부모의 방 문까지 갔고, 추위에 떨며 서로 비난하는 말을 들었다. 많은 세월이 흘렀지만 자기 아버지에 대해 알게 해줄 수 있는 유일한 방법은 그것, 염탐하는 것이었다. 자신이 틈입자라고 느꼈다.

"말해봐, 마시모. 부탁이야." 미켈라는 애원했다.

그 말이 들려왔을 때 인디아는 소리 내지 않고 뛰어서 자기 방으로 돌아갔다. 그리고 이불 속에서 웅크리고 울었다. 아버지가 말하지 않았기 때문이다. 그러면 엄마는 아버지를 혼자 놔두었다. 그리고 침묵뿐이었다.

인디아는 자기 자신까지 싫어하게 되었다. 결국 자신이 아버지와 비슷하다는 것을 깨달았기 때문이다. 그녀도 말할 수 없었다. 그래서 침묵하기를 원했다. 그런 이유로 자신에게 무슨 일이 일어나는지 누구에게도 말하지 않기로 했다. 엄마에게도, 비록 때로는 미칠 것처럼 보이더라도. 부모가 헤어진 뒤로는 더 괴로워했다. 불확실함이 그녀를 찢었다. 심지어 외국인과 이야기하는 것이 더 쉬울 거라고 생각해 인터넷에서 전화번호를 찾아보기도 했다. 하지만 포기했다. 그리고 모든 것을 안에 간직했다.

안뜰 구석 뒤에 숨어 비에 흠뻑 젖은 채 아버지가 하는 작별의 말을 들었고, 집으로 들어가는 것을 보았다. 데릭은 그대로 앉아 있었다. 인디아가 존경했고, 강하고 단호하고 자신 있는 모습으로 기억하는 그는 한 손으로 머리를 잡고 있었다.

인디아는 각진 얼굴에서 고뇌하는 표정을 읽었다. 그러니까 데릭은 아무도 보지 않는다고 생각할 때, 혼자 있을 때 그런 모습이었다. 다른 사람들과 똑같은 사람. 괴로워할 수 있는 사람. 전율이 인디아를 흔들었다.

둘이 말한 내용을 잘 이해하지 못했지만 무언가 무서운 일이 일어나려 한다는 것은 알 수 있었다.

데릭과 아버지가 헤어진 다음 인디아는 잠시 꼼짝하지 않고 있었다. 휘몰아치는 바람이 나뭇잎들을 땅에 떨어뜨렸다. 그런 다음 숨어 있던 곳에서 나와 식탁으로 가서 종이들을 들었다. 첫 페이지 상단 오른쪽에 '극비'라고 적혀 있었다.

읽지 않아야 했다. 하지만 유혹에 저항하지 못했다. 서류를 들고 뽕나무 근처의 낮은 담장 위에 앉았다. 대기에서는 흙냄새가 났다. 아래에서는 바다가 바위들에 강하게 부딪혔다. 하늘은 아직 두꺼운 잿빛 구름에 덮여 있었다.

얼마나 지났는지 알 수 없는 시간을 거기에서 서류를 훑어보았다. 의미를 단지 짐작할 수 있는 전문용어들에 걸리면서. 그 서류에서 아직 일어나지 않았지만 곧바로 현실이 될 일을 염탐했다.

'전망.'

데릭과 아버지의 말을 듣는 동안에는 그 말의 의미를 간파하지 못했다. 이제 미래와 앞으로 일어날 수 있는 것과 관련되어 있다는 것을 알 수 있었다.

다 읽었을 때 분노와 무력감이 뒤섞인 느낌에 사로잡혔다. 옳지 않았다. 그런 식으로 끝날 수는 없었다. 이탈리아는 전혀 그녀 마음에 들지 않았다. 엄마의 몇몇 친구는 시골 같은 나라라고 말했고, 그녀는 영국인이라고 느꼈다. 런던을 사랑했다. 수많은 불빛, 식당, 축제, 일부 세련된 곳과 함께. 엄마가 하는 일은 마음에 들었다. 옷들의 조합에는 예술적인 것이 있고, 재능과 상상력이 필요했다. 하지만 수많은 사람의 삶 앞에서 자신의 세계는 얼마나 공허하고 무의미하고 쓸모없는지.

무의식적으로 주먹을 움켜쥐며 종이들을 구겼다. 그리고 결정을 내렸다.

마시모는 스튜디오의 책상에 앉아 있다. 열린 창문에서는 비 내리는 오후의 시원한 공기가 들어온다. 목을 마사지한다. 근육들이 긴장되어 있다. 오래전부터 그런 느낌은 없었다.

데릭과의 만남이 그를 혼란스럽게 만들었다. 그와 만난 후 언제나 뒤따르던 후회, 올바른 것을 말하지 않았거나 하지 않았다는 불쾌한 의식 속으로 다시 빠져들었다.

생각도 하지 않고 뚜렷하고 단호하게 거부했지만, 만약 데릭의 말이 사실이라면, 그는 지금 한 나라, 바로 '자기' 나라의 운명보다 개인적인 문제를 우선시하고 있다.

그것이 자신이 찾던 자유인가? 외로움 속에 원한을 품기 위해 아내와 딸, 런던, 대형 은행을 떠났는가?

바다를 보는 것만으로 충분히 더 나은 사람으로 바뀌고, 참치 양식으로 과거에서 해방될 수 있으리라고 믿다니 얼마나 순진했던가.

금속 계단 위의 발걸음이 내는 삐걱거림에 그런 의문에서 벗어난다. 몸을 돌려 인디아가 스튜디오 가운데의 원형 구멍에서 나타나는 것을 본다.

머리칼과 옷이 온통 젖어 있다. 손에는 종이들을 움켜쥐었는데, 마시모는 지구를 표현하는 두 개의 원과 원형의 글씨 International Monetary Fund를 곧바로 알아본다. 벌떡 일어난다. 딸의 눈길과 마주치자 끝없는 슬픔 속에 빠지는 느낌이다.

"무슨 일 있었어?" 불안감과 함께 묻는다.

인디아는 가까이 다가오면서 머리를 흔들었고, 그는 꼼짝하지 않는다.

"마른 옷을 입어야겠구나." 적합한 말을 찾을 수 없어 어울리지 않는다고 느끼면서 말한다. "그러다가 병이 나겠어."

인디아는 말을 가로막으며 손가락 하나를 그의 입술에 섬세하게 갖다 댄다. "길을 향해 열린 창문과 함께, 사람들을 향해 감은 눈과 함께"(파브리치오 데 안드레의 노래 〈여름을 위한 노래〉에 나오는 구절-옮긴이). 아버지의 어깨 너머 한 지점을 가리키며 중얼거린다.

마시모는 몸을 돌려 열린 창문을 통해 바다를 바라본다. 그러는 동안 그 오래된 노래의 구절이 그를 가라앉힌다.

"정말 그렇지 않죠, 아빠? 아빠는 그렇게 변하지 않았다고 말해줘요." 인디아는 단호한 목소리로 요구한다.

"그 노래… 네가 어떻게 알지?"

"몇 년 동안 들었어요. 그런데 아빠는 그것도 모르죠."

"어떻게?"

인디아는 아버지의 손을 잡고 소파로 데려간다.

"내 열네 살 생일 파티 기억하죠?"

"그래." 힘겹게 대답한다.

'저스틴 비버의 콘서트. 셰릴. 트레이드. 더블 업의 광기.'

초대받은 사람들 사이로 들어오는 폴과 카림을 다시 본다. 머릿속에서는 미켈라의 분노 어린 목소리가 울린다. 그리고 잠시 런던에서 마지막 해에 그를 사로잡은 고통을 다시 느낀다.

"내 삶에서 가장 불쾌한 날이었어요." 인디아의 목소리가 새로운 고통과 함께 그 이미지들을 지운다. "엄마와 아빠가 싸우는 소리를 들었어요. 나는 잠을 잘 수 없었어요. 혼란스러웠고 정말 괴로웠어요. 얼마 후 엄마 방으로 갔는데 엄마가 없었고 아빠도 없었죠."

"나는 로비와 함께 있었어."

"언제나 그랬죠. 그리고 나는 혼자였어요."

그 말의 가혹함이 뺨을 때리듯이 그를 때린다.

"나는 욕실로 갔어요. 그리고 엄마가 립스틱으로 거울에 써놓은 것을 보았어요."

"뭐라고 써놓았지?"

"왜 너는 더 이상 날 수 없어?"(〈여름을 위한 노래〉의 가사와 똑같지는 않지만 의미 차이는 없다 - 옮긴이)

그리고 마시모는 이해한다. 바로 그렇게 아내는 자신에 대해 생각했다. 바로 그렇게 여름이 속임수의 시간이라고, 위선적인 행복의 계절이라고 말하던 그 노래로 그를 비난했다. 그와 미켈라는 서로에게 똑같은 것을 비난했다. 몇 해 동안.

서로 동의하기 위한 많은 방법 중 하나. 단지 다른 모든 방법보다 더 비극적이고 역설적인 방법.

"나는 어떻게 해야 할지 몰랐어요. 엄마가 나를 볼까 두려웠어요. 그래서 얼마 동안인지 거기에 그대로 있었죠. 그런 다음 그 글을 지우고 내 방으로 돌아왔어요. 그리고 울었어요. 만약 내가 지우지 않았다면, 아마 아빠가 읽었을 테고, 엄마와 이야기를 했을 거예요."

'아마 아빠가 읽었을 테고…'

그렇다, 인디아의 말이 맞았다. 그는 그 글을 다음 날 아침 읽었을 것이다. 트레저리의 트레이드를 두 배로 높이기 위한 회의를 하기 전에 미켈라의 욕실에 들어갔던 날 아침에.

"네 잘못이 아니야, 인디아. 누구도 아무것도 할 수 없었어."

"하지만 나는 잘못했다고 느꼈어요. 그리고 엄마와 아빠를 잃을까 두려웠고, 엄마와 아빠를 더 이상 오로지 한 사람으로 간주할 수 없을까 두려웠어요." 인디아는 머리를 돌려 그를 바라본다.

마시모는 딸의 아랫입술이 떨리는 것을 본다. 그렇게 말한 적이 전혀 없었다. 아니, '정말로' 그에게 말한 적이 없었다.

"아빠와 로베르토는 가버렸죠. 나는 아빠와 엄마 사이에서 선택해야 한다는 것이 두려웠어요. 정말 싫었어요. 아빠, 아빠는 그렇지 않잖아요. 그렇지 않다고 말해줘요." 그리고 천천히 종이를 내민다.

마시모는 종이로 눈길을 낮춘다. 그것을 읽으면 어떻게 될지 안다. 눈을 뜨고, 보고 싶지 않은 것을 바라보게 된다는 것을 의미한다. 그러면 선택은 더욱 힘들어질 것이다. 데릭과 현실을 지배하려던 사람들과 함께하거나, 아니면 재난에 대한 냉담하고 무감각한 책임자가 되어야 한다. 이제는 자기와 비슷한 사람들을 위하여 싸우지 못하고 포이닉스라고 부른 감동적인 환상의 뒤로 사라진 남자.

살아날 방법이 없었다. 종이를 들고 일어난다. 미소를 보내는 인디아의 손을 스치고, 책상에 앉아 읽기 시작한다. 탐욕스럽게 숫자들을 훑어본다. 전문 용어의 차가운 문체가 묵시록의 이미지들로 용해된다.

서류 중간에서 멈춘다. 메모지에다 일부 숫자를 기록한다. 그리고 다시 읽는다. 다 읽었을 때 메모를 확인하고 머리를 흔든다. 그것은 전망이 아니었다. 대량 학살에 대한 외과수술 같은 묘사였고, 잠시 후 이탈리아에 몰아칠 폭풍우에 대한 보고서였다. 권리와 복지, 사회라는 개념 자체의 종말을 묘사하는 보고서. 대중의 빈곤에 대한 결정적 선고.

'데릭의 말이 맞았어.'

마시모는 다시 인디아 옆에 앉는다. 인디아는 그동안 줄곧 허공을 응시하며 말이 없다.

"어떻게 할 거예요?" 두 팔로 어깨를 으쓱하면서 묻는다.

"내가 할 수 있는 건 아무것도 없어."

둘은 회색 햇살에 파묻혀 말없이 꼼짝하지 않고 있다. 인디아가 천천히 노래를 시작한다.

마시모는 아름다운 선율을 듣는다. 노래를, 실망하고 만족하지 못한 여인의 탄식을 듣는다. 표면적인 행복의 굴곡 속에서 길을 잃은 어느 부르주아 가족의 모습을 보여주는 가사를 듣는다. 그리고 남편이자 아버지인 그 남자를 향한 찌르는 듯한 비난을 듣는다.

딸의 입술에서 울리는 그 '여름을 위한 마지막 노래'도 마치 우스꽝스러운 경고처럼 자연을 복종시키려는 그의 노력을 떠올린다.

'왜 너는 더 이상 날 수 없어?'

미켈라가 전혀 하지 않았던 말.

마시모는 손으로 눈을 비빈다. 오랜 잠에서 깨어난 느낌이다.

수평선에서는 하늘이 개었다. 한 다발 햇살이 구름 사이로 비치면서 섬을 환하게 밝혀준다. 내일은 매혹적인 하루가 될 것이다. 로베르토를 배에 태우고 갈 것이다. 아마 인디아도 함께 갈 것이다. 처음으로 셋이 모두 함께할 것이다. 마침내 행복하게. 어깨에 닿는 손의 감촉에 깜짝 놀란다. 몸을 돌린다. 인디아가 옆에 있다. 딸을 바라본다. 그리고 딸을 껴안기 전에 슬픔의 강물이 덮쳐오는 것을 느낀다.

마지막 게임, 우리 모두 악마

'여기에서 모든 것이 시작되었고, 여기에서 마지막 게임을 하는구나.' 마시모는 트라야누스 원기둥(다키아 전쟁 승리를 기념하려 113년에 세운 높이 30m의 원기둥. 베네치아광장 근처에 있다 - 옮긴이)의 꼭대기를 응시하며 생각한다. 손을 창턱에 대고 로마의 미지근한 밤공기를 들이마신다. 등 뒤에서는 데릭이 한 시간 전에 만나러 오라고 요구한 스위트룸의 거실에서 움직이고 있다. 이탈리아와 유럽 대륙의 운명이 걸린 화상회의 전에 마지막 세부사항을 확인하고 있다.

마시모는 몸을 앞으로 내민다. 다섯 층 아래의 작은 광장은 황량하다. 중세의 탑과 포룸의 잔해들 사이에 만들어진 조그마한 광장.

그는 더 나아지고, 피라미드의 꼭대기까지 더 높이 올라가고, 미래를 바라보려고 로마에서 떠났다. 그리고 이탈리아에 폭풍이 몰아치는 순간에 로마로 돌아왔다.

그 중간에 행복과 고통, 꿈과 환상, 성공과 몰락이 있었다. 두 가지 삶을 살았다. 희망을 품었고, 평등한 미래를 믿었고, 진보를 자극하는 수단으로 금융을 믿었다. 숫자들과 충돌했고 언제나 이겼다. 사람들과 대결했고 때로는 지기도 했다.

머리를 든다. 오팔색이 감도는 대리석의 원기둥은 등대를 상기시킨다. 로마 제국에 최대의 팽창을 선물한 사람에 대한 기억을 영원하게 해주는 시간의 밤에 비추는 빛.

로마 황제 마르쿠스 울피우스 네르바 트라야누스(재위 98~117, 원로원과 협조하고 빈민 자녀 부양정책, 도시·농촌의 회복시책을 추진했으며 다키아, 나바타이왕국, 아시리아 등을 속주로 만들어 로마 제국 최대 판도를 과시했다 - 옮긴이).

그 옛날 위대함의 상징 앞에서 자기 나라를 지키는 데는 아이러니한 것이 있었다.

그는 나선형 장식에 집중한다. 사람들은 '역사의 최초 영화'라고 불렀다. 조각된 장면들을 생각한다. 그의 관찰 지점에서는 돋을새김의 윤곽을 구별할 수 없지만, 마시모는 무엇을 묘사하는지 안다.

'다키아 정복. 끝없는 전쟁. 흘린 피.'

로마의 영원함에 대한 봉인이라고 누군가 말했다. 그리고 지금 그는 새로운 전투를 벌이려고 준비하고 있다. 언제나 그렇듯이 보이지 않는 전투. 언제나 그렇듯이 모니터의 픽셀들 앞에서. 그 전쟁에는 서사시적인 것이 없다. 영웅들이 없다. 승리자의 영광을 찬양할 노래나 전설도 없을 것이다. 전투를 벌이는 군대는 익명으로 남을 것이다. 그리고 그 말 없는 대열 사이에, 세계의 운명을 조직하는 사람들의 얼굴 없는 무리 안에 마시모, 그도 있다.

함께 껴안은 뒤 인디아는 그를 오랫동안 바라보았다.

'또 나를 실망시키지 마요. 이제 나를 실망시키지 마요.' 젖은 눈으로 속삭였다.

바로 그 순간 결심했다. 태양이 바닷속으로 빠지는 동안 인디아는 그를 스튜디오에 혼자 남겨두었다. 마지막 구름은 패주하는 군대처럼 열렸고, 맑은 하늘이 돌아왔다.

마시모는 IMF의 서류를 다시 읽고 메모를 다시 확인했다. 전략은 서서히 모습을 드러냈다. 전략이라고 하는 것이 정확하지 않았지만. 정확한 기회 포착에 따라 서로 맞춰져야 하는 것들이 너무 많았고, 특별한 연쇄로 배치해야 하는 변수가 너무 많았다.

전투는 절망적이었고 다시 한번 마시모는 불리한 처지에서 출발했다. 하지만 그런 불리함에는 익숙했다. 희망은 없었지만, 두려움도 없었다.

곶 위의 집에서 나올 때 흘낏 거울을 보았다. 유령이었다. 하얀 와이셔츠 위에 파란색 정장을 입었다. 넥타이를 섬세하게 단단히 맸다. 발에는 검은색 스니커즈. '그' 마시모가 돌아왔다.

아우렐리아 도로의 아스팔트 선을 응시하며 자동적인 몸짓으로 운전하는 동안 그의 머리는 불분명한 가능성의 춤을 뒤쫓았다.

로마는 한 번에 조금씩 모습을 드러냈다. 콜롬보 거리의 소나무들, 카라칼라 목욕장의 아치들, 아벤티노 언덕의 그림자. 그리고 마지막으로 그가 성장한 거리 근처의 체스티아 피라미드(로마 도심에서 남서쪽에 있는 유적. 기원전 1세기 로마의 정치가 케스티우스의 무덤으로 이집트 피라미드를 본떠 만들었다-옮긴이).

그는 그 구역을 산책했다. 테스타초는 더 이상 똑같지 않았고, 옛날 시장의 금속 구조물들도 없어졌다. 광장에서는 마리오에 대한 기억이 숨을 멈추게 했다.

그런 다음 데릭에게 전화했다. 데릭은 마치 전화를 기다렸다는 듯 전혀 놀라움을 드러내지 않았다. 단지 전화를 끊기 전에 주소를 정확히 불러주었을 뿐이다.

주소는 몬티 구역 가장자리의 트라야누스광장 근처 중심지의 호텔이었다. 도시가 뿌리를 내린 수도의 심장에 있었다. 진정한 로마는 모두 그곳에, 고대 로마의 시인 마르티알리스(에스파냐 출신. 남아 있는 작품 14권은 거의 경구로 모든 인간의 통속성을 통렬히 풍자했다-옮긴이)가 '절대 마르지 않는 발길들로 더럽다'고 쓴 옛날 돌포장길의 돌들에 있었다. 로마 건국의 토대가 된 일곱 언덕 중 퀴리날레 언덕과 에스퀼리노 언덕 사이에 수천 년 전부터 자리 잡은 매음굴과 창녀들의 교외, 옛날 민중의 성채.

마시모는 그런 선택이 우연한 것인지 아니면 어떤 의미가 있는지 자문한다. 그리고 우발적인 우연의 일치 가능성을 배제한다. 데릭은 우연히 하는 일이 전혀 없었기 때문이다.

긴장감이 커지는 것을 느끼며 목을 문지른다. 지금 시작하려는 게임에서 승리할 가능성은 전혀 없었다. 단지 재난을 늦출 수 있을 뿐이다.

만약 냉정하게 추론했다면, 그 호텔 방을 나가 뒤도 돌아보지 않았어야 한다. 아니, 아예 절대 들어가지 않았어야 한다. 파울루 말이 옳았다. 희망은 아직 존재하지만 유럽 밖에, 역사의 피투성이 싸움을 촉발한 그 먼지 구덩이에서 멀리 떨어져 있었다.

유럽 대륙을 통일하려는 70년의 노력, 나라들 사이의 합의를 찾으려는 힘겨운 노력이 진정한 내기였다. 그리고 바로 그곳에 정치적 통일과 단일 통화 발행을 깨뜨리려고 시장들의 망치를 내려칠 것이다.

24시간 안에 모든 것이 불탈 수 있었다. 그리고 바로 로마에서 싸움이 시작되었다.

이번에는 이익과 잉여가치를 찾으러 금융가로 가지 않았다. 이제는 이념, 원칙을 위하여 싸운다. 그리고 그것은 광기였다. 독일 사람들의 집요함은 달리 정의할 수 없다. 공황의 허수아비를 쫓아내고 공격할 준비가 된 약탈자들의 무기를 무디게 만들려면 표적으로 삼은 단일한 개입, 그 이탈리아 은행을 구하는 것으로 충분할 것이다.

멀리에서 이미 두드리는 북소리들을 감지했다. 새로운 독일 용병들이 약탈 준비를 하고 무기를 예리하게 벼르고 있다.

'그리스, 프랑스, 이탈리아. 쇠와 불 앞에 놓인 서양 문명의 요람.'

모든 시대에 고유의 야만인들이 있었다. 모든 시대에 고유의 광신자들이 있었다. 그리고 통합주의자들은 진리로 변장한 확신의 집착적인 주문을 반복하고 있었다. '공공 재정의 정상화 먼저, 나머지는 다음에.' 독일 중앙은행의 고위 계획에 권유했다. 수십 년 동안 긴축에 몰두하고 소득 압박, 생활 파괴, 법치 문화와 권리 원칙의 소멸을 받아들이는 것. 그런 다음, '오로지 그다음에' 유동성 위기에 맞설 방법을 생각할 수 있었다.

은행의 재정은 사회의 개념 자체만큼 중요했다. 어떤 '다음에'도 없을 것이다. 치명적인 독약처럼 공황은 텔레비전 뉴스에서 외치는 서비스와 창구에 대한 공격보다 훨씬 이전에 퍼질 것이다. 은행 상호 간의 시장을 마비시키고, 신용 체계를 가공스러운 지불 능력의 위기 속에 무너뜨릴 것이다. 사라진 신용. 그리고 누구도 전혀 깨닫지 못할 것이다.

그러한 상황에서 이탈리아 정부는 다음 날 결정적인 이행, 즉 이미 여러 번 연기했던 10년 만기 국채의 공매에 직면할 것이다.

'은행과 국채.'

나중에, 많은 시간이 흐른 뒤에야 이미 완결된 죽음의 표시와 함께 소식이 도착할 것이다. 교통 마비, 가스와 전기 에너지 공급 차단, 공공 활동 중단. 그리고 사회적 충돌의 분명한 폭발. 사회적 불안. 과거의 어둠 속으로 추락. 그는 그런 일이 일어나는 것을 막으려고 그곳에 있었다.

"준비되었어?" 데릭의 목소리에 그런 우울한 전망에서 벗어난다.

마시모는 몸을 돌린다. 그는 스위트룸 한가운데에 있다.

컴퓨터와 연결된 플라스마 텔레비전 모니터는 커다란 나무탁자 앞에 배치되어 있다. 룸 맞은편에는 벽에 기댄 서랍장 위에 거울이 올려져 있다. 선반 위에는 다른 컴퓨터가 있다. 마시모는 무심하게 스크린을 바라본다. 스크린 안에는 어느 데스크의 비어 있는 자리들이 비친다.

창문이 열려 있는데도 널찍한 거실에는 정체된 연기가 빽빽하게 떠돈다. 서서 한 손을 바지 호주머니에 넣은 데릭의 얼굴은 무표정하다. 옆의 작은 탁자에는 신문과 담배꽁초가 가득한 재떨이, 이탈리아공화국의 월계수 가지 두 개 사이의 별로 장식된 종이 몇 장이 있다.

그렇다. 전쟁에서 절대 패배한 적이 없는 남자, 신경제가 포효하던 시절에 맹위를 떨치던 해적, 대형 은행의 정상에서 '유럽' 채권 분야의 보스였던 남자. 그렇다, 빚의 남자, 위대한 마술사, 자기 나라를 보호하고 지구의 진보를 보장한다는 확신으로 유럽에 반사경을 조준했던 사람들 중 하나. 그리고 지금은 자신이 믿었던 주장의 파멸적 결과를 피하려고 더 공평하게 전선을 바꿀 준비가 되어 있다.

데릭 모건, 그는 장군이었다. '그' 장군.

마시모는 다가가 탁자 위로 눈길이 방황하게 놔둔다. 잠시 신문의 1면과 상단 오른쪽 날짜에 머무른다.

'6월 5일 화요일.'

빙긋 웃으며 재킷 호주머니에서 스마트폰을 꺼내 디스플레이를 바라본다. 오전 1시 50분.

'이제 6일이군.'

그런 다음 눈길은 재떨이에 사로잡힌다. 데릭이 만난 사람들은 그들이 피운 토스카니 시가와 담배들의 숫자를 고려할 때 아주 많았던 모양이다.

"어떻게 되었어요?"

데릭은 어깨를 으쓱한다. "정부로부터 백지 위임을 받았어." 멈추고 두 팔을 벌린다. "하지만 시간이 아주 촉박해."

"가장 쉬운 것은 공매를 또 연기하는 거겠지요." 마시모는 몰입한 표정으로 중얼거린다.

데릭은 머리를 흔든다. “벌써 여러 번 연기했어. 이제는 늦었어. 대안이 없네. 은행을 구하고, 공매에 참가해 안전하게 진행되도록 해야 해. 모든 것을 오늘 밤에 말이야. 그렇지 않으면 지옥이 될 거야.”

마시모는 한쪽 입술을 깨문다. 데릭의 말이 옳다. 공매는 연기될 수 없었다. 하지만 창구 공격이 있었다면 누구도 BTP에 청약하지 않았을 테고, 유로화는 날아갔을 것이다. 빌어먹을 악순환.

“시작할까?” 데릭이 묻는다.

마시모는 한숨을 쉬고 좋다는 신호를 한다. 두 사람은 탁자로 다가가 플라스마 스크린 앞에 나란히 앉는다. 두 번째 컴퓨터가 있는 가구를 등지고 있다. 탁자에는 물병, 컵 두 개, 메모장이 있다.

데릭은 스마트폰의 디스플레이에서 시간을 확인한 다음 비디오를 켠다. 몇 초 후 네 개로 나뉜 스크린에 영상들이 나타난다. 세 칸에 각각 책상 뒤의 사람이 나타난다. 마시모는 샌프란시스코 연준회의의 예전 의장을 알아본다. 몇 년 전 뉴욕에서 대형 은행들이 회의하는 동안 데릭이 그에게 소개했다. 연준은 구원 계획의 대들보였고, 만남에 참석했지만 지나치게 드러내지 않았다. 특히 공식적인 자격으로는 나타나지 않았다.

두 번째 칸에는 야윈 동양인 얼굴이 나타났다. ‘중국인들은 1990년대부터 거물들의 대열에 합류하고 있어.’ 마시모는 베이징의 최고 채권 운용 매니저의 눈길과 마주하면서 생각한다.

오른쪽 아래에는 뚱뚱한 체격에 얼굴이 둥근 남자가 영상이 연결되었는데도 신경 쓰지 않고 서류를 뒤적이고 있다. 모스크바도 막대한 화력과 함께 탁자에 나왔다. 남자는 러시아 연방의 가장 중요한 은행을 대표했다. 폭풍의 중심에 있는 이탈리아 은행의 자본에 우발적으로 개입한다는 소문이 돌았던 금융의 거물.

마시모는 데릭을 바라본다. 그는 독일 사람들의 엄격함과 투자자들의 공격에 대처할 수 있는, 서방에서 동방까지 넓은 전선을 조직했고 국제적 동맹의 골격을 짰다. 언제나 그렇듯이 계획은 아주 명료했다.

참치잡이, 약탈자들이 몰려드는 그물의 미궁이 생각난다. 그물코들은 충분히 견고한가? 함정은 정말로 닫힐까?

다시 스크린을 응시하며 왼쪽 아래 네 번째 칸에서 머뭇거린다. 비디오카메라는 책상을 비추지만 책상 뒤에는 단지 빈 의자만 있을 뿐이다. 마시모는 아무것도 물을 필요가 없다. 거기에는 회의 내내 어떤 얼굴도 나타나지 않으리라는 것을 안다. 유일하게 기대해야 할 것은 회의가 끝날 때 그 사무실에서 '찬성'이 나오는 것이다. 초국가적 제도들의 최고 정상들에게 작전을 축복해 줄 말 없는 동의.

데릭은 목소리를 가다듬었고, 눈 여섯 쌍이 그에게 집중된다.

"여러분, 상황을 아실 겁니다. 따라서 상황 요약에 시간을 낭비하지 않겠습니다." 목소리를 조절하며 또박또박 말한다. "은행을 구하려고 준비된 주체가 있습니다. 그리고 BTP 공매의 전체 매물을 커버하는 데 관심이 있는 기관 구매자도 있습니다."

그 모든 대화는 현실의 흐릿하고 모호한 구역으로, 지구상의 수십억 사람이 모르는 곳으로 사라질 것이다. 바로 그 공간에서 결정되지만 아무도 그에 대해 말하지 않을 것이다. 그런 회의에는 기록이 없고 녹음도 없다. 끝나면 만남은 곧바로 단순하게 잊힐 것이다. 마치 그런 일이 전혀 없었던 것처럼.

"하지만 두 가지가 함께 이루어져야 합니다." 데릭은 계속한다. "투자자는 단지 공매가 안전하게 진행될 경우에만 은행의 자본에 참여할 것이기 때문입니다. 그리고 단지 우리가 공황이나 창구 공격을 피할 경우에만, 구매자는 BTP 매물 전체를 청약할 겁니다." 참석자들의 반응을 살피기 위하여 잠시 말이 없다.

"그런 시간 예상을 보장하는 것은 정말로 불가능합니다." 중국인이 형용사에 머뭇거리며 대꾸한다. "정상적인 상황에서도 어려울 겁니다. 그렇게 촉박한 시간으로는 할 수 없습니다."

마시모는 먼저 러시아인을 관찰하고 이어서 예전 연준 의장을 관찰한다. 데릭이 두 참석자 중 한 명의 양보를 믿는지 자문한다. 그리고 눈꼬리로 그의 얼굴에서 떨림과 이마에서 작은 땀방울을 주목한다. 플로어에서 10년 동안 그 장군은 동요나 긴장감을 드러낸 적이 전혀 없었다. 아주 복잡한 트레이드 앞에서도.

'도움이 필요하구나.'

마시모는 깊게 숨을 들이쉬며 생각을 다시 정리한다. 자신이 말하려는 것에 작전의 결과가 달려 있다는 것을 안다. 데릭이 제시한 자료는 그 프로젝트의 관련자들을 설득하는 데 충분하지 않다. 따라서 참석자들의 너그러움이 그들의 시간과 함께 고갈되기 전에 유일한 기회만 남아 있다.

"저는 여러분을 설득하고 싶지 않습니다." 마시모는 확고한 목소리로 또렷이 말한다. 상체를 똑바로 세우고, 앞으로 몸을 내밀거나 불안감이 드러나지 않도록 주의하고, 보디랭귀지를 억제하려고 노력하며 말한다. "누구도 여러분을 설득할 수 없습니다. 왜냐하면 결정은 여러분에게, 오로지 여러분에게 달려 있기 때문입니다. 다만 저는 만약 그 이탈리아 은행이 지불하지 못할 경우 내일 일어날 일을 최소한의 근사치로 묘사할 수 있습니다." 기대감을 형성하려고 잠시 멈춘다. 그리고 다시 시작한다. "공황이 나타날 겁니다. 공황 상태에 이르면 어떤 이성도 소용없고, 모든 것이 통제할 수 없습니다. 리먼 사태와 비교하는 것이 괜찮은 기억일 겁니다. 개연적인 시나리오는 이렇습니다." 컵을 들고 시간을 벌려고 천천히 물을 마신다.

데릭은 동상을 닮았다. 그는 자제력을 완전히 되찾았고, 얼굴은 평소처럼 해독할 수 없는 가면 속으로 다시 숨었다.

마시모는 컵을 내려놓고 다시 말한다. "처음 48시간 안에 자본의 자유로운 순환과 금융 거래가 차단될 겁니다. 누구도 이 나라 밖으로 돈을 가져갈 수 없습니다. 48시간 후 모든 가능한 방법으로 예금을 인출하려는 절망적이고 쓸모없는 시도로 은행들을 공격할 겁니다. 주식시장과 채권시장의 폐쇄는 불가피한 결과입니다. 그런 다음 그 전염병은 모든 주변으로 확산될 겁니다. 그리스, 포르투갈, 스페인, 아일랜드가 먼저 공황의 파도에 휩쓸릴 테고 그다음은 프랑스 차례입니다. 위기가 시작된 지 72시간 뒤에는 이탈리아에 예치된 1유로가 독일에 예치된 1유로와 가치가 똑같지 않다는 사실을 모든 사람이 깨달을 겁니다. 왜냐하면 이탈리아에서는 은행들이 파산할 수 있고 정부는 지불 능력을 보장할 상태에 있지 않을 것이기 때문입니다. 넷째 날은 이제 단일 통화가 없는 상태를 생각하는 것이 현실적일 겁니다."

스크린에서 얼굴들은 집중되고 긴장되어 있다.

마시모는 재킷 호주머니에서 접힌 종이 몇 장을 꺼내 자기 앞 탁자에 놓는다. 그들을 둘러싼 정적 속에서 냉정하게 움직인다. "나라별 화폐로 복귀하는 일은 이제 머나먼 우발적 가능성이 아니고 전망의 변수도 아닙니다." 종이를 들고 천천히 흔든다. "일부 믿을 만한 소식통이 전하는 말에 따르면, 이탈리아 은행의 인쇄국과 이곳 로마의 투스콜라나 거리에 있는 유가증권 제작 서비스의 인쇄기들에 대략 한 달 전부터 리라화의 워터마크가 찍힌 종이들이 전달되었다고 합니다." 폭로의 효과를 기대하며 다시 멈춘다.

곧바로 데릭의 미세한 움직임을 포착한다. 그는 머리를 약간 돌리고 한쪽 눈썹을 찌푸린다. 모니터에서 놀라움은 명백하다. 중국인은 몸을 앞으로 내밀고, 예전 연준 의장은 한 손으로 머리칼을 쓰다듬는다.

"우리는 상황이 그런 지경에 이르렀다고 생각하지 않아요." 러시아인이 투덜거린다.

마시모는 흐트러짐 없이 수긍한다. 그리고 다시 말한다. "시나리오의 관점에서 논의하는 것은 이제 의미가 없습니다. 과정은 이미 시작되었고, 이제 그것은 주어진 사실 자료입니다. 우리는 지금 공공 기능을 마비시키면서 기업들과 가족들에게 타격을 줄 체계적 위기를 말하는 겁니다. 그리고 그것은 단지 유럽 남부에만 해당한다고 생각하지 마시기 바랍니다. 뒤따르는 심각한 영향이 지구 전체에 전해질 겁니다. 누구도 그런 결과를 바라지 않는다고 저는 상상합니다."

마시모는 탁자 위에서 손깍지를 낀다. 끝났다. 모든 것을 걸고 모든 것을 내기했다.

러시아인이 먼저 말을 꺼낸다. "당신이 이야기한 상황의 초기에 있다는 것을 인정한다고 합시다. 은행의 주제와 BTP의 주제에 대해 동시에 진행할 필요성은 최소한 우리로서는 예외로 인정할 수 없습니다. 그런 재난에 대한 해결책은 있습니까?"

"있습니다." 마시모는 대답한다.

"'확고한' 담보를 고려하는… 해결책인가요?" 예전 연준 의장이 재촉한다.

마시모는 말이 없다. 눈길로 책상 뒤의 빈 의자가 차지한 칸을 찾는다. 카메라 촬영 구역 너머에서 듣고 있는 사람은 무엇을 생각하는지 자문한 다음 머리를 끄덕인다.

"그렇다면 우리에게 설명하지 않고 무엇을 기다리는 거요?" 중국인이 소리친다.

"해결책은 새로운 '이중 악재'입니다." 마시모는 또박또박 말한다.

모니터에서는 똑같이 당황한 표정이 스친다. "그때부터 거의 20년이 흘렀어요. 시장은 바뀌었고 홍콩에서는 상황을 뒤집는 데 석 달이 걸렸습니다." 러시아인이 돌발적으로 대꾸한다.

마시모는 흔들리지 않는다. "바로 시장이 바뀌었기에 우리는 90일이 걸렸던 것을 세 시간 안에 할 수 있을 겁니다. 하지만 원칙은 바뀌지 않습니다. 당시와 마찬가지로 지금 거대한 지렛대를 사용하는 베어들의 공격에 직면하는 것이 문제입니다. 그들은 절대적으로 유리한 입장, 고전적인 '윈윈 상황'에 있다고 확신합니다. 거기에 대한 대답은 아주 단호해야 합니다. 공매도를 하려는 사람에게 강하게 저항할 수 있는 최후의 매수자가 필요합니다." 마시모는 멈추고 눈길로 연준 사람을 찾는다. 그는 비디오에서 보이지 않는다.

"그 매수자는 BTP 공매의 전체 총액을 커버하는 담보를 우리에게 요구합니다. 좋습니다. 이탈리아 정부가 그 보장을 제공합니다." 몸을 돌려 데릭을 바라보았고, 데릭은 단호한 고갯짓으로 대답한다.

몇 초 동안 침묵한 뒤 마시모는 다시 말한다. 자신 있는 목소리로 다양한 단계를 간략하게 제시하며 계획을 설명한다. 오래전부터 그 순간을 위해 준비한 것처럼 보인다. 전략을 설명하지만 마치 세련된 마술 게임의 비밀을 드러내는 것 같다.

'모든 마술은 3막으로 구성된다. 첫 번째는 약속의 막으로 마술사는 일상적인 것을 보여준다.'

10년 만기 국채의 공매는 모두가 바라보는 것이다.

'두 번째 막은 전환으로, 그때 통상적인 것이 특별한 것으로 된다.'

정보와 매스미디어를 현명하게 이용하면 혼란이 유발될 것이다. 공매는 정치적 불안정과 시장의 혼란 단계에서 리스크가 아주 높은 작업으로 명백하게 드러날 것이다. 교묘하게 여과시킨 소문은 이탈리아 국채를 판매할 현실적 가능성에 대한 의혹을 제기할 것이다.

'통상적인 것이 특별한 것으로 된다.'

공매는 투자자들이 기대하던 방아쇠로 변할 것이다. 왜냐하면 사람들 마음은 보고 싶은 것을 보고, 조건적 자극에 자동으로 반응하기 때문이다. 그것을 '파블로프의 조건반사'라고 한다.

''지금 여러분은 비밀을 찾지만 발견하지 못할 겁니다. 왜냐하면 정말로 현실을 바라보지 않기 때문입니다. 여러분은 알고 싶은 것이 아니라 속고 싶기 때문입니다.' 마술사들은 그렇게 말했다.'

그러므로 마술이 정말로 이루어지려면 특별한 것의 베일을 멋지게 들어 올려야 한다. 갑자기 공매가 안전하게 진행되고, 약탈자들이 모든 것을 깨뜨린다고 믿었던 정점에 비해 낮은 수익률로 BTP 전체 물량이 팔려야 한다. 그러면 특별한 것은 다시 통상적인 것으로 돌아올 것이다.

'바로 그렇기에 모든 마술에는 세 번째 막이 필요하다. 가장 어려운 부분이다.'

'그 막을 '명성'이라고 부른다.'

그때, 단지 그때서야 두 손은 율동적으로 서로 부딪치고, 입이 벌어지고, 동그란 눈은 무대를 응시할 것이다. 놀라움, 경악, 경이로움이 마술사의 능력을 찬양할 것이다.

말을 끝낸 마시모는 꼼짝하지 않는다. 마음은 벌써 그 호텔에서 멀리 떨어져 있다. 생각은 암벽 위의 집으로, 인디아에게로, 인디아에게서 감지한 고통으로 날아간다. 하지만 그러다가 멈춘다. 나아가다가 곶과 섬 사이의 바다 안에 있는 우리의 그물에 걸린다.

'마술, 속임수, 명성.'

'지각의 조건화. 현실의 변형.'

마시모는 며칠 전부터 엄청난 양의 호르몬을 투여하는 포이닉스 안의 참치들을 생각한다.

'나는 데릭과 다르지 않아.'

"여러분, 참석자들이 제안을 평가할 수 있도록 로마 시간으로 오전 5시까지 회의 연기를 제안합니다." 예전 연준 의장이 말한다.

잠시 기다린 뒤 그는 연결을 끊고, 이어서 다른 사람들이 차례로 뒤따른다.

"자네 완벽했어." 데릭이 중얼거린다. 재킷을 벗는다. "가능한 모든 것을 했어."

"충분하지 않을 수도 있어요." 마시모가 넥타이 매듭을 느슨하게 풀며 말한다.

"이탈리아 은행 인쇄국 이야기는 뭐야?" 데릭이 탁자 위의 종이들을 가리키며 묻는다.

마시모는 모호한 몸짓으로 한 손을 든다.

"'우리의' 소식통은 아무런 말도 없었어. 누구에게서 알게 된 거야?" 그는 집요하게 묻는다.

마시모는 살짝 웃는다. "아무것도 없었어요, 데릭." 그런 다음 탁자 위의 종이들을 펼친다. 백지다. "하지만 환상은 진실보다 더 강해요. 내 말이 맞나요?"

데릭은 고개를 끄덕인다. "환상의 대가는 비쌀 수도 있어. 아주 비쌀 수 있지."

둘은 침묵한다. 열린 창문으로 밤공기가 들어온다. 컴퓨터들이 나지막하게 붕붕거리는 소리를 낸다.

마시모는 컵을 채웠다가 비운다. 카리나와 셰릴을 생각한다. 결국 그 스위트룸은 데스크로 간주될 수 있다. 그리고 그는 평소처럼 트레이드에 올라타야 할 때 언제나 그랬듯이 물을 마셨다.

'파블로프의 조건반사.'

"어떻게 생각하나?" 데릭이 묻는다.

마시모는 어깨를 으쓱한다. "무술과 같아요. 약점을 강점으로 뒤집어야 해요."

데릭은 수긍한다.

"나는 말하는 동안 창과 렌들의 시합이 생각났어요. 기억해요?" 마시모가 묻는다.

"물론. 1989년 롤랑가로스 준준결승. 창이 3 대 2로 이겼지."

"도박사들은 렌들을 '압도적인 유력 승리자' 로 보았지요. 실제로 창은 중앙 경기장에 발을 내딛기도 전에 지고 있었어요. 2 대 1에서 다리에 쥐가 났지요. 이기는 것이 거의 불가능했어요."

"그리고 '그' 서비스를 고안해냈지."

"함정이었어요."

"그들이 미끼를 물 거라고 생각해?"

"모르겠어요." 마시모는 두 손으로 얼굴을 쓰다듬는다. "우리는 어떻게 할 거지요?"

"나는 이탈리아 공매도에 올인하겠네. 그리고 래리에게 점진적으로 포지션을 늘리라고 말하겠네. 아마 자네와 폴은 더 신중하겠지. 왜냐하면…" 기억 속에서 무엇인가를 찾으며 잠시 멈춘다. "왜냐하면 적극적인 입장은 비굴하지 않으니까. 내 말이 맞는가?"

마시모는 수긍한다.

"어쨌든 별로 바뀌지 않아요. 우리 모두 타격을 주려고 시도할 겁니다."

"그래, 그것이 우리가 해줄 수 있는 유일한 대답이야."

데릭은 한숨을 쉰다.

"그 시합을 미켈라와 함께 보았어요. 우리는 안 지 얼마 되지 않았는데, 어느 선수를 응원하는 것이 옳은지 곧바로 깨달았지요. 아무 말하지 않고도요."

"보고 싶나?"

마시모는 데릭의 솔직함에 놀라 눈길을 든다. "모르겠어요. 아마도요. 어쩌면 우리는 계속 나아갈 수 있었지요. 우리는 런던에서 잘사는 부자 이탈리아 사람들 가족이 되었을 겁니다. 나는 금융업에서 일하고, 그녀는 자선 사업에 몰두하고, 자식들은 영국의 훌륭한 대학에 예약된 자리에서 말입니다." 그는 일어나서 방 가운데로 간다. "하지만 나는 멈추기로 결심했어요. 아들과 나 자신에게 무언가 다른 것을 선물하고 싶었어요. 부분적으로는 성공했지요. 여기까지 오느라 많은 것을 잃었지만, 전보다 더 나은 사람이 되었다고 생각해요. 그런데도 후회가 크고 때로는 한밤중에 깨서 다시 잠들지 못하기도 하지요."

데릭의 눈길과 마주친다. 그리고 그 말 다음에 이제 두 사람 마음속에서 셰릴의 곱슬머리가 숫자들과 변수들, 은행과 BTP를 쓸어가 버렸다는 것을 안다.

데릭은 눈길을 거두고 소파에 가 앉는다. 마시모는 창문으로 돌아간다. 창턱에 팔꿈치를 기대고 광장의 유적들을 응시한다.

그들은 정지된 시간 속에서 단순하게 함께 친구였던 시절을 생각한다. 비록 서로가 전혀 말하지 않았거나 이해하지 못했을지라도. 삐 하는 소리가 시간이 되었고 다시 접속되었다고 알려준다. 둘은 동시에 움직여 탁자로 간다. 마시모는 넥타이 매듭을 조이고 데릭은 재킷을 입는다.

그날 밤의 시나리오를 존중하며 러시아인이 토의를 시작한다. "우리는 시도해 볼 가치가 있다고 생각합니다."

"베이징에서 우리는 작전 전개 과정을 관심 있게 지켜볼 겁니다." 과묵한 중국인이 대꾸한다.

"우리도 찬성입니다." 예전 연준 의장이 확인한다.

마시모는 모두의 동의를 받으며 한숨을 쉰다. 하지만 아직 충분하지 않다. 모습을 드러내지 않은 채 전체 대화를 지켜본 사람의 승낙이 없으면 그런 너그러움은 헛된 것이 될 터이다.

모두의 눈길이 빈 책상의 칸으로 집중된다. 모자이크를 완성하려면 아직 조각 하나가 부족하다. 몇 초가 전혀 흐르지 않는 것 같다. 마시모는 정지된 화면에 포로가 되었다는 인상을 받는다. 그때 목소리 하나가 스피커를 통해 세 대륙에 메아리친다.

"여러분은 계속 진행할 수 있습니다. 하지만 지금부터 하루, 단 하루뿐입니다. 24시간. 한 시간도 더 안 됩니다."

잠시 후 누구도 다른 말을 덧붙이지 않은 채 접속이 끊겼다. 마시모는 스마트폰의 디스플레이에서 시간을 본다. 5시 5분. 전투는 시작될 수 있다.

브루노 리브라기는 런던 중심지 그레셤스트리트를 따라 빠른 걸음으로 걸어가며 스마트폰에서 시간을 확인한다. 새벽 4시 5분.

그날 밤은 런던에 남아 있었고 람보르기니의 엔진은 침묵을 지켰지만, 브루노는 눈을 붙이지 못했다. 잠을 잘 수 없었다. 전날 저녁 이탈리아를 덮치려는 폭풍을 확인했을 때 그렇게 하려고 결정했다.

시간이 모든 것이라는 사실을 안다. 그리고 이번에 시간은 그에게 이례적인 우연의 일치를 선물했다. 오래된 중요한 은행이 심각한 어려움에 처해 있는 동안 로마에서 정부는 지나치게 오래 연기되었던 BTP 공매를 열지 말지 고려하고 있었다.

모든 사람이 우연한 사건을 보았을 곳에서 그는 기회를 알아보았다. 적절한 순간. 걸음을 빨리한다.

'방아쇠.' 오래전 그가 많은 신세를 진 사람은 반복해서 말했다. 마시모가 그에게 가르친 네 가지 규칙 중 하나였다.

3년이 넘게 그에 대한 소식을 듣지 못했다. 모든 것을 놓고 사라진 이후로. 스승의 선택에는 어딘가 결정적인 것이 있었다. 존경해야 할 결정 중 하나였고, 따라서 그를 더 찾지 않았다.

'아마 나도 언젠가 똑같은 일을 할 거야.' 브루노는 생각한다. '이 모든 것에서 멀리 떠나갈 거야.'

'하지만 지금은 아니야. 몇 시간 뒤 시장이 개장되면서 이탈리아 리

스크를 커버하려는 경쟁이 시작될 테니까.'

유로의 첫 번째 위기 후 국제적 대형 투자자들은 수익의 갈망에 이끌려 다시 BTP로 가득 채웠고, 지금은 바로 그들이 이탈리아반도에서 찾을 수 있는 것은 무엇이든지 먼저 팔려고 했다. 마치 손에 폭탄을 들고 있는 것 같았다.

하지만 브루노와 헤지펀드 공동체는 그 이상을 할 것이다. 그들은 이탈리아에 대한 '공매도 괴물'에 올라탈 준비가 되어 있다. 전날 저녁부터 모두 시장이 개장되면 공매도하기 위한 채권들을 차용하기 시작했다. 브루노는 순간을 포착할 것이다. 그리고 손가락을 권총의 방아쇠에 걸고 무릎을 꿇은 나라의 뒤통수를 쏠 것이다.

브루노는 이탈리아 사람이지만 모니터 앞에서 자비는 고려되지 않는다. 금융에서는 개인적 문제가 존재하지 않고 배려는 중단된다. 그리고 그런 상황에서 누구도 잊지 못할 이탈리아 공매도에 올라탈 것이다.

'네가 확실하게 벌 수 있는 곳에서 돈을 벌어라. 쉬운 싸움을 해라.' 마시모의 두 번째 규칙이었다. 그리고 그는 신중하게 그 규칙을 따를 것이다. 그것은 확실한 트레이드이니까 잃을 수 없다.

만약 재무부가 공매를 유지할 수 없다면 가격은 무너질 것이다. 기적 같은 일이 되겠지만 반대의 경우 채권은 특가로 나올 것이다. 한 가지는 확실하다. 두 가지 시나리오 모두에서 BTP는 하락할 것이다. 따라서 브루노와 금융가의 거물들은 더 낮은 가격에 공매도하는 것을 다시 구매할 기회를 얻게 될 것이다.

'윈윈 상황'이었다. 이익, 확실함.

'놓칠 수 없어.' 걸음을 더 빨리하면서 생각한다. 이제는 19세기 건물의 정면들 사이로 달려가는 것 같다. 그 봄날의 시원한 공기가 얼굴을 때리는 것을 느낀다.

런던 주식시장이 열리면 다른 공매도에는 올라타지 않을 것이다. 그것이 바로 '그' 트레이드이기 때문에 올인할 것이다.

마시모도 그렇게 할 거라고 확신한다. 그 역시 세 번째 규칙, '상대방을 모욕하지 마라'는 규칙은 지키지 않을 것이다. 그리고 브루노는 그 규칙을 전혀 이해하지 못했다.

아니다, 포지션은 증가되었다. 망설임 없이. 가격은 무너질 것이다. 어지러울 정도로 이익을 높일 것이다.

그해의 퍼포먼스. 아마 10년 만에 찾아온.

쓰나미는 높게 솟아올랐고, 그는 그 거대한 파도의 꼭대기에서 서핑을 할 것이다. 아주 빠르게 갈 것이다. 모든 사람보다 빠르게. 그 어느 때보다 빠르게.

네 번째 규칙, 가장 중요한 규칙을 실행할 시간이다.

'페널티킥은 세게 찬다.' 브루노는 속으로 중얼거리며 환한 얼굴로 자기 헤지펀드 런던 지사의 입구로 들어간다.

하늘은 동쪽에서, 콜로세움의 옆모습 너머에서 밝아진다. 둘은 느린 걸음으로 나란히 걷는다. 오른쪽에는 카이사르 포룸의 유적들.

호주머니에 손을 넣은 마시모는 넥타이가 느슨하게 풀려 있고, 와이셔츠 깃은 열려 있다. 주위의 장관에는 무관심하게 머리를 숙이고 있다.

거기에서 1킬로미터 떨어진 곳에서 일어나는 것을 생각한다. 연준은 공매의 총액을 커버하려고 '확고한' 보장을 요구했다. 그와 데릭은 그것을 제공했다.

데릭이 이탈리아 은행과 정부의 고위층들과 그런 움직임에 합의했다. '확고한' 보장은 금괴 형태이기 때문이다. 바로 그 순간 그것은 프라티카 디 마레의 공항으로 향하는 군대의 장갑차 두 대 위에 있었다. 거기에서 미지의 목적지를 향해 이륙할 준비가 된 록히드 C-130에 실릴 것이다.

유통 화폐 가치의 토대 자체인 비축 금은 나치오날레 거리의 지하 금고에서 옮겨지고 있었다. 다른 담보들과 똑같은 담보로, 누구도 그 도그마에 이의를 제기하지 않을 것이다. 집단적 인식에서 그 비축 금은 언제나 그곳, 이탈리아 은행의 지하에 있다. 비록 다른 곳에 있을지라도.

그리고 그런 일이 일어나는 것은 처음이 아니었다. 다른 때에도 금은 해외로 대출되거나 이전되었고, 1990년대부터는 중앙은행들의 지하 금고에 실제로 얼마나 보관되어 있는지 확정할 수 없을 정도다.

'또 다른 속임수. 또 다른 환상.'

"믿을 수 없어, 이곳의 아름다움은." 데릭이 그런 생각의 실을 끊으며 중얼거린다. 로마 제국 포룸들의 전망 앞에서 멈춘다. 한 무리 새가 맑은 하늘을 가로지른다. 멀리서 도로 청소차의 낮고 지속적인 소음이 들려온다.

몇 시간 후 도시는 활력을 되찾고 그곳, 역사의 유적들 사이의 그 길은 다시 분장한 검투사들과 매료된 관광객들과 함께 세상의 매력적인 장소 중 하나로 돌아올 것이다.

“새벽의 로마는 이렇게 경이로워요. 하지만….” 마시모는 중얼거리다가 말을 중단한다.

데릭은 눈을 크게 뜨고 그를 바라본다. “하지만?”

“생각해 보면 아주 유능한 화가도 여기에서 권력이 어떻게 나타났는지 묘사할 수 없을 겁니다. 저기 앞에서는 콜로세움과 민중을 속이기 위한 놀이들. 저기에서는 파시스트 집회의 광장이 있는 비토리아노.”(콜로세움과 포룸 로마눔에서 가까운 곳에 세워진 웅장한 대리석 건물로 공식적인 이름은 비토리오 에마누엘레 2세 기념관-옮긴이) 생각에 잠겨 멈춘다. “당신 아버지는 여기에서 싸우지 않았나요?” 잠시 후 묻는다.

데릭은 그렇다고 끄덕인다. “안치오에서.” 대답하더니 지하철역을 가리킨다. “이리 와.”

그들은 넓은 차도를 가로질러 80년 전 ‘제국의 거리’(공식 이름은 ‘제국 포룸들의 거리’로 주위에 로마시대 여러 황제의 유적이 있다-옮긴이)라고 명명된 도로 옆의 벽 아래 지점에 도착한다. 데릭은 머리를 든다. 마시모는 그의 눈길을 따르다가 두 팔을 벌린다.

‘집착. 위대함의 무대 장치에 대한 데릭 모건의 열정은 집착이야.’

그들은 고대 로마의 영토 확장 과정을 보여주는 대리석으로 만든 지도 네 개 앞에 있다. 그렇다, ‘영원한 도시’ 로마. 처음에는 사하라사막의 아프리카와 러시아 스텝 사이에, 브리타니아제도와 아라비아반도 사이에 알려진 세상의 중심에 있는 조그마한 점이었다. 그런 다음 이어지는 지도들에서 점진적이고 무자비한 지배의 확장. 어둠을 가르는 빛처럼 로마는 자신의 권력을 땅 위로 확장했다. 하드리아누스 방벽(하드리아누스 황제가 픽트족을 몰아내고 국경을 확실히 하려 영국에 쌓은 방위시설 - 옮긴이)에서 중동까지, 헤라클레스의 기둥에서 캅카스까지.

"위대한 권력에는 위대한 상징이 필요해." 데릭은 손짓으로 포룸의 유적들을 가리킨다.

"사람들을 고분고분하게 유지시키기 위해서지요." 마시모는 대꾸한다.

"동의를 이루고 문명을 증진하기 위해서지."

"타락하기 이전이에요, 데릭. 그 위대함이 어떻게 끝났는지 잊지 말아요."

"역사에는 언제나 의미가 있다고 나는 믿어. 비록 때로는 사실들의 혼란스러운 이어짐과 비슷할 수도 있지만 말이야. 제국들은 언제나 똑같은 방식으로 태어나고, 발전하고, 몰락하지. 처음에는 전사들의 힘을 토대로 하고, 다음에는 이기주의와 부를 찬양하는 상인들과 상업의 시대가 오지. 그리고 곧이어 몰락이 이어져. 처음에는 풍습에서, 이어 돈에서, 그리고 마지막으로 힘에서. 우리는 서양에서 마지막에 이르고 있어. 누군가가 시간의 화살을 멈춰 세우거나, 아니면 최소한 흐름을 늦추지 않는다면 불가피한 일이야, 맥스. 무슨 일이 있더라도."

"'무슨 일이 있더라도', 맞아요. 하지만 당신들은 미국이에요, 데릭. 서양의 단지 일부일 뿐인데도 당신들은 모두를 위해 결정하려고 해요."

"제국은 존재해. 그리고 바로 미국이야. 사실 우리는 오늘날 지나치게 야심적이지 않은 목적을 추구하려고 위대한 권력을 행사해. 비극적이지만 그래. 우리는 강력하고, 정부들에 영향을 주고, 돈을 찍어내고, 사람들의 삶의 조건을 결정해. 하지만 여기에 위대함은 없어. 우리 계획은 단지 억제하려는 거야. 내 말 이해하겠어?" 그는 천천히 웃는다. 울적한 웃음. "우리는 붕괴를 연기하려고 쇠락을 투여하고 있어. 그리고 이것은 새벽이 아니야." 몸을 돌리지도 않고 엄지로 어깨 너머로 떠오르는 햇살에 둘러싸인 콜로세움의 옆모습을 가리킨다. "이것은 석양이야. 그리고 나는 밤이 내려앉는 것을 원하지 않아."

"당신은 심지어 역사에서도 도식을 보고, 당신의 계획 밖에서 행동하는 사람에게는 어떤 미래도 없다고 생각하는군요. 당신은 음모자 같아요. 현재와 과거 사이의 진정한 차이는 마치 기계공이 모터에 개입하듯이 경제에 개입함으로써 사회를 만들겠다는 당신들의 관념이라고 나는 생각해요. 당신들은 언제나 모터가 작동하도록 만드는 정확한 해결책을 갖고 있어요. 만약 회전수가 지나치면 속도를 늦추고, 속도가 느려지면 연료를 더 공급하지요. 하지만 어젯밤 당신은 우리가 지금 부딪치려고 가는 장벽을 잘 보았을 겁니다."

"음모자? 기계공?" 데릭은 당혹감이 어린 솔직한 목소리로 묻는다. "어젯밤 우리는 한 나라의 비축 금을 옮겼고, 전혀 본 적이 없을 만큼 대규모 역정보 선전 중 하나를 조직했네. 우리는 거짓 뉴스를 퍼뜨리고, 수십억 가치의 국채들이 거래되는 공매의 결과를 보장했어. 우리는 한 나라, 아니 한 대륙을 구하려고 노력하고 있어. 그런데 이것이 자네에게는 한 기계공의 개입처럼 보이는가?" 머리를 흔든다. "아니야, 마시모. 우리는…." 음흉한 눈길로 마시모를 바라보며 머뭇거린다. "우리는 속이고, 기적을 행하고, 현실을 조작해. 오늘 우리는 세계의 주요 투자자들을 속이고, 인간적이지 않은 권력을 갖고 있어. 우리는 악마들이야, 마시모. 내가 믿듯이 자네도 믿게. 우리는 악마야."

증오 없이 하는 그 말은 음울한 체념에 젖어 단단한 주먹처럼 충격을 준다. 마시모는 말이 없다. 데릭의 어깨 너머를 바라본다. 이제 콜로세움은 타오르는 아침 햇살에 흠뻑 젖어 있다. 클라우디우스의 아들(네로 황제(재위 54~68). 클라우디우스 황제의 양자로 황제 자리에 올라서 그렇게 부른다 - 옮긴이)이 불태웠던 날 밤에 로마는 저렇게 불탔을까?

오전 7시 12분. 시장 개장 48분 전.

플로어의 자기 자리에 앉은 브루노는 스크린에 눈을 고정하고 있다. 블룸버그 뉴스의 첫 소식은 이탈리아 은행 얘기에 할애되었다. '내각 사퇴. 새벽 이른 시간에 은행 제도의 역사적 중심지에 금융 경찰의 기습 배치. 국영기업 및 증권위원회(이탈리아의 중요한 경제 기구 중 하나 - 옮긴이), 이탈리아 채권의 공매도를 금지하다.'

브루노는 확신 있게 머리를 끄덕인다. 얼마 남지 않았고, 그는 뛰어오를 준비가 되어 있다.

'모든 것을 계획대로.'

이탈리아 안사(ANSA)통신의 최신 뉴스를 읽으며 아드레날린이 솟구침을 느낀다.

'제2차 세계대전 이후 가장 긴 밤. 키지궁(로마시내의 건물. 1961년부터 이탈리아 총리의 거주지이며 내각회의의 중심지다 - 옮긴이)에서 극적인 내각회의. 내각의

사퇴 가능성. BTP 공매에 대한 서로 다른 소문들이 퍼지다.'

브루노는 두 번째 뉴스로 넘어간다. '공식 성명서와 함께 이탈리아 공화국 대통령은 다수당의 결집과 내각의 안정성에 대해 안심시킨다.'

'모순적인 신호들.'

하지만 때로는 말들 사이의 하얀 공백이 그 말들 자체보다 더 중요하다. 브루노는 행간을 읽는 법도 배웠다. 그렇지 않으면 그렇게 높이 올라갈 수 없었을 것이다.

때로는 누락이 고백보다 더 많은 것을 드러낸다. 그런 경우 함축된 것이 명시적으로 말해진 것보다 더 중요하다. 그리고 함축된 것은 혼란스러운 나라에 대해 말한다. 퀴리날레궁(퀴리날레 언덕에 있으며 1955년부터 공화국 대통령의 거주지다 - 옮긴이)의 언급은 산산이 깨진 정부의 조각들을 다시 맞추려는 절망적 노력이다.

그런 상황에서 BTP는 전염병 환자의 열이 있는 몸을 닦아낸 걸레와 같다. 거기에서 벗어나야 한다. 스치지도 말고 국채를 불태워야 한다.

'팔아라, 팔아라, 팔아라.'

브루노는 일어난다. 데스크의 자리들은 완전히 차 있다. 플로어, 해적선의 지휘 함교는 흥분으로 떨린다. 그날은 위대한 날이다.

"자, 시작합시다." 그는 또박또박 말한다. "1조로 시작합시다. 모두 이탈리아 공매도에."

홀의 웅성거림이 갑자기 꺼진다. 말하는 동안 브루노는 자기 목소리의 메아리를 듣는 것 같다. 바로 그 순간 전 세계의 데스크에서는 똑같은 말이 울려 퍼지고 있기 때문이다.

눈 열다섯 쌍이 그를 바라본다. 머리들이 짧은 동의의 신호로 움직인다. 암시로 가득한 눈길들이 이 얼굴에서 저 얼굴로 넘어간다. 30분 후 매도 주문이 우박처럼 시장에 무자비하게 쏟아진다. 런던에서는 아침 8시 3분이다. 브루노는 마우스 커서를 시계 칸으로 움직인다.

6월 6일이다. 수요일. '그' 수요일.

거대한 파도. 아주 높은 파도들. 그는 얼굴을 때리는 바람을 느끼는 것 같다. 그런 다음 스프레드를 확인하고, 미친 듯한 속도로 치솟은 것을 본다. 개장 후 180초 만에 이탈리아 국채의 차익은 250에서 400포인트가 되었다.

"보스." 플로어 맞은편에서 목소리 하나가 소리친다. "IMF의 성명이 있어요."

브루노는 비디오에서 성명서를 찾아 빠르게 훑어본다. '국제통화기금은 이탈리아 상황을 염려하며, 심각한 정치적 불안정과 극심한 혼란의 시기에 10년 만기 국채의 공매를 중단하라고 권한다.'

건조하고 간결하다. 또 다른 웅변적 신호는 그날 아침 브루노가 승자가 되리라는 것을 말해준다.

스위트룸의 문을 넘어서면서 마시모는 역겨움을 느낀다. 천장 한가운데에 매달린 커다란 전등은 켜져 있다. 인위적 조명이 열린 창문을 통해 방 안으로 몰려드는 햇살과 뒤섞인다.

벽에 기대어 있는 가구로 다가간다. 거울에 반사된 얼굴이 매우 피곤하고 창백해 보인다. 다크서클에 둘러싸인 눈.

무심코 컴퓨터 모니터로 눈길을 던지고, 눈꼬리로 사각형 가장자리에서 나오는 튼튼한 몸매의 남자 옆모습을 본다. 그를 아는 것 같은 느낌이 들지만 신경과민과 뒤섞인 혼란으로 명료하지 않다.

다시 거울을 바라본다. 이틀 전부터 잠을 자지 못했다. 그리고 곶에서 사는 동안 그런 예리한 긴장감을 잃었다. 근육이 쑤시고 다리에 힘이 없는 것을 느낀다.

처음에는 런던에서 주로 앉아서 하는 일에도 몸이 무척 피곤해지는 것에 충격을 받았다. 장딴지가 오래 달린 뒤처럼 땅긴다.

문을 두드리는 가벼운 노크 소리를 듣고 몸을 돌린다. 웨이터가 인사를 하고 탁자에 신문 몇 개를 올려놓는다. 그런 다음 몸을 숙이고 방에서 나간다.

"자네가 보게. 나는 읽고 싶지 않으니까." 데릭이 역겹다는 듯 찡그리며 말한다. 그리고 탁자에 앉아 메모장에서 무엇인가를 확인한다.

마시모는 제목을 훑어본다.

'유로화에서 벗어난 이탈리아.'

'이탈리아 붕괴.'

'폭풍 속의 유럽.'

그 순간 데릭이 일어나 창문의 덧창을 닫기 시작한다.

"다른 환상이 있나요?" 마시모가 냉소적으로 묻는다.

"영원히."

"언제나 그렇군요."

데릭은 콧방귀를 뀐다. "나는 지난 사흘 동안 겨우 네 시간 잤네. 자네는?"

"조금 더요."

"그래, 그렇다면 우리는 하루하루가 그저 흘러가지 않는 척하는 것이 낫겠군."

"유일하게 긴 밤, 끝나지 않는 겨울이네요." 마시모는 말한다.

"자네가 나를 위해 일했을 때를 더 좋아했다는 것을 아는가? 자네는 거의 말이 없었지." 데릭은 불안감을 줄이려고 대꾸한다.

마시모는 웃으면서 소파에 앉는다.

9시 5분. 시장이 개장된 지 65분 후.

"보스, 준비됐어요."

브루노는 몸을 돌린다. 옆에는 거대한 몸집에 강인한 표정의 마흔다섯 살가량 남자가 손에 종이 한 장을 들고 서 있다.

"무엇인가요, 마이크?"

"우리가 기다리던 것입니다." 과묵한 상대방은 대답한다.

브루노는 종이를 받고, 옆자리로 가 앉는 그의 오른팔을 바라본다. 요크셔 출신인 마이크는 말수가 적고 집요한 사람이다. 잉글랜드 북부 사람들의 방식대로 신속한 사람. '올라타거나 아니면 빠져나가라.' 모든 것을 본 그 트레이더의 모토였다. 광부의 아들로 그는 올라가야 하는 모든 것을 올라갔다.

브루노에게는 폴 패러독과 자신이 런던에 도착했을 때를 상기시켰다. 그가 데스크 책임자가 되었을 때 마이크는 부책임자, 효율성이 보장되었다. 그리고 그가 이탈리아에 대한 공격을 조직했다.

브루노는 종이를 훑어본다.

'그래, 우리가 기다리던 거야.'

안사의 최근 소식은 이렇게 결론 내렸다. '이탈리아 재무부는 IMF와 시장들에 도전하면서 공매를 확인했다.'

일치하지 않는 또 다른 신호. 하늘 아래에는 혼란이 있었다. 하지만 겉보기에는 그 의미 없는 혼돈 속에서 브루노는 이익의 완벽한 역학을 읽을 줄 알았다.

먹잇감은 모두에게서 버림받았다. 동맹들은 날아갔다. 그리고 이탈리아는 혼자 경마에서 유망한 말에 마지막 동전을 거는 천박한 도박사처럼 나라의 국채에 기대하지 않을 수 없었다.

'윈윈 상황. 스프레드 700까지.'

'됐어.'

브루노는 마이크를 향해 몸을 돌린다. "자, 뛰어듭시다. 두 배로 올려요."

"데릭."

스위트룸의 소파들 중 하나에 앉아 있던 마시모는 깜짝 놀란다. 그는 그 이름을 말하지 않았다. 그리고 자기가 잠시 졸았다고 생각한다. 주위를 둘러본다. 아무도 없다. 단둘이다.

"데릭!" 목소리가 반복한다.

'그 목소리.'

마시모는 모호한 어조, 자신과 세상 사이의 베일 같은 유머의 억양을 알아볼 수 있을 것 같다.

'그럴 리가 없어.'

데릭은 탁자 옆에 서 있다. 천천히 몸을 돌려 가구 위의 컴퓨터 쪽을 향한다.

"어때?"

"좋아요." 컴퓨터 스피커에서 목소리가 대답한다. "준비되었어요. 모든 것이 예상대로 진행되고 있어요."

마시모는 일어난다. 얼굴에는 놀란 표정.

"아, 데릭. 우리는 중요한 이탈리아 공매수에 올라탔어요." 세 번째 목소리가 끼어든다. "하지만 조심스럽게 발끝으로 움직였어요."

"나는 확신하고 있었어." 데릭은 평소의 불가해한 표정을 유지하며 대답한다.

마시모는 방을 가로지른다.

이제 확실하다. 그 목소리들을 잘 안다. 오래전부터 알고 있다. 자기 사람들의 목소리다.

'아니, 내 친구들 목소리야.'

데릭은 한쪽으로 물러서고 마시모는 모니터를 바라본다. 한가운데에 데스크 자리에 앉은 두 명이 보인다. 40대의 인도인. 완벽한 매듭으로 넥타이를 매고 한 손으로 섬세한 콧수염을 쓰다듬는다. 미소를 짓는다.

다른 한 사람은 50대다. 머리칼이 하얗다. 와이셔츠 차림이고, 진지한 표정을 과시한다. 마치 화난 것처럼. 마치 모든 것과 모두에게 유감이 있는 것처럼. 폴과 카림이 모니터를 통해 그를 바라보고 있다.

"자네들 도대체 무얼 하는 거지?" 마시모는 믿을 수 없고 더 나은 말을 찾지 못해 묻는다.

"큰돈을 다루고 있지요." 폴이 대답한다. 그리고 냉소를 상기시키는 미소를 덧붙이려고 노력한다.

"당신이 돌아왔다고 말하더군요." 카림이 덧붙인다. "그래서 우리도 빠질 수 없었죠."

그들은 멀리에서 서로 바라보면서 말이 없다. 그 순간에는 이미지들의 관념도 현실보다 더 강했다. 팔도 흔들지 않았고 악수도 없었다. 단지 평면 스크린에 얼굴들이 차갑게 투영되었을 뿐.

"우리는 당신을 떠나지 않는다는 것을 당신도 알지요?" 카림이 말한다. "우리는 어젯밤부터 여기에서 당신을 등 뒤에서 보고 있었어요."

"단지 당신의 등만 보고 있었다는 뜻이에요." 폴이 바로잡는다.

인도 친구는 그에게 눈길도 돌리지 않은 채 수긍한다.

"이제 나는 더 평온하네." 마시모가 말한다.

"자네들 인사가 끝났으면 작업을 마무리하세." 데릭이 끼어들면서 이익 없는 그 급박한 트레이드로 그들을 다시 데려온다. "카림, 자네는 그물을 닫아. 하지만 빌려준 국채를 회수하라는 신호를 언제 줄지 주의하게. 신속하게 해야 해. 그리고 누구도 전혀 눈치채지 못해야 하고. 모두 그 안에 남아 있어야 해."

카림이 고개를 끄덕인다.

'라이스.' 마시모는 생각한다. 다시 한번 살육의 시작을 알리는 것은 카림의 몫이다. 투자자들이 공매도에 대한 채무의 최대치에 이르렀을 때 그는 신호를 줄 것이다. 모든 은행이 복종할 테고, 공매도로 팔려고 했던 사람에게 빌려준 이탈리아 국채들을 즉각적으로 요구할 것이다. 참치잡이 바닷속에 뿌리는 모래 한 줌. 마지막 행동. 죽음의 우리.

베어들은 국채의 높은 가격에 부딪혀 깨질 것이다.

"우리에게 좋은 소식을 전해주게." 데릭은 컴퓨터에서 멀어지면서 말한다. 스크린 안에서 카림과 폴은 다시 모니터를 응시한다. 마시모는 한숨을 쉰다. 그게 모든 것이었다. 아니, 아니다. 무엇인가 빠져 있었다. 갚아야 하는 오래된 빚.

스마트폰을 들고 자판에 빠른 메시지를 누른 다음 전화기를 끄고 탁자 위에 올려놓는다.

"이제 더 생각하지 말게. 우리는 할 수 있는 모든 것을 했어." 데릭의 목소리는 마시모에게는 폭풍 속의 암초다. 둘은 절대 헤어지지 않았어야 했다. 단지 함께할 경우에만 정말로 잘 맞았다.

데릭은 전등 스위치로 다가간다. 잠시 후 실내는 모니터 빛이 희미한 어둠 속으로 잠긴다.

"단지 기다리기만 하면 돼." 데릭은 재킷을 벗고 소파 위에 길게 누우며 말한다.

마시모도 다른 소파로 가서 똑같이 한다.

"그런데 당신은 정말로 지금이 밤이라고 생각해요?"

"자네도 그런 척하게." 데릭이 피곤한 목소리로 대답한다.

마시모는 가슴 위에서 손가락을 깍지 낀다.

"내가 왜 바다를 좋아하는지 알아요?"

"말해봐."

"거기에는 허구가 없기 때문이에요. 새벽은 새벽이고, 해는 곶 너머에서 떠올라요. 그리고 질 때는 바다 속으로 져요."

"자연도 속이네, 맥스. 환각, 신기루, 광기. 어디든 환상이 있지. 바라보는 눈은 자연의 일부이고, 귀도 속지."

마시모는 천천히 웃는다.

"내가 뭐 재미있는 말을 했나?" 데릭이 묻는다.

"아니, 아니에요. 결과적으로는 당신 말이 옳다고 생각했어요. 로베르토와 함께 인디아를 마중하러 참피노에 갔을 때 우리는 아주 이상한 장소를 한 바퀴 돌았지요. 내가 잘 아는 곳이었어요. 어렸을 때 아버지와 함께 갔으니까요. 프라스카티 근처예요. 많은 도로가 그러듯이 작은 언덕 위로 올라가는 도로예요. 올라가는 동안 자동차 시동을 끄면 뒤로 내려가지 않고 앞으로 가게 되지요. 그리고 깡통을 바닥에 놓으면 위로 굴러가지요. 당신이 이해했는지 모르겠네요. 인상적인 현상이고, 그것에 대해 연구도 했지요. 화산에서 유래한 이상한 자석 현상이라고 가정하기도 했지요. 그런데 모두 엉터리였어요. 착시지요. 오르막처럼 보이지만 사실은 내리막이에요. 당신이 플로어의 컴퓨터 화면에 올려놓았던 에셔의 물레방아와 약간 비슷하지요. 물이 아래에서 위로 올라가는 것 같은 인상을 받지요."

데릭은 한숨을 쉰다. "단지 신기루일 뿐이야. 자연에 존재하지. 그런데 우리는 오늘 시장에 또 다른 신기루를 만들었어." 그 말은 피곤함과 뒤엉켜 천천히 길게 늘어진다. 그 몇 시간의 긴장감이 도전적인 어조를 눌렀고, 이제 둘은 낮은 목소리로 천천히 말한다. 지나치게 오래전부터 진행되었으며 둘 다 끝내고 싶은 결투의 마지막 타격이다.

"몇 년 전부터 당신들은 만들었어요, 데릭. 너무 오래전부터요. 그것은 착시이지만 당신들은 더 나쁜 것을 만들었지요. 당신들은 지각능력을 바꾸려 하지 않고 현실을 조작했어요. 그리고 그것이 나를 화나게 만들어요. 왜냐하면 결국 우리는 너무 많은 사람에게서 미래를 훔쳤으니까요. 서양은 무너지고 있고, 나누어야 할 파이는 점점 더 작아지지만, 일부에게는 점점 더 큰 조각들이 있을 겁니다. 그건 사기예요, 데릭. 그리고 어떻게 해서든 지키려고 하지만 단지 가난한 사람들에게만 강요되는 질서는 사악해요."

"나는 에셔를 존경하네. 몇 달 전 나는 개인 컬렉션에 손을 댔어. 그래서 두어 점을 구입했는데 자네에게 보여주어야겠군. 나는 몇 시간 동안 바라보고 있을 수 있어." 데릭이 목소리를 가다듬고 화제를 바꾸려고 노력하며 말한다.

"에, 당신이 프라스카티의 오르막길을 살 수 없다는 사실이 행운이군요."

데릭은 낄낄거린다. "이 게임은 자네가 이기도록 놔두지. 나는 너무 피곤해. 그런데 자네는 졸리지 않아?"

마시모는 말이 없다. 뭐라고 대답할지 모른다. 너무나 졸려서 잠을 잘 수 없을 정도다.

“데릭?”

“왜?”

“깨어 있어요?”

“그래. 너무 생각이 많아.”

“나도 그래요.”

“내가 자네에게 자장가를 불러줘야 할까….”

“차라리 일주일 동안 잠을 자지 않겠어요.”

둘은 웃는다.

“그런데 당신은 왜 이 모든 것을 해요?” 마시모는 진지한 어조로 묻는다.

“그러면 우리 자보는 게 어떨까?”

“좋아요.”

다시 침묵. 하지만 잠에 빠질 수 없다.

“내 재킷 안에 1달러가 있을 거야. 자네가 가져올 수 있을까?”

“일어나야 할까요?”

“그냥 놔두게, 마시모. 거기에 뭐라고 적혀 있는지 자네도 알 테니까. 플루리부스 우눔, 많은 것 중 하나. 결국 그것 때문에 하지. 내가 스무 살이었을 때는 더 아름다운 여인들을 얻기 위해 돈을 벌었어. 서른 살에는 자식들에게 더 나은 것을 원했지. 마흔 살에는 권력이 정말로 무엇인지 발견했어. 하지만 그것도 이제 내 관심을 끌지 못해. 내 나라를 위해 하고 있어, 맥스. 나는 미국을 믿어. 아마 통속적이겠지. 혹시 우리는 괴물들을 만들었는지도 몰라. 하지만 나는 그것이 도움이 되었다고 계속 믿어. 얼마 후 우리는 석유에서 독립하게 될 거야. 우리가 채굴하는 셰일가스로 몇 년 안에 우리는 에너지 수출국이 될 거야. 우리는 10년 전만 해도 불가능했던 의료 개혁을 실현했어. 아직 우리는 군사적 우위를 차지하고 있고, 기술에서 언제나 앞서 있어. 정치가 실패했다는 것을 자네가 깨닫지 못했을까? 민주주의는 위기에 있고, 아무리 확고한 서양의 어떤 정부도 강력한 결정을 내릴 수 없어. 지난 20년의 공백기에 중앙은행들, 시장들, 우리 같은 사람들이 유일하게 키를 똑바로 잡았어. 우리는 계속 정치에 시간을 선물하지. 비록 우리는 미친 속도로 질주하는 기관차를 타고 있지만 말이야. 그런데 만약 우리가 멈춰 세울 수 있냐고 묻는다면, 나는 모르겠다고 대답하겠네. 어쨌든 우리는 대안이 없었고 지금도 없어. 치러야 할 대가는 분명히 클 거야. 하지만 우리 미국인에게는 아마 그럴 가치가 있을 거야."

"그 대가는 유럽의 파괴예요. 그것이 대가지요." 마시모는 분노의 느낌을 힘겹게 감추며 본능적으로 대답한다. 그리고 곧바로 그런 반응을 보인 것을 후회한다. 함께 만들어낸 공모를 없앨 위험이 있다. 왜냐하면 결투는 끝났고, 이제는 단순하게 이야기를 나누고 있으며, 둘 다 무기를 내려놓고 자기방어를 포기하려고 결정했기 때문이다. 거기 어둠 속에서 마치 사람들은 모두 달아나고 두 소년만이 달빛 아래 야영 천막 안에 남아 있는 것 같다.

"자네는 단지 우리 잘못 때문이라고 확신하는가?" 데릭이 평온한 어조로 질문한다. "나는 대부분 책임이 자네들에게 있다고 생각하네. 유럽에서 자네들은 새로운 시대를 활용하지 못했네. 낮은 이자, 유통되던 모든 화폐는 활용해야 하는 역사적 기회였어. 그런데 유로는 분열과 적대감을 증가시켰지. 자네들은 세계적인 경쟁에서 승리하려는 최고의 힘을 통일하지 못했어. 단지 모든 개별 나라의 약점들을 공유했을 뿐이야. 금융 분야에서 자네들만 유일하게 자신의 신용평가기구를 가지고 있지 않았다는 것을 자네는 받아들일 수 있겠어? 그리고 맥스, 자네들은 유럽의 검색 엔진도 만들지 않았어. 만약 자네 아이들이 음악을 내려받고, 책을 사고, 검색을 하려면, 우리가 그들을 위해 선택하는 내용 이외에 대안을 가지고 있지 않아. 기술 우위는 전략적인 것이고, 만약 금융이 없었다면 우리는 거기에 도달할 수 없었을 거야. 그렇게 지배하는 것은 장갑차로 땅을 정복하는 것보다 엄청나게 더 편리해. 그리고 지금 우리는 자네들의 마음속으로 들어가고, 언어를 조절하고, 문화를 바꿀 수 있어. 새로운 세대에게 영원히 영향을 줄 수 있다는 뜻이지. 왜 내가 이 모든 것을 하는지 아직도 알고 싶은가?"

질문은 허공 속으로 떨어진다.

마시모는 눈을 감고 듣고 있다. 이제 더 할 말이 없다. 어느 날 말의 힘을 발견했고, 지금은 말이 끝낼 수도 있다는 것을 배웠다. 한쪽 옆으로 돌아누우며 머리를 팔에 기댄다. 그렇게 되찾은 우위에는 오만함이 없다. 그 말은 단순하고도 무서운 진리의 확인처럼 들린다.

데릭은 다시 말한다. "그리고 이탈리아에서 지난 20년 동안 자네들은 국가의 가장 중요한 것을 잃었어. 바로 공동체 의식이야. 자네들은 자기 자신과 소유하고 있는 것의 소비를 찬양했지. 여기 이탈리아 부자들은 축구팀을 샀고, 우리 미국에서는 박물관, 병원, 학교를 세웠어. 왜 자네가 화나야 하는지 알겠어? 그 모든 것이 자네들에게 다른 나라의 부와 아름다움을 발견하지 못하도록 방해했기 때문이야. 그래서 자네들은 점점 더 고립되고 점점 더 가난하다고 느꼈던 거야. 자네들은 다시 아름다운 것을 공유해야 해. 다시 태어나야 해."

'우리는 다시 태어나야 해.' 마시모는 마음속으로 반복한다. '그래, 사실이야. 우리는 다시 태어나야 해.'

그리고 이제야 그와 데릭은 가능한 미래의 구불구불한 길에서 만나게 되었다. 변수의 연쇄나 투영 위에서가 아니라 개연적인 어떤 계산보다 더 가치 있는 회복의 약속에서.

그리고 둘은 어둠 속에서 말이 없다. 마치 방 밖에는 이제 아무것도 존재하지 않는 것처럼.

9시 31분. 시장이 개장된 지 91분 후.

브루노는 스마트폰이 컴퓨터 자판 옆에서 진동하는 것을 느낀다. 투덜거리며 잠시 메시지를 무시할까 생각한다. 그런 다음 계속 모니터를 바라보며 왼손으로 스마트폰을 잡는다. 문자 메시지를 띄우려 버튼을 누르고 디스플레이에 무심코 눈길을 던진다. 메시지는 이해할 수 없다.

'오늘, 6월 6일. 가장 긴 날. 나는 너의 "보디가드".'

브루노는 이맛살을 찌푸리고 귀찮다는 표정으로 입을 비튼다. 전투가 한창인데 그런 무의미한 메시지로 그를 찾는 것이 도대체 누구야? 발신자의 번호는 +39로 시작한다.

'이탈리아.'

배의 근육에 경련을 느낀다. 브루노는 미신을 믿지 않는다. 그 같은 사람들은 절대 믿지 않는다. 그런데도 그 메시지는 불안한 경고처럼 들린다.

스프레드 900으로 돌아간다. 그 숫자는 그에게 활기를 되찾고 그런 비합리적인 예감을 몰아내기에 충분하다. 보디가드는 필요 없다.

'그날, 6월 6일.'

스마트폰을 들고 메시지를 다시 읽는다.

'"보디가드". 대문자에다 따옴표 안에.'

4년 전 어느 날 아침의 기억이 그의 뇌리 안에서 번개처럼 강렬하게 폭발한다. 그러는 동안 횡격막의 무의식적인 움직임이 그의 호흡을 가로막는다.

'복잡한 역정보 전략… 완벽한 속임수… 거울 게임… 장군이 있었어요… 조지 스미스 패튼….'

브루노는 벌떡 일어난다. 전율이 등줄기로 흐른다. 바닥에 주저앉지 않으려고 한 손으로 책상을 잡는다.

플로어에는 대규모 사냥의 정적이 감돈다. 자동 조종으로 운항하고, 트레이더들은 암시로 가득한 눈길을 던지며 거의 말이 없다.

그것은 바로 그의 말이었다. 그가 시티공항의 전용 홀에서 했던 말이다. 그리고 마시모와 이야기하고 있었다.

'6월 6일. 노르망디상륙 기념일.'

그리고 그때서야 브루노는 깨닫는다. 지금 그가 모니터에서 보는 것은 존재하지 않는다. 현실은 거짓말이다. 그리고 그들은 무서운 함정을 뒤쫓고 있다.

"BTP 1조 사요." 그는 벌떡 일어나 마이크를 향해 고함을 지른다. 놀라움과 당혹감이 플로어를 점령한다.

"뭐라고요?" 마이크는 눈을 동그랗게 뜨고 몸을 앞으로 내밀며 중얼거린다. 요크셔의 냉정함은 마이크가 기계와 똑같다고 생각하는 남자의 불합리한 명령 앞에서 사라진다.

"내가 말한 대로 해요. 공매도에서 나가요. 곧바로." 브루노는 목소리 어조를 통제하려고 노력하며 대답한다. 눈길을 얼굴들 위로 던진다. 망설임, 의혹, 불신을 읽는다. 모두 마비되어 반응할 수 없다. 그러는 동안 시간이 흐른다. 매초가 몇천만 가치가 있다.

"매입해요, 제기랄. 가격을 보지 말고 다시 매입해요. 내가 멈추라고 말할 때까지." 느리고 통제된 목소리로 또박또박 말하며 명령한다. 그러는 동안 목이 부풀어 오르는 것을 느끼고, 고함을 지르고 싶다. 지나가는 몇 분은 브루노 삶에서 가장 긴 시간이다. 금융가에 들어선 이후 전혀 느껴본 적 없는 느낌이다.

불안은 1분에 120번 펌프질하는 심장으로 알 수 있다. 두려움은 젖은 손바닥, 등에 들러붙은 와이셔츠, 떨리는 무릎으로 알 수 있다. 절망은 정신 속으로 침투하고 시야의 가장자리에 내려앉는 어두움이다.

만약 메시지의 의미를 오해했다면 그는 헤지펀드에서 쫓겨날 것이다. 수십억 이익을 놓친 책임을 져야 할 것이다. 하지만 만약 옳다면, 만약 그 메시지를 정말로 마시모가 보냈다면, 지금 닫히고 있는 그물에서 달아나는 데 성공할 수 있을지 모른다.

시간 감각이 완전히 바뀌었다. 몇 초, 몇 분, 아니면 몇 시간이 지났는지 말할 수도 없다. 브루노는 눈을 감는다. 그 자리에 있고 싶지 않다. 그래서 자동으로 마이크를 바라본다. 그의 말은 아득한 소음이고, 그 의미를 이해할 수 없다. 마이크의 당황해하는 표정에 머무른다. 열리고 닫히는 입을 바라본다. 마치 무성영화 속으로 내던져진 것처럼. 그러다가 마침내 말을 구별해 낸다.

"보스, 들었어요?"

브루노는 머리로 아니라는 신호를 한다.

"이제 더 BTP를 우리에게 빌려주지 않는다고 내가 말했어요. 아무도 빌려주지 않고, 즉각적으로 모든 것을 돌려받기를 원해요. 모든 공매도를 돌려달라고 요구해요."

"알아요. 우리에게 남아 있는 공매도를 공매에서 다시 매입하도록 시도해 봐요." 브루노는 대답하면서 마시모가 자신을 간신히 구해주었다는 것을 실감한다. 자리에 다시 앉아 안사통신을 확인한다.

'완벽한 계획이야.' 이탈리아 통신사의 첫 뉴스를 읽으며 생각한다. 'BTP 공매는 스프레드 250에 기관 투자자에 의해 모두 청약되었다.'

그리고 바로 그 순간 차익이 800에서 200으로 수직으로 곤두박질하는 동안 브루노는 금융가에 피가 강물처럼 흐른다는 것을 안다. 다만 그것은 정해진 먹잇감의 피가 아니라 사냥꾼들의 피다.

'완벽한 계획이야.' 반복해 생각한다. '마시모의 완벽한 계획이야.'

그런데 무엇인가 맞지 않는다는 느낌이 든다. 그 아주 명쾌한 퍼즐에 맞지 않는 조각 하나에 대한 느낌이다. 그는 블룸버그 뉴스 스크린을 열고 커다란 활자들로 펼쳐지는 뉴스 앞에서 웃기 시작한다. 도화선은 끊어져 있었다. 러시아의 가장 중요한 신용 기관이 이탈리아 은행의 자본 증가를 모두 청약했다고 방금 발표했다. 그들은 은행을 구하는 데 활용 가능한 주체와 구매자를 확보함으로써 모든 것을 생각한 것이다.

아니, 마시모 혼자가 아니었다. 브루노는 스마트폰을 들고 문자판을 누른다. '기적적으로 살았음, 나의 친구. 장군에게 안부.'

그런 다음 소파 등받이에 몸을 기댄다. 그 몇 시간 동안 그의 헤지펀드는 1,500만 유로 조금 더 잃었다. 하지만 만약 그 메시지가 없었다면 손실은 최소한 1억 5천만 정도 되었을 것이다.

컴퓨터 스피커에서 나오는 금속성 소리에 그는 갑자기 깬다. 마시모는 어디에 있는지 모른다. 어느 대륙에 있는지도 모른다. 혹시 잠시 후에는 신문을 뒤적이면서 미켈라와 아침식사를 할지도 모른다. 아니면 홍콩의 호텔 방에 있는지도 모른다. 또 아니면 뉴욕에서 대형 은행 이사회 모임에 참석할지도 모른다.

"데릭. 맥스."

순간적으로 왜 카림이 자신을 부르는지 자문한다.

로마. 경매, 은행.

소파에서 일어나 손으로 얼굴을 비비며 데릭 옆에 앉는다.

"마시모." 이번에는 폴이 그를 부른다.

둘은 동시에 벌떡 일어나 아무 말도 없이 방에서 유일하게 빛나는 물건인 컴퓨터로 다가간다.

"어때?" 데릭이 긴장감으로 떨리는 목소리로 묻는다.

카림은 10년 동안 자신의 보스였던 사람의 반응 앞에서 놀라움을 전혀 감추려고 하지 않는다. 그에게 데릭 모건의 말에 담긴 어조는 절대적이고 이해할 수 없게 새로운 것이었다.

"승리예요." 카림은 그 말의 소리를 음미하며 미소를 띠고 분명하게 말한다. 마시모는 한숨을 쉬며 머리를 들었고, 데릭은 주먹을 움켜쥔다.

"금융가에서 모든 가격을 무너뜨린다고 확신하며 불가능한 것을 공매도할 때, 나는 외부에서 모든 BTP를 회수하게 했어요. 그 지옥에서 빠져나올 시간이 더 없었어요."

"우리는 아주 강하게 타격을 주었지요." 폴이 억양 없는 목소리로 확인한다.

하지만 마시모는 그가 만족감을 억제하려고 초인적으로 노력한다는 것을 안다.

카림은 그에게 눈길을 던지더니 다시 말하기 시작한다. "우리가 탈출로를 차단하고 10분 뒤 기관 투자자가 청약했다는 공매 뉴스가 튀어나왔어요. 그 시점에서 게임은 끝났어요. 그런 다음…."

"궁금한 것이 있어요, 데릭." 폴이 두 번째로 카림의 말을 끊으며 질문한다. "연준과는 어떻게 했어요?"

마시모는 미소를 보낸다. 폴이 설명을 요구하는 것을 처음 들었다. 하지만 그날은 모든 것이 허용되었다. 데릭은 이맛살을 찌푸리고 폴을 바라보며 대답해야 할지 망설인다.

"우리는 제곱센티미터에 19.25그램짜리 담보를 제공했네, 폴."

폴은 눈을 반쯤 감더니 천천히 수긍한다. 그리고 말한다. "특별히 귀중한 무게로군요. 어쨌든 우리는 올해 최고 수익을 냈어요."

네 사람의 웃음이 3천 킬로미터 거리에서 겹친다.

"그리고 마지막에는 이탈리아 은행에 대한 자본 증가 뉴스로 게임이 끝났지요." 카림이 마무리한다.

"잘했어. 언젠가 자네들에게 말했지. 자네들은 내가 함께 일한 최고 팀이야." 데릭이 외친다. 그리고 마시모는 데자뷔의 소외감을 느낀다. 가벼운 자극이 그를 과거로 투사한다. 그 속임수에 몸을 맡기며 눈을 감는다.

지금은 마치 대형 은행의 플로어에 있는 것 같다. 평소와 다름없는 아침 같다. 데릭은 방금 사무실에서 나왔고, 잘 진행된 트레이드를 칭찬하고 있다. 폴은 언제나 그렇듯이 완벽하다. 금융가에서 누구도 아무것도 깨닫지 못했다. 카림은 그물을 닫았다. 마시모는 전략을 짰고, 이제 한쪽에서 데릭의 만족감, 카림과 폴이 주고받는 신랄한 말들을 즐기고 있다. 그들은 가장 강한 자들이고, 데스크에서는 모두 그것을 알고 있다. 잠시 후 카리나가 그에게 마지막 작은 물병을 갖다줄 것이다. 그리고 셰릴은 데스크를 가로질러 갈 것이다. 서로 바라보지 않으려고 노력하겠지만, 결국 눈길을 교환하게 될 것이다.

"이제 어떻게 할까요?" 카림이 그 거짓 느낌의 마법을 깨뜨리며 묻는다.

모두 침묵한다. 아무도 무슨 말을 할지 모른다. 데릭도.

그러다 마시모가 시신경을 따라 흘러내리는 울적함을 물리치며 힘을 내어 대답한다.

"이제 잠을 자러 가게." 마시모는 말하며 미소 지으려고 노력한다. 그들은 계속 서로를 바라보고, 데릭은 컴퓨터에서 멀어진다.

"맥스, 들어봐요."

"말할 필요 없네, 카림." 예전에 그의 얼굴에서 수없이 많이 보았던 표정으로 그를 응시하며 마시모가 중간에 가로막는다.

'알아, 나를 보고 싶었지. 자네들도 보고 싶었어.'

"금융가에서 만나요, 맥스." 폴이 중얼거린다. 그리고 잠시 후 런던에서 접속이 끊어진다.

하지만 이제는 마시모가 다시 서로 만날 거라고 확신한다. 그것을 이해하기 위해 두 가지 삶이 필요했다. 그리고 열린 덧창의 소음과 함께 봄날의 햇살이 방의 어둠을 지우고 너무나도 길었던 밤을 쓸어버린다.

데릭은 손으로 눈을 가린다.

"지금 몇 시야?"

"두 시예요." 마시모는 대답한다. 눈이 타는 것 같고 무척 배가 고프다. 거의 24시간 동안 아무것도 먹지 않았다. "6월 6일 오후 두 시." 잠시 후 덧붙인다. "혼동하지 않으면 좋겠어요."

데릭은 낄낄거린다.

마시모는 재킷을 다시 입고, 넥타이를 바로잡고, 머리를 정돈한다.

"이제 어떻게 할까요?" 카림의 말을 반복하며 묻는다.

"우리는 시간을 약간 벌었어. 그리고 다시 한번 우리는 자네들을 독일 사람들에게서 구했지."

"하지만 누가 우리를 우리 자신에게서 구해줄까요?"

"사람들은 다시 일어설 줄 알아. 자네들 이탈리아 사람들은 벌써 그렇게 했어. 모든 새로운 시작은 에너지를 해방하지."

둘은 잠시 침묵한다. 그런 다음 마시모가 다시 말한다. "아니, 나는 그렇게 생각하지 않아요. 이 마술 게임은 우리에게 단지 몇 년을 선물했다는 것을 알잖아요. 새로운 유럽 질서에서 우리는 대안이 없어요. 나중에는 망치를 가지고 와서 내려칠 겁니다. 아니면 독일이 우리를 위해 보증하겠지만 이탈리아를 장악할 테고, 그러면 최소한 두 세대는 오로지 부채를 갚으려고 일할 겁니다. 당신들 미국 사람들이 1980년대에 남아메리카에서 했던 것과 약간 비슷하게 말입니다. 통신, 전력망, 은행, 석유… 당신들이 모두 가져갔어요. 내가 틀렸나요?"

"그래, 사실이야." 이제 데릭은 마시모와 마주 보고 있다. 그에게 두 손을 올리더니 가볍게 누른다. "그리고 나중에 다시 출발하려면 채권자들과 계약하면서 공공 부채 일부를 갚지 않는 것이 더 나으리라는 것도 나는 알지. 하지만 그게 가능할 거라고 나는 믿지 않아. 자네에게 충고 하나 하고 싶네. 단지 한 번이라도 고집을 내려놓고 내 말을 듣게, 이탈리아 친구. 자네 나라에 긴 밤이 될 거야. 하지만 저기 밖에는 한 세대 전체, 출발하고 가야 하는 자네 아들들의 세대가 있어. 그리고 자네 같은 사람들은 바로 그들을 바라보아야 해. 아직 구할 수 있는 이탈리아의 부분을 선택해 육성할 방법을 생각해 내게. 거리에서, 학교에서, 대학에서, 어디든지 가능한 곳에서 말이야. 낮은 곳에서 출발하게. 오로지 거기에서만 정말로 다른 미래를 세울 수 있을 거야. 로마가 병사들을 육성했듯이, 자네들의 경계선을 넘어 승리할 수 있는 젊은이들의 군대를 육성하는 데 시간과 자원을 투자해야 해. 그들이 돌아와 이 나라를 젊어질 거네. 그리고 거기에 재탄생의 비밀이 있어."

잠시 둘은 말없이 그대로 있다. 마시모는 햇살이 얼굴을 비치는 동안 눈을 반쯤 감고 살짝 웃는다. 그리고 데릭은 마지막으로 그의 어깨를 잡더니 탁자로 간다.

마시모는 재킷 호주머니에서 스마트폰을 꺼내 다시 세상과 연결된다. 세 번의 진동음 뒤에 마시모는 문자 메시지를 본다.

"런던에서 한 친구가 당신에게 안부를 전하네요, 장군님."

데릭은 이마를 찌푸린다. 그리고 비난의 눈길을 던진다. "그런 경고로 자네는 위험을 무릅썼어."

"시간을 계산했어요."

그리고 마시모는 음성 메시지 두 개를 듣기 위해 전화기를 귀에 댄다. 그리고 두려움에 몸이 마비되고 다리가 무너지는 것을 느낀다. 자동으로 앉는다. 공포에 질린 인디아의 목소리에 숨을 쉴 수 없다. 무언가 하고 싶지만 무엇을 해야 할지 모른다. 그 순간 딸을 혼자 남겨둔 자신을 저주한다. 비록 그렇게 요구한 것은 인디아였지만. 그에게 가라고, 무엇인가 하라고 요구했다. 하지만 또 실수했다. 자기 가족 앞에 또 무엇인가를 두었다. 그리고 미칠 것 같았다.

"무슨 일이 생겼어?" 데릭이 그의 얼굴에서 고뇌의 표정을 읽고 묻는다.

"인디아예요." 마시모의 목소리는 불안감으로 갈라져 있다. "겁에 질려 있었어요. 모르겠어요." 식은땀이 이마를 뒤덮고 심장이 쿵쾅거린다.

공황의 신호를 인식한다.

'침착해. 현명하게 판단할 수 있게 노력해.'

"침착하게, 맥스."

데릭의 단호한 목소리가 그를 뒤흔든다. 눈을 들고 그의 냉정한 눈길과 마주친다.

"지금 어디 있어?"

"섬에요." 마시모는 주위를 둘러보며 대답한다.

거리 때문에 어떻게 할 수도 없자 그는 우리에 갇힌 동물처럼 무능함을 느낀다. "로비는 혼자 가지 않아야 한다는 걸 아는데, 제기랄." 한 손으로 탁자를 친다.

"기다려." 데릭이 호주머니를 더듬는다. 그리고 스마트폰을 꺼내 번호를 누른다. 잠시 기다리더니 로마공항에서 30분 안에 헬리콥터가 출발할 수 있도록 지시를 내린다.

마시모는 고마운 마음으로 그를 바라본다.

"이제 가게." 데릭은 전화를 끊고 말한다. "로비와 인디아가 기다리고 있어."

마시모는 일어난다. 방이 빙빙 도는 것 같다. 한 손으로 얼굴을 문지른다.

"고마워요, 데릭."

"그만 말하고, 어서 가. 우리는 말을 너무 많이 했어."

스위트룸의 문으로 향한다. 문을 열고 몸을 돌린다. 데릭은 그에게 등을 돌린다. 햇살과 대비를 이루는 실루엣이다. 로마 위로 찬란히 비치는 봄날 햇살 속의 그림자다.

장군은 또 이겼다. 무엇을 해야 할지 언제나 알고 있다. 하지만 그날 밤에 더 중요한 것은 아마 다른 것이었으리라. 스승과 제자가 거의 친구가 되었다는 것이다.

혼자 남은 데릭 모건은 창턱에 손바닥을 기대고 창밖으로 몸을 내민다. 트라야누스 원기둥이 파란 하늘을 배경으로 뚜렷하게 솟아 있는 것을 바라본다. 그것은 믿을 만한 피날레가 아니라는 것을 아는 듯이 미소를 짓는다.

"다음에 만나세, 맥스." 혼자 중얼거린다. "다음에."

어떤 사람도 섬이 아니다

마치 신기루처럼, 섬은 전혀 가까워지지 않는 것처럼 보인다. 선회한 다음 곧바로 요트 470은 북동풍에 밀려 다시 바다를 가로지르기 시작했다. 돛은 부풀었고, 다시 순풍을 받은 요트는 파도의 시소에 위아래로 흔들렸다.

인디아는 요트의 뱃전을 세게 붙잡고 앨턴 타워의 러시아 산들을 생각했다. 그때에도 세게 붙잡았지만 당시에는 행복했다. 울지 않고 즐거워서 비명을 질렀다. 아주 오래전 어린아이였을 때 주말에 미켈라, 마시모, 동생도 함께 있었다.

'로베르토.'

몸을 돌려 동생을 바라본다.

동생의 머리칼은 젖어 있었다. 데릭이 선물한 자이언츠 티셔츠도 흠뻑 젖어 있었다. 완전히 집중한 표정으로 키의 손잡이를 잡고 눈은 섬에 고정되어 있었다. 마치 강렬한 눈길이 거리를 줄일 수 있고, 긴장감이 요트가 앞으로 나아가는 데 도움을 줄 수 있는 것처럼.

정말로 용감했다. 순풍에 항해하기로 결정한 다음에는 파도의 충격을 완화하려고 주의하면서 모든 조작에서 완벽했다. 이따금 미소를 머금고 누나를 바라보았다. 인디아는 자신을 안심시키려고 그런다는 것을 깨달았다. 동생은 성장하고 있었다. 그런데 그녀는 그러지 못했다.

몇 시간 전 로비 방으로 들어갔을 때 침대 탁자 위의 사진을 보았다. 어렸을 때 자신들의 사진이었다. 바로 그곳 곶 위의 집에서 휴가 중이었고, 그녀는 진지한 표정으로 카메라를 응시하며 동생의 팔을 붙잡고 있었다.

그녀는 달콤함과 울적함이 뒤섞인 느낌에 사로잡혔다. 그 모습에, 동생의 강한 팔에 눈길이 머물렀다. 그리고 갑자기 불안감이 이상한 행복감에 자리를 내주었다.

"배 타러 가자, 로비." 사진에서 눈길을 떼지 못하고 큰 소리로 말했다.

로베르토는 침대에서 일어나 창문으로 몸을 내밀었다. 창턱 너머로 몸을 내밀고 몇 초 동안 있더니 머리를 흔들었다.

"바다를 보아야 해." 걱정하는 표정으로 누나를 바라보았다.

"하지만 나뭇잎 하나 흔들리지 않아."

"바다를 보아야 한다고 말했잖아. 북동풍이야. 파도가 있어."

"더 재미있겠네." 그녀는 모호한 미소로 대답했다. "아니면 너 두려운 거야?" 그리고 손가락으로 동생을 가리키며 웃음을 터뜨렸다.

로베르토는 얼굴이 빨개졌다. "두렵다고? 내가?" 그리고 가슴을 부풀렸다. "천만에, 나는 아주 용감해."

인디아는 다시 이물을 바라본다. 섬이 더 가까워 보인다. 해안선은 이제 불분명한 선이 아니라 만의 옆모습을 알아볼 수 있게 되었다. 해는 바다를 향해 낮아지기 시작했다.

"우리가 처음으로 배를 타고 나갔을 때 기억하지?" 로베르토가 묻는다.

그래, 인디아는 몸을 돌리지 않은 채 머리로 대답한다. 다시 눈에서 눈물이 넘치기 시작한다. 하지만 그건 다른 눈물이다.

어느 여름날이었다.

마시모와 마리오는 고기잡이에 대해 이야기하고 있었다. 당시 둘은 떨어질 수 없었고, 아버지는 아직 침묵의 바다에 빠지지 않았다. 미켈라는 행복한 표정으로 그들을 바라보고 있었다.

그런데 로베르토가 울기 시작했다. 아주 어렸을 때였다. 걸음을 멈추었고 포차렐로의 조약돌 위에 서서 배에 올라타기를 거부했다. 만 너머 부표 계류장으로 그들을 태워다 주어야 하는 사람은 놀란 눈으로 바라보고 있었다.

미켈라는 달래기 위해 온갖 노력을 했다. 마리오는 이야기를 들려주려고 했지만 소용없었고, 마시모도 달랠 수 없었다. 그러자 인디아가 한 손을 바닷물에 넣었다가 동생 얼굴에 대면서 팔을 잡았다.

"시원하지?" 동생에게 말했다. "배는 회전목마 같아."

로베르토는 울음을 그쳤다. 의혹의 눈으로 누나를 바라보며 그대로 남아 있더니 누나의 목을 두 팔로 껴안고 어깨의 오목한 곳에다 얼굴을 파묻었다. 잠시 후 누나의 머리칼을 당기며 빙긋 웃었다. 두려움이 사라졌다.

'두려움.'

두려움이 사랑으로 바뀌었다. 로베르토에게 그랬으니, 바다로 갈 때면 정말로 행복했다.

인디아는 자신에게도 똑같은 일이 일어나기를 바랐다. 두려움을 갖는 것은 피곤하다. 눈물의 베일을 가로질러 작은 항구를 둘러싼 건물들의 불그스레한 덩어리를 구별할 수 있었다. 멀리서 펼친 팔처럼 바다쪽으로 길게 뻗은 방파제를 따라 작은 등대의 나지막하고 둥근 형태를 알아본다.

"엄마는 절망적이었어. 누나가 없었다면 나는 절대 배를 타지 않았을 거야." 로베르토는 말하면서 항로를 약간 바꾸어 항구 오른쪽 정박지 안의 나무 선창으로 향했다.

인디아는 한쪽 입술을 깨문다. 고함을 지르고 싶고, 자기가 왜 그렇게 안 좋은지 동생에게 말하고 싶다. 그러다가 요트 바닥에 떨어진 스마트폰을 발견한다. 몸을 내밀어 전화기를 들어 아버지의 번호를 누른다.

처음 전화에서는 인디아가 잘못했다. 데릭을 도와주고, 그 종이들에 적혀 있던 운명대로 상황이 진행되는 것을 피하도록 자신이 아버지를 설득했다. 그런데도 아버지는 한마디 질문도 하지 않았다. 아버지는 정말로 아무것도 눈치채지 못했을까?

맞은편 전화기에서는 아직도 자동응답기의 금속성 목소리가 대답한다. 하지만 이제 인디아는 접안 지점에 이르렀다. 그리고 화나지 않은 목소리로 말할 수 있다.

"사랑해, 로비." 요트의 로프를 다시 묶은 뒤에 나지막한 목소리로 속삭인다.

약간의 흔들림이 파도가 약해짐을 예고한다. 그러는 동안 북동풍은 다시 겨우 느낄 수 있는 입김의 거짓말 뒤로 숨는다.

"사랑해, 로비." 인디아는 소리친다. 그런데 바람이 말을 가로채 멀리 가져간다.

"나도."

인디아는 몸을 돌린다. 야윈 동생 얼굴에는 단지 소금기의 희끄무레한 선들이 약간 있을 뿐이다. "나도 누나를 사랑해." 다시 반복해 말하며 돛을 내린다. "우리가 해낸 것 보았지?"

달린다, 마시모는.

만의 너머 조그마한 광장에 착륙한 뒤부터 달린다. 와이셔츠 차림에 깃은 열려 있고 소매 단추는 풀려 있다. 재킷과 스마트폰은 잊고 헬리콥터 안에 두고 내렸다. 스마트폰은 호텔을 떠난 후 방전되었고, 인디아와 다시 통화할 수 없었다. 비행은 고통스러웠다.

이제 작은 항구의 길들이 그의 주위로 스쳐 지나간다. 놀라서 바라보는 얼굴들에 신경도 쓰지 않고, 아는 사람 인사에 대답도 하지 않고 달린다. 건물들의 가장자리를 황토 색깔로 물들이며 흐릿하게 용해하는 이른 석양빛 속을 달린다.

마지막 모퉁이를 돌아 정박지 앞으로 나가자 바다가 약간의 물결과 함께 평온하게 앞에 펼쳐진다. 본능적으로 가벼운 바람을 의식한다.

'북동풍이야.'

그러자 무슨 일이 일어났는지 곧바로 깨닫는다. 그러면서 로베르토의 요트가 정박지에 매여 있는 것을 알아본다. 북동풍은 함정이 많은 바람으로 쉽게 순종하지 않으며, 요트 조종은 상당한 경험을 요구한다.

요트 위를 바라보고 웃통을 벗은 소년과 금발 소녀의 옆모습을 알아본다. 둘 다 서 있고, 돛은 내려져 있으며, 이제 요트 정돈을 마무리하고 있다.

마시모는 속도를 늦춘다. 눈을 들어 하늘을 향해 말 없는 감사를 드린다. 호흡을 조절하려고 노력하며 화강암 바위들을 가로질러 천천히 걸어간다. 아이들에게서 몇 미터 거리에 이르자 멈춰 서서 아이들 이름을 부른다.

인디아와 로베르토는 몸을 돌린다. 혼란스러운 표정으로 그를 바라보며 무슨 말을 할지 모른다. 이제 두려움은 사라졌고, 즐거움과 당혹감이 얼굴을 가로지른다. 마시모는 엄하게 보이려고 노력하며 아이들 이쪽저쪽으로 눈길을 돌린다.

"아빠, 미안해요. 하지 않아야 했어요." 로베르토가 부루퉁한 표정으로 중얼거린다.

마시모는 분명히 말했다. 혼자 배를 타고 섬에 가지 않아야 했다. 하지만 마시모는 로베르토가 용감했다는 것을 안다. 그리고 오래전에 자신들에게도 똑같은 일이 있었다는 것도 안다.

'그러다가 침몰한다.' 그와 마리오가 바람에 도전하려고 하던 날 시로는 말했다.

이마를 찌푸린 채 아들을 오랫동안 바라본다. 그리고 요트 옆 선창에 놓인 자이언츠 티셔츠를 발견한다.

"저 글이 무슨 뜻인지 알아?" 아들에게 묻는다.

로베르토는 무슨 대답을 해야 할지 몰라 그를 바라본다.

"모든 것을 위해 모든 것을 거는 것이야. 올인." 마시모는 강조한다. "모든 것을 단지 한번에. 그래, 저 글을 너무 문자 그대로 받아들이지 않도록 노력하자. 바다에서는 가볍게 생각하면 안 돼."

"바람 때문이었어요." 로베르토가 망설이는 목소리로 대답한다.

"절대로 바람 때문이 아니야." 아버지는 경고한다.

"로비는 상관없어요." 인디아가 말한다. "내가 우겨서 그랬어요." 주먹을 움켜쥔다. "로비는 원하지 않았어요."

마시모는 눈길을 부드럽게 누그러뜨리고 한숨을 쉰다. 그들이 서로 가까워지는 데는 두려움이 필요했다. 미소를 짓고 나서 아들의 머리칼을 흩뜨린다. 그런 다음 그들은 선창 가장자리에 다리를 늘어뜨리고 앉는다. 인디아는 아버지와 동생 사이에 있다. 각자 자기 생각의 실을 따라가느라 몇 분 동안 말없이 있다.

"어떻게 되었어요, 아빠?" 인디아가 묻는다.

마시모는 어깨를 으쓱한다. "어떻게 되었느냐 하면… 의미할 수 있는 대로 되었어. 그런데 얘야, 내가 거기에 가도록 네가 우긴 것은 아주 잘한 일이야. 알아?"

딸은 그의 어깨에 한 손을 올렸고 그는 딸의 얼굴을 쓰다듬는다.

"추워?" 잠시 후 로베르토가 손으로 팔을 비비는 것을 보고 묻는다.

아들은 고개를 끄덕인다. "조금요."

바람이 불고 있고, 저녁이 되기 전에 북풍이 불 것이다.

마시모는 와이셔츠의 단추를 풀기 시작한다. "단지 이것뿐이구나, 로베르토." 애칭을 사용하지 않고 이름으로 부르며 말한다. 그리고 와이셔츠를 건네주려고 손을 내밀면서 눈길은 자기 앞을 바라본다. 마치 일상적 몸짓인 것처럼. 로베르토의 손가락이 옷을 잡는 것을 느낄 때까지 팔을 내밀고 있다.

로베르토는 망설이며 와이셔츠를 바라본다. 망설임이 얼굴에 찍혀 있다. 그러더니 아주 느린 몸짓으로 오른팔을 소매 안에 집어넣고, 이어서 왼팔도 그렇게 한다. 그리고 어깨가 너무 넓은 옷을 최대한 잘 맞춰 입고, 겁에 질린 표정으로 머리를 숙인다.

마시모는 무엇인가 말하려다가 입을 다문다. 로베르토는 단추와 씨름하고 있다. 마침내 머뭇거리는 손가락으로 가슴 위로 와이셔츠 단추를 채운다.

그들은 침묵하고 있고, 그러는 동안 석양의 붉은색이 광활한 바다를 물들이기 시작한다. 요트 한 척이 정박지로 들어오려고 조종하고 있다. 요트에서는 몇몇 소년의 외침이 들려온다. 작은 항구의 식당들이 다시 활기를 되찾는다.

마시모는 눈길로 바다 한 구역을 살펴본다. 포이닉스의 꼭대기를 찾기 위해 눈을 반쯤 감는다. 내일 호르몬 투입을 중단할 것이다. 파울루 말이 옳았다. 자신들의 의도를 저버리지 않았어야 했다.

그 조작의 갈망은 비록 좋은 목적을 위한 것이지만 단지 또 다른 집착을 선물하면서 그를 불행하게 만들었을 뿐이다.

인디아의 손이 자신의 손을 맞잡는 것을 느낀다. 손가락을 깍지 낀다. 마시모는 반지의 존재를 감지한다. 눈길을 낮추고 조그마한 믿음의 징표를 바라본다. 반지는 둘레 위쪽에서 누운 8자 형태를 띠고 있다. 서로 연결된 조그마한 원 두 개.

아무 말도 하지 않고 반지를 바라본다. 마음은 그 기하학적 상징의 열쇠를 찾으려고 노력한다. 그리고 인디아는 무엇인가 속삭이고, 마시모는 그 말이 철썩거리는 파도의 배경 소리와 뒤섞이도록 놔둔다.

무척 피곤하다. 그 순간 번개처럼 기억 하나가 떠오른다. 그리고 담요로 만든 텐트 안에서 인디아와 함께 있는 자기 모습을 다시 본다. 그들 둘은 거기에서 오랫동안 있었다. 세상은 밖에, 두껍고 무거운 담요 너머에 남아 있었다. 인디아는 세 살이었고 간식을 먹고 있었다. 그리고 그는 이마에 작은 전등을 묶고 동화를 들려주었다. 잠들기 전에 편안하게 안심시켜 줄 유일한 방법이었다. 인디아는 그 안에서 절대 밖으로 나가려 하지 않았고, 그러면 마시모는 잠들 때까지 계속 이야기를 했다.

"아빠, 내 말 들었어요?"

아직 달콤한 기억 속에 빠진 채 인디아를 바라본다. 그녀를 모든 것으로부터 보호하기 위해 다시 그런 텐트를 만들어 주고 싶다.

"알겠어요?" 그의 한쪽 뺨을 쓰다듬으며 부드러운 목소리로 다시 묻는다.

로베르토는 계속 바다를 바라보며 웃고 있다.

"나는 지금 아기를 기다리고 있어요."

마시모는 젖은 눈으로 고개를 끄덕인다. 마음은 텅 비어 있고 눈길은 반지 위의 누운 8자 주변을 따라가고 있다.

"어떻게 해야 할지 몰랐어요." 아버지를 껴안는다. "내가 잘못했어요, 아빠."

"아니야, 너는 잘못하지 않았어. 절대로 다시 그런 말 하지 마, 내 사랑."

"이런 생각도 했어요." 마시모는 한 손가락을 딸의 입술에 대고, 그 부드러운 몸짓으로 더 말하지 못하게 막는다. 다른 한 손으로 딸의 눈 앞에 흘러내린 머리칼을 한쪽으로 치워준다.

"모든 것이 잘될 거야." 마시모는 눈물을 억제하려고 노력한다. "내가 약속할게. 이제 우리는 함께 있을 거야. 더 이상 너를 떠나지 않을 거야. 절대로."

인디아는 머리를 아버지 어깨에 기댄다. 말없이 떨면서 흐느낀다. 딸을 껴안는 동안 마시모는 로베르토의 팔이 자기 팔을 감싸는 것을 느낀다. 그렇게 그들은 함께 껴안고 있다. 바다 앞에서, 그들 삶에서 가장 긴 하루의 황혼 앞에서.

마시모는 인디아와 로베르토의 숨소리를 듣고 있다. 셋 모두 한때 마시모와 미켈라의 것이었던 방에 있는 더블침대 위에 있다. 그리고 약간 열린 창문에서 부드러운 파도 소리가 들려온다. 거기에서 잠자지 않은 지 너무 오래되었다. 작은 탑의 스튜디오 바로 아래에 있는 작은 방에서 밤을 보내면서 너무 많은 기억을 간직한 그 더블침대에서 멀리 떨어져 있었다.

인디아와 로베르토가 잠드는 데에는 시간이 많이 걸렸다. 로베르토는 헬리콥터로 돌아가는 비행으로 흥분되어 있었고, 인디아는 앞당겨 다가온 그 여름날의 감동으로 동요되어 있었다.

곶에 착륙해 인디아와 로베르토가 집을 향하여 멀어지는 동안 마시모는 고무보트를 타고 먼바다를 향해 이물을 돌렸다. 오랫동안 찾았다. 피곤함과 어둠 때문에 제대로 볼 수 없었다. 포이닉스 주위를 서너 차례 돌다가 마침내 발견했다.

'권양기가 있어요.' 머리 안에서는 몇 달 전 어느 날 아침 파울루가 했던 말이 울리고 있었다.

보트를 떠 있는 다면체 구조물에 묶어두었고, 검은 파이프들 중 하나에 몸을 지탱하면서 그 커다란 우리의 꼭대기로 갔다. 두 번의 갑작스러운 충격에 하마터면 바다에 빠질 뻔했다. 수면 아래에서 참치들 모습이 얼핏 보였다. 참치들은 억제할 수 없는 것처럼 보였다. 호르몬 투입으로 훨씬 더 동요했다.

곶의 윤곽 위로 달이 떠올랐다. 바다 수면에 한 다발 빛을 투사하는 노란 원반이었다.

권양기 손잡이를 잡은 다음 잠시 망설였다. 괴로운 집착과 함께 추진했던 계획을 끝내는 데는 도르래의 몇 바퀴 회전으로 충분할 것이다. 그리고 톱니들이 돌자마자 느낌이 좋았다. 단순히 우리의 장치 하나를 들어 올리는 것이 아니라 자신을 가두었던 집착을 들어 올리는 것 같았다. 작업을 끝내고 기다렸다. 처음에는 아무 일도 일어나지 않았고, 몇 차례 더 그물을 움켜잡고 있어야 했다. 참치들은 출구를 찾지 못한 것 같았다. 그는 언젠가 읽었던 증후군, 오래 격리되어 있던 사람들에게 충격을 주는 증후군을 생각했다. 벽들이 몸을 가두지 않는데도 사람들이 강요된 체제에서 이제 나가려고 하지 않을 정도로 정신을 가두고 있다는 것이다. 조건 짓기의 도착이다. 그리고 그 몇 년 동안 그에게도 그런 일이 있었다. 한 감옥에서 다른 감옥으로 넘어갔을 뿐이다. 한 집착에서 다른 집착으로.

거의 수면을 스칠 듯한 은빛 윤곽의 번득임에 그는 생각에서 벗어났다. 그리고 다른 번득임을 보았다. 그리고 또 다른 번득임. 그들을 풀어주었다.

'자기 자신에게서 해방되었다.'

로베르토는 침대에서 돌아눕는다. 마시모는 눈을 감고 머릿속을 비우려고 노력한다. 하지만 우리를 떠나는 참치 무리의 모습이 데릭과 보낸 어젯밤의 기억, 인디아가 몇 시간 전에 한 폭로와 뒤섞인다.

현실을 통제하려고 시도하는 동안 세상은 계속 그의 손가락 사이로 빠져나갔다. 아무도 예견할 수 없는 가능성의 총체.

삶은 계속되었다. 자연은 집요하게 저항했다. 또 다른 세상이 아직 가능했다.

머리를 흔든다. 아이들을 깨우지 않으려고 주의하며 천천히 일어난다. 딸의 손가락에 있는 반지를 잠시 바라본다. 방을 가로지르고, 정적 속에 휩싸인 집을 가로질러 안뜰로 나간다.

밤은 소금기와 송진 향기에 흠뻑 젖은 시원한 공기이고, 바위에 부딪히는 바다의 듣기 좋은 철썩거림이고, 이제는 높이 떠 바다 수면을 비추는 달이다. 가볍고 마침내 해방된 느낌과 함께 그 마법을 즐긴다. 추구할 목적도 없이. 실현해야 할 계획도 없이.

바다 위에서 달빛의 반영이 반짝이는 원을 이룬다. 한 손으로 얼굴을 쓰다듬고 눈을 감는다. 사물들이 일체가 되어 그의 주위를 도는 것 같다. 끝없는 외부의 단일한 연쇄로 서로 연결되는 세부들의 이어짐. 인디아의 손가락에 끼워진 반지. 조금 전 바다에서 회전하던 고무보트의 프로펠러. 무한을 상징하는 누운 8자. 유전자 코드의 이중나선, 생명의 뿌리.

시간과 공간을 뛰어넘는 그 멜로디의 상응을 가만히 듣고 있다. 그런데 스마트폰의 진동음이 완벽한 조화의 이미지를 흩뜨리며 그를 현실로 데려온다.

청바지 호주머니에서 천천히 전화기를 꺼내 메시지를 훑어본다.

이제 다채로운 하얀색 바다 앞에서 모든 것이 그에게는 마침내 단순하게 보인다.

'이제 나도 다시 행복하도록 시도해 볼 수 있어.' 그렇게 생각하는 동안 곱슬머리 한 올과 장난하는 셰릴의 손을 다시 본다. 다시 디스플레이를 바라본다.

그녀에게는 새벽 첫 빛살에 답장할 것이다. 한숨을 쉰다. 메시지를 다시 읽는다.

'복귀했어요?'

반사광들이 광활한 바다 위에서 반짝인다. 깨끗한 하늘에 높이 솟은 보름달이 수평선에서 해변까지 길게 바다의 어둠을 깨뜨린다. 섬의 윤곽이 흐릿한 빛살 속에 드러나고, 배후지 쪽 곶은 밤을 더욱 어둡게 만든다. 모든 것이 사람의 존재에서 벗어나 정지해 있는 것 같다. 정적에 잠긴 그 부동의 풍경을 아무것도 절대로 변화시킬 수 없는 것처럼.

하지만 무엇인가가 일어난다.

갑자기 수면의 한 지점이 눈부신 하얀색으로 빛난다. 자개 같은 눈부심이 아래에서, 바다 깊은 곳에서 퍼져 나온다.

길고 굽이진 윤곽이 원을 이루어 헤엄치면서 반짝인다. 서로가 서로에게 문지른다. 비늘들과 아가미들. 입들, 꼬리들, 지느러미들. 점점 더 빠르게 헤엄치고 바닷물은 하얀색으로 물들기 시작한다. 설화석고 같은 형광 물질을 녹아내리는 은의 흐름처럼 분비한다.

윤곽들은 고리를 형성하면서 나선형 소용돌이 안에서 서로 뒤섞인다. 생명을 생성시키는 거대하고 단일한 유기체를 이룬다.

그것은 음악 없는 춤이다. 침묵의 리듬.

단지 자연일 뿐이다.

감사의 글

15년 전 운동화 차림에 머리에는 로마팀의 모자를 눌러쓴 서른 살도 되지 않은 젊은이와 함께 카이로스그룹을 설립할 용기를 낸 파올로 바실리코에게 감사를 드린다.

내가 이 소설의 초기 관념들을 종이에 적기 시작한 뒤로 10년이 흘렀다. 구름과 햇살과 함께한 10년 동안 나는 많은 여행 동료를 만났다.

이 책을 쓰도록 나에게 용기를 준 월터 시티에게 감사드린다. 특히 마지막 해에는 의사로 도움을 주었다. 내 질문은 언제나 이렇게 시작되었다. "월터, 내가 이렇게 느끼는 것이 정상인지…." 그러면 그는 인내심 있게 설명해 주었다.

처음으로 내 계획을 믿고 에너지를 준 미켈레 로시, 계획의 실현에서 나를 도와준 스테파노 이초, 젬마 트레비사니, 집필 과정에서 인내심과 헌신과 재능으로 나를 도와준 톰마소 데 로렌치스에게 감사드린다.

각각 증권과 바다에 대한 지식으로 도와준 로코 보베와 피에르조르조 스티파에게도 감사한다.

내 삶은 놀이공원이 아니라는 것을 언제나 알고 있던 모두에게 감사한다. 내가 그만둘까 생각했을 때 지탱해준 디아나 코스탄티니, 자유롭다는 것이 무엇을 뜻하는지 나에게 설명해 준 구이도 로베르토 비탈레. 책에 대한 사랑을 나에게 전해주신 아버지, 책의 메시지를 포착하는 법을 가르쳐 주신 어머니.

하지만 특히 내가 다시 달리기 시작하도록 해준 카테리나, 그리고 매일 내가 새로운 것을 배우도록 해주는 로비, 코스티, 구이도 알베르토에게 특별히 감사한다.

옮긴이의 글

돈은 피다. 돈은 개인에게나 경제 일반의 삶에서 피처럼 중요한 역할을 한다. 돈의 흐름, 즉 금융은 경제의 생명력과 활력을 결정한다. 구이도 마리아 브레라의 《데빌스》(*I DIAVOLI*, 2014)는 금융을 다룬 소설이다. 〈블랙박스에 비친 금융의 세계〉라는 부제가 말하듯이, 전 세계를 대상으로 돈놀이를 하는 경제 권력자들의 갈등과 싸움을 여러 각도에서 보여준다. 그들의 목적은 분명하다. 이윤과 이익을 얻는 것이다. 그러기 위해서는 돈의 흐름을 분석하고 파악하여 거기에 편승하는 것이 일반적이지만 때로는 거짓 정보를 유포하거나 정치 권력을 교묘하게 이용하기도 한다.

제로섬 게임 이론의 관점에서 보면 누군가의 이익은 누군가의 손해로 이어진다. 그리고 손해는 대부분 힘없는 자의 몫이다. 여러 가지 이유로 돈의 흐름을 인위적으로 조정하려는 자들에 의해 금융정책이 결정되고, 그에 따라 특정 국가와 기업이 희생양이 되기도 한다. 그리고 그 파급 효과는 개개인에게 미친다. 대표적 예로 2008년 전 세계를 뒤

흔든 금융 위기가 있었다.

작가는 당시 상황을 모델로 삼은 것처럼 보인다. 자신이 금융계에서 활동한 기업경영인으로서 그 사건의 원인과 경과를 잘 알 것이며, 그런 만큼 자서전적 요소가 풍부한 작품이다. 그렇기 때문인지 이 작품은 작가의 상상력에 따른 것이라고 말하지만 현실감 넘치는 이야기를 펼쳐 보인다.

구이도 마리아 브레라의 소설은 2020년 텔레비전 드라마로 제작되었고 우리나라에도 〈데빌스〉(Devils)라는 영어 제목으로 OTT에서 소개되었다. 대부분 그러하듯이 이 드라마 역시 소설과는 상당히 다르게 각색되었고, 따라서 소설과 비교하면서 감상해 보는 것도 재미있을 것이다. 아울러 작품에서 은연중 드러나는 유럽 대륙 사람들의 미국에 대한 질투나 경쟁심도 읽는 재미를 더해줄 수 있다. 로마 유적지의 지도 앞에서 주인공들이 나누는 대화에서 드러나듯이, 미국은 경제와 금융을 통해 과거 로마 제국의 영광을 재현하려고 꿈꾸는 것처럼 보인다.

어쨌든 금융이 보이지 않는 손에 의해 움직일 수 있다는 사실은 약육강식의 민낯을 그대로 보여준다. 우리나라도 1997년 외환 위기, 즉 이른바 'IMF 사태'를 겪으면서 직접 체험한 적이 있다. 보유한 외화가 부족하여 국제통화기금의 자금 지원을 요청하면서 경제 전반에 걸쳐 심각한 타격을 받았다. 우리 경제의 취약함이 주요 원인이었겠지만, 미국을 중심으로 하는 경제 강대국들 사이의 이해 다툼에서 빚어진 사건이라는 견해도 설득력이 있다.

번역에서는 우리말의 가독성보다 원문을 최대한 존중하려고 노력하였다. 그러다 보니 일부 우리말 표현이 어색해 보일 수도 있지만, 작가의 의도와 표현 방식을 존중하는 것이 낫다고 생각하였다. 작품에서 언급되는 일부 내용에 옮긴이주를 달았는데 읽기에 방해가 되지 않기를 바란다. 그리고 이 소설을 읽으면서 다양한 위기 속에 살아가고 있는 우리 자신의 모습을 되돌아보게 된다면 좋겠다.

2021년 여름

김운찬